CW00497387

Au Bonheur des Lettres

Au Bonheur des Lettres

Recueil de courriers historiques, inattendus et farfelus

RASSEMBLÉS PAR **SHAUN USHER**

TRADUCTION DE **CLAIRE DEBRU**

**Éditions
du sous-sol**

FEUILLETON

Letters of Note a été publié pour la première fois au Royaume-Uni
par Canongate Books Ltd en association avec Unboud, en 2013.

Copyright © Shaun Usher, 2013.
© Éditions du sous-sol, un département des éditions du Seuil, Paris, 2014,
pour la traduction française.

ISBN : 978-2-253-18294-8 — 1re publication LGF

Traduction française de l'ensemble des lettres par Claire Debru,
hormis les reproductions de traductions existantes, à savoir :
« Les lunes galiléennes » © Éditions Hermann, 1966, pour la traduction
française de Paul-Henri Michel.
« Les talents de Léonard de Vinci » © Traduction D.R.
« Agent Fédéral Hors Cadre » © Lazare Bitoun.
« Ne pleure pas sur moi » © Éditions Bartillat, 1998, pour la traduction
française d'Anne Coldefy-Faucard.
« Le testament d'Heiligenstadt » © Éditions Corrêa, 1936, pour la traduction
française de M.V. Kubié. © Buchet/Chastel, 1970.
« Lettre à un jeune poète » © Éditions Gallimard, 1993, pour la traduction française
de Claude David.

Traduction des annexes et notices biographiques par Ina Kang.

Les autorisations de reproduction sont regroupées dans les pages de crédits.
Malgré tous les efforts pour obtenir l'ensemble des autorisations, l'éditeur
reste à la disposition des ayants droit afin de modifier ou intégrer
les mentions d'usage dans toutes nouvelles éditions du présent ouvrage.

Conception graphique et couverture : Here Design.
Adaptation format poche : Louise Cand et Audrey Genin.

Pour Karina

TABLE

AU BONHEUR DES LETTRES

PRÉFACE

Lundi
Cher lecteur,

Le livre qui repose présentement entre vos mains
correspond à l'apogée de quatre années de voyage ; un
voyage inattendu et de bout en bout merveilleux à travers
lettres, notes et télégrammes de personnalités connues
ou méconnues – un projet des plus gratifiants, d'abord
apparu comme un site internet et qui, désormais, grâce
à l'avalanche de réactions positives que lui a valu cette
existence immatérielle, prend la forme physique d'un livre-
musée de la correspondance, soigneusement composé afin de
vous précipiter d'une émotion à une autre, d'éclairer parfois
les esprits les moins informés et, je l'espère, d'illustrer
l'importance et le charme de la correspondance à l'ancienne,
au moment où le monde se digitalise et l'art de l'écriture
épistolaire s'évanouit sous nos yeux.

Ce qui n'a pas changé depuis les débuts de *Letters
of Note*, c'est son principal objectif, démontrer que la
correspondance mérite un public plus large. Vous dire que
je suis satisfait de cette sélection éclectique serait donc
un euphémisme. Bien que les perles soient innombrables,
permettez-moi d'en piocher quelques-unes. Nous avons
une lettre de Mick Jagger à Andy Warhol qui contient un
formidable topo au sujet du graphisme de la pochette d'un
album des Rolling Stones ; une note manuscrite de la reine
Elizabeth II au président Eisenhower accompagnée de sa
recette personnelle des *drop scones* ; la magistrale réplique
d'un esclave affranchi à son ancien maître ; la lettre de
Virginia Woolf à son mari, rédigée peu avant son suicide ;
les délicates recommandations adressées par Iggy Pop à une

jeune fan en difficulté ; un courrier du scientifique Francis Crick à son fils, par lequel il lui annonce la découverte de la structure de l'ADN ; le récit édifiant d'une mastectomie réalisée sans anesthésie, contée par une patiente de soixante ans s'adressant à sa fille ; et une lettre de motivation inattendue de Léonard de Vinci. Au cours de ce périple vous lirez des lettres d'amour, des lettres de rupture, des lettres de fans, des lettres d'excuses ; vous en serez attristé, éprouvé, enchanté ou choqué. L'une de ces lettres, gravée sur une tablette d'argile, date du XIVᵉ siècle av. J.-C. ; la plus récente de quelques années à peine. Au-delà de leurs singularités, j'espère que toutes vous captiveront autant qu'elles m'ont captivé. À mon sens, la manière la plus originale de plonger dans le passé est l'observation de la correspondance, candide parfois, des vivants de ce temps.

Il était également important de rendre justice à ces documents : présenter chaque lettre avec tout le respect qui lui était dû et proposer en regard sa reproduction. Chaque fois que ce fut possible, nous avons localisé les originaux puis obtenu l'autorisation de les reproduire pour vous donner l'opportunité de contempler ces messages encrés à la main, tapés à la machine ou même gravés. Dans les autres cas, nous avons choisi des photographies pour accompagner et compléter les lettres, certaines d'entre elles n'ayant jamais été publiées auparavant. Il en résulte un livre que je suis fier d'avoir compilé. J'espère qu'il trouvera sa place dans votre bibliothèque. Peut-être, qui sait, saura-t-il vous inspirer le désir de prendre un stylo et du papier, ou de dépoussiérer une vieille machine à écrire, pour partir *au bonheur des lettres*.

Épistolairement vôtre,

Shaun Usher
Letters of Note

DROP SCONES

LA REINE ELIZABETH II AU PRÉSIDENT DES ÉTATS-UNIS DWIGHT D. EISENHOWER - 24 janvier 1960

En 1957, cinq ans après le début de son règne, la reine Elizabeth II effectue sa première visite offi cielle aux États-Unis, invitée par le Président de l'époque, Dwight D. Eisenhower. Elle lui retourne l faveur deux ans plus tard, en août 1959, le conviant avec sa femme Mamie au château de Balmora en Écosse, somptueuse demeure appartenant à la famille royale depuis 1852. On ignore ce qu'il s'es dit derrière ces portes closes, mais une chose est sûre : le président américain tombe littéralemer amoureux des *drop scones* de la reine, sorte de pancakes écossais, si bien que cinq mois après le lui avoir servis, celle-ci lui envoie sa recette personnelle accompagnée d'une lettre.

24 janvier 1960,

PALAIS DE BUCKINGHAM

Cher Monsieur le Président,

Voir votre photographie dans le journal du jour, où vous apparaissez devant une volaille qui grille sur un barbecue, m'a rappelé que je ne vous ai jamais envoyé la recette des *drop scones* que je vous avais promise à Balmoral.

Je m'empresse de le faire, et j'espère que vous les trouverez réussis.

Même si la quantité est prévue pour seize personnes, quand il s'en trouve moins, je me contente généralement de mettre moins de farine et de lait, mais je conserve les autres ingrédients tels quels.

J'ai également essayé d'utiliser du sirop doré ou de la mélasse au lieu du sucre seul et cela peut se révéler excellent aussi.

Je crois que la mixture a besoin d'être fortement battue durant la préparation, et qu'elle ne doit pas reposer trop longtemps avant cuisson.

Nous avons suivi avec un vif intérêt et une grande admiration votre formidable voyage à travers d'innombrables pays, mais sentons que plus jamais nous ne serons en mesure de prétendre que l'on <u>nous</u> en fait beaucoup trop faire, lors de nos futures tournées !

Nous nous souvenons avec grand plaisir de votre visite à Balmoral, et j'espère que la photographie vous rappellera la très heureuse journée que vous avez passée avec nous.

Avec nos meilleurs vœux à vous et à Mrs Eisenhower,
Sincèrement vôtre,

Elizabeth R

MENU

DROP SCONES

Ingrédients

4 tasses de farine
4 cuillères à soupe de sucre en poudre
2 tasses de lait
2 œufs entiers
2 cuillères à thé de bicarbonate de soude
3 cuillères à thé de crème de tartre
2 cuillères à soupe de beurre fondu

Battez ensemble les œufs, le sucre et environ la moitié du lait, ajoutez la farine et mixez bien en versant ce qui reste de lait, ainsi que le bicarbonate et la crème de tartre ; insérez le beurre fondu.

Suffisant pour 16 convives

BUCKINGHAM PALACE

Dear Mr. President,

Seeing a picture of you in today's newspaper standing in front of a barbecue grilling quail, reminded me that I had never sent you the recipe of the drop scones which I promised you at Balmoral. I now hasten to do so,

4

and I do hope you will
find them successful.

Though the quantities are for
16 people, when there are
fewer, I generally put in
less flour and milk, but
use the other ingredients as
stated.

I have also tried using
golden syrup or treacle instead
of only sugar and that can
be very good, too.

I think the mixture needs
a great deal of beating
while making, and shouldn't
stand about too long before
cooking.

We have followed with
intense interest and much
admiration your tremendous
journey to so many countries,
but feel we shall never
again be able to claim
that _we_ are being

made to do too much on
our future tours!

We remember with such
pleasure your visit to
Balmoral, and I hope the
photographs will be a
reminder of the very happy
day you spend with us.

With all good wishes to you
and Mrs. Eisenhower.

Yours sincerely
Elizabeth R

The Dwight D. Eisenhower Libr.

7

MENU

Date................................. ....

DROP SCONES

Ingredients

    4 teacups flour

    4 tablespoons caster sugar

    2 teacups milk

    2 whole eggs

    2 teaspoons bi-carbonate soda

    3 teaspoons cream of tartar

    2 tablespoons melted butter

Beat eggs, sugar and about half the milk together,
add flour, and mix well together adding remainder of
milk as required, also bi-carbonate and cream of tartar,
fold in the melted butter.

Enough for 16 people

7632   G.87   2M   2/55   H & S   Gp. 902

L'ENFER

K L'ÉVENTREUR À GEORGE LUSK - 15 octobre 1888

orge Lusk, président du Comité de vigilance de Whitechapel, groupe de citoyens mobilisés pour
hercher le responsable des meurtres dits « de Whitechapel », reçoit le 15 octobre 1888 cette lettre
çante signée d'un certain Jack l'Éventreur. Le courrier est assorti d'une petite boîte contenant
que l'on identifiera plus tard comme la moitié d'un rein humain, conservé dans du vin. On pense
e c'est à Catherine Eddowes, la quatrième victime du célèbre tueur en série, qu'il appartenanait ;
près la lettre, l'autre moitié a été frite avant d'être mangée.

aduction conserve les fautes de l'original.

De l'enfer

Mr Lusk

Monssieu

Je vous envoie la moitié du Reint que j'ai pris à une des femmes, je vous l'ai
consservée. L'aut morceau je l'ai fait frire je l'ai mangé c'était essellent. Je
vous enverrai peut-être le couteau ensanglanté qui a servi à le sortir, veuillez
simplement passienter un peut.
signé :
        Attrape-moi si tu peux

        Mishter Lusk

From hell

Mr Lusk

Sor
I send you half the
Kidne I took from one women
prasarved it for you tother piece I
fried and ate it was very nise I
may send you the bloody knif that
took it out if you only wate a whil
longer

Signed   Catch me when
                      you Can
              Mishter Lusk —

MONTEZ LA PENDULE

WHITE À MR NADEAU - 30 mars 1973

en 1899, E.B. White est l'un des plus grands essayistes de son époque. Brillant et pro- collaborateur du *New Yorker* et du *Harper's Magazine*, il reçoit de nombreux prix de son vi- t. En 1959, il coécrit l'édition augmentée d'une méthode de style en langue anglaise, *The ments of Style*, qui se vend à des millions d'exemplaires. Il est également l'auteur de clas- ues de la littérature pour enfants, tels que *Stuart Little* et *Le Petit Monde de Charlotte*.

mars 1973, White répond au pessimisme d'un certain Mr Nadeau, qui souhaite connaître son nion sur le sombre avenir de la race humaine.

North Brooklin, Maine
30 mars 1973

Cher Mr Nadeau,

Tant qu'il restera un homme droit, tant qu'il restera une femme douée de compassion, la contagion peut encore se répandre et la scène n'est pas désolée. L'espoir représente ce qu'il nous reste dans un moment difficile. Je me lèverai dimanche matin et je remonterai la pendule, en contribution à l'ordre et à l'opiniâtreté.

Les marins ont une expression à propos des intempéries : ils disent que le temps est un grand bluffeur. Je crois qu'il peut se dire de même de la société humaine – les choses peuvent paraître sombres, puis une ouverture se fait dans les nuages et tout est changé, parfois avec soudaineté. Il est assez évident que la race humaine a fait de la vie un curieux désastre sur cette planète. Mais en tant que peuple nous portons certainement les germes de la bonté, qui reposent depuis longtemps dans l'attente d'éclore lorsque les conditions seront favorables. La curiosité de l'homme, son implacabilité, son inventivité, son ingéniosité l'ont plongé dans de graves difficultés. Il ne nous reste qu'à espérer que ces mêmes qualités lui permettront de se hisser vers l'échappatoire.

Haut les cœurs. Accrochez-vous à votre espoir. Et remontez la pendule, car demain est un autre jour.

Sincèrement,
E.B. White

VAIS ÊTRE EXÉCUTÉE

RIE STUART À HENRI III DE FRANCE - 8 février 1587

rie Stuart a mené une vie des plus mouvementées : couronnée reine d'Écosse à six jours, mariée
uinze ans, veuve à dix-sept, elle est même reine de France pendant un peu plus d'un an. Mais en
voitant le trône d'Angleterre, elle a précipité sa perte. Condamnée par sa cousine germaine la
e Elizabeth Iʳᵉ, elle passe ainsi la majeure partie des vingt ans qui précèdent sa mort en prison.
te lettre d'adieu est écrite au petit matin du 8 février 1587, à l'intention du frère de son premier
ri défunt. Marie Stuart a quarante-quatre ans. À peine six heures plus tard, comme mentionné ici,
eine d'Écosse est décapitée devant trois cents témoins.

Reyne descosse
8 feu 1587

Monsieur mon beau frere estant par la permission de Dieu pour mes
peschez comme ie croy venue me iecter entre les bras de ceste Royne ma
cousine ou iay eu beaucoup dennuis & passe pres de vingt ans ie suis enfin
par elle & ses estats condampnee a la mort & ayant demande mes papiers
par eulx ostez a ceste fin de fayre mon testament ie nay peu rien retirer qui
me seruist ny obtenir conge den fayre ung libre ny quapres ma mort mon
corps fust transporte sellon mon desir en votre royaulme ou iay eu lhonneur
destre royne votre soeur & ancienne allyee.

Ceiourdhuy apres disner ma este desnonsse ma sentence pour estre executee
demain comme une criminelle a huict heures du matin ie nay eu loisir de
vous fayre ung ample discours de tout ce qui sest passe may sil vous plaist
de crere mon medesin & ces aultres miens desolez seruiters vous oyres la
verite & comme graces a dieu ie mesprise las mort & fidellement proteste
de la recepuoir innocente de tout crime quant ie serois leur subiecte la
religion chatolique & la mayntien du droit que dieu ma donne a ceste
couronne sont les deulx poincts de ma condampnation & toutesfoy ilz ne
me veullent permettre de dire que cest pour la religion catolique que ie
meurs may pour la crainte du champge de la leur & pour preuue ilz mont
oste mon aulmonier lequel bien quil soit en la mayson ie nay peu obtenir
quil me vinst confesser ny communier a ma mort mays mont faict grande
instance de recepuoir la consolation & doctrine de leur ministre ammene
pour ce faict. Ce porteur & sa compaigne la pluspart de vos subiectz vous
tesmoigneront mes deportemantz en ce mien acte dernier il reste que ie

vous suplie comme roy tres chrestien mon beau frere & ansien allye & qui
mauuez tousiours proteste de maymer qua ce coup vous faysiez preuue en
toutz ces poincts de vostre vertu tant par charite me souslageant de ce que
pour descharger ma conssiance ie ne puis sans vous qui est de reconpenser
mes seruiteurs desolez leur layssant leurs gaiges laultre faysant prier dieu
pour une royne qui a estay nommee tres chrestienne & meurt chatolique
desnuee de toutz ses biens quant a mon fylz ie le vous recommande autant
quil le meritera car ie nen puis respondre Iay pris la hardiesse de vous
enuoier deulx pierres rares pour la sante vous la desirant parfaicte auuec
heurese & longue vie Vous le recepvrez comme de vostre tres affectionee
belle soeur mourante en vous rendant tesmoygnage de son bon cueur enuers
vous ie vous recommande encore mes seruiteurs vous ordonneres si il vous
plaict que pour mon ame ie soye payee de partye de ce que me debuez
& qu'en l'honnheur de Jhesus Christ lequel ie priray demayn a ma mort
pour vous me laysser de quoy fonder un obit & fayre les aulmosnes requises
ce mercredy a deulx heures apres minuit

Vostre tres affectionnee & bien bonne sœur

Mari R

Troyes
3 Juin 1687

Monseigneur mon tres frere estant par la permission
de Dieu pour mes pechez comme je soy veritable
mes restes entre les bras de cette Royne ma
confsion ou jay en depuis peu depuis dennuis après
pres de vingt ans ce fut entre prendre de mes
estats condamnez a la mort et mon demande
mes papiers jay eux ostez a cest fin de faire
mon testament icany pouvoir retirer que que que que
sorte my obtenir ceux de mon frere mort libre
my maintes mamour mon crys just bienpriée
Je llon mon divir en notre examinée ou say en
thoneur destre loyne votre serviteur et anciennne
altesse

Je tous les chez apres desordre ma este donnoisse
ma sentence jauroit estre executte demain comme
une oryginaltenvait toutes des matin
Je nay ou cousin de vous faire voy aempli de bizarre
le tout cestu sest passe mays sit doxignoit
de oyre mon maistresse et ces autres suvens
desolez et plaisir vous oyes ce servir comme
avecus vadrier ce mesprise lamort et fidellement
mon

Au Roy très chrestien
Monseigneur Jean Frere
Frere consanm
à Cette

I APPRIS QUE VOUS APPRÉCIEZ NOTRE TOMATO SOUP

LIAM P. MACFARLAND À ANDY WARHOL - 19 mai 1964

iam MacFarland, responsable marketing des produits Campbell's, s'est sans doute réjoui de
cueil réservé à la première exposition d'Andy Warhol à la Ferus Gallery de Los Angeles en 1962.
tait dévoilée son œuvre désormais mondialement connue, identifiable entre mille, *Campbell's*
p Cans : trente-deux toiles sérigraphiées, représentant chacune une variété différente de soupe
posée par la marque, et disposées en une seule ligne. *Campbell's Soup Cans* a contribué à faire
naître le mouvement pop art au grand public et a suscité des débats passionnés dans les milieux
stiques – tout en maintenant une certaine marque de soupe sous les feux des projecteurs. En
4, alors que le succès de Warhol ne cesse de croître, MacFarland décide d'exprimer sa gratitude
aisant livrer à l'artiste plusieurs conserves de Tomato Soup.

Campbell SOUP Company

❈ ❈ ❈ ❈ ❈ ❈ ❈ CAMDEN 1, NEW JERSEY ❈ ❈ ❈ ❈ ❈ ❈ ❈

May 19, 1964

Mr. A. Warhol
1342 Lexington Avenue
New York, New York

Dear Mr. Warhol:

I have followed your career for some time. Your work
has evoked a great deal of interest here at Campbell Soup
Company for obvious reasons.

At one time I had hoped to be able to acquire one of
your Campbell Soup label paintings - but I'm afraid you
have gotten much too expensive for me.

I did want to tell you, however, that we admired your
work and I have since learned that you like Tomato Soup.
I am taking the liberty of having a couple of cases of our
Tomato Soup delivered to you at this address.

We wish you continued success and good fortune.

Cordially,

William P. MacFarland
Product Marketing Manager

19 mai 1964

Mr A. Warhol
1342 Lexington Avenue
New York, New York

Cher Mr Warhol,

Je suis votre carrière depuis un certain temps. Votre travail a suscité un vif intérêt ici, à la Campbell Soup Company, pour des raisons évidentes.

À une époque j'ai espéré être en mesure d'acquérir l'une de vos œuvres au label de Campbell Soup – mais je crains que vous ne soyez devenu beaucoup trop cher pour moi.

Je tenais, cependant, à vous dire que nous admirons votre travail et que j'ai depuis appris que vous appréciez notre Tomato Soup.

Je prends la liberté de vous faire livrer deux caisses de notre Tomato Soup à cette adresse.

Avec tous nos vœux pour que votre succès se poursuive, et bonne fortune.

Cordialement,

William P. MacFarland
Directeur du marketing

E LA LIBERTÉ DE PAROLE

.L HICKS À UN PRÊTRE - 8 juin 1993

médien de stand-up au verbe haut, l'Américain Bill Hicks n'hésite pas à exprimer des opinions nchées sur les sujets les plus clivants, et sa bien trop brève carrière est marquée par de nom-euses polémiques. En mai 1993, moins d'un an avant que Hicks ne décède d'un cancer du pancréas 'âge de trente-deux ans, son spectacle «Révélations » est diffusé en direct à la télévision britan-que. Peu de temps après, un prêtre profondément choqué par le contenu «blasphématoire » du ectacle écrit à Channel 4 pour s'en plaindre. Hicks, n'étant pas homme à fuir le débat, décide de pondre directement à son censeur.

8 juin 1993

Cher Monsieur,

Après avoir lu la lettre dans laquelle vous exprimez votre inquiétude au sujet de mon émission spéciale, « Révélations », je me suis senti dans l'obligation de vous répondre moi-même, dans l'espoir de clarifier ma position sur les points que vous soulevez, et peut-être de vous instruire quant à ce que je suis vraiment.

Là d'où je viens – l'Amérique – il existe une curieuse notion intitulée « liberté de parole », que de nombreuses personnes considèrent comme le parangon de la réussite pour le développement intellectuel de l'homme. Je suis moi-même un fervent défenseur du « droit à la liberté de parole », ce que seraient d'ailleurs, j'en suis sûr, la plupart des gens s'ils comprenaient parfaitement le concept. La « liberté de parole » signifie que vous soutenez le droit des individus à exprimer précisément les idées avec lesquelles vous êtes en désaccord. (Sinon, vous ne croyez pas en la « liberté de parole », mais plutôt seulement à vos idées dès lors qu'elles sont convenablement exprimées.) Devant la multiplicité des croyances existant de par le monde, et dans la mesure où il est virtuellement impossible que nous soyons tous d'accord avec une seule d'entre elles, vous pourriez commencer à envisager la véritable importance d'une idée telle que la « liberté de parole ». Cette idée qui, au fond, se résume à dire : « Même si je ne souscris pas à ce que vous dites ou si cela ne m'intéresse pas, je soutiens votre droit à l'exprimer, car là se trouve la vraie liberté. »

Vous dites avoir perçu mes propos comme « offensants » et « blasphématoires ». Que vous ayez eu le sentiment que vos croyances aient été dénigrées ou menacées me paraît intéressant, car je suis prêt à parier que vous n'avez jamais reçu *une seule lettre* de plainte au sujet de vos croyances, ou remettant en cause leur légitimité. (Si vous en avez reçu une, je vous assure qu'elle n'était pas de moi.) De surcroît, je suppose que l'examen attentif, quoique bref, d'une semaine lambda de programmes de télévision ferait ressortir de nombreuses autres émissions traitant de religion, en sus des *miennes* – appelées des « spéciales » en vertu même de leur *grande rareté* à l'antenne.

Je ne fais rien d'autre, dans « Révélations », que de donner mon point de vue avec mes mots, en partant de mes expériences – suivant la même méthode que celle des hommes de religion lorsqu'ils conçoivent leurs émissions. Alors que bon nombre des programmes religieux que j'ai pu regarder au cours des années n'étaient ni à mon goût, ni conformes à mes propres croyances, il ne m'est jamais venu à l'esprit d'exercer d'autre censure que de changer de chaîne ou, mieux encore : d'éteindre le poste.

Venons-en à la partie de votre lettre qui me semble la plus gênante.

Afin de soutenir votre sentiment d'outrage, vous posez un scénario hypothétique quant à l'éventuelle « colère » des musulmans devant un sujet qu'ils pourraient, eux aussi, juger offensant. Je vous pose la question suivante : fermez-vous implicitement les yeux sur le terrorisme violent d'une poignée de brutes à qui l'idée de « liberté de parole » et la tolérance sont peut-être encore plus étrangères que le message du Christ lui-même ? Si vous sous-entendez d'une manière ou d'une autre que leur intolérance à des croyances contraires est justifiable, admirable, voire préférable à celle de l'acceptation et du pardon, alors je me demande ce que sont réellement vos convictions.

Si vous aviez regardé entièrement mon émission, vous auriez remarqué, dans le résumé de mes croyances, ma fervente prière aux gouvernements du monde pour qu'ils consacrent moins d'argent aux machineries guerrières, et plus à nourrir, habiller et éduquer les pauvres et les nécessiteux de la planète… Un sentiment finalement assez peu antichrétien en la matière !

En définitive, le message de mon intervention est un appel à la compréhension plutôt qu'à l'ignorance, à la paix plutôt qu'à la guerre, au pardon plutôt qu'à la condamnation, et à l'amour plutôt qu'à la peur. Il est certes compréhensible que ce message ait échappé à vos oreilles (étant donné ma présentation), mais je vous assure que les milliers de personnes qui l'ont entendu lors de ma tournée dans tout le Royaume-Uni l'ont saisi.

J'espère avoir contribué à répondre à certaines de vos questions. Et j'espère également que vous prendrez ceci comme une invitation à maintenir les lignes de communication ouvertes. N'hésitez pas, s'il vous plaît, à me contacter personnellement si vous souhaitez me faire part de commentaires, de pensées, de questions. Sinon, je vous invite à savourer mes deux prochaines émissions spéciales intitulées « Mohammed le CRÉTIN » et « Bouddha, espèce de GROS COCHON ». (<u>BLAGUE</u>)

Sincèrement,

Bill Hicks

TON AMI, JOHN K.

JOHN KRICFALUSI À AMIR AVNI - 1998

Amir Avni, dessinateur en herbe de quatorze ans, envoie en 1998 une lettre à John Kricfalusi, cr
teur de l'emblématique série télévisée d'animation *Ren et Stimpy*, en y joignant quelques-uns
ses dessins. Certains représentent des personnages créés par John mais relativement mécon
du grand public. À la grande joie d'Amir, Kricfalusi lui répond, et bien plus que quelques mots
remerciement griffonnés à la hâte.

« Je pense que John place beaucoup d'espoir dans la jeune génération, dira Amir de son me
dix ans plus tard. Il veut être sûr qu'ils reçoivent une bonne formation. Il les voit comme l'aveni
l'illustration, voilà pourquoi il se montre disponible et plein de bonne volonté. »

Une attitude remarquable qui aura convaincu au moins un admirateur de suivre son rêve. Dep
Avni a étudié et enseigné l'animation au Sheridan College, au Canada ; en 2013, il travaille sur
nouveau dessin animé pour la chaîne Cartoon Network.

Cher Amir,

Merci pour ta lettre et l'ensemble de dessins animés à regarder.

Nous rencontrons toutefois des difficultés à ouvrir tes fichiers Flash ;
quand je clique sur le lecteur, je tombe sur un écran vide. Quelqu'un m'aide
à régler ça. Si ça ne fonctionne pas, tu pourras peut-être les poster sur le Web
et m'envoyer les liens URL.

Tes bandes dessinées sont plutôt réussies, tout particulièrement ta
mise en scène et ta progression. Tu possèdes probablement les bases d'un
bon artiste de story-board. Je t'envoie un excellent livre de Preston Blair
sur l'apprentissage du dessin d'animation. Preston était l'un des animateurs
de Tex Avery. Il a animé « le Petit Chaperon rural » et beaucoup d'autres
personnages.

Son livre te donnera les fondamentaux les plus importants pour
le bon dessin d'animation.

La construction. Apprends à construire tes dessins à partir d'objets
en trois dimensions. Apprends à dessiner les mains pour qu'elles aient
l'air solides. J'aimerais que tu copies les dessins de ce livre. Commence à
la première page. Dessine <u>lentement</u>. Regarde très attentivement. Mesure
les proportions. Trace les dessins une étape après l'autre, exactement comme
Preston !

Après avoir terminé ~~le can~~ chaque dessin, compare-le <u>attentivement</u> au dessin du livre. (si tu dessines sur du papier-calque, tu pourras poser le papier sur le livre pour voir où tu as fait des erreurs ! Note les erreurs sur le dessin ! Puis refais <u>encore une fois</u> le dessin, cette fois en corrigeant tes erreurs !)

Voici une autre information importante pour toi :

Un <u>bon dessin</u> est plus important que tout le reste dans l'animation. Plus que les idées, le style, les histoires. Tout commence avec un bon dessin. Apprends à bâtir une construction, des perspectives.

Bon, maintenant c'est à toi de jouer.

Eh, au fait, les VIEUX dessins animés, spécialement à partir des années 1940, sont meilleurs que les nouveaux ! Si tu copies les dessins des nouveaux dessins animés, tu n'apprendras rien – sauf prendre de mauvaises habitudes. Regarde les Tom & Jerry de 1947 à 1954 ou Elmer le chasseur + Porky Pig des années 1940 au début des années 1950.

Je suis sidéré par tout ce que tu sais sur nous. Comment as-tu connu BOBBY BIGLOAF ? Et MILDMAN !

Tu peux retrouver Jimmy + George Liquor sur Internet. Bah, je suppose que tu le sais déjà.

ALLEZ maintenant, mon vieux, au boulot. <u>Dessine</u> ! Et <u>ralentis</u>.

Mon adresse électronique est [X] si tu as des questions – pas trop <u>nombreuses</u>, j'espère ! Je reçois beaucoup de mails, difficile de répondre à tous.

Ton ami,

John K.

Dear Amir,

Thanks for your letter and all your cartoons' to look at.

We're having trouble opening your flash-files, though; when I click the player it opens a blank screen. I have somebody trying to figure it out. If it doesn't work, maybe you can post them on the web and give me the URL.

Your comics' are pretty good, especially your staging and continuity. You might have the makings of a good storyboard artist.

I'm sending you a very good how to draw animation book by Preston Blair.
Preston was one of Tex Avery's animators.
He animated "Red Hot Riding Hood" and many other characters.

His book shows you very important fundamentals of good cartoon drawing, & Construction. Learn how to construct your drawings out of 3-dimensional objects.
Learn how to draw hands, so they look solid. ← this ← not this →

2

I want you to copy the drawings in his book. Start on the first page Draw SLOW. Look very closely. Measure the proportions. Draw the drawings step-by-step, just the way Preston does.

ETc.,

After you finish ~~the d~~ each drawing check it carefully against the drawing in the book. (if you do your drawing on tracing paper, you can lay the pape on top of the book to see where you made mistakes. On your drawing write the mistakes!.

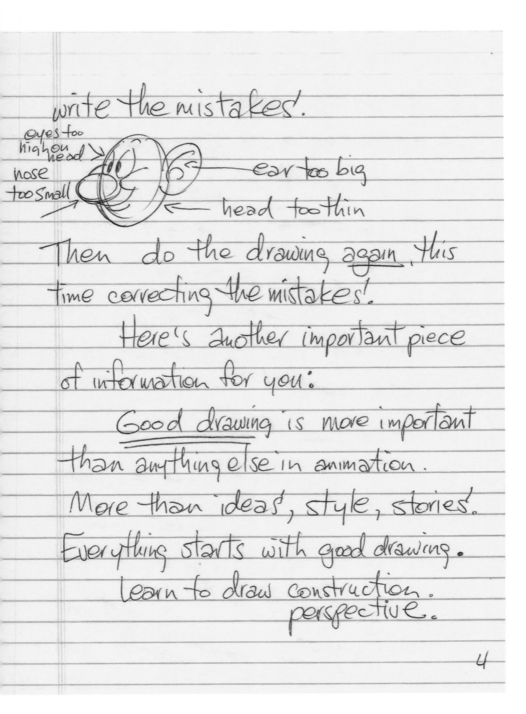

eyes too high on head
nose too small
ear too big
head too thin

Then do the drawing again, this time correcting the mistakes!.

Here's another important piece of information for you:

Good drawing is more important than anything else in animation. More than ideas, style, stories. Everything starts with good drawing. learn to draw construction. perspective.

4

OK, now its up to you.

Oh, by the way — OLD cartoons (from the 1940's especially are better than new cartoons.

If you copy the drawings in new cartoons you won't learn anything — except how to get bad habits. Look at Tom and Jerry from 1947-195 or Elmer Fudd + Porky Pig from the 40's + early 50's.)

6

I'm amazed at how much you know about us'. How do you know about BOBBY BIGLOAF? and MILDMAN!

You can see Jimmy + George Liquor on the internet. oh, I Guess you Know that.

7

ALRIGHT Bastard, Let's get to
work. Draw! and slow now.

My email address is [CENSORED!]...u.com
if you have any questions - not too many
I hope! I get a lot of email and
it's hard to answer it all.

Your
pal,

JOHN K.

8

L'HOMME ÉLÉPHANT

FRANCIS CARR-GOMM AU *TIMES* - 4 décembre 1886

Francis Carr-Gomm, directeur du London Hospital, adresse en décembre 1886 une lettre au *Tim*
dans laquelle il dévoile le triste sort d'un homme de vingt-sept ans monstrueusement défigu
condamné par son « effrayante » apparence à vivre reclus dans une petite chambre isolée sous
toits de l'hôpital. Celui que décrit Carr-Gomm n'est autre que Joseph Merrick, « l'homme éléphan
né en 1862 dans la ville de Leicester, atteint depuis l'enfance d'une déformation des membres, d'u
anomalie de la peau et de graves troubles de l'élocution. Après une adolescence épouvantable, il
brièvement bête de foire à Londres, puis il effectue un voyage en Europe au cours duquel il est v
time de vol et d'agression. À son retour en Angleterre, Merrick, sans travail et sans un sou, mala
et dépressif, est admis au London Hospital ; c'est à ce moment-là que son directeur s'adresse
Times pour demander de l'aide.

La réaction des citoyens – qui envoient lettres, cadeaux et argent – est inespérée. Elle perr
essentiellement de financer le séjour de Merrick à l'hôpital jusqu'à sa mort quelques années p
tard. Peu de temps après son décès, Carr-Gomm reprend la plume pour écrire au *Times*.

Publié dans le *Times*, numéro du 4 décembre 1886

Au rédacteur en chef du *Times*

Monsieur,

J'ai reçu l'autorisation de solliciter votre puissant appui afin de porter
à la connaissance du public le cas tout à fait exceptionnel qui suit. Il se
trouve en ce moment dans une petite chambre de l'un de nos greniers un
homme dénommé Joseph Merrick, âgé de vingt-sept ans à peu près, natif de
Leicester, si effrayant à voir qu'il lui est même impossible de sortir au grand
jour dans le jardin. Il a été surnommé « l'homme éléphant », en référence
à sa terrible difformité. Je ne choquerai pas vos lecteurs par une description
détaillée de ses infirmités, mais il ne peut faire usage que d'un bras pour
travailler.

Il y a environ dix-huit mois, Mr Treves, l'un des chirurgiens du
London Hospital, l'a vu alors qu'il était exhibé dans une salle en bordure
de la route de Whitechapel. Le malheureux était dissimulé sous un vieux
rideau, et s'efforçait de se dégeler contre une brique chauffée par une lampe.
Dès que le directeur récoltait à la porte une quantité suffisante de pennies,
le pauvre Merrick ôtait son rideau et s'exhibait dans toute sa difformité.

Le directeur et lui se partageaient pour moitié les dividendes du spectacle, jusqu'à ce que la police interrompît enfin l'exhibition de ses disgrâces pour motif d'atteinte à la décence du public.

Incapable de gagner plus longtemps sa vie par son exhibition en Angleterre, il se laissa persuader de se rendre en Belgique, où il fut pris en main par un Autrichien qui tint auprès de lui le rôle de manager. Merrick parvint à mettre de côté une somme de près de cinquante livres, mais la police n'eut de cesse, là aussi, de le faire déguerpir, et son existence devint celle d'une misérable proie. Un jour, toutefois, lorsque l'Autrichien s'aperçut que l'exhibition avait fait son temps, il décampa avec le petit capital de cinquante livres si difficilement économisé par le pauvre Merrick, et il le laissa absolument seul et indigent dans ce pays étranger. Fort heureusement, il lui restait encore quelque chose à placer en gage, ce qui lui fournit assez d'argent pour payer son voyage de retour en Angleterre, car il était certain d'avoir un seul et unique ami au monde en la personne de Mr Treves, du London Hospital. Malgré de grandes difficultés, il réussit à s'y rendre, mais à chaque station ou arrêt, une foule curieuse se pressait autour de lui, ne le quittant pas d'une semelle, ce qui lui rendit le trajet extrêmement ardu. En arrivant au London Hospital, il ne possédait rien d'autre que les vêtements qu'il portait. Nous l'avons admis dans notre hôpital quoiqu'il n'y ait hélas nul espoir de le guérir, et se pose désormais la question de savoir ce que nous allons faire de lui dans les temps qui viennent.

Les maisons de travail[1] lui inspirent une profonde horreur et il n'est certes pas décemment possible de l'envoyer dans un quelconque endroit sans garantie d'intimité, son apparence étant telle que tous fuient à son approche.

Le Royal Hospital pour les incurables et le British Home pour les incurables ont tous deux refusé de le prendre, quand bien même des fonds suffisants seraient fournis pour payer son séjour.

La police interdit, à juste titre, qu'il fasse à nouveau l'objet d'une exhibition ; il ne peut pas sortir dans les rues et il est partout si malmené que l'existence lui devient impossible ; il ne peut, par souci de justice vis-à-vis des autres, être placé dans la salle générale d'une maison de travail, et même si c'était possible, il s'en défie avec la plus grande terreur ; il ne devrait pas être retenu dans notre hôpital (où il occupe un bâtiment privé, et où il est traité avec la plus grande gentillesse – il dit qu'il n'a jamais connu dans sa vie ce calme et ce repos), puisque son cas est incurable et ne convient pas,

---

1. Au Royaume-Uni, les *workhouses* étaient alors des hospices où les personnes sans revenu travaillaient dix-huit heures par jour sous une discipline et dans des conditions d'insalubrité considérées par certains historiens comme « quasi génocidaires ». (Toutes les notes sont de la traductrice.)

dès lors, à notre hôpital général surpeuplé ; les hospices d'incurables refusent de l'accueillir même si nous devions payer intégralement sa pension, et la difficile question de savoir ce que nous devons faire de lui demeure.

Si effrayante que soit son apparence – et elle l'est tant et si bien que les femmes et les personnes anxieuses s'enfuient, terrorisées, dès qu'elles l'aperçoivent, et qu'il lui est exclu de tenter de gagner sa vie de manière ordinaire –, il est cependant d'une intelligence supérieure, il sait lire et écrire, il est paisible, délicat, pour ne pas dire d'un esprit raffiné. Il occupe son temps à l'hôpital en fabriquant, de sa seule main valide, de petites maquettes en carton, qu'il donne à l'infirmière, au docteur ou à tous ceux qui ont été gentils avec lui. Au travers de toutes les terribles vicissitudes de son existence, il a conservé une peinture de sa mère afin de montrer qu'elle était une femme décente et présentable, en mémoire de la seule âme qui se montra généreuse avec lui jusqu'à sa rencontre avec le personnel infirmier si bienveillant du London Hospital et avec le chirurgien dont il s'est fait un ami.

C'est là un cas de singulière détresse, et il n'en est pas responsable ; il ne peut qu'aspirer à la paix et à l'intimité durant une vie dont Mr Treves m'assure qu'elle sera fort probablement brève.

L'un de vos lecteurs pourrait-il me suggérer un établissement qui daigne le recevoir ? Car je suis certain que, si nous le trouvons, des personnes charitables se manifesteront pour me permettre de lui garantir ce placement. En attendant, bien que le lieu ne soit pas adapté à ce cas d'incurabilité, la petite pièce sous les toits de notre hôpital, hors des quartiers généraux de Cotton Ward, lui procure tout ce qu'il désire. Le dimanche de l'avent, le maître du temple a dit un sermon éloquent en réponse à la question : « Qui a réellement péché, cet homme ou ses parents, pour qu'il naquît aveugle ? » Montrant que l'un des objectifs du Créateur, lorsqu'il permet à des hommes de naître à une vie de handicap effroyable et sans espoir, est de voir l'œuvre de Dieu se manifester dans la sympathie et l'aide généreuse de ceux qui n'ont pas de croix si lourde à porter.

Soixante-seize mille patients passent les portes de notre hôpital chaque année, mais je n'ai jamais été autorisé auparavant à éveiller l'attention du public sur un cas quelconque, aussi voudra-t-on comprendre que celui-ci est exceptionnel.

Tout courrier sur ce sujet pourra être adressé soit à moi-même, soit au secrétaire du London Hospital.

J'ai l'honneur d'être, Monsieur, votre obligé,
F. C. Carr-Gomm, directeur du London Hospital

Publié dans le *Times*, numéro du 16 avril 1890

Au rédacteur en chef du *Times*

Monsieur,

En novembre 1886, vous avez eu l'obligeance de bien vouloir publier dans le *Times* une lettre de ma main attirant l'attention sur le cas de Joseph Merrick, connu comme « l'homme éléphant ». Il s'agissait d'un malheur singulier et hors du commun ; ses difformités physiques étant de nature à éveiller la terreur, il lui était impossible de gagner sa vie par quelque autre moyen que sa propre exhibition aux yeux des curieux. La chose ayant, fort justement, été proscrite par la police de notre pays, il laissa un aventurier autrichien l'emmener à l'étranger et l'offrir en spectacle en divers points d'Europe continentale ; mais un jour, son « imprésario » prit la fuite après avoir dérobé le pécule que le pauvre Merrick avait patiemment mis de côté, l'abandonnant dans l'indigence, sans ami et dépourvu en pays étranger.

Non sans grandes difficultés, il parvint, d'une manière ou d'une autre, à gagner le seuil du London Hospital où, grâce à la gentillesse de l'un de nos chirurgiens, il trouva provisoirement un foyer. Alors se posa la question de son avenir : aucun hospice d'incurables ne voulait l'accepter, les maisons de travail l'horrifiaient, et un placement sans garantie d'intimité ne pouvait être envisagé. Or le règlement et les besoins de notre hôpital général interdisaient l'accès aux fonds et à l'espace requis : strictement réservés aux traitements et à la convalescence, ils ne pouvaient être employés à l'entretien d'un cas chronique comme celui-ci, si extraordinaire fût-il. Devant ce dilemme, ne pouvant décemment renvoyer cet homme à la rue, je décidai de vous écrire et, dès cet instant, tous les obstacles tombèrent ; la sympathie d'un grand nombre s'éveilla, et même s'il ne se manifesta aucune pension adaptée, des fonds suffisants, hors ceux de l'hôpital, me furent confiés pour veiller sur une existence peu promise à se prolonger. En décision exceptionnelle, le comité accepta de le laisser rester chez nous contre le paiement annuel d'une somme équivalente à celle d'une hospitalisation.

Dès lors, le pauvre Merrick fut en mesure de passer ici les trois années et demie qui lui restaient à vivre, dans l'intimité et le confort. L'administration de l'hôpital, les équipes soignantes, l'aumônier, les sœurs et les infirmières s'unirent afin d'atténuer autant que possible ses misères, et il se mit à parler de ses appartements à l'hôpital comme de son foyer. Il fut heureux d'y recevoir de nombreuses visites, certaines de la part des plus éminentes personnalités du pays, et son quotidien ne manqua ni d'intérêt, ni de distractions : c'était un grand lecteur, et il fut généreusement pourvu d'ouvrages par la bonté d'une dame, l'une des plus brillantes figures du monde du théâtre ; il apprit à tisser des paniers et, en plus d'une occasion, il alla voir jouer une pièce dans le secret d'une loge individuelle.

Il tira grand bénéfice de l'instruction religieuse que lui dispensèrent notre aumônier et le Dr Walsham How, puis l'évêque de Bedford lui donna sa confirmation en privé ; ainsi put-il prendre part aux offices de la chapelle depuis le vestibule. Durant les jours qui précédèrent sa mort, quotidiennement, Merrick assista deux fois aux services, recevant le matin la Sainte Communion ; et au cours de l'ultime conversation que nous eûmes, lui et moi, Merrick exprima sa profonde gratitude pour tout ce qui avait été fait envers lui ici, ainsi que la certitude d'avoir bénéficié de la charité de Dieu lorsqu'Il avait guidé ses pas jusqu'ici. Chaque année, il appréciait beaucoup ses six semaines de séjour champêtre dans un paisible cottage, mais il était toujours heureux de rentrer pour se retrouver « à la maison ». Malgré cette faveur particulière, il se montrait tranquille et modeste, très reconnaissant de tout ce qui était fait pour lui, et c'était de bon cœur qu'il se conformait aux restrictions nécessaires.

Je livre ces détails en songeant que ceux qui ont envoyé de l'argent pour sa survie aimeront savoir comment leur charité a été employée. Vendredi dernier, dans l'après-midi, alors que son état de santé ne présentait pas d'anomalie, il est paisiblement mort dans son sommeil.

Demeure entre mes mains la petite somme d'argent que je recevais de temps à autre pour sa pension, et je propose, après avoir payé certains services, de la transmettre aux fonds généraux de l'hôpital. Il me semble que ce choix sera conforme aux vœux des donneurs.

C'est grâce à l'aimable publication de ma lettre par le *Times* en 1886 que cet homme infortuné aura pu jouir d'une confortable protection durant les dernières années d'une triste existence, et je profite de l'opportunité qui m'est donnée pour exprimer ma gratitude à cet égard.

Je reste, Monsieur, votre fidèle obligé,

F. C. Carr-Gomm

Chambre du Comité, London Hospital, 15 avril

LETTRE 009

J'AIME LES MOTS

ROBERT PIROSH À PLUSIEURS DESTINATAIRES - 1934

Robert Pirosh, jeune rédacteur publicitaire new-yorkais, quitte en 1934 un emploi bien payé po
poursuivre son rêve à Hollywood : devenir scénariste. À son arrivée, il rassemble les noms et co
données de tous les réalisateurs, producteurs et patrons de studio qui lui passent sous la main
leur envoie une lettre de motivation d'une efficacité redoutable ; de fait, elle lui ouvre les portes
trois entretiens et lui permet de décrocher un poste à la MGM.

Quinze ans plus tard, Robert Pirosh remporte l'oscar et le Golden Globe du Meilleur scénario origi
pour le film de guerre *Bastogne*.

Cher Monsieur,

J'aime les mots. J'aime les mots gras et beurrés comme suintement,
viscosité, atermoiement, flagornerie. J'aime l'aspect solennel, anguleux,
obsolète de mots comme corseté, jovial, pécunieux, vade–mecum. J'aime les
mots fallacieux et euphémiques comme embaumeur, liquider, capilliculteur,
demi-mondaine. J'aime la suavité des mots en v comme vayvodie, vanité,
vernaculaire, verve. J'aime les mots hachés, secs, croustillants, comme rustre,
psylle, glabre, houspiller. J'aime les grands mots des vapeurs de bontés
divines et de douces grâces du Seigneur comme chenapan, promenoir,
taffetas, pâmoison. J'aime les mots élégants et fleuris comme estival,
pérégrination, élyséen, parcimonie. J'aime les mots d'esquive qui tournent
autour du pot comme dégustation, condescendre, persiflage, barboter.
J'aime les mots hameçons et mutins comme ouf, atchoum, rototo et berk.

Je préfère le mot scénariste à celui de rédacteur, aussi ai-je décidé de
quitter mon travail dans une agence publicitaire de New York pour tenter
ma chance à Hollywood, mais avant de franchir le pas, je suis resté un an
en Europe pour étudier, réfléchir et buller.

Je viens de rentrer et j'aime toujours les mots.

Puis-je en échanger quelques-uns avec vous ?

Robert Pirosh
385 Madison Avenue
Chambre 610
New York
Eldorado 5-6024

9

JE NE PEUX PLUS LUTTER DAVANTAGE

VIRGINIA WOOLF À LEONARD WOOLF - Mars 1941

À vingt-deux ans, la grande romancière Virginia Woolf a déjà traversé deux dépressions nerveuses causées, dit-on, par les décès rapprochés de sa mère et de sa demi-sœur, puis de son père quelques années plus tard. Cependant, son combat ne s'arrête pas là, elle luttera contre de nombreuses crises de dépression jusqu'à la fin de sa vie.

Un soir de mars 1941, elle tente de mettre fin à ses jours en se jetant dans une rivière ; cette tentative se solde par un échec et elle rentre chez elle trempée jusqu'aux os. Mais Virginia Woolf ne s'avoue pas vaincue et quelques jours plus tard, le 28 mars 1941, elle parvient à échapper pour de bon à une vie consumée par la maladie mentale. Le jour de sa mort, Leonard, son mari, qui ignorait tout de ses projets, découvre cette lettre sur la cheminée. Le corps de Virginia sera retrouvé quelques semaines plus tard dans la rivière Ouse, les poches de son manteau remplies de cailloux.

Mardi.

Mon bien cher,

Je suis certaine d'être en train de redevenir folle. Nous ne pouvons pas encore traverser cette effroyable épreuve. Cette fois je ne m'en sortirai pas. Je commence à entendre des voix et je ne peux plus me concentrer. Alors je vais faire ce qui semble être la meilleure chose à faire. Tu m'as offert le plus grand bonheur possible. Tu as été à tous les égards tout ce que quelqu'un peut être. Je ne crois pas que deux êtres auraient pu être plus heureux avant l'arrivée de cette terrible maladie. Je ne peux plus lutter davantage. Je sais que je gâche ta vie, que sans moi tu pourrais travailler. Et tu travailleras, je le sais. Tu vois, je n'arrive même pas à écrire ceci convenablement. Je ne peux plus lire. Ce que je veux te dire c'est que c'est à toi que je dois tout le bonheur de ma vie. Tu as été d'une patience absolue et d'une incroyable bonté avec moi. Je tiens à le dire – tout le monde le sait. Si quelqu'un avait pu me sauver, cela aurait été toi. Tout s'échappe de moi sauf la certitude de ta bonté. Je ne peux pas gâcher ta vie plus longtemps.

Je ne pense pas que deux êtres auraient pu être plus heureux que nous l'avons été.

V.

IL N'Y A PAS D'ARGENT À SE FAIRE QUAND ON RÉPOND AUX LETTRES

GROUCHO MARX À WOODY ALLEN - 22 mars 1967

En 1961, le comédien Groucho Marx et le réalisateur Woody Allen se rencontrent pour la prem
fois, le début d'une amitié qui durera seize ans. De Marx, son aîné de quarante-cinq ans, Aller
qu'il lui rappelle «un oncle juif dans [sa] famille, un oncle juif désobligeant à l'esprit sarcastiqu
tandis que Marx, en 1976, décrète qu'Allen représente le «talent comique le plus important
coin ». En mars 1967, après une longue interruption de leur correspondance qui rend Allen fou
rage, Marx redonne enfin signe de vie.

22 mars 1967

Cher WW,

Goodie Ace a dit à l'un de mes amis au chômage que tu étais déçu ou agacé
ou ravi ou éméché que je n'aie pas répondu à la lettre que tu m'as écrite il y
a des années. Tu sais forcément qu'il n'y a pas d'argent à se faire quand on
répond aux lettres – sauf s'il s'agit de lettres de crédit venant de la Suisse ou
de la mafia. Je t'écris de mauvais gré, car je sais que tu fais six trucs à la fois
– dont cinq à teneur sexuelle. Je ne vois pas comment tu trouves du temps
pour la correspondance.

Ta pièce, j'en suis sûr, sera toujours à l'affiche au moment où j'arriverai
à New York, la première ou la deuxième semaine d'avril. Ce doit être
affreusement pénible pour les critiques : si ma mémoire est bonne, ils
ont déclaré qu'elle ne se maintiendrait pas parce qu'elle était trop drôle.
Puisqu'elle dure, ils doivent être encore plus affligés. C'est arrivé à la
pièce de mon fils, pour laquelle il collaborait avec Bob Fisher. Morale
de l'histoire : n'écris pas de comédie qui risquerait de faire rire le public.

Le problème de la critique fait débat depuis ma bar-mitsva il y a presque
cent ans. Je ne l'ai jamais raconté à personne, mais j'ai reçu deux cadeaux
quand je suis sorti de l'enfance pour plonger dans ce qu'il faut sans doute
appeler aujourd'hui l'âge adulte. Un oncle, qui nageait alors dans le fric,
me remit une longue paire de chaussettes noires, et une tante qui essayait
de me draguer me donna une montre en argent. Trois jours après, la montre
s'évapora. Motif de sa disparition, mon frère Chico était loin de manier

sa queue de billard aussi brillamment qu'il le pensait. Il la mit au clou d'un magasin de prêteur sur gages de la 89ᵉ Rue et de la 3ᵉ Avenue. Un jour que j'errais comme une âme en peine, je la vis, pendue en vitrine de ladite boutique. Sans mes initiales gravées sur le boîtier, je ne l'aurais pas reconnue, car le soleil l'avait si bien noircie qu'elle avait tourné couleur charbon. Les chaussettes, que j'avais portées toute une semaine sans jamais les laver, prirent une teinte de marbre vert. Ce fut donc là le solde de ma récompense pour avoir survécu treize années.

Et en fait, cela explique pourquoi je ne t'ai pas écrit depuis un bout de temps. Je porte toujours les chaussettes – ce ne sont plus mes chaussettes mais une partie de mes jambes.

Tu as écrit que tu viendrais ici en février, et moi, dans ma joyeuse frénésie, j'ai acheté tellement de charcuterie que si je l'avais conservée sous sa première forme de blé bien lourd, ça aurait couvert ma contribution au moulin des fonds publics de la United Jewish pour 1967 et 1968.

Je crois que l'hôtel où je descendrai à New York est le St. Regis. Et bon Dieu, arrête d'avoir autant de succès – ça me rend cinglé. Salut à toi et à ton ami miniature, le petit Braquemart.

Groucho

SSI NUL QUE SON TITRE

rojet de script rédigé par John Cleese, membre de la célèbre troupe des Monty Python, et sa
ne Connie Booth, tombe en mai 1974 entre les mains de Ian Main, éditeur de scénarios humo-
ques. Peu convaincu par ce qu'il vient de lire, ce dernier envoie une note plus que sceptique au
:teur des programmes comiques et du divertissement de la BBC. Fort heureusement pour les
tateurs, et grâce à la persévérance de Cleese et de Booth, les supérieurs de Ian Main décident
asser outre son opinion : un an plus tard, le projet a donné naissance à une série, *L'Hôtel en folie*,
idérée à ce jour comme l'une des plus drôles ayant jamais été diffusées.

J09, Cleese déclare à propos de cette fameuse note : «Comme quoi, les gens n'ont aucune idée
e qu'ils font. »

From: Comedy Script Editor, Light Entertainment, Television

Room No. &
Building: 4009 TC   Tel.
                                        Ext.:   2900   date: 29.5.1974.

Subject: "FAWLTY TOWERS" BY JOHN CLEESE & CONNIE BOOTH

To: H.C.L.E.

I'm afraid I thought this one as dire as its title.

It's a kind of "Prince of Denmark" of the hotel world.   A collection of
cliches and stock characters which I can't see being anything but a disaster.

CF   (Ian Main)

De la part de : Éditeur de scripts comiques, Light Entertainment, Television
Bureau, numéro et bâtiment : 4009 TC Tél. : 2900 Date : 29/05/1974
Objet : «L'Hôtel en folie» de John Cleese et Connie Booth
À : Direction des programmes comiques et du divertissement

Je crains d'avoir trouvé celui-ci aussi nul que son titre.

C'est un genre de «Prince de Danemark» dans l'univers hôtelier. Une
collection de clichés et de personnages plats que je ne vois pas virer
autrement qu'au désastre.

      I.M.
      (Ian Main)

LETTRE 013

JE DEMEURE ÉBAHI ET HORRIFIÉ

CHARLES DICKENS AU *TIMES* - 13 novembre 1849

Une foule de trente mille personnes se rassemble devant une prison du sud de Londres le 13
vembre 1849 pour assister à l'exécution publique de Marie et Frederick Manning. Le couple es
connu coupable d'avoir assassiné l'ancien amant de Marie, Patrick O'Connor, un homme fort
avant de l'enterrer dans la cuisine et d'essayer plutôt maladroitement de s'enfuir avec son arg
Cela fait plus d'un siècle que des époux n'ont pas été pendus, les badauds sont fébriles. L'af
est surnommée «l'horreur de Bermondsey», l'exécution en elle-même devient «la pendaisoi
siècle». Cet événement macabre a attiré l'attention de Charles Dickens ; après avoir observé l'
cution et la foule hurlante, ce dernier fait part de sa consternation dans une lettre ouverte au *Tin*

Devonshire Terrace
Mardi 13 novembre 1849

Monsieur,

      J'ai été témoin de l'exécution de Horsemonger Lane ce matin. Je m'y
suis rendu afin d'observer la foule venue en masse y assister, et j'ai eu les
meilleures opportunités de le faire à intervalles réguliers la nuit durant, puis
en permanence de l'aurore jusqu'après le spectacle. Si je vous écris à ce sujet,

ce n'est nullement dans l'intention de débattre de la question abstraite de la peine capitale, ni de rappeler les arguments de ses adversaires et défenseurs. Je souhaite seulement tirer de cette terrible expérience un compte rendu dans l'intérêt général, en reprenant la clarté des termes rendus publics par une déclaration de sir G. Grey à la dernière session du Parlement, en foi de laquelle le gouvernement doit se laisser convaincre de soutenir l'application de la peine capitale comme acte solennel et privé entre les murs de la prison (avec la garantie que la dernière sentence prononcée par la loi soit inexorablement administrée, en sorte de satisfaire le public le plus large) et j'implore de tout cœur sir G. Grey, comme un devoir vénérable qu'il doit à la société et une responsabilité qu'il ne saurait indéfiniment repousser, d'instiguer lui-même ce bouleversement législatif. Le terrifiant spectacle de cruauté et d'inconséquence donné par l'immense foule concentrée à l'exécution ce matin me semble humainement inconcevable, inimaginable jusque dans n'importe quelle contrée barbare existant sous nos cieux. L'horreur du gibet et du crime qui y a mené deux misérables assassins s'est estompée en moi devant les comportements ignobles, les regards et le langage des spectateurs attroupés. À mon arrivée sur place, à minuit, l'assourdissant vacarme des cris et glapissements qui s'élevaient régulièrement, signe de ralliement de garçons et de filles installés aux meilleures places, me glaça le sang. Au fil de la nuit, s'ajoutèrent hurlements, rires et vagissements dans un chœur massif de parodies de chants nègres – «Mme Manning» se substituant à «Susannah» ou autres. L'aube venue, voleurs, prostituées des rues, ruffians et vagabonds de toutes espèces envahirent la place, avec une infinie diversité de gestes obscènes ou démentiels. Bagarres, évanouissements, sifflets, imitations de *Punch*[1], plaisanteries brutales, tumultueuses démonstrations de joie indécente lorsque la police tirait hors de la foule des femmes en pâmoison, la robe en désordre, insufflèrent une nouvelle énergie au divertissement général. Lorsque le soleil se mit à briller avec éclat – comme il le fit –, il dora des milliers et des milliers de visages levés, si indiciblement odieux dans leur hilarité et leur dureté, qu'un être humain en ressentait la honte de sa propre chair, le besoin de rétrécir en lui-même, comme le montre l'image du Diable. Quand les deux misérables créatures qui attiraient sur elles cette épouvantable attention furent livrées au jour, tremblantes, il n'y eut pas plus d'émotion, pas plus de pitié, ni la pensée que ces deux âmes immortelles

---

1. Magazine britannique de parodies dont les dessins populaires dénotaient souvent violence, voire mauvais goût.

rencontraient leur jugement, ni même une modération dans les obscénités ; comme si le nom du Christ n'avait jamais été entendu en ce monde et qu'il n'existait d'autre foi parmi les hommes que celle de périr comme des animaux.

Il m'a été donné de voir les pires sources de contamination générale et de corruption dans ce pays, et je crois qu'il est peu de moments de la vie londonienne qui sauraient encore me surprendre. Je suis absolument convaincu qu'aucune espèce d'ingéniosité ne saurait, dans un même laps de temps, répandre en ville une ruine aussi totale qu'une exécution publique, et je demeure ébahi, horrifié par la cruauté qu'elle révèle. Nulle communauté ne peut selon moi prospérer là où une telle scène d'ignominie et de désintégration morale, telle qu'elle a eu lieu ce matin devant la prison de Horsemonger Lane, est infligée à la porte des bons citoyens, et il est impossible de passer devant, de l'ignorer ou de l'oublier. Et quand dans nos prières et nos actions de grâces, nous exprimons humblement devant Dieu notre désir de faire fuir de la terre les malignités, je voudrais que vos lecteurs se demandent si oui ou non il est temps de songer à celle-ci pour la déraciner.

Je suis, Monsieur, votre fidèle Serviteur.

EUSE D'ÉLITE

E OAKLEY AU PRÉSIDENT DES ÉTATS-UNIS WILLIAM MCKINLEY - 5 avril 1898

ube du xxe siècle, alors que se profile la guerre hispano-américaine, la célèbre tireuse d'élite
e Oakley, membre de la troupe du spectacle «Buffalo Bill's Wild West» et première femme à
hissée au rang de star internationale, envoie une lettre au président américain William McKinley
lui faire une offre. Rédigée sur une feuille de son magnifique papier à lettres, sa proposition est
ple : Oakley est disposée à mettre à la disposition de l'armée une troupe de cinquante «tireuses
te» hyper-entraînées et tout à fait qualifiées pour contribuer à l'effort de guerre, ainsi que
es les munitions dont celles-ci auraient besoin. À son grand désarroi, le pouvoir en place décline
nent l'offre. Sans se laisser décourager, Oakley, patriote dans l'âme, réitère sa proposition à la
e de la Première Guerre mondiale... en vain : la réponse reste inchangée.

UN SUCCÈS INTERNATIONAL
ANNIE OAKLEY

Tireuse d'élite représentant l'Amérique

Nutley, New Jersey, le 5 avril

Honorable Président William McKinley

Cher Monsieur, je suis d'abord certaine que votre bon jugement saura
conduire l'Amérique en toute sécurité, sans guerre.

Mais dans l'hypothèse où cet événement aurait lieu, je suis prête à
mettre cinquante femmes de tir d'élite à votre disposition. Chacune d'elles
est américaine et, puisqu'elles fourniront armes et munitions, elles causeront
peu de dépenses au gouvernement.

Bien sincèrement, Annie Oakley

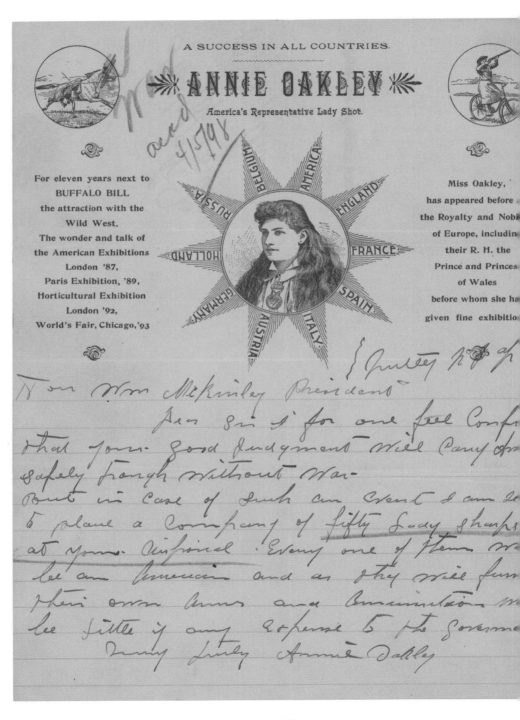

A SUCCESS IN ALL COUNTRIES.

ANNIE OAKLEY

America's Representative Lady Shot.

For eleven years next to
BUFFALO BILL
the attraction with the
Wild West.
The wonder and talk of
the American Exhibitions
London '87,
Paris Exhibition, '89,
Horticultural Exhibition
London '92,
World's Fair, Chicago,'93

RUSSIA BELGIUM AMERICA ENGLAND FRANCE SPAIN ITALY AUSTRIA GERMANY HOLLAND

Miss Oakley,
has appeared before
the Royalty and Nobi
of Europe, includin
their R. H. the
Prince and Princes
of Wales
before whom she ha
given fine exhibitio

Hon Wm McKinley President

Dear Sir I for one feel Confi
that your good judgment will carry us
safely trough without war.
But in case of such an event I am re
to place a company of fifty Lady Sharps
at your. Airforce. Every one of them w
be an American and as they will fur
their own arms and ammunition w
be little if any Expense to the governme
Very Truly Annie Oakley

50

DIABLE HITLER

RICK HITLER AU PRÉSIDENT DES ÉTATS-UNIS FRANKLIN D. ROOSEVELT - 3 mars 1942

1940, un an après avoir fui l'Allemagne nazie et s'être installé à New York, un homme tente de rôler au sein des forces armées américaines, mais sa candidature est rejetée : il est le neveu lolf Hitler. Le jeune homme ne baisse pas les bras pour autant ; deux ans plus tard, quelques s après que son oncle a déclaré la guerre aux États-Unis, William Patrick Hitler renouvelle sa 1ande en s'adressant, cette fois, directement au président américain. La lettre est rapidement smise au directeur du FBI, J. Edgar Hoover, qui décide d'enquêter sur le prétendant avant de le larer apte au service.

iam Patrick Hitler rejoint la Navy en 1944, mais il est démobilisé en 1947 après avoir été blessé combat. Il décède à New York, quarante ans plus tard.

3 mars 1942
Franklin D. Roosevelt,
Président des États-Unis d'Amérique.
La Maison-Blanche,
Washington D.C.

Monsieur le Président,

Prendrai-je la liberté d'empiéter sur votre précieux temps et celui de votre équipe de la Maison-Blanche ? Conscient des moments critiques que traverse aujourd'hui la nation, j'ose agir en ce sens car seule la prérogative de votre haute autorité saura démêler mes difficultés et ma singulière situation.

Permettez-moi de vous résumer aussi succinctement que possible les circonstances ayant fait ma position, puisqu'il serait aisé d'y trouver une solution si vous aviez l'obligeance de bien vouloir intervenir et de prendre une décision.

Je suis le neveu et l'unique descendant du tristement fameux chancelier et leader de l'Allemagne qui tente aujourd'hui, en despote, de réduire à l'esclavage les peuples libres et chrétiens du globe.

Sous votre remarquable conduite, des hommes de toute confession ou nationalité mènent une guerre désespérée afin de déterminer, en dernier ressort, s'ils doivent ultimement vivre dans une société d'éthique soumise à Dieu et la servir, ou devenir les esclaves d'un diabolique régime païen.

Dans le monde d'aujourd'hui, chacun doit se poser la question de savoir quelle cause il entend servir. Les hommes libres et profondément habités par le sentiment religieux ne connaissent qu'une réponse et un choix assez forts pour les guider, l'issue dût-elle être amère.

Je ne suis que l'un de ces nombreux hommes mais je peux rendre service à cette grande cause, et la vie que je suis prêt à donner pourrait finalement, avec l'aide des autres, triompher.

Tous mes parents et amis marcheront bientôt pour la liberté et la dignité sous la bannière étoilée. Pour cette raison, Monsieur le Président, je vous soumets respectueusement cette requête : puis-je être autorisé à les rejoindre dans leur lutte contre la tyrannie et l'oppression ?

Cette demande m'est présentement déniée car lorsque j'ai fui le Reich en 1939, j'étais sujet britannique. Je suis venu en Amérique avec ma mère, irlandaise, principalement dans une démarche de rapprochement familial. Au même moment, je me suis vu offrir un contrat pour écrire et donner des conférences aux États-Unis, ce qui ne m'a pas laissé le temps de faire acte de candidature sous le régime des quotas. Dès lors, je devais séjourner ici en tant que visiteur.

J'ai essayé de m'enrôler dans les forces britanniques, mais mon succès de conférencier a fait de moi l'une des voix politiques les plus populaires ; la police eut souvent à apaiser les clameurs des foules exigeant d'entrer à Boston, Chicago, ou d'autres villes. La réaction grinçante des autorités britanniques fut de m'encourager à poursuivre dans cette voie.

Les Anglais sont un peuple insulaire, et s'ils se montrent aimables et courtois, j'ai l'impression – juste ou non – qu'il leur serait très difficile, à moyen terme, de prolonger leur cordialité ou leur sympathie à un individu portant le nom qui est le mien. Le coût de la procédure légale en Angleterre pour changer de patronyme me rend cette option inenvisageable en l'état actuel de mes finances. Dans le même temps, je ne suis pas parvenu à savoir si l'armée canadienne aurait le pouvoir de faciliter mon accession au régiment. Telles que sont maintenant les choses, dans la mesure où je ne bénéficie d'aucune orientation officielle, me faire enrôler en tant que neveu de Hitler est une gageure qui requiert une étrange sorte de courage, or je suis d'autant plus incapable d'en faire preuve que je ne dispose ni d'un grade ni du soutien officiel d'une faction.

Quant à ma probité, Monsieur le Président, je me contenterai de dire qu'elle a été publiquement actée, et qu'elle est probablement de la même nature que l'intelligence intuitive avec laquelle vous avez, en usant de toute l'ingéniosité jamais exprimée dans l'art de conduire un pays, arraché au Congrès américain les armes qui sont aujourd'hui la meilleure défense de la nation au milieu de cette crise. Je puis aussi songer qu'en des temps d'orgueil et d'ignorance, j'ai tenté d'accomplir ce qu'un chrétien sait être juste. Après avoir fui la Gestapo, j'ai averti la France par voie de presse que Hitler allait l'envahir cette année-là. Par le même biais, j'ai mis en garde les Anglais sur le fait que la prétendue «solution» de Munich était un mythe et aurait des conséquences terribles. Lors de mon arrivée en Amérique, j'ai immédiatement informé la presse de ce que Hitler allait lâcher son Frankenstein sur la civilisation dans l'année.

Bien que personne n'ait accordé la moindre attention à mes propos, je n'ai cessé de continuer à écrire et donner des conférences en Amérique. Le temps des écrits et des paroles est désormais révolu, et je suis pleinement conscient de l'immense dette que nous avons, ma mère et moi, envers l'Amérique. Plus que tout j'aimerais voir le combat commencer aussi vite que possible et, par conséquent, être accepté parmi mes amis et camarades en tant que l'un des leurs dans cette grande bataille pour la liberté.

En elle-même, une réponse favorable de votre part serait le signe du constant esprit de bonne volonté que démontre le peuple américain, peuple auquel je me sens si puissamment appartenir aujourd'hui. Je puis respectueusement vous assurer, Monsieur le Président, que, comme par le passé, je donnerais le meilleur de moi-même à l'avenir afin d'être digne du grand honneur que je sollicite avec votre aimable concours, dans la certitude que mes efforts envers les grands principes de la Démocratie sauraient au moins se distinguer de l'activité de bien des individus qui, depuis longtemps, se rendent indignes du privilège de se prévaloir américains. Pourrais-je dès lors me laisser aller à espérer, Monsieur le Président, que dans le tumulte de ce vaste conflit, vous ne céderez pas à la tentation de rejeter ma requête pour des raisons dont je ne saurais être tenu responsable ?

Il ne se conçoit pas à mes yeux aujourd'hui de plus grand honneur, Monsieur le Président, que celui d'avoir vécu pour servir l'homme qui a libéré le peuple américain du besoin, ni de plus grand privilège que d'avoir joué un petit rôle pour instituer le titre qui sera le vôtre à la postérité : le plus grand émancipateur des souffrances de l'espèce humaine dans l'histoire politique.

Je serais heureux de vous transmettre toute information complémentaire qui vous paraîtrait utile, et je prends la liberté de joindre à cette lettre un document détaillé à mon sujet.

Permettez-moi, Monsieur le Président, de vous exprimer avec cœur mes meilleurs vœux de santé et de bonheur futurs, et l'espoir que, bientôt, vous meniez tous les hommes ayant foi en la dignité, toujours plus haut vers une glorieuse victoire.

Je demeure très respectueusement vôtre,
Patrick Hitler

RCI POUR LE RÊVE

LD DAHL À AMY CORCORAN - 10 février 1989

dimanche après-midi pluvieux de la fin des années 1980, grâce à l'aide précieuse de son père, y, sept ans, entreprend d'écrire à Roald Dahl, l'un des écrivains pour enfants les plus populaires 'histoire ; pour Amy, il est surtout l'auteur de son livre préféré, l'histoire pleine de magie d'un *Bon s Géant* qui attrape de jolis rêves pour les souffler aux enfants endormis par la fenêtre de leur mbre. S'inspirant du récit, la jeune Amy mélange de l'huile, de l'eau colorée et des paillettes, et te à son message un cadeau de circonstance : l'un de ses rêves, enfermé dans un flacon.

 juger par sa réponse, Roald Dahl a apprécié le geste.

GIPSY HOUSE
GREAT MISSENDEN
BUCKINGHAMSHIRE
HP16 0BP

10th February 1989

Dear Amy,

I must write a special letter and thank you for the dream in the bottle. You are the first person in the world who has sent me one of these and it intrigued me very much. I also liked the dream. Tonight I shall go down to the village and blow it through the bedroom window of some sleeping child and see if it works.

With love from,

Roald Dahl

10 février 1989

Chère Amy,

Je tiens à t'écrire un mot personnel et à te remercier pour le rêve en
bouteille. Tu es la première personne au monde à m'en envoyer un, et il m'a
bien intrigué. Je l'ai aussi beaucoup aimé. Ce soir je vais me rendre au village
et le souffler par la fenêtre de la chambre d'un enfant endormi, pour voir
si ça marche.

Avec mon affection,
Roald Dahl

LETTRE 017

COMME J'AIMERAIS TRAVAILLER POUR VOUS !

EUDORA WELTY AU *NEW YORKER* - 15 mars 1933

Eudora Welty, jeune femme de vingt-trois ans désireuse d'écrire pour le *New Yorker*, envoie
rédaction cette lettre d'une honnêteté désarmante, au mois de mars 1933. Il est difficile d'imag
candidature plus joliment formulée ; comment expliquer que son courrier ait été ignoré ? Fort h
reusement, le *New Yorker* finira par corriger son erreur et Eudora Welty publiera plusieurs nouve
dans la revue. Elle reçoit en 1973 le prix Pulitzer pour son roman *La Fille de l'optimiste*.

15 mars 1933

Messieurs,

Je suppose que même un banal tour de passe-passe vous intéresserait
davantage qu'une lettre de candidature à un emploi dans votre magazine,
mais comme vous le savez, on n'obtient jamais ce qu'on désire le plus.
À mon actif j'ai vingt-trois ans et six semaines de cavale à New York.
Néanmoins, j'ai déjà été new-yorkaise une année entière en 1930-31, quand
je suivais les cours de publicité à l'école de commerce de Columbia. Pour
tout dire, je suis une fille du Sud, originaire du Mississippi, l'État le plus
retardé de tout le pays. Dans mon réseau figure Walter H. Page qui, hélas
pour moi, n'a plus de lien avec Doubleday-Page qui ne s'appelle d'ailleurs

plus Doubleday-Page[1]. J'ai obtenu une licence de lettres (1929) à l'université du Wisconsin les doigts dans le nez. J'ai passé dix-huit mois à me morfondre dans le bureau d'une station de radio à Jackson (Mississippi) en écrivant des sagas, des drames, des réclames pour de la nourriture de mules, des discours du père Noël et des dialogues pour des assurances-vie ; j'ai tout lâché, maintenant.

Quant à ce que je pourrais faire pour vous... J'ai récemment vu un nombre incalculable d'expositions et de films à quinze cents l'entrée, et je crois que je saurais en écrire la recension avec un formidable détachement ; en fait, je viens d'inventer une formule générique pour les œuvres de Matisse après avoir visité sa dernière expo à la galerie Marie Harriman : concubinage de pommes. Cela vous montre comment mon esprit fonctionne – vite et à côté de la plaque. Je lis avec voracité et me forge une opinion après.

Dans la mesure où j'ai acheté une tapisserie indienne et une grande quantité de disques à un certain Mr Nussbaum qui les ramasse ici et là, ainsi qu'une version des *Baigneuses* de Cézanne de trois centimètres de long (vous pouvez constater que je lis E.E. Cummings), je suis impatiente d'avoir mon propre appartement, sans parler d'un petit phonographe portatif. Comme j'aimerais travailler pour vous ! Un petit paragraphe tous les matins et tous les soirs, si vous ne pouvez pas me recruter de l'aube au crépuscule, mais sachez que je travaillerais comme une esclave. Je pourrais aussi dessiner comme Mr Thurber, si jamais il pique une de ses fameuses crises – j'ai suivi des cours de peinture florale.

Impossible de dire où je risque d'atterrir si vous me faites faux bond ; même s'il y a peu de chances que cela vous perturbe, songez à ma seule alternative : l'université de Caroline du Nord me propose douze dollars pour danser sur le poème de Vachel Lindsay consacré à un fleuve, *Congo*. Mais j'en ai assez de ramer. J'en finis là en vous assurant une nouvelle fois que je travaille dur.

Bien sincèrement,
Eudora Welty

---

1. Walter Page quitte la société lorsqu'elle fusionne en 1927 avec Doran pour devenir Doubleday & Doran.

MUSIQUE, C'EST LA VIE ELLE-MÊME

￼IS ARMSTRONG AU CAPORAL LANCE VILLEC - 1967

pleine guerre du Vietnam, la légende du jazz Louis Armstrong répond dans une lettre sincère et
￼éreuse à un soldat américain qui lui a écrit du front pour lui faire part de son admiration. Les
￼x hommes ne se connaissent pas ; pourtant, dès le premier paragraphe, Armstrong lui parle de
￼viss Kriss», son laxatif préféré, puis de son enfance et de la musique qui l'a bercée, avant d'évo-
￼r affectueusement sa femme, à qui l'on vient de retirer une tumeur. Il conclut même son courrier
￼ une chanson.

34-56-107ᵉ Rue
Corona, New York
États-Unis d'Amérique

Cher Caporal Villec,

Ça me plairait bien de pouvoir passer une minute ou deux pour
te dire combien je suis heureux d'apprendre que tu es <u>fan</u> de jazz et que
tu adores le Jive, le même que le <u>nôtre</u>, yeah. <u>Mon vieux</u> j'ai toujours sur
moi un classeur rempli de disques – des 33-tours. Et quand je me <u>rase</u> ou
que je suis assis sur le trône avec le laxatif Swiss Kriss dans les boyaux, cette
<u>musique-là</u> fait sacrément bien ressortir les riffs et au même rythme que le
<u>Swiss Kriss</u> que j'avale chaque soir ou avant d'aller me coucher. <u>Yeah</u>. Je me
donne un petit concert privé avec ces disques. La musique c'est la vie elle-
même. Que serait ce monde sans de la bonne musique, quelle qu'elle soit ?
Tout vient de nos vieilles saintes églises. Je me souviens <u>c'est loin</u>
du bon temps à La Nouvelle-Orléans, ma ville natale. J'étais un petit gars
de dix ans. Ma mère m'emmenait à l'église avec elle, et le révérend, enfin le
prêtre, aimait <u>laisser partir</u> un de ces <u>bons</u> vieux <u>hymnes</u>. Et ni une ni deux
toute la congrégation se mettait à <u>beugler</u> et à chanter comme des dingues
et c'était merveilleux. Comme j'étais le genre de gamin à adorer tout et tout
le monde, moi aussi je m'offrais le bal à l'église, <u>surtout</u> quand les sœurs se
laissaient totalement emporter pendant que Rev' (le prêtre) était encore au
beau milieu de son sermon. <u>Mon vieux</u>, ces sœurs de l'église, elles <u>donnaient</u>
de la voix jusqu'à en tomber dans leurs jupons. Évidemment pas un seul des
diacres n'aurait couru les ramasser – les retenir dans ses bras et les éventer
jusqu'à ce qu'elles <u>reviennent</u> à elles.
Et puis il y avait les fameux baptêmes : c'était quand quelqu'un

voulait se <u>convertir</u>, rejoindre l'Église et adopter la <u>religion</u>. Là ils devaient se faire <u>baptiser</u>. Écoute ça – je me souviens d'un dimanche où l'Église devait baptiser un grand <u>gars</u> costaud. Alors voilà, il y a tous les diacres debout dans la rivière, de l'eau jusqu'à la <u>taille</u> de leurs robes blanches. Ils avaient baptisé beaucoup de femmes et quelques hommes, sauvé leurs âmes. Et approche un <u>gros</u> <u>pécheur</u> baraqué, dernier de la file. Alors les diacres, eux-mêmes plutôt pas mal bâtis, ils attrapent le <u>spécimen</u> et après l'avoir plongé dans l'eau, ils lui demandent : «Frère, crois-tu ?» Le type ne dit rien du tout, il les regarde. Alors ils l'immergent encore dans la rivière, mais cette fois quelques minutes de plus. Et puis les diacres regardent le type dans les yeux et ils lui demandent : «Crois-tu ?» Le type finit par répondre et il dit : «Oui : je crois que vous essayez de me noyer, bande de salopards.»

P.-S. : Tu dois penser que je suis cinglé. Non, non, non. Si je mentionne ces anecdotes c'est parce qu'elles sont liées à la musique. En fait ça n'est que de la musique. Tu vois ? La même que celle qu'on faisait dans ma vieille cité de La Nouvelle-Orléans – les marches funéraires, etc. Eh bien Gate Villec, nous, on jouait ces marches avec le cœur. Toute la route jusqu'au cimetière – en groupe de percu *brass band*, bien sûr. Le tambour à timbre mettait un mouchoir sur la caisse de son tambour pour étouffer le son sur le chemin du cimetière – *Flee as a Bird*. Mais dès que le prêtre prononçait «Des cendres aux cendres, de la poussière à la poussière», le tambour enlevait le mouchoir et faisait un long roulement pour rassembler tout le monde, y compris les membres de la loge du mort. Au moment de repartir on jouait *Didn't he Ramble* ou *When the Saints go Marching in*. Tu vois ? C'est de la musique aussi.

J'ai raconté tout ça pour te garder la musique au cœur comme tu sais faire. Et bonhomme, tu peux pas te tromper. Avec les All Stars on joue ici, au Harrods' Club (Reno) pour trois semaines. Ma femme, Lucille, est venue me rejoindre. Le repos va vraiment lui faire du bien. Elle a été opérée d'une tumeur à peu près à la mi-juillet. Elle se remet très vite. Le médecin qui l'a opérée au Beth Israël Hospital de New York lui a dit qu'elle pouvait venir passer un peu de temps à Reno si «vous (Lucille) et votre mari (Satchmo) promettez de bien vous tenir et de ne pas essayer de vous faire l'abricot (c'est-à-dire faire l'amour)». J'ai dit : «Doc, c'est promis, mais je le caresserai quand même tous les matins pour vérifier qu'il est toujours là.» Ah, ah. La vie est douce. Juste savoir que Lucille a bien franchi son petit obstacle – que bientôt elle ira bien et qu'elle sera heureuse, qu'elle sera adorablement elle-même à nouveau – ça me scie.

Bon frangin Villec, je crois que je vais m'arrêter là et aller faire dodo. C'est le petit matin. Je viens de finir de travailler. Je suis trop fatigué pour garder un œil ouvert. Hé, hé. Alors je te laisse ce petit message. Le voici.

When you 'Walk—through a 'Storm—	Quand tu traverses un orage –
Put your 'Head—up 'high—	Lève <u>la tête</u> – bien <u>haut</u> –
And 'Don't be Afraid of the 'Dark—	Et n'aie pas peur du noir –
At the 'End of a 'Storm—	À la fin d'un orage –
Is a 'Gol-den 'Sky—	Il y a le ciel doré –
And a Sweet <u>Silver</u> 'Song—	Et une jolie chanson <u>d'argent</u> –
Of a 'Lark—	D'alouette –
'Walk—'on—through the 'Wind—	Marche – dans le vent –
'Walk—'on—through the 'Rain—	Marche – dans la pluie –
Though your <u>'Dreams</u> be "Tossed	Même si ton <u>rêve</u> se délite
and 'Blown—	et meurt –
'Walk—'on—'Walk—'on—	Marche encore –, marche encore –
With 'Hope in your heart	L'espoir au cœur
And 'You'll <u>'Nev-er</u> 'Walk <u>'A-'lone</u>—	Et tu ne marcheras <u>jamais seul</u> –
You'll <u>'Nev-er</u> 'Walk <u>A-lone</u>—	Tu ne <u>marcheras jamais seul</u> –
(one more time)	(encore une fois)
'Walk—'on—'Walk—'on—with 'Hope	Marche encore –, marche encore –, l'esp
in your 'heart—And 'you'll	cœur –, et tu ne marcheras <u>jamais seul</u> –
<u>Nev-er</u> 'Walk <u>'A-lone</u>—'You'll <u>'Nev-er</u>	ne <u>marcheras jamais seul</u> –.
'Walk—'A-lone—. "Savvy ?	Pigé ?

Transmets mon salut aux camarades de ta compagnie. Et aux autres aussi. Et maintenant je vais faire exactement comme le fermier avec la pomme de terre – te planter tout de suite et te déguster plus tard. Je tire le rideau. C'était un <u>vrai</u> plaisir de t'écrire.

Swiss Krissment à toi,

<u>Satchmo</u>
Louis Armstrong

MON ANCIEN MAÎTRE

RDON ANDERSON À PATRICK HENRY ANDERSON - 7 août 1865

ès trente-deux longues années au service de leur maître, Jourdon Anderson et sa femme Aman-
échappent à leur sort lorsque les soldats de l'armée de l'Union, en 1864, viennent les libérer des
ntations où ils étaient réduits en esclavage. Les deux époux sautent sur l'occasion pour partir
s l'Ohio, où Jourdon trouve du travail rémunéré afin de nourrir sa famille qui s'agrandit, et ils
tent de faire abstraction de leur passé. Un an plus tard, peu de temps après la fin de la guerre de
ession, Jourdon reçoit une lettre désespérée de Patrick Henry Anderson, son ancien maître, qui
plore de revenir travailler à la plantation afin de sauver son affaire en difficulté.

réponse de Jourdon, dictée le 7 août à son domicile, force l'admiration, et sera d'ailleurs publiée
s de nombreux journaux. Jourdon ne retournera jamais à Big Spring, dans le Tennessee. Il dé-
e en 1907, à l'âge de quatre-vingt-un ans, et repose aux côtés de sa femme, qui lui survivra six
. Ensemble, ils ont eu onze enfants.

DAYTON, OHIO, 7 août 1865

À mon ancien maître, colonel P.H. ANDERSON, Big Spring, Tennessee

MONSIEUR,

J'ai reçu votre lettre et ai été heureux de découvrir que vous n'avez
pas oublié Jourdon, et que vous souhaitez que je revienne vivre à nouveau
avec vous, en me promettant de faire davantage pour moi que n'importe qui
d'autre. J'ai souvent eu des doutes à votre sujet. Je pensais que les Yankees
vous avaient pendu depuis longtemps à cause des Confédérés qu'ils ont
trouvés abrités chez vous. Je suppose qu'ils n'avaient jamais entendu parler
de votre visite au colonel Martin pour tuer le soldat de l'Union abandonné
par son régiment dans son étable. Bien que vous m'ayez par deux fois
tiré dessus avant que je ne vous quitte, je ne voulais pas qu'il vous arrive
malheur et je suis content de vous savoir toujours en vie. Cela me ferait du
bien de retourner dans cette chère maison, et de revoir mademoiselle Mary
et mademoiselle Martha et Allen, Esther, Green et Lee. Transmettez-leur,
à tous, mon affection, et dites-leur que j'espère les revoir dans un monde
meilleur, sinon dans celui-ci. Je vous aurais bien rendu visite à l'époque où je
travaillais au Nashville Hospital, mais l'un des voisins m'a dit que Henry me
tirerait dessus à la première opportunité.

J'aimerais beaucoup savoir quelle est cette bonne fortune que vous me proposez. Je m'en sors décemment ici. Je touche vingt-cinq dollars par mois, plus le couvert et l'habillement. Je peux offrir une maison confortable à Mandy – ici les gens l'appellent madame Anderson – et les enfants, Milly, Jane et Grundy, vont à l'école et font des progrès. L'institutrice dit que Grundy a l'esprit qu'il faut pour devenir pasteur. Ils vont au catéchisme le dimanche, et Mandy et moi nous rendons régulièrement à l'église. Nous sommes bien traités. Parfois, on entend dire : « Ces gens de couleur étaient des esclaves, là-bas, au Tennessee. » Ce genre de remarque blesse les enfants ; mais je leur réponds qu'il n'y a pas de déshonneur à avoir appartenu au colonel Anderson dans le Tennessee. Beaucoup de moricauds auraient été fiers, comme je l'étais, de vous appeler maître. Si vous m'écrivez en me précisant quels gages vous me donneriez, je serai mieux en mesure de déterminer si j'ai intérêt ou non à revenir.

Quant à ma liberté, vous me dites que je pourrais en disposer, mais il n'y a rien à gagner pour moi à cet égard puisque le président-général Marshal de la section de Nashville m'a délivré, en 1864, mes papiers d'homme libre. Mandy m'a avoué qu'elle aurait peur de rentrer sans la preuve que vous êtes disposé à nous traiter de manière juste et bienveillante ; nous avons donc décidé de mettre votre sincérité à l'épreuve en vous priant de nous adresser nos gages pour la période où nous avons été à votre service. Cela nous permettrait d'oublier et de pardonner les vieux contentieux, et d'avoir confiance en votre équité et votre amitié à l'avenir. Je vous ai fidèlement servi trente-deux années, et Mandy vingt. À vingt-cinq dollars mensuels pour moi et deux dollars la semaine pour Mandy, le solde dû devrait s'élever à onze mille six cent quatre-vingts dollars. Ajoutez à cela les intérêts de retard pour la rétention du paiement ; et déduisez ce que vous avez payé pour nous vêtir, ainsi que trois visites du médecin pour moi, une dent arrachée pour Mandy, et la balance vous montrera que justice peut nous être rendue. Merci d'envoyer l'argent au fonds Adams Express, aux bons soins de V. Winters, Dayton, Ohio. Si vous ne payez pas nos loyaux services du passé, nous n'aurons guère foi en vos promesses quant à l'avenir. Nous espérons que le bon Créateur vous a ouvert les yeux sur les fautes que vous et vos pères avez commises envers moi et mes pères, en nous faisant besogner à votre service durant des générations sans contrepartie. Ici je reçois mes gages chaque samedi en fin de journée ; mais au Tennessee, il n'y a jamais eu plus de salaire pour les Noirs que pour les chevaux et les vaches. Un jour la conscience viendra certainement à ceux qui ont escroqué leurs travailleurs.

Lorsque vous répondrez à cette lettre, veuillez s'il vous plaît me dire quelles conditions de sécurité il y aurait pour Milly et Jane, qui sont grandes, désormais, et toutes les deux ravissantes. Vous savez ce qui est arrivé aux malheureuses Matilda et Catherine. Je préférerais encore rester ici et avoir faim – et mourir, s'il le fallait – que de voir la honte s'abattre sur mes filles à cause de la violence et de la cruauté de leurs jeunes maîtres. Ayez également l'obligeance de me dire s'il existe une école pour les gens de couleur dans votre quartier. Mon plus grand désir aujourd'hui est de donner une éducation à mes enfants et de les voir prendre de bonnes habitudes.

Passez mon salut à George Carter, et remerciez-le de ma part de vous avoir ôté le pistolet des mains quand vous me tiriez dessus.

Votre ancien serviteur,

JOURDON ANDERSON.

MON BON AMI ROOSVELT

FIDEL CASTRO AU PRÉSIDENT DES ÉTATS-UNIS FRANKLIN D. ROOSEVELT - 6 novembre 1940

Treize ans avant de mettre en marche la révolution qui va renverser le dictateur Fulgencio Bat
et le propulser à la tête de Cuba, Fidel Castro, âgé de quatorze ans et non pas de douze comm
le prétend, adresse un courrier quelque peu impertinent au président américain, Franklin D. R
sevelt, dans lequel il lui demande un billet de dix dollars. Quelque temps plus tard, le garçon re
une réponse type de la Maison-Blanche ; malheureusement, sa requête est ignorée, tout com
sa proposition de révéler la localisation des plus importantes mines de fer de Cuba. Cette lettre
jeune Castro a été redécouverte en 1977 aux Archives nationales, à Santiago de Cuba.
La traduction conserve les fautes de l'original.

Santiago de Cuba

6 novembre 1940
Mr Franklin Roosvelt,
Président des États-Unis

Mon bon ami Roosvelt, je ne connais pas bien beaucoup d'anglais,
mais j'en sais assez pour vous écrire.

J'aime écouter la radio, et je suis très content, car j'ai entendu dedans
que vous allez être Président pour un autre (*período*).

J'ai douze ans. Je ne suis qu'un garçon mais je pense beaucoup mais
je ne pense pas que je suis en train d'écrire au Président des États-Unis.

Si vous voulez bien, donnez-moi un billet vert de dix dollars
américains, dans la lettre, parce que jamais je n'ai vu un billet vert de dix
dollars américains et j'aimerais beaucoup en avoir un.

Mon adresse est :
Senior Fidel Castro
Colegio de Dolores
Santiago de Cuba
Oriente Cuba

Je ne sais pas bien beaucoup d'anglais mais je connais très bien
l'espagnol et je suppose que vous ne savez pas bien beaucoup d'espagnol
mais beaucoup d'anglais parce que vous êtes américain, mais je ne suis pas
américain.

(Merci beaucoup)
Au revoir. Votre ami,
Fidel Castro

Si vous voulez du fer pour fabriquer vos ~~batos~~ bateaux, je vous
montrerai les grandes (*minas*) de fer du pays. Elles sont à Mayari Oriente
Cuba.

COLEGIO DE DOLORES
APARTADO 1
SANTIAGO DE CUBA
—

DIVISION OF
NOV 23 1940
THE AMERICAN REPUBLICS
DEPARTMENT OF STATE

Santiago de Cuba.
Nov 6 1940.
Mr. Franklin Roosvelt,
President of the United
States.

My good friend Roosvelt.
I don't know very En-
glish, but I know as much
as write to you.
I like to hear the radio, and
I am very happy, because
I heard in it, that you will
be President for a new
(período)
I am twelve years old.
I am a boy but I think very
much but I do not think
that I am writting to the

President of the United S
tates.
If you like, give me a
ten dollars bill green american, in the letter. because
never, I have not seen a
ten dollars bill green american and I would like
to have one of them.
My address is:
     Sr. Fidel Castro
Colegio de Dolores.
    Santiago de Cuba
     Oriente. Cuba.
I don't know very English
but I know very much
Spanish and I suppose
you don't know very Spa-
nish but you know very
English because you
are American but I am
not American.

(Thank you very much)
Good by. Your friend,

Castro
Fidel Castro

If you want iron to make
your sheaps ships I will
show to you the bigest
(minas) of iron of the land.
They are in Mayari. Oriente
Cuba.

UN HOMME DOIT INCARNER QUELQUE CHOSE ; IL VEUT COMPTER

HUNTER S. THOMPSON À HUME LOGAN - 22 avril 1958

L'inimitable Hunter S. Thompson, vingt ans à peine, sert encore dans les forces aériennes am
caines quand il écrit cette lettre empreinte de sagesse à son ami Hume Logan, en plein quest
nement existentiel. Dix années vont s'écouler avant que la carrière de Thompson ne décolle, s
à son enquête sur les Hells Angels, club de motards lié au crime organisé, qu'il rédige après à
passé une année à leurs côtés. *Las Vegas Parano*, sans doute son livre le plus connu, paraît pe
temps après, ainsi que l'essentiel des textes de journalisme gonzo auquel on l'associe aujourd
En 2005, alors que sa santé se détériore, Thompson met fin à ses jours ; il laisse un mot pou
femme intitulé « Fin de la saison du football américain » :

« Plus de matchs. Plus de bombes. Plus de promenades. Plus d'amusement. Plus de natation
C'est 17 ans de plus que 50. 17 de plus que nécessaire ou que ce que je voulais. Ennuyeux. Je
toujours chiant. Pas d'amusement – pour personne. 67. Tu deviens avare. Comporte-toi comme
âge (avancé) l'exige. Ne t'inquiète pas – ça ne fera pas mal. »

22 avril 1958
57 Parry Street
New York City

Cher Hume,

Tu me demandes conseil : quelle démarche bien humaine et bien
dangereuse ! Car donner des conseils à un homme qui entend savoir que
faire de sa vie implique forcément de flirter très près de l'égocentrisme.
Prétendre désigner à quelqu'un le juste et ultime objectif – pointer d'un
doigt tremblant la BONNE direction, c'est quelque chose que seul un crétin
assumerait.

Je ne suis pas un crétin, mais je respecte la sincérité avec laquelle
tu me demandes mes conseils. J'aimerais toutefois que tu n'oublies pas,
en lisant ce que j'ai à dire, que tout conseil ne vient jamais que de celui
qui le donne. Ce qui est vrai pour Paul se révélera désastreux pour Jacques.
Je ne vois pas la vie à travers ton regard, ni toi par le mien. Si je devais tenter
de te donner des conseils bien *précis*, ça aurait l'air d'un aveugle guidant
un aveugle.

«Être ou ne pas être : telle est la question. Est-il pour l'âme plus de noblesse à souffrir coups et revers d'une injurieuse fortune, ou à partir en guerre contre une marée de douleurs...»

(Shakespeare)

Et à l'évidence, telle EST la question : se laisser porter par le courant ou nager vers un but précis. C'est un choix que nous devons tous faire, consciemment ou pas, à un moment ou un autre de la vie. Peu de gens le comprennent ! Mais pense à n'importe laquelle des décisions que tu as prise et qui a eu des conséquences sur ton avenir ; je me trompe peut-être mais je ne vois pas comment il peut s'agir d'autre chose, même indirectement : choisir entre les deux options citées, se laisser porter ou nager.

Mais pourquoi ne pas te laisser porter si tu n'as pas de but précis ? Voilà une autre question. Sans aucun doute, il est plus agréable de se laisser flotter que de nager dans l'incertitude. Alors comment un homme se définit-il un but précis ? Pas un château en Espagne, mais quelque chose de tangible et vraisemblable. Comment un individu peut-il être certain qu'il n'est pas en train de chercher son «inépuisable vallée des plaisirs», l'objectif racoleur qui a peu de saveur et aucune substance ?

La réponse – et, en un sens, la tragédie de la vie – est que nous cherchons toujours à cerner l'objectif et non le moyen d'y parvenir. Nous déterminons un but qui requiert telle ou telle démarche, et nous passons par ces démarches. Nous nous ajustons aux impératifs d'un concept qui ne PEUT PAS être valable. Disons que, quand tu étais petit, tu voulais devenir pompier. Je ne prends pas de grand risque en affirmant qu'aujourd'hui, ce n'est plus ton souhait. Pourquoi ? Parce que ta perspective a changé. Ce n'est pas le pompier qui a changé, c'est toi. Chaque homme est la somme totale de ses réactions à ses expériences. Plus tes expériences se diversifient et se multiplient, plus tu deviens différent, d'où la transformation de ta perspective. Cela ne s'arrête jamais. Chaque réaction est un processus d'apprentissage ; chaque expérience importante modifie ta perspective.

Alors tu ne trouves pas qu'il est idiot d'infléchir notre existence en fonction des impératifs qu'exige l'objectif final, celui que nous envisageons chaque jour sous un angle différent ? Dans ces conditions, comment espérer hériter d'autre chose qu'une névrose galopante ?

Dès lors la réponse sera de ne plus s'occuper du tout de l'objectif, en tout cas des objectifs réalisables. Il faudrait des rames et des rames de papier pour traiter convenablement ce sujet. Dieu seul sait combien de livres sur «le sens de l'homme» et ce genre de choses ont été écrits, et dieu seul sait combien de personnes ont médité là-dessus. (Mon usage de la formule

«dieu seul sait» est strictement formel.) Tenter de transmettre tout cela dans l'espace d'une coquille de noix est plutôt absurde, car je serai le premier à reconnaître que je n'ai pas la moindre qualification pour résumer le sens de l'existence sur un ou deux paragraphes.

Je vais sagement conserver mes distances avec le terme «existentialisme», mais tu peux le garder en tête comme une clef possible. Tu peux aussi essayer un truc qui s'intitule *L'Être et le Néant,* de Jean-Paul Sartre, et un autre truc qui s'appelle *L'Existentialisme : de Dostoïevski à Sartre.* Ce ne sont que des suggestions. Si tu es globalement satisfait de ce que tu es et de ce que tu fais, ne t'approche pas trop de ces bouquins. (Ne réveille pas le chat qui dort.) Mais pour en revenir à la réponse, comme je le disais, placer sa foi dans un objectif tangible semble, au mieux, peu avisé. Parce que nous ne nous battons pas pour devenir pompier, nous ne nous battons pas pour devenir banquier, policier ou médecin. NOUS NOUS BATTONS POUR DEVENIR NOUS-MÊMES.

Ne me comprends pas mal. Je ne suis pas en train de dire que nous ne pouvons pas ÊTRE pompier, banquier ou médecin – mais que nous devons rendre l'objectif conforme à l'individu, et non l'individu conforme à l'objectif. Chez chaque homme, l'hérédité et l'environnement s'additionnent pour produire une créature douée de certaines capacités et de certains désirs – y compris le besoin fondamental de faire en sorte que la vie ait UN SENS.

Un homme doit INCARNER quelque chose ; il veut compter.

À mon avis, la formule doit donner quelque chose dans ce goût : un homme doit choisir le chemin qui permettra à ses CAPACITÉS de s'exprimer le mieux possible et de viser la gratification de ses DÉSIRS. Ce faisant, il comble un besoin (se donner une identité tout en vivant sur un schéma défini menant à un but défini), il évite de gâcher son potentiel (en optant pour un chemin qui ne limitera pas son développement personnel), et il échappe à la terreur de voir son objectif s'éloigner ou perdre de son charme à mesure qu'il s'en approche (plutôt que de se remodeler et de subir les compromis nécessaires afin d'atteindre son but, il a remodelé son but pour que celui-ci corresponde à ses propres talents et désirs).

En bref, il n'a pas voué sa vie à atteindre un but prédéterminé, il a plutôt choisi le mode de vie qu'il est CERTAIN d'aimer. L'objectif est totalement secondaire : c'est le *type de chemin menant à l'objectif* qui importe. Il semble presque ridicule de préciser qu'un homme DOIT vivre selon les termes qu'il a lui-même choisis ; car laisser quelqu'un d'autre définir nos objectifs revient à renoncer à l'un des aspects de la vie les plus essentiels : l'acte de volonté pure qui fait d'un homme un être unique.

Mettons que tu penses avoir le choix entre huit voies à suivre (toutes prédéfinies, bien sûr). Et mettons qu'aucune des huit ne te paraisse intéressante. ALORS – c'est l'essentiel de tout ce que je t'ai dit – TU DOIS TROUVER UNE NEUVIÈME VOIE.

Évidemment, c'est moins facile que ça en a l'air. Tu vis une existence relativement étroite, verticale plutôt qu'horizontale. Il n'est donc pas très difficile de comprendre pourquoi tu ressens les choses de cette manière. Mais un homme qui repousse toujours son CHOIX au lendemain verra inévitablement les circonstances choisir à sa place.

Alors si tu as l'impression de te trouver du côté des désenchantés, tu n'as pas d'autre choix que d'accepter les choses telles qu'elles sont, ou de sérieusement viser autre chose. Mais prends garde à la quête de l'*objectif* : cherche plutôt un mode de vie. Décide de ce que tu as envie de vivre et vois ensuite comment tu peux construire ton existence DANS ce mode de vie. Or tu m'écris : « Je ne sais vers quoi me tourner ; je ne sais pas ce que je dois chercher. »

La clef est là. Est-ce que ça vaut le coup de renoncer à ce que j'ai pour quelque chose de mieux ? Je ne sais pas – n'est-ce pas ? Qui peut répondre à cette question, sinon toi ? Mais par le seul fait de te DÉCIDER À CHERCHER, tu as fait la moitié du chemin qui conduit au choix.

Si je ne mets pas rapidement le point final à tout ça, je vais me retrouver en train d'écrire un bouquin. J'espère que ce n'est pas aussi confus que ça en a l'air à première vue. Garde bien sûr à l'esprit que ce n'est que MA FAÇON de voir les choses. Je crois qu'elle est facile à appliquer à large échelle, mais tu ne partages peut-être pas cet avis. Chacun de nous invente son propre credo – celui-ci n'est jamais que le mien.

Si certains passages te paraissent incompréhensibles, surtout dis-le-moi. Je ne cherche pas à t'expédier «dans une épopée», à la recherche du Walhalla, je veux juste souligner que tu n'as pas forcément à accepter les choix offerts par la vie telle que tu la connais. Elle est infiniment plus riche que ça – personne ne DOIT faire des choses qui lui déplaisent pour le restant de son existence. Mais une nouvelle fois, si c'est ce que tu finis par faire, tâche de te convaincre par n'importe quel moyen que tu DEVAIS le faire. Tu auras beaucoup de compagnie.

C'est tout pour le moment. En attendant de tes nouvelles, je demeure

Ton ami,
Hunter

LETTRE 022

JE VOUS SUPPLIE DE PRENDRE MON ENFANT

PLUSIEURS MÈRES AU FOUNDLING ASYLUM - Années 1870

À la fin des années 1860, en réaction à l'augmentation brutale des abandons de bébés à New York plus inquiétant encore, des infanticides, sœur Irene Fitzgibbon décide de fonder un foyer pour fants trouvés, le Foundling Asylum, à Greenwich Village. Dès son ouverture en 1869, avec un uni berceau blanc placé devant sa porte, l'établissement devient un refuge pour les nourrissons ab donnés de la ville. Pendant ses deux premières années d'existence, le foyer accueille deux n cinq cents enfants, souvent déposés avec des mots d'explication écrits de la main de parent détresse ; nombre de ces lettres sont conservées par la New York Historical Society.

Cent quarante ans après sa création, le foyer a été rebaptisé New York Foundling. Il est toujour activité et continue d'offrir un abri, des soins et du soutien aux enfants et aux familles de New Y

La traduction conserve les fautes de l'original.

New York, mardi

Bonnes Sœurs,

Vous allez trouver un petit garçon, il aura un mois demain, son père refuse de faire quoi que ce soit et c'est un pauvre petit garçon, sa mère doit travailler pour en garder trois autres et ne peut rien faire de celui-ci. Il s'appelle Walter Cooper et n'a pas encore été baptisé, alors vous seriez aimables de vous en charger car je n'aimerais pas qu'il meure sans que sa mère puisse le retrouver un jour. J'ai été mariée durant cinq ans, dans une union respectable, et je ne pensais pas que mon mari était un mauvais homme. J'ai dû le quitter et je ne pouvais pas lui confier mes enfants. Aujourd'hui j'ignore où il est, il n'a toujours pas vu celui-ci et je n'ai pas un dollar à lui donner car sinon, je le lui donnerais. J'espère que vous pourrez le garder trois ou quatre mois, et si sa mère n'est pas venue le reprendre d'ici-là, sachez que c'est parce qu'elle ne peut pas le faire vivre. Il se pourrait qu'un jour j'envoie de l'argent pour lui. N'oubliez pas son nom.

Respectueusement,

Mrs Cooper

Sœur supérieure,

Je suis une pauvre femme et j'ai été trompée par une promaisse de mariage ; je suis aujourd'hui sans ressources ni relations pour prendre soin de mon bébé. Aussi je vous supplie au nom de Dieu de prendre mon enfant jusqu'à ce que je trouve une situation et que mes moyens soient suffisants pour élever moi-même. J'espère que vous la bonté d'accepter mon enfant et je prierai le Seigneur pour vous.
Je reste humble servante,
Teresa Perrazzo

New York, 3 décembre 1874

New York Tuesday

Kind Sisters

you will find a little boy
he is a month old to morrow it Father
will not do anything and it is a poor little
boy it mother has to work to keep 3 other
and can not do anything with this one
it name is walter Cooper and he is not
christen yet will you be so good as to
do it I should not like him to die
with out it his mother might claim
him some day I have been married 5
years and I married respectfuly and I
did not think my husband was a bad
man I had to leave him and I could
not trust my children to him now
I do not know where he is and he has
not seen this one yet I have not a
dollar in the world to give him or I
would give it to him I wish you would
keep him for 3 or 4 month and if he
is not claimed by that time you may be
sure it mother can not support it I
may some day send some money to him
do not forget his name

Yours Respectfuly

Mrs Cooper

Sister Superioress.

I am a poor woman and
I have been deceived under the
Promess of marriage; I am at
Present with no means and without any relations to nurse my
babes therefore I beg you for god
sake, to take my child; untill
I can find a situation and have
means so I can bring up myself
I hope that you will so Kind
to accept my child and I will
pray god for you
        I remain   umble servant

        Teresa Perrizzo

            New york Dec 3d 1874

MANGEZ VOS LÉGUMES !

JOHN W. JAMES III AU PRÉSIDENT DES ÉTATS-UNIS RICHARD NIXON - 12 juillet 1973

Mauvaise période pour Richard Nixon que ce mois de juillet 1973 : le scandale du Watergate – qui v
à terme lui coûter sa place à la tête de l'État – commence à prendre de l'ampleur après la révélatio
de l'affaire des écoutes secrètes du Bureau ovale, détériorant un peu plus la popularité déjà mal e
point du président américain. Pour couronner le tout, une pneumonie pointe le bout de son nez ver
le milieu du mois. Nixon est condamné à regarder les audiences judiciaires à la télévision, depuis so
lit d'hôpital. Au moins peut-il compter sur la compassion de John W. James, huit ans, qui lui adress
une charmante lettre pleine de conseils. L'initiative du petit John amuse tellement Nixon qu'à so
retour de convalescence, il lira son message à voix haute au personnel de la Maison-Blanche.

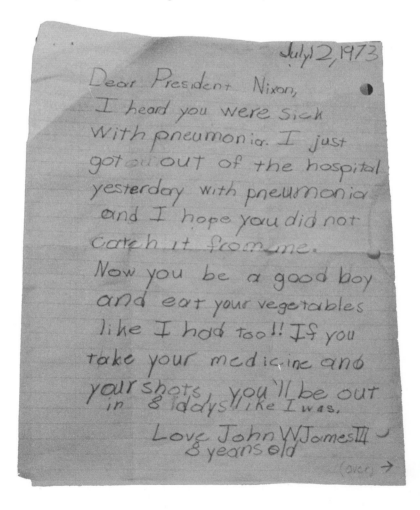

ETTRE PERSONNELLE DE STEVE MARTIN

TEVE MARTIN À JERRY CARLSON - 1979

mesure que leur popularité s'accroît, les célébrités doivent affronter un dilemme : le courrier
es fans, jadis déposé sur le pas de la porte, nécessite désormais un lieu dédié, et le simple fait d'y
épondre, qui ne prenait auparavant que quelques heures par semaine, devient soudain un travail
temps plein. Certaines stars luttent vaillamment, bien déterminées à remercier chacun de leurs
dmirateurs, quoi qu'il puisse leur en coûter ; la plupart, cependant, optent pour la solution de facilité,
galement la plus raisonnable : elles mettent en place une lettre type qu'il leur suffit de signer.
mpersonnelle, un brin décevante, certes, mais une réponse tout de même.

humoriste Steve Martin a choisi la seconde option, toutefois cette légende de la comédie américaine
e pouvait pas s'en sortir sans les honneurs. Ainsi, la désopilante «Lettre personnelle de Steve
artin » avec laquelle il répond à ses fans dans les années 1970 laisse l'espace à quelques mots
ersonnalisés. Celle qui est reproduite ici a été envoyée à un jeune homme de dix-sept ans, Jerry
arlson, en 1979, l'année de sortie en salles d'*Un vrai schnock* – sans aucun doute l'un des films les
us drôles de Steve Martin.

The Aspen Companies

Lettre personnelle de Steve Martin

Cher **Jerry**,
Quel plaisir de recevoir une lettre de toi. Bien que mon agenda soit
surchargé, j'ai décidé de prendre le temps de te répondre personnellement.
Trop souvent, les artistes perdent contact avec le public qu'ils
considèrent comme acquis, mais je ne pense pas que ce genre de choses
risque de m'arriver ; tu es d'accord, **Jerry** ? Je ne sais pas quand je reviendrai
dans ton coin, mais veille bien à ce que le lit de camp soit prêt au cas où je
passerais par **Flint**.
Sincèrement,

Steve Martin

P.-S. : Je chéris à jamais le souvenir de notre après-midi ensemble à
Rio, de notre balade sur la plage, les yeux rivés sur **les rochers**.

The Aspen Companies

Aspen Film Society
Aspen Recording Society
Aspen Merchandising
Aspen Artist Management

A PERSONAL LETTER FROM STEVE MARTIN

DEAR _Jerry_,

   WHAT A PLEASURE IT WAS TO RECEIVE A LETTER FROM YOU. ALTHOUGH
MY SCHEDULE IS VERY BUSY, I DECIDED TO TAKE TIME OUT TO WRITE YOU
A PERSONAL REPLY.

   TOO OFTEN PERFORMERS LOSE CONTACT WITH THEIR AUDIENCE AND BEGIN
TO TAKE THEM FOR GRANTED, BUT I DON'T THINK THAT WILL EVER HAPPEN TO
ME, WILL IT _Jerry_ ? I DON'T KNOW WHEN I'LL BE APPEARING
CLOSE TO YOU BUT KEEP THAT EXTRA BUNK MADE UP IN CASE I GET TO
Flint.

SINCERELY,

Steve Martin

STEVE MARTIN

P.S. I'LL ALWAYS CHERISH THAT AFTERNOON WE SPENT TOGETHER IN RIO,
      WALKING ALONG THE BEACH, LOOKING AT _rocks_.

ST-CE UN DÉSHONNEUR D'ÊTRE NÉ CHINOIS ?

ARY TAPE À LA COMMISSION SCOLAIRE DE SAN FRANCISCO - 8 avril 1885

la veille du xxe siècle, deux habitants de San Francisco, Joseph et Mary Tape, tentent d'accomplir une ction très banale en apparence : inscrire leur fille de huit ans, Mamie, à l'école de Spring Valley, un ablissement de leur quartier dans lequel sont déjà inscrits les amis de Mamie. Mais nous sommes n 1885, et bien que née aux États-Unis, Mamie demeure la fille d'immigrés chinois ; le proviseur efuse donc de scolariser la fillette. Furieux, les Tape optent alors pour une démarche inédite t attaquent l'établissement en justice. Contre toute attente, ils remportent le procès. Malgré la écision de justice, la commission scolaire contournera temporairement ce jugement révolution-aire en mettant en place une école séparée pour les enfants chinois de la ville. Le chemin des ape est semé d'embûches.

a traduction conserve les fautes de l'original.

1769 GREEN STREET,
SAN FRANCISCO,
8 avril 1885

Au conseil d'éducation

CHERS MESSIEURS,

Je vois que vous allez trouver toutes sortes d'alibis pour maintenir ma fille hors des écoles publiques. Chers Messieurs, voudrez-vous s'il vous plaît me dire ! Est-ce un déshonneur d'être né chinois ? Dieu ne nous a-t-il pas tous créés ! ! ! ! Quel droit avez-vous d'interdire à mon enfant l'accès à l'école, parce qu'elle est de descendance chinoise. Il n'existe en ce monde aucune autre raison de l'exclure, sauf celle-ci. Je suppose que vous allez tous à l'église le dimanche ! Vous appelez cela un acte chrétien, d'hobliger mes petits enfants à aller si loin alors que l'école est faite pour eux. Mes enfants ne s'habillent pas comme les autres Chinois. Ils ont l'air aussi décalés parmi eux que les Chinois habillés en Chinois parmi des Caucasiens. De plus, si j'avais souhaité les envoyer dans une école chinoise, j'aurais pu le faire il y a deux ans sans me donner toute cette peine. Vous avez stupidement dépensé beaucoup d'argent public, uniquement à cause d'une pauvre petite fille. Depuis qu'elle a su marcher à quatre pattes, elle n'a eu que des amies caucasiennes. Si elle est assez digne de jouer avec elles ! alors elle n'est pas digne de se retrouver dans la même classe et d'hétudier avec elles ? Vous devriez venir voir par vous-mêmes. Venez voir si les Tape ils sont différents des autres Caucasiens, sauf leur physionomie. On dirait que ça ne compte pas, comment les Chinois peuvent vivre et s'habiller, du moment que vous savez qu'ils sont chinois. On les hait comme s'ils ne faisaient qu'un. Il n'y a ni droit ni justice pour eux.

Vous avez rencontré mon mari et mon enfant. Vous lui avez dit que le problème ne venait pas de Mamie Tape. Si Mamie Tape ne vous pose pas de problème, alors pourquoi ne la laissez-vous pas fréquenter l'école la plus proche de chez elle ! Au lieu de commencer par inventer un prétexte et puis un autre prétexte pour la maintenir dehors ? Il me paraît évident que Mr Moulder en veut à la petite Mamie Tape de huit ans. Je sais qu'il n'y a pas d'autre enfant, je veux dire d'autre enfant chinois ! qui ose aller dans votre école publique. Je vous souhaite, Mr Moulder, de ne jamais être persécuté de la façon dont vous avez persécuté la petite Mamie Tape. Mamie Tape ne fréquentera jamais aucune de vos écoles chinoises ! Jamais ! ! ! Je ferai savoir au monde, monsieur, quelle justice il reste quand on est gouverné par des hommes à préjugés raciaux ! Juste parce qu'elle est de descendance chinoise, et non parce qu'elle ne s'habille pas comme vous parce que justement, si. Juste parce qu'elle descend de parents chinois je pense qu'elle est bien davantage américaine qu'un grand nombre d'entre vous, qui allez lui interdire de recevoir une éducation.

MRS M. TAPE

O.M.G.

OHN ARBUTHNOT FISHER À WINSTON CHURCHILL - 9 septembre 1917

ohn Arbuthnot « Jacky » Fisher a mené une carrière de soixante ans dans la Royal Navy. Enrôlé à reize ans comme cadet, il est nommé en 1905 amiral de la Flotte, le plus haut grade de la marine. isher a joué un rôle essentiel dans pas moins de quatre guerres. Mais c'est en 1917 qu'il a marqué histoire : dans une lettre adressée au futur Premier ministre Winston Churchill, Fisher emploie acronyme désormais largement répandu « O.M.G. » (*Oh ! My God !*). Selon l'*Oxford English Dictionary*, s'agit de sa première occurrence répertoriée.

Mon cher Winston,

Je reste ici quelques jours supplémentaires avant de rejoindre mes « hommes sages » à la Victory House –

« Le Monde oubliant,
Par le Monde oublié[1] ! »

mais certains titres de journaux m'ont profondément troublé ! Horrible ! !
« La flotte allemande vient en renfort des opérations au sol en Baltique. »
« Atterrissage de l'armée allemande au sud de Reval. »
Nous sommes cinq fois plus puissants en mer que nos ennemis et voilà une petite flotte dont nous ferions une bouchée en un instant, en jouant sur l'eau la partie décisive du largage d'une armée en front arrière de l'ennemi, et probablement en prenant la capitale russe par la mer !
C'est surplomber le jeu, la vengeance en plus !
Sommes-nous vraiment incapables d'une grande entreprise ?
J'apprends qu'un nouvel ordre de chevalerie est mis sur le tapis – O.M.G. (Oh ! My God !) – Fêtons-le aux frais de l'Amirauté ! !

À toi,
FISHER
9/9/17

P.-S. : En guerre, tu veux quoi ? La « SURPRISE ». Pour susciter la « SURPRISE », tu veux que l' « IMAGINATION » couche avec l' « AUDACE ».

---

1. Vers d'un célèbre poème d'Alexander Pope, *Épître d'Héloïse à Abélard*.

ES SEULES PERSONNES À S'ÊTRE SENTIES MENACÉES SONT DES ADULTES

RSULA NORDSTROM À UN BIBLIOTHÉCAIRE SCOLAIRE - 5 janvier 1972

ors de sa publication en 1970, le livre pour enfants *Cuisine de nuit* de Maurice Sendak, auteur et lustrateur du magnifique *Max et les Maximonstres*, est acclamé par la critique mais suscite également de vives polémiques. En effet, le protagoniste, un petit garçon prénommé Mickey, est parfois lessiné nu. Plutôt que de l'ignorer, certains parents et bibliothécaires choisissent de censurer les mages en dessinant des couches à Mickey ; d'autres estiment qu'il vaut mieux brûler le livre, tout implement. Deux ans après sa publication, alors que de tels actes de censure se multiplient, l'édirice de Sendak, Ursula Nordstrom, s'adresse à un bibliothécaire ayant opté pour cette solution « incendiaire ».

5 janvier 1972

Cher [X],

Votre lettre au sujet de *Cuisine de nuit,* de Maurice Sendak, a mis un certain temps à me parvenir, car vous l'avez adressée à notre filiale de Scranton, en Pennsylvanie. Je regrette de ne pas avoir pu y répondre plus tôt.

Je suis franchement affligée d'apprendre que durant l'année 1972, vous avez brûlé un exemplaire du livre. Que vous pensiez que l'album n'est pas fait pour les enfants de l'école élémentaire nous consterne, sincèrement. Je suppose que c'est la nudité du petit garçon qui vous pose problème. Mais en réalité, cela ne dérange pas les enfants ! Mr Sendak est un artiste fort créatif, un véritable génie, et il a l'art de s'adresser directement aux enfants. Car les enfants – du moins jusqu'à l'âge de douze ou treize ans – sont généralement eux-mêmes incroyablement créatifs. Ceux qui s'interposent entre l'artiste créateur et les enfants ne devraient-ils pas <u>très soigneusement</u> veiller à ne pas ranger leurs réactions à cette œuvre avec leurs préjugés et névroses d'adultes ? En tant qu'éditeur de livres pour enfants, je considère que c'est précisément l'une de mes tâches les plus grandes et difficiles. Croyez-moi, nous ne prenons pas nos responsabilités à la légère ! Je pense que les jeunes enfants accueilleront toujours avec bonheur un album comme *Cuisine de nuit*, et que leur réponse sera <u>créative</u> et <u>enrichissante</u>. Les seules personnes à s'être senties menacées par le travail de Sendak sont des adultes.

Je vous ferai parvenir quelques commentaires positifs au sujet de ce livre dans les jours à venir, et j'espère que vous les lirez et que vous donnerez aux enfants de votre école une chance de profiter de l'ouvrage de Mr Sendak.

Bien sincèrement,

BORDEL, JE LE COUPE POUR QU'IL RESTE COUPÉ

RAYMOND CHANDLER À EDWARD WEEKS - 18 janvier 1947

Le célèbre romancier Raymond Chandler écrit à Edward Weeks, l'éditeur du magazine *Atlantic Monthly*, au mois de janvier 1947. Il souhaite discuter du titre d'un texte qu'il a rédigé pour le mensuel et qui sera publié l'année suivante : « La Nuit des oscars à Hollywood ». Mais c'est dans la deuxième moitié de sa lettre, destinée à être transmise à la relectrice des publications, que figure l'une des citations les plus célèbres de Chandler. Edward Weeks accepte la requête de l'écrivain et fait passer le message à la relectrice, Margaret Mutch, qui répond par la suite à Chandler. Ce dernier conclut l'échange en lui faisant parvenir le poème également présenté ici.

6005 Camino de la Costa
La Jolla, Californie
18 janvier 1947

Cher Mr Weeks,

Vous me laissez perplexe, j'en ai peur. Je pensais que *L'Adoration du fétiche à Hollywood* [*Juju Worship in Hollywood*] était un titre parfait. Je ne vois pas pourquoi il a besoin d'être relié au policier ou au mystère. Mais c'est vous le patron. Quand j'écrivais à propos d'écrivains, cela ne vous venait pas à l'esprit. J'ai pensé à de nombreux titres comme *Loterie à Hollywood* [*Bank Night in Hollywood*], *La Dernière Tribune de Sutter* [*Sutter's Last Stand*], *Le Peep Show en or* [*The Golden Peepshow*], *Il faut juste des éléphants* [*All it Needs is Elephants*], *Le Handicap de la boutique d'usurier* [*The Hot Shop Handicap*], *Là où est parti le vaudeville, il est mort* [*Where Vaudeville Went it Died*], et autres balivernes. Mais rien pour vous en jeter plein la poire. Au fait, veuillez transmettre mes compliments au puriste ou à la puriste qui relit vos épreuves, et lui dire que j'écris dans une sorte de patois détraqué qui tient un peu de la façon de parler d'un serveur suisse, et que quand je coupe un infinitif, bordel, je le coupe pour qu'il reste coupé, et que lorsque j'interromps la suavité de velours de ma syntaxe plus ou moins savante avec une soudaine fournée de mots extraits d'un jargon de comptoir, c'est avec les yeux grands ouverts et un esprit attentif, bien que détendu. La méthode n'est peut-être pas parfaite, mais je n'ai que celle-là. J'ai l'impression que votre correcteur tente aimablement de me faire tenir bien droit sur mes jambes, mais si j'apprécie sa sollicitude, je reste parfaitement capable de tenir ma route, pourvu qu'on me donne deux trottoirs et la rue au milieu.

Si je pense à autre chose, je vous télégraphie.

Cordiales salutations

Vers à infinitifs non coupés pour une dame

Mamzelle Margaret Matou redressa
son minou
Avec un cri de Bostonienne.

«T'as beau avoir été à Yale, ta
grammaire est frêle»,
Qu'elle décocha quand l'œil elle lui
pocha.

« T'as beau avoir été à Princeton,
jamais j'avais posé le pif
Sur un si atroce pronom relatif !

T'as beau avoir été à Harvard, tu
trouveras pas un crevard
Pour tolérer tes fautes de syntaxe.

Dressé à pas couler à pic à l'École
Publique
(Avec une majuscule à E et P)
Tu coules quand même avec tes
simagrées
C'est écœurant de te voir si
mauvais ! »

L'œil elle lui creva, hurlant comme
une tigresse.
Elle se gaussa de ses clameurs gore.

Vers l'hosto il décampa, un trou
dans la caboche.
La convalescence prit des lustres et
des cloches.

« Ô chère Mamzelle Matou, levez
pas votre minou
Pour casser mon nouvel œil en
verre !

Y a pas de cours pour apprendre
aux balourds
À distinguer le soi du je et du moi.

Y a pas non plus de grammaire aussi
forte qu'un bulldozer
Pour farcir une tête de gland.

Et souvent, le verbe être, quand c'est
moi le branche,
Prestement est coupé en tranches.

Une bonne partie de mon
(prétendu) style est vil
Car j'ai appris à écrire dans un bar.

Le mariage de la pensée et des mots
s'est fait écrabouiller
Par plus d'un gros sidecar.

Pas mal de mes trucs ont plutôt rude
mine
Parce que j'ai pas eu de pépées pour
tantines.

Ô chère Mamzelle Matou, laissez
donc vot' minou
Dans le pantalon d'Émile Littré !

Le grammairien sait bien, quand le
poète ne fiche rien,
Lui apprendre à chanter.

Les règles disent vrai : elles ont
raison, je l'admets,
Mais où voit-on qu'elles font
l'œuvre ?

Dans les relents délétères des
maisons funéraires,
Là où triment les croque-morts ?

C'est plus manifeste en palimpseste,
Ou gravé en proue de baleinier ?

C'est mieux brodé en point de
crochet
Sur la chaise dont Mamy tire fierté ?

Ou infusé de sang sur l'écorce
écorchée
Où les rebelles, furieux, ont crevé ?
Ô chère Mamzelle Matou, lâchez
vot' minou
Et descendons une pinte de gargote.

Un gars comme moi n'est pas fait
pour crever
Sur la tombe d'Aristote.

Ô allons danser sur la romance trop
sage
D'une bonne petite note de bas
de page.

Les infinitifs, de ma lame affûtée,
Je trancherai de la tête aux pieds.

Roulez, roulez, points-virgules
adorables,
Et vous, parenthèses affables.

L'apostrophe tendra ses fils de
caramel
Quand se plantera un point sans
appel.

Oh, en tête-à-tête avec l'esperluette,
Nous irons sur un entrechat de fête.

Promenade toute la nuit à la lumière
tamisée
D'un astérisque bien placé.

Gais comme des alouettes dans la
fringante obscurité,
Nous picolerons jusqu'à la bouteille
vider.

Dans une sautillante joie nous
accueillerons le cas
D'un participe égaré ! »

Elle le toisa de biais, le sourcil
mauvais,
Frémissant à sa morphologie.

Lui pâlit de frayeur soudaine,
Et sa syntaxe vira blême.

« Ô chère Mamzelle Matou, apaisez
votre courroux ! »
De terreur il jappe.

Elle s'en fiche pas mal. Sur sa pierre
tombale :
CI-GÎT UNE FAUTE DE
FRAPPE.

JE T'ATTENDRAI

LADY SHIGENARI À KIMURA SHIGENARI - 1615

Quelques mois après avoir conduit son armée à la victoire lors de la bataille d'Imafuku, Kimura Shigenari, samouraï japonais de vingt-deux ans et «héros de la nation », se prépare de nouveau à mener ses hommes au combat. Nous sommes en 1615, en plein siège d'Osaka. Malgré l'assurance du samouraï, sa femme, Lady Shigenari, a conscience du sous-effectif de ses troupes et décide de ne pas continuer à vivre sans son courageux époux. Ce courrier est sa lettre d'adieu. Comme prévu, Kimura Shigenari est tué au combat puis décapité ; Lady Shigenari, quant à elle, a déjà mis fin à ses jours.

Je sais que lorsque deux voyageurs trouvent refuge sous le même arbre et étanchent leur soif à la même rivière, tout a été déterminé par leur karma dans une précédente vie. Ces dernières années, toi et moi avons partagé le même oreiller comme mari et femme ayant l'intention de vivre et de vieillir ensemble, et je me suis autant attachée à toi qu'à ton ombre. C'est ce à quoi je croyais, et il me semble que c'est également ainsi que tu songeais à nous.

Mais maintenant je connais l'ultime entreprise dans laquelle tu t'engages et même si je ne peux pas être à tes côtés pour vivre avec toi ce grand moment, je me réjouis à cette pensée. On dit qu'à l'aube de sa dernière bataille, le général chinois Hsiang Yü, vaillant guerrier qu'il était, souffrit d'un grand chagrin en devant quitter Dame Yü, et que (dans notre propre pays) Kiso Yoshinaka se lamenta de laisser Dame Matsudono. J'ai désormais abandonné tout espoir quant à notre avenir ensemble en ce monde, et, songeant à leur exemple, je me résous à franchir le pas ultime tandis que tu vis encore. Je t'attendrai à l'autre bout de ce qu'on nomme le chemin de la mort.

Je prie pour que jamais, jamais tu n'oublies la grande bonté, profonde comme l'océan, haute comme les montagnes, que nous a accordée durant de si longues années notre seigneur, le prince Hideyori.

MA MUSE N'EST PAS UN CHEVAL

NICK CAVE À MTV - 21 octobre 1996

Acclamé par la critique internationale lors de sa sortie, le neuvième album de Nick Cave and the Bad Seeds, le magnifique, troublant et parfois terrifiant *Murder Ballads*, touche un public bien plus large que les disques précédents. Cette popularité accrue permet à Nick Cave d'être nommé en 1996 à un MTV Award dans la catégorie Meilleur artiste masculin ; extrêmement gêné par sa soudaine popularité, Cave adresse cette lettre de refus aux organisateurs médusés.

21 OCT. 96

À TOUS CHEZ MTV,

JE TIENS D'ABORD À TOUS VOUS REMERCIER POUR LE SOUTIEN QUE VOUS M'AVEZ OFFERT CES DERNIÈRES ANNÉES ; JE ME SENS À LA FOIS RECONNAISSANT ET FLATTÉ DES NOMINATIONS QUE J'AI REÇUES DANS LA CATÉGORIE MEILLEUR ARTISTE MASCULIN. LES DEUX LIVES EN DUO AVEC KYLIE MINOGUE ET P.J. HARVEY POUR *MURDER BALLADS*, MON DERNIER ALBUM, NE SONT PAS PASSÉS INAPERÇUS ET ONT ÉTÉ TRÈS APPRÉCIÉS. UNE FOIS ENCORE, UN SINCÈRE ET GRAND MERCI.

CELA ÉTANT DIT, JE DOIS VOUS PRIER DE ME RETIRER DE LA SÉLECTION DU MEILLEUR ARTISTE MASCULIN, AINSI QUE DE N'IMPORTE QUELLE AUTRE NOMINATION OU TYPE DE PRIX, AFIN QUE LES TROPHÉES DES ANNÉES À VENIR SOIENT REMIS À CEUX QUI SE SENTENT PLUS À L'AISE AVEC LA NATURE COMPÉTITIVE DE CES CÉRÉMONIES DE RÉCOMPENSES. CE N'EST PAS MON CAS. J'AI TOUJOURS PENSÉ QUE LA MUSIQUE EST UNIQUE, PERSONNELLE, ET QU'ELLE SE POURSUIT AU-DELÀ DES ROYAUMES DE CEUX QUI RÉDUISENT LES CHOSES À DES MESURES. JE NE SUIS EN COMPÉTITION AVEC PERSONNE.

MA RELATION AVEC MA MUSE RESTE DÉLICATE JUSQUE DANS LES MEILLEURS JOURS, ET JE CROIS DEVOIR LA PROTÉGER DES INFLUENCES DE CEUX QUI RISQUERAIENT D'OFFENSER SA FRÊLE CONSTITUTION. ELLE EST VENUE VERS MOI EN MÊME TEMPS QUE

LE DON DE LA CHANSON ; EN RETOUR, JE LA TRAITE
AVEC LE RESPECT QUE, SELON MOI, ELLE MÉRITE – EN
L'OCCURRENCE, IL S'AGIT DE NE PAS L'ASSUJETTIR À
L'INDIGNITÉ DU JUGEMENT ET DE LA COMPÉTITION. MA
MUSE N'EST PAS UN CHEVAL, JE NE PARTICIPE À AUCUN
TOURNOI HIPPIQUE ; ET À SUPPOSER QU'ELLE LE SOIT, JE NE
LUI HARNACHERAIS PAS POUR AUTANT UNE TELLE VOITURE
– CETTE SATANÉE CARRIOLE DE TÊTES TRANCHÉES ET
DE TROPHÉES ÉTINCELANTS. MA MUSE POURRAIT RUER !
MA MUSE POURRAIT S'EMBALLER ! OU M'ABANDONNER
DÉFINITIVEMENT !

     ALORS UNE NOUVELLE FOIS, À VOUS TOUS CHEZ MTV,
J'APPRÉCIE LE ZÈLE ET L'ÉNERGIE QUE VOUS AVEZ MIS AU
SERVICE DE MON DERNIER ALBUM, VRAIMENT, ET JE VOUS
DIS MERCI, ET JE VOUS DIS ENCORE MERCI MAIS NON…
NON, MERCI.

     BIEN SINCÈREMENT,

     NICK CAVE

NOTRE FRANK

LA FAMILLE CONNELL À LA FAMILLE CIULLA - 1992

La nuit du 21 décembre 1988, une bombe explose à bord du vol Pan America 103 à destination de New York, causant la destruction de l'appareil et la chute de ses morceaux au-dessus de l'Écosse, dans la petite ville endormie de Lockerbie. Les deux cent cinquante-neuf personnes à bord périssent dans l'accident, ainsi que onze villageois. Parmi les victimes figure Frank Ciulla, quarante-cinq ans, qui rentrait chez lui dans le New Jersey, où il s'apprêtait à passer les fêtes de Noël avec sa femme et leurs trois enfants ; son corps est découvert dans la ferme de Margaret et Hugh Connell à Water-beck, à une dizaine de kilomètres du lieu du crash.

Près de quatre ans plus tard, la famille Ciulla rassemble tout son courage pour se rendre à Minsca Farm, chez les Connell ; ils découvrent le lieu calme où Frank a trouvé le repos, bien loin des scènes de chaos de Lockerbie, et peuvent enfin se libérer des questions qui les tourmentent depuis le drame. Après cette visite, les Connell écrivent une lettre pleine d'empathie aux Ciulla. Elle est conservée précieusement et lue à haute voix à l'occasion du septième anniversaire de la tragédie, lors de l'inauguration du mémorial de Lockerbie au cimetière national d'Arlington. Les deux familles sont restées proches.

Bien chers Lou, Mary Lou et vous autres de la famille,

J'ai du mal à croire que je suis en train de vous écrire. C'est quelque chose que j'ai eu envie de faire depuis le 21 décembre 1988. Quand votre cher disparu est venu à nous en pleine nuit, nous avons vécu quelque chose d'incroyable, de traumatisant et d'affreusement triste. Vous dites que votre visite a changé la manière dont vous voyiez les choses à bien des égards ; c'est également vrai pour nous. Frank était un jeune homme, il avait un nom, mais il n'était connecté à personne. Au moins, aujourd'hui, nous pouvons l'associer à une famille aimante. Au fil des mois, il m'est souvent arrivé de penser : « Je me demande comment ses proches s'en sortent, je me demande ce qu'ils font. »

On nous a dit que sa famille ne viendrait peut-être jamais ; nous avons aussi redouté que vous veniez sans vouloir prendre contact avec nous. Je me suis senti profondément reconnaissant que vous fassiez l'effort de venir et de poser toutes les questions que vous aviez toujours voulu poser. Au moins vous avez pu trouver quelqu'un pour décrire les dernières heures, ce morceau de l'histoire qui restait un mystère à vos yeux. C'est de « ne pas savoir » qui provoque tant de chagrin et de confusion. Nous avons tous une imagination prête à s'enflammer, et vos âmes sont certainement passées par d'indicibles agonies de questionnement et d'inquiétude.

C'était vraiment merveilleux de vous rencontrer en personne. Nous avions également besoin de parler avec vous. Comme vous l'avez dit, nous allons pouvoir connaître Frank à travers vous. Pour nous, il n'a jamais été juste «une victime de plus». Durant des mois nous l'avons appelé «notre garçon». Ensuite, nous avons appris son prénom. Il est devenu «notre Frank». Croyez bien que nous avons été profondément affectés par son arrivée chez nous. Nous n'oublierons jamais ce que nous avons ressenti en le trouvant là, ce bel homme au corps intact que la vie avait si soudain quitté. Pour nous, tout ça était incompréhensible.

Et puis il a fallu le laisser là, mais toute la nuit il a reçu des visites de la police et du médecin, et nous sommes revenus le lendemain matin. C'était un frère humain, et il était venu à nous de la plus triste façon. Maintenant, grâce à lui, vous êtes présents dans nos cœurs, et s'il vous plaît, nous tenons à ce que vous sachiez tous que vous êtes les bienvenus ici, quand vous le voudrez.

La famille Connell

JE N'AI PAS PEUR DES ROBOTS. J'AI PEUR DES GENS

RAY BRADBURY À BRIAN SIBLEY - 10 juin 1974

RAY BRADBURY
AUTHOR
CHARLES ROME SMITH
DIRECTOR
JOSEPH STECK
PRODUCER
MICHAEL SHERE
SCENIC AND LIGHTING DIRECTOR
MARK S. KRAUSE
PRODUCTION STAGE MANAGER
PHIL N. LATTIN
ASSOCIATE PRODUCER
PETER LYNCH
ASSISTANT PRODUCER
DONALD C. MITCHELL
PROMOTION
JOE MUGNAINI
ART DESIGNER
ROBERT CABEEN
ART DESIGN ASSISTANT
DOUG TRUMBELL
DESIGN CONSULTANT
KAREN ARTHUR
ASSISTANT TO THE DIRECTOR
MARION CLINE
ADMINISTRATIVE ASSISTANT
TRI-ARTS INC.
GRAPHICS
SAMUEL GOLDWYN PRODUCTIONS

P.O. Box 2099
Hollywood Station
Los Angeles, CA 90028
(213) 851-2099

JUNE
10, 1974

Dear Brian Sibley:

This will have to be short. Sorry. But I am deep into my screenplay
on SOMETHING WICKED THIS WAY COMES and have no secretary, never have
had one..so must write all my own letters..200 a week!!!!

Disney was a dreamer and a doer..while the rest of us were talking
ab out the future, he built it. The things he taught us at
Disneyland about street planning, crowd movement, comfort, humanity, etc,
will influence builders, architects, urban planners for the next
century. Because of him we will humanize our cities, plan small towns
again where we can get in touch with one another again and make
democracy work creatively because we will KNOW the people we vote for.
He was so far ahead of his time it will take us the next 50 years
to catch up. You MUST come to Disneyland and eat -your words, swallow
your doubts. Most of the other architects of the ;modern world were
asses and fools who talked against Big Brother and then built
prisons to put ;us all in..our modern environments which stifle
and destroy us. Disney the so-called conservative turns out to
be Disney the great man of foresight and construction.

Enough. Come here soon. I'll toss you in the Jungle Ride River
and ride you on the train into tomorrow, yesterday, and beyond.

Good luck, and stop judging at such a great distance. You are kkkk-
simply not qualified. Disney was full of errors, paradoxes, mistakes.
He was also full of life, beauty, insight. Which speaks for all of
us, eh? We are all mysteries of light and d-ark. There are
no true ;conservatives, liberals, etc, in the world. Only people.

Best,

P.S. I can't find that issue of THE NATION, or the NEW REPUBLIC, which ever
it was, with my letter in it on Disney. Mainly I said that if Disneyland was
good enough for Captain Bligh it was good enough for me. Charles Laughton
and his wife took me to Disneyland for my very first visit and our first
ride was the Jungle Boat Ride, which Laughton immediately commandeered,
jeering at customers going by in other boats! A fantastic romp for me and
a hilarious day. What a way to start my assocation with Disneyland! R.B.

Pandemonium II Productions

P.S. Can't resist commenting on your fears of the Disney robots. Why aren't you afraid of books, then? The fact is, of course, that people have been afraid of books, down through history. They are extensions of people, not people themselves. Any machine, any robot, is the sum total of the ways we use it. Why not kknock down all robot camera devices and the means for reproducing the stuff that goes into such devices, things called projectors in theatres? A motion picture projector is a non-humanoid robot which repeats truths which we inject into it. Is it inhuman? Yes. Does it project human truths to humanize us more often than not? Yes.

The excuse could be made that we should burn all books because some books are dreadful.

We should mash all cars because some cars get in accidents because of the people driving them.

We should burn down all the theatres in the world because some films are trash, drivel.

So it is finally with the robots you say you fear. Why fear something? Why not create with it? Why not build robot teachers to help out in schools where teaching certain subjects is a bore for EVERYONE? Why not have Plato sitting in your Greek Class answering jolly questions about his Republic? I would love to experiment with that. I am not afraid of robots. I am afraid of people, people, people. I want them to remain human. I can help keep them human with the wise and lovely use of books, films, robots, and my own mind, hands, and heart.

I am afraid of Catholics killing Protestants and vice versa.

I am afraid of whites killing blacks and vice versa.

I am afraid of English killing Irish and vice versa.

I am afraid of young killing old and vice versa.

I am afraid of Communists killing Capitalists and vice versa.

But...robots? God, I love them. I will use them humanely to teach all of the above. My vo-ice will speak out of them, and it will be a damned nice voice.

Best, R.B.

Au milieu des années 1970, l'écrivain britannique Brian Sibley décide d'écrire à son modèle, Ra
Bradbury, maître de la science-fiction et auteur de *Fahrenheit 451* ; il veut lui témoigner sa profond
admiration et également le questionner sur un sujet qui lui tient à cœur :

« Si je me souviens bien, explique Sibley, j'ai fait part de mes doutes concernant l'utilisation qui es
faite des créations Audio-Animatronic dans les parcs Disneyland. À l'époque, je ne m'étais encor
jamais rendu dans un tel lieu et j'avais probablement lu trop d'histoires de science-fiction sur de
robots dangereux qui dominent l'humanité – certaines d'entre elles étaient écrites par Ray, bie
entendu. Je voyais donc la situation comme une catastrophe et non pas comme une expérienc
inoffensive. Mais le fait qu'un tel génie de la langue eût fait éclater mon point de vue biaisé et erron
me remplit de joie. Quel bonheur qu'il eût pris la peine de déclencher cette explosion, et quel miracl
que le dommage collatéral en eût été une amitié de plus de trente ans ! »

La lettre de Bradbury est un exemple de générosité, notamment son remarquable post-scriptum
dans lequel il s'attaque à la peur de Sibley avec l'élégance teintée de poésie dont il a le secret.

LETTRE 033

CRÉER

SOL LEWITT À EVA HESSE - 14 avril 1965

Les artistes américains d'avant-garde Sol LeWitt et Eva Hesse se rencontrent en 1960. L'entente es
immédiate et un lien fort les unit pendant dix ans, source d'innombrables discussions et de riche
échanges d'idées. Ils demeurent extrêmement proches jusqu'en mai 1970, quand Eva Hesse, âgé
de seulement trente-quatre ans, décède d'une tumeur au cerveau.

En 1965, Eva Hesse traverse une profonde remise en question et se trouve dans une impasse créative
Elle fait part de sa frustration à Sol LeWitt. Quelques semaines plus tard, LeWitt lui répond pa
l'œuvre d'art présentée ici : une lettre emplie de conseils précieux, dont les reproductions ornent le
murs d'ateliers aux quatre coins du monde et ont inspiré des générations d'artistes.

Chère Eva,   14 avril

    Il y a bientôt un mois que tu m'as écrit et tu as peut-être oublié ton
état d'esprit d'alors (même si j'en doute). Tu sembles égale à toi-même et,
à ton habitude, tu détestes ça. Arrête ! Apprends à dire « merde » au monde
de temps en temps. C'est ton droit absolu. Arrête de cogiter, de t'inquiéter,
de regarder derrière toi, de t'interroger, de douter, d'avoir peur, d'avoir mal,
d'espérer une solution miraculeuse, de te battre, de t'accrocher, de te perdre,
d'être à hue, d'être à dia, de marmonner, de bafouiller, de ronchonner, de

te rabaisser, de ressasser, de rabâcher, de radoter, de répéter, de remâcher, de pinailler, d'ergoter, de tergiverser, d'aller, de venir, de râler, de pester, de ruer, de brancarder, de couper les cheveux en quatre, de ménager la chèvre et le chou, de faire des châteaux en Espagne, de te casser la tête, de t'arracher les yeux, de te pincer le nez, de tortiller du cul, de montrer du doigt, de courir sans partir à point, de faire les gros yeux, d'y aller en reculant, de chercher, de marcher, de démarcher, de démarrer, de t'arrêter, d'abattre, de rebattre, de battre ta coulpe. Arrête et va

CRÉER

D'après la description que tu me fais, et sur la foi de ce que je sais de tes précédentes œuvres et de tes capacités, ton travail actuel me semble excellent : « Dessiner – proprement, en ligne claire mais folle comme des machines, plus large et plus gras… un absurde authentique. » Ça a l'air bien, merveilleux, l'absurde authentique. Fais-en davantage. Encore plus absurde, encore plus fou, plus de machines, plus de seins, plus de verges, plus de chattes, peu importe – fais-les regorger d'absurde. Essaie de saisir cette chose en toi, ton « humour bizarre ». Tu résides dans la part la plus secrète de toi-même. Laisse tomber le cool, crée ton propre non-cool. Approprie-toi ton propre univers. Si tu éprouves de l'angoisse, utilise-la – dessine et peins ton angoisse et tes peurs. Et arrête de te ronger les sangs avec des trucs profonds et grandioses comme « déterminer un but et un mode de vie, une approche consistante d'un objectif fût-il impossible à atteindre ou inimaginable ». Tu dois t'entraîner à être idiote, nulle, sans pensée, vide. Alors tu seras capable de

CRÉER

J'ai pleinement confiance en toi et même si tu te tourmentes, le travail que tu accomplis est remarquable. Essaie de MAL travailler – de produire ce que tu peux imaginer de pire et de voir ce qui se passe, mais surtout de te détendre et de laisser aller les choses ; tu n'es pas responsable pour le monde entier, tu es seulement responsable de ton œuvre – alors CRÉE-LA.

Et ne pense pas que ton travail doive se conformer à un schéma préconçu, ni à une idée ou une saveur. Il peut devenir tout ce que tu veux qu'il soit. Mais si tu crois que la vie serait plus simple si tu renonçais à peindre, alors arrête. Ne te punis pas. Toutefois, il me semble que c'est tellement chevillé en toi qu'il serait plus simple de

CRÉER

J'ai quand même l'impression de comprendre ta situation, pour en passer assez souvent moi-même par des états voisins. Je me soumets à un «Réexamen dans l'Agonie» de ma peinture, et je change tout, autant que possible – et je déteste tout ce que j'ai fait, et j'essaie de faire quelque chose de complètement différent et de mieux. Ce genre de processus est peut-être indispensable pour moi, ça me pousse toujours plus en avant. Le sentiment que je peux faire mieux que la merde que je viens de pondre. Tu as peut-être besoin d'en passer par ta propre agonie pour accomplir ce que tu fais. Et peut-être que ça te stimule à faire mieux. Mais c'est très douloureux, je le sais. Il vaudrait mieux que tu aies assez confiance en toi pour faire les choses sans même y penser. Impossible de mettre le «monde» et l'«ART» de côté sans commencer à traquer son ego. Je sais bien que tu ne peux (qu'on ne peut) travailler qu'un certain temps et qu'on passe le reste livré à ses pensées. Mais quand tu peins, ou juste avant de t'y mettre, il faut que tu te vides la tête pour te concentrer sur ce que tu fais. Après, ce qui est fait est fait, un point c'est tout. Au bout d'un moment tu t'apercevras que certaines œuvres sont mieux réussies que d'autres, mais tu verras aussi quelle direction tu prends. Je ne doute pas que tu saches déjà tout cela. Tu dois aussi être consciente que tu n'as pas à justifier ton travail – pas même à tes propres yeux. Tu sais bien que j'ai beaucoup d'admiration pour ton œuvre, et je ne comprends pas pourquoi elle te perturbe autant. Mais tu peux te représenter tes prochaines toiles et moi pas. Il faut aussi que tu croies en ton talent.

Dear Eva,   April 14

It will be almost a month since you wrote
to me and you have possibly forgotten your
state of mind (I doubt it though) You
seem the same as always. and being you,
hate every minute of it. Don't! Learn to
say "Fuck you" to the world once in a while.
You have every right to. Just stop thinking,
worrying, looking over your shoulder, wonder-
ing, doubting, fearing, hurting, hoping for
some easy way out, struggling, grasping,
confusing, itching, scratching, mumbling,
bumbling, grumbling, humbling, stumbling,
numbling, rambling, gambling, tumbling,
scumbling, scrambling, hitching, hatching,
bitching, moaning, groaning, honing, boning,
horse-shitting, hair-splitting, nit-picking,
piss-trickling, nose sticking, ass-gouging,
eyeball-poking, finger-pointing, alleyway-
sneaking, long waiting, small stepping,
evil-eyeing, back-scratching, searching,
perching, besmirching, grinding, grinding,
grinding away at yourself. Stop it and just

Je pense que c'est le cas. Alors tente les trucs les plus audacieux – choque-toi toi-même. Tu possèdes le pouvoir de tout accomplir.

J'aimerais voir tes œuvres et je vais me résoudre à attendre août ou septembre. J'ai vu des photos des dernières créations de Tom chez Lucy. Elles sont très impressionnantes – surtout les plus rigoureuses ; les plus simples. Je suppose qu'il en enverra d'autres plus tard. Donne-moi des nouvelles des expos et consorts.

Ma peinture a changé depuis ton départ, elle est bien meilleure. Il y aura une expo du 4 au 29 mai à la galerie Daniels, au 17 de la 64e Rue Est (là où a eu lieu celle d'Emmerich), et j'espère que tu pourras venir. Affectueusement à vous deux,

Sol

From your description, and from what ②
I know of your previous work and
you ability, the works you are doing
sounds very good "Drawings — clean — clear
but crazy like machines, larger, bolder..
real nonsense." That sounds fine,
wonderful — real nonsense. Do more.
More nonsensical, more crazy, more
machines, more breasts, penises, cunts,
whatever — make them abound with
nonsense. Try and tickle something
inside you, your "weird humor". You
belong in the most secret part of you.
Don't worry about cool, make your
own uncool. make your own, your own
world. If you fear, make it work
for you — draw & paint your fear + anxiety.
And stop worrying about big, deep things
such as "to decide on a purpose and
way of life, a consistant approach to
even some impossible end or even an
imagened end." You must practice being
stupid, dumb, unthinking, empty. Then
you will be able to

DO

I have much confidence in you and (3)
even though you are tormenting yourself, The work you do is very good. Try
to do some BAD work – the worst you
can think of and see what happens but
mainly relax and let everything go to
hell – you are not responsible for the
world – you are only responsible for
your work – so DO IT. And don't think
that your work has to conform to any
preconceived form, idea or flavor. It
can be anything you want it to be. But
if life would be easier for you if you
stopped working – then. stop. Don't puni-
yourself. However, I think that it is so
deeply engrained in you that it would
be easier to

DO

It seems I do understand your attitude ④
somewhat, anyway, because I go through
a similar process every so often. I have
an "Agonizing Reappraisal" of my work and change
everything as much as possible—and hate
everything I've done, and try to do something
entirely different and better. Maybe that kind
of process is necessary to me, pushing me
on and on. The feeling that I can do better
than that shit I just did. Maybe you need
your agony to accomplish what you do.
And maybe it goads you on to do better.
But it is very painful I know. It would
be better if you had the confidence just to
do the stuff and not even think about
it. Can't you leave the "world" and "ART" alone
and also quit fondling your ego. I know
that you (or anyone) can only work so much
and the rest of the time you are left with
your thoughts. But when you work or
before you work you have to empty
your mind and concentrate on what you
are doing. After you do something it is
done and that's that. After a while you
can see some are better than others but
also you can see what direction you are

going. I'm sure you know all that. (5)
You also must know that you don't have
to justify your work — not even to yourself.
Well you know I admire your work greatly
and can't understand why you are so bothered
by it. But you can see the next ones & I can't.
You also must believe in your ability — I think
you do. So try the most outrageous things you
can — shock yourself. You have at your power
the ability to do anything.

I would like to see your work
and will have to be content to wait until
Aug or Sept. I have seen photos of some of Tom's
new things at Lucy's. They are very
impressive — especially the ones with
the more rigorous form; the simpler
ones. I guess he'll send some more
later on. Let me know how the
shows are going and that kind of
stuff.

My work has changed since you
left and it is much better. I will
be having a show May 4-29 at the Daniels
gallery 17 E 64ᵗʰ St (where Emmerich was). I wish
you could be there. Much love to you both
Sol

U'EST-CE QUE TU DIS ? JE NE T'ENTENDS PAS...

ATHARINE HEPBURN À SPENCER TRACY - Vers 1985

e 10 juin 1967, la star hollywoodienne Spencer Tracy, nommé neuf fois à l'oscar du Meilleur acteur
sacré deux fois, succombe à une crise cardiaque dans la maison qu'il partage avec sa compagne,
ctrice elle-même multi-oscarisée Katharine Hepburn. Restée secrète pendant une grande partie
e leur vie, leur relation de vingt-six ans n'a pas été de tout repos. Il faut dire que Tracy n'a jamais
vorcé de sa femme. Environ dix-huit ans après la mort de son amant, Hepburn entreprend de lui
rire une lettre.

Cher Spence,

Qui aurait pensé que je t'écrirais un jour. Tu es mort le 10 juin 1967.
Mon Dieu, Spence, c'était il y a dix-huit ans. Ça fait un bail. Es-tu enfin
heureux ? Ton long repos est-il du genre agréable ? Propre à effacer tes
insomnies dans la vie ? Tu sais, je ne t'ai jamais cru quand tu me disais que
tu ne parvenais jamais à dormir. Je pensais enfin quoi, tu dors ; si tu ne
pouvais jamais trouver le sommeil, tu serais mort. Tu serais à bout. Et puis
rappelle-toi ce fameux soir où, oh, je ne sais pas, tu avais l'air très perturbé.
Et je t'ai dit bon, allez, va te coucher, je resterai par terre et je te parlerai
jusqu'à ce que tu t'endormes, et je jacasserai tant et si bien que tu en seras
accablé d'ennui, que tu tomberas dans les bras de Morphée.

Alors je suis allée chercher un vieux coussin et le chien Lobo. Je suis
restée allongée, à te regarder et à caresser ce bon vieux clebs. Je te parlais de
toi, et du film que nous venions de terminer – *Devine qui vient dîner ?* –,
et de mon studio, et de ton nouveau manteau en tweed, et du jardin et de
tous les sujets propices à s'endormir, de cuisine et de potins creux, mais tu
n'as jamais cessé de te tourner et de te retourner – à droite, à gauche –, de
replacer les oreillers, tirer les couvertures, et ainsi de suite. Enfin – vraiment
tout à la fin – tu t'es apaisé. J'ai attendu un moment, puis je me suis
éclipsée.

Tu m'avais dit la vérité, n'est-ce pas ? Tu ne pouvais vraiment pas
dormir.

Et alors j'ai commencé à me demander pourquoi. Je me le demande
toujours. Tu as pris des cachets. Ils étaient très forts. Tu me diras, j'imagine,

que sans ça, tu n'aurais jamais fermé un œil. La vie n'était pas facile pour toi, n'est-ce pas ?

Qu'est-ce que tu aimais faire ? Tu adorais naviguer, tout spécialement par gros temps. Tu adorais le polo. Et puis Will Rogers s'est tué dans un accident d'avion. Tu n'as plus jamais joué au polo – plus jamais. Le tennis, le golf, non, pas vraiment. Tu lançais parfois la balle, au base-ball. Tu étais un joueur honorable. Je ne pense pas que tu tinsses jamais un club de golf. Le mot «tinsses» existe vraiment ? La nage ? Bon, tu n'aimais pas l'eau froide. Et la marche ? Non, ce n'était pas pour toi. Parce que ça permet de penser à plusieurs choses à la fois – ceci, cela, mais quoi, Spence ? Qu'est-ce que c'était ? Un truc existentiel comme la surdité de Johnny, ou être catholique et te sentir mauvais catholique ? Pas de répit, pas de répit. Je me souviens du père Ciklic te disant que tu te concentrais seulement sur ce que la religion avait à t'offrir de mauvais, jamais sur le bon.
Cela a dû être bien pesant et accaparant.

Et l'évidence incroyable. Car tu étais réellement le plus grand acteur de cinéma. Je te le dis parce que je le crois et que je l'ai également entendu dans la bouche des plus éminentes personnalités de ton métier. Depuis Olivier jusqu'à Lee Strasberg en passant par David Lean. Qui tu veux. Tu savais tout faire. Et tu le faisais avec cette glorieuse simplicité, à ta manière directe : tu savais toujours le faire. Tu ne savais pas pénétrer dans ta propre vie, mais tu savais devenir quelqu'un d'autre. Tu étais un assassin, un prêtre, un pêcheur, un journaliste sportif, un juge, un magnat de la presse. Tu l'incarnais en une seconde.

Tu devais à peine travailler. Tu mémorisais ton texte en un rien de temps. Quel soulagement ! Tu pouvais alors être quelqu'un d'autre pour un moment. Tu n'étais pas toi – tu étais à l'abri. Tu adorais rire, pas vrai ?
Tu ne manquais jamais ces comiques : Jimmy Durante, Phil Silvers, Fanny Brice, Frank McHugh, Mickey Rooney, Jack Benny, Burns & Allen, Smith & Dale, et ton préféré, Bert Williams. Les histoires drôles, tu savais les dire – si brillamment. Tu savais rire de toi-même. Tu appréciais infiniment l'amitié et l'admiration de personnes comme les Kanin, Frank Sinatra, Bogie & Betty, George Cukor, Vic Fleming, Stanley Kramer, les Kennedy, Harry Truman, Lew Douglas. Tu étais drôle avec eux, tu t'amusais avec eux, tu te sentais à l'abri avec eux.

Et puis, retour aux épreuves de la vie. Allez, tant pis, un verre – non, oui, peut-être. Et puis non au verre. Tu étais fantastique dans ce domaine, Spence. Tu savais t'arrêter. Combien je te respectais pour cela. C'est tellement rare.

À ce sujet, tu as dit : on n'est jamais tranquille tant qu'on n'est pas à sept pieds sous terre. Mais pourquoi l'échappatoire ? Pourquoi restait-elle toujours ouverte ; pour que tu fuies l'être remarquable que tu étais ?

Pourquoi, Spence ? Je voulais te le demander. Savais-tu ce que c'était ?

Qu'est-ce que tu dis ? Je ne t'entends pas…

LA HACHE

CHARLES M. SCHULZ À ELIZABETH SWAIM - 5 janvier 1955

Peanuts, le fameux *comic strip* de Charles M. Schulz, vient de fêter ses quatre ans d'existence quar
le 30 novembre 1954, Charlotte Braun y fait son apparition, semant aussitôt la zizanie. Bruyante, «
frontée et butée, cette « bonne vieille Charlotte Braun », comme elle se surnomme elle-même, irr
rapidement les fidèles lecteurs de *Peanuts* ; elle tire sa révérence le 1er février 1955, après seuleme
dix apparitions dans la bande dessinée. Quarante-cinq ans plus tard, au décès de Schulz, Elizabe
Swaim offre à la bibliothèque du Congrès des États-Unis la réponse du dessinateur à la lettre qu'el
lui avait adressée pour se plaindre de Charlotte Braun. Dans cette réponse, écrite un mois ava
la disparition de Braun, Schulz annonce qu'il accepte de tuer le personnage mais rappelle à se
interlocutrice qu'elle aura sa mort sur la conscience. Il accompagne d'ailleurs sa signature d'ur
illustration de Charlotte Braun, une hache enfoncée dans la tête.

5 janvier 1955

Chère Mademoiselle Swaim,

Je retiens votre suggestion au sujet de Charlotte Braun, que je vais
finalement évincer. Si elle doit apparaître encore, ce sera dans des *strips*
terminés avant que j'aie reçu votre lettre ou parce que quelqu'un m'écrit qu'il
l'apprécie. Toutefois, souvenez-vous, vos amis et vous-même, que vous aurez
sur la conscience la mort d'une enfant innocente. Êtes-vous prêts à assumer
cette responsabilité ?
Merci de m'avoir écrit, j'espère que les prochaines parutions vous
plairont.

Sincèrement,
Charles M. Schulz

Jan. 5, 1955

Dear Miss Swaim,

    I am taking your suggestion regarding Charlotte Braun, & will eventually discard her. If she appears anymore it will be in strips that were already completed before I got your letter or because someone writes in saying that they like her. Remember, however, that you and your friends will have the death of an innocent child on your conscience. Are you prepared to accept such responsibility?

    Thanks for writing, and I hope that future releases will please you.

Sincerely,

Charles M. Schulz

The Ax

J'AIME MA FEMME. MA FEMME EST MORTE

RICHARD FEYNMAN À ARLINE FEYNMAN - 17 octobre 1946

Richard Feynman est l'un des physiciens les plus célèbres et les plus influents de sa génératio
Dans les années 1940, il participe au développement de la bombe atomique ; en 1984, en tant qu
membre de la Commission Rogers, il enquête sur l'accident de la navette spatiale *Challenger* et e
identifie la cause ; en 1965, il remporte le prix Nobel avec deux de ses collègues «pour leurs travau
fondamentaux en électrodynamique quantique, et les importantes conséquences que ceux-ci o
eues sur la physique des particules élémentaires». Feynman réalise d'innombrables autres ava
cées – hors de portée du commun des mortels – dans son champ de recherche. Mais au-delà de so
activité scientifique, le physicien est connu pour son tempérament enjoué et son extrême amabilit

En juin 1945, Arline, son épouse et amour de lycée, succombe de la tuberculose à vingt-cinq an
Seize mois plus tard, en octobre 1946, Feynman adresse à la défunte une lettre d'amour déchiran
qu'il scelle dans une enveloppe et qui ne sera ouverte qu'à sa mort en 1998.

17 octobre 1946

M'Arline,

Je t'adore, mon ange.

Je sais combien tu aimes entendre cela – je ne t'écris pas seulement parce que cela te plaît ; je te l'écris parce que cela me réchauffe tout au-dedans de te l'écrire.

Il y a affreusement longtemps que je ne t'avais pas écrit – presque deux ans, mais je sais que tu me pardonneras parce que tu me comprends, tu sais que je suis une tête de mule et un réaliste ; et je ne voyais pas quel sens cela aurait de t'écrire.

Mais maintenant, ma femme chérie, je sais que je dois faire ce que j'ai trop longtemps ajourné, ce que je faisais si souvent autrefois. Je veux te dire que je t'aime. Je veux t'aimer. Je t'aimerai toujours.

Il m'est difficile de comprendre par l'esprit ce que cela signifie de t'aimer après ta mort – mais je veux toujours prendre soin de toi et t'entourer – et je veux que tu m'aimes et que tu prennes soin de moi. Je veux avoir des problèmes à discuter avec toi – je veux faire de petits projets avec toi. Jusqu'à cet instant je n'avais jamais pensé que c'était possible. Que pourrions-nous faire ; nous avons appris à fabriquer des vêtements ensemble, ou à parler chinois, ou à nous servir d'un projecteur de films. Si je ne peux pas faire quelque chose maintenant ? Non. Je suis seul sans toi, tu étais la «femme aux idées», et l'instigatrice en chef de nos plus folles aventures.

Durant ta maladie tu t'es inquiétée de ne plus pouvoir me donner quelque chose que tu voulais me donner et dont tu pensais que j'avais besoin. Tu n'avais pas à t'inquiéter. Comme je te l'ai dit alors, c'était inutile parce que je t'aimais infiniment, de toutes les manières possibles. Et maintenant c'est encore plus vrai et évident : tu ne peux plus rien me donner et pourtant je t'aime tant que tu m'empêches d'aimer quelqu'un d'autre – et que je veux que tu continues à m'en empêcher. Morte, tu vaux infiniment plus que n'importe qui d'autre en vie.

Je sais que tu vas me répondre que je suis ridicule, que tu veux me voir pleinement heureux et que tu ne veux pas être un obstacle. Je parie que tu es surprise que je n'aie même pas une petite amie (à part toi, mon cœur) après deux ans. Mais tu n'y peux rien, chérie, et moi non plus – je ne le comprends pas, car j'ai rencontré bien des femmes, et des charmantes, et je ne veux pas rester seul – mais après deux ou trois rendez-vous elles retournent toutes au néant. Tu es la seule qui reste pour moi. Tu es réelle.

Ma femme adorée, je te chéris profondément.

J'aime ma femme. Ma femme est morte.

Rich

P.-S. : Excuse-moi de ne pas te poster ceci, mais je ne connais pas ta nouvelle adresse.

TU N'ES PLUS AUSSI AIMABLE QUE TU SAVAIS L'ÊTRE

CLEMENTINE CHURCHILL À WINSTON CHURCHILL - 27 juin 1940

Dès les premiers mois de son mandat de Premier ministre, une pression immense repose sur l[es]
épaules de Winston Churchill. Nous sommes en juin 1940, la Seconde Guerre mondiale s'accélère,
l'homme vient de prononcer trois discours puissants devant la Chambre des communes, redonna[nt]
espoir à la nation britannique dans une période particulièrement sombre. Cependant, l'envers [du]
décor est moins reluisant : la tension permanente subie par Churchill est si manifeste que s[on]
épouse Clementine lui écrit pour lui conseiller de se détendre et de faire preuve de plus d'amabil[ité]
à l'égard de son personnel.

27 juin 1940

Mon chéri,

J'espère que tu me pardonneras de te dire quelque chose qu'à mon avis, tu dois savoir.

L'un des hommes de ton entourage (un ami dévoué) est venu me trouver et m'a dit qu'il était dangereux que, de manière générale, tes collègues et subordonnés ne t'apprécient pas à cause de ton esprit sarcastique et de tes manières dominatrices – il semble que tes secrétaires particuliers aient décidé de se comporter comme des écoliers, d'«accepter ce qui doit leur tomber dessus» et de hausser les épaules une fois hors de ta vue. Plus grave, il paraît que lorsqu'on propose une idée (disons lors d'une conférence), tu l'accueillerais avec un tel mépris qu'aujourd'hui, plus aucune idée, bonne ou mauvaise, n'est lancée. J'étais étonnée et attristée car au cours de toutes ces années, j'ai pu fréquenter tous ceux qui travaillent avec toi ou sous tes ordres et qui t'apprécient ; je l'ai fait valoir et me suis entendu répondre : «Nul doute que c'est la pression.»

Mon Winston chéri, je dois avouer que j'ai relevé une dégradation de tes manières, et que tu n'es plus aussi aimable que tu savais l'être.

C'est à toi de donner les Ordres, et s'ils sont mal exécutés – sauf concernant le Roi, l'Archevêque de Canterbury et le Président de la Chambre des communes –, tu peux renvoyer qui tu veux. Par conséquent, fort de cet extraordinaire pouvoir, tu dois allier la courtoisie, la bienveillance et, si possible, le calme olympien. Tu avais coutume de citer : « *On ne règne sur les âmes que par le calme** » – je ne puis tolérer que ceux qui servent le Royaume et ta personne ne parviennent également à t'aimer, t'admirer et te respecter.

En outre, tu n'obtiendras pas les meilleurs résultats par l'irascibilité et la dureté. Il n'en sortira que de l'antipathie ou une mentalité d'esclave – et la rébellion, en temps de guerre, est inenvisageable !

Pardonne ton épouse aimante, dévouée et attentive,

Clemmie

J'ai écrit ceci au manoir de Chequers dimanche dernier, je l'ai déchiré mais le revoici.

---

* En français dans le texte.

OUI, VIRGINIA, IL Y A BIEN UN PÈRE NOËL

VIRGINIA O'HANLON AU RÉDACTEUR EN CHEF DU *SUN* - 1897

Sur les conseils de son père, Virginia O'Hanlon, huit ans, écrit à Francis P. Church, le rédacteur e chef du *Sun*, quotidien new-yorkais aujourd'hui disparu, pour avoir confirmation de l'existence c père Noël. Ce dernier ne tarde pas à répondre à la fillette dans les pages de son journal. «Le pè Noël existe-t-il ?» est l'éditorial en langue anglaise le plus réimprimé à ce jour, et il a fait l'obj de nombreuses adaptations. Virginia, quant à elle, est devenue professeur ; sa question innocent lui a valu des lettres d'admirateurs tout au long de sa vie. Elle décède en 1971, à l'âge de quatr vingt-un ans.

Cher rédacteur en chef,

J'ai huit ans. Certains de mes petits amis disent qu'il n'y a pas de père Noël. Papa me dit : «Si tu le vois dans le ciel, c'est qu'il y est.» Dites-moi la vérité s'il vous plaît, y a-t-il un père Noël ?

Virginia O'Hanlon.
115, 95ᵉ Rue Ouest

VIRGINIA, tes petits amis se trompent. Ils ont été contaminés par le scepticisme à l'âge du doute. Ils ne croient que ce qu'ils voient. Ils pensent que tout ce qui n'est pas intelligible à leurs petites têtes n'existe pas. Mais toutes les têtes, VIRGINIA, celles des adultes comme celles des enfants, sont petites. Dans l'immense univers qui est le nôtre, l'homme n'est jamais qu'un insecte, une fourmi dans son propre cerveau, comparé au monde sans limites qui l'entoure, rapporté à l'intelligence qui embrasse tous les savoirs et la vérité.

Oui, VIRGINIA, il y a bien un père Noël. Il existe de manière aussi certaine qu'existent l'amour, la générosité et la dévotion, et tu sais qu'ils abondent, et qu'ils offrent à ta vie les joies et les beautés les plus intenses. Que le monde serait morne, hélas, s'il n'existait pas de père Noël ! Aussi morne que s'il n'y avait pas de petites VIRGINIA. Car alors il n'y aurait plus de foi enfantine, de poésie, de romance, pour rendre tolérable notre existence. Nous serions privés du plaisir, sauf par la vue et la sensibilité. La lumière éternelle dont l'enfance enveloppe le monde s'éteindrait.

Ne pas croire au père Noël ! Pourquoi ne pas croire aux fées non plus ! Tu pourrais convaincre ton papa de prendre des hommes à son service pour surveiller toutes les cheminées le 24 décembre et attraper le père Noël, mais même s'ils ne le voyaient pas descendre, qu'est-ce que cela prouverait ? Personne ne voit le père Noël, ce qui ne démontre en rien qu'il n'y a pas de père Noël. Dans ce monde, les choses les plus réelles sont celles que ne voient ni les enfants, ni les grandes personnes. Tu as déjà vu des fées danser sur une pelouse ? Non, bien sûr, mais ce n'est pas la preuve qu'elles n'y sont pas. Personne ne peut concevoir ni imaginer toutes les merveilles invisibles de la terre.

Tu peux démonter un hochet de bébé pour voir ce qui fait du bruit dedans, mais quant au voile qui couvre le monde secret, ni l'homme le plus fort, ni même la puissance rassemblée de tous les hommes les plus forts qui ont jamais vécu ne parviendrait à le déchirer. Seuls la foi, le rêve, la poésie, l'amour, la romance peuvent soulever ce rideau et voir, et se représenter la beauté surnaturelle et la gloire au-delà. Si tout cela est réel ? Ah, VIRGINIA, dans l'univers entier, il n'est rien de plus réel et éternel.

Pas de père Noël ! DIEU merci, il vit et vivra toujours ! À mille ans d'ici, VIRGINIA, nenni, dix fois dix mille ans d'ici, il continuera de réjouir le cœur de l'enfance.

E VIENS DE VOUS ÉCRIRE UNE LONGUE LETTRE

LFRED D. WINTLE AU RÉDACTEUR EN CHEF DU *TIMES* - 6 février 1946

êtu, courageux, intelligent et extrêmement divertissant, le lieutenant-colonel Alfred D. Wintle st une figure de la culture britannique. Un jour, il essaie de s'échapper d'un hôpital déguisé en ifirmière afin de rejoindre l'effort de guerre, mais il est trahi par son monocle ; fait prisonnier en rance pendant la Seconde Guerre mondiale, il entame une grève de la faim de deux semaines pour rotester contre la tenue «négligée» de ses geôliers ; quelques années plus tard, il prend un train en otage» après s'être rendu compte du nombre réduit de sièges en première classe, refusant e quitter la cabine du conducteur jusqu'à résolution du problème. En 1958, il marque l'histoire en emportant sans avocat une bataille juridique de trois ans contre un notaire malhonnête, bataille qui e mènera jusqu'à la Chambre des lords. Sur Wintle, les anecdotes de ce type sont innombrables.

n 1946, il écrit cette lettre au *Times*, qui suscite l'admiration de tout le journal ; elle y est depuis oigneusement conservée.

Du lieutenant-colonel A.D. Wintle.
The Royal Dragons Cavalry Club
127 Picadilly W.1.

Au rédacteur en chef du *Times*,

Monsieur,

Je viens de vous écrire une longue lettre.
Après l'avoir relue, je l'ai jetée à la bannette à papiers.
En espérant que cela vous conviendra,
Je reste,
Monsieur,
votre fidèle serviteur,

6 février 1946

Telegraphic Address:
MAMELUKE, AUDLEY, LONDON.
Telephone GROSVENOR 1261 (5 lines)

from
Lt. Col. A. D. WINTLE.
The Royal Dragoons.
CAVALRY CLUB,
127, PICCADILLY, W.1.

5 a

7 - FEB 1946

To the
Editor of
The Times.

Sir,
I have just written you
a long letter.

On reading it over, I have
thrown it into the waste paper
basket.

Hoping this will meet
with your approval,
I am
Sir
Your Obedient Servant

6 Feb '46   A D Wintle

MON CHÉRI, VIENS

EMMA HAUCK À MARK HAUCK - 1909

Emma Hauck, une Allemande de trente ans mère de deux enfants, souffre d'une démence précoce – on parlerait aujourd'hui de schizophrénie. Le 7 février 1909, elle est admise à l'hôpital psychiatrique de l'université de Heidelberg. Les perspectives s'améliorent pendant une courte période et Emma peut quitter l'institution un mois plus tard. Très vite, cependant, son état se dégrade et la jeune femme doit être de nouveau hospitalisée. Au mois d'août, alors que sa maladie est jugée irréversible et qu'aucun traitement n'est plus envisageable, Emma est transférée au Wiesloch Asylum, où elle décédera onze ans plus tard.

C'est après sa mort qu'on découvre, dans les archives de l'hôpital de Heidelberg, une série de courriers bouleversants, écrits par Emma pendant son deuxième séjour en 1909. Les rapports médicaux de l'époque indiquent qu'Emma parlait sans cesse de sa famille. De fait, chacune de ses lettres est adressée à son époux absent, Mark, et chaque page est recouverte de mots griffonnés les uns sur les autres. Certaines sont si condensées qu'elles sont illisibles ; certaines ne sont composées que d'une seule phrase, «*Herzenschatzi komm* » (Mon chéri, viens) ou «*Komm komm komm*» (viens viens viens), réécrite à l'infini. Aucune n'a été expédiée.

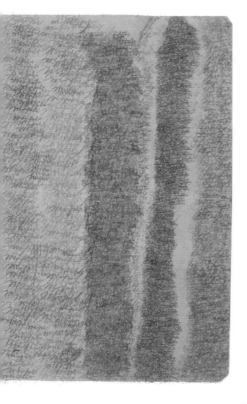 

VENGEZ MA MORT

MASABONU KUNO À SES ENFANTS - 23 mai 1945

La Seconde Guerre mondiale fait rage dans la ville japonaise de Chiran. Au soir du 23 mai 1945, Masanobu Kuno rédige cette lettre d'adieu destinée à Masanori, son fils de cinq ans, et Kiyoko, sa fille de deux ans. Le lendemain, lors de la bataille d'Okinawa, il embarque dans un avion chargé d'explosifs, décolle vers les cieux, et s'écrase sur un navire de guerre allié. Le cas du capitaine Kuno n'est pas rare à cette période : le pilote fait partie des quatre mille et quelques kamikazes qui ont choisi de sacrifier leur vie au nom du peuple japonais. Ces hommes ont causé la mort de milliers de soldats alliés et la destruction de dizaines de navires de guerre.

Chers Masanori et Kiyoko,

Même si vous ne pouvez plus me voir, j'aurai toujours les yeux sur vous.
Quand vous serez grands, choisissez le chemin qui vous plaira et devenez
un bon Japonais et une bonne Japonaise. Ne jalousez pas les pères des autres.
Votre père va devenir un dieu et veiller attentivement sur vous. L'un comme
l'autre, étudiez avec sérieux et aidez votre mère dans son labeur. Vous ne
pourrez plus vous mettre à cheval sur mon dos, mais soyez de bons amis
l'un pour l'autre. Je suis un être joyeux qui a lancé une grosse bombe et s'est
débarrassé de l'ennemi au complet. Devenez, s'il vous plaît, des personnes
invincibles comme votre père, et vengez ma mort.

De la part de Père

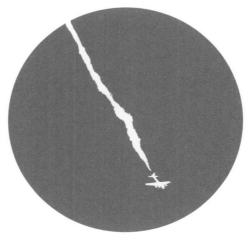

NE TOUCHEZ PAS À SES CHEVEUX

TROIS GROUPIES D'ELVIS PRESLEY AU PRÉSIDENT DES ÉTATS-UNIS DWIGHT D. EISENHOWER - 1958

Pour nombre des admirateurs du « King », le 24 mars 1958 est devenu le « Lundi noir ». Ce jour-là, à vingt-deux ans, Elvis Presley est enrôlé dans l'armée américaine. Et il s'apprête à partir bien loin, en Allemagne, où il restera jusqu'à sa démobilisation deux ans plus tard. Les fans de la star paniquent et imaginent le pire : n'hésitant pas à recourir aux grands moyens, ils inondent la Maison-Blanche de courriers urgents dans lesquels ils implorent le Président de garantir la sécurité d'Elvis. Cette lettre adressée à Eisenhower a été rédigée par trois admiratrices, résignées à la mobilisation de leur idole, mais sûrement pas à d'éventuelles modifications de son look.

La traduction conserve les fautes de l'original.

Boîte 755
Noxon, Montana

Cher Président Eisenhower,

Mes amies et moi vous écrivont depuis le lointain Montana. Nous trouvons que c'est déjà bien assez dur d'envoyer Elvis Presley à l'armée, mais si vous lui coupez ses favoris nous en mourrons ! Vous çavez pas ce qu'on peut ressentir pour lui, je ne vois vraiment pas pourquoi vous voulez l'envoyer à l'armée, mais on vous supplie, s'il vous plaît, s'il vous plaît, ne lui faites pas faire une coupe de G.I., oh s'il vous plaît, non ! Si vous le faites on va vraiment en mourir !

Des adoratrices d'Elvis Presley

Linda Kelly
Sherry Bane
Mickie Mattson

Presley
Presley
Telle est notre prière
P-R-E-S-L-E-Y

Box 755
Noxon, Mont.

Jill

Dear President Eisenhower,

My girlfriends and I are writting all the way from Montana, We think its bad enough to send Elvis Presley in the Army, but if you cut his side burns off we will just die! You don't no how we feel about him, I really don't see why you have to send him in the Army at all, but we beg you please please don't give him a G.I. hair cut, oh please please don't! If you do we will just about die!

Presley
Presley
IS OUR CRY
P-R-E-S-L-E-Y

Elvis Presley
Lovers

Linda Kelly
Sherry Bare
Mickie Mattson

À MA VEUVE

OBERT SCOTT À KATHLEEN SCOTT - 1912

Après des années de préparation, l'explorateur britannique Robert Falcon Scott et les quatre membres de son équipage atteignent enfin le pôle Nord. Toutefois leur succès s'assombrit lorsqu'ils apprennent qu'une expédition norvégienne emmenée par Roald Amundsen les a devancés de quatre semaines. Démoralisés et physiquement épuisés, Scott et son équipe entreprennent le chemin du retour. Un mois plus tard, à mi-parcours, un premier homme périt, suivi d'un autre un mois plus tard, puis de Scott et des deux derniers coéquipiers. Le 12 novembre 1912, leurs corps sont découverts. On estime que Scott est mort le 29 mars 1912.

Les derniers jours, l'explorateur craint le pire. De fait, il rédige cette lettre d'adieu à celle qu'il considère déjà comme sa « veuve ».

À ma veuve

Ma chérie adorée, nous sommes dans une sale passe et je crains que nous n'en réchappions pas. Dans le court laps de temps de nos repas, je profite d'une très relative montée de chaleur pour rédiger des lettres préparatoires à une fin possible. La première t'est évidemment destinée, mes pensées de veille ou de sommeil se dirigeant surtout vers toi. S'il doit m'arriver quelque chose, je tiens à ce que tu saches que tu as infiniment compté pour moi, et qu'à l'heure du départ de merveilleux souvenirs me gardent.

J'aimerais également que tu puises tout le réconfort possible de ces informations : je n'aurai pas souffert et quitterai ce monde intact, délivré de mon harnais, et plein de santé et de vigueur – cela fait partie des ordres, quand les provisions viennent à manquer, nous nous arrêtons là où nous sommes, à distance raisonnable d'un autre dépôt [de ravitaillement]. Dès lors tu ne dois pas imaginer une grande tragédie – bien sûr, nous sommes très inquiets et ce depuis des semaines, mais dans une forme physique remarquable, et notre appétit compense l'inconfort. Le froid est mordant et parfois même enragé mais encore une fois, nous savourons tant la nourriture chaude qui permet de le repousser que nous tiendrions à peine debout sans elle.

Nous avons bien descendu la montagne depuis que j'ai écrit ce qui précède. Le pauvre Titus Oates nous a quittés – il était au plus bas – et les rescapés que nous sommes poursuivons, en nous imaginant qu'il nous reste une chance de nous en sortir, mais ce temps glacial ne faiblit pas – nous sommes désormais à peine à 20 miles d'un dépôt mais il nous reste bien peu de vivres et de carburant.

Mon cher cœur, je veux que tu prennes tout cela de la manière censée qui sera, je n'en doute pas, la tienne – notre garçon sera ton réconfort. J'étais heureux à l'idée de t'aider à l'élever, mais c'est une satisfaction de le savoir en sûreté sous ton aile. Il me semble que lui et toi devrez tout particulièrement être pris en charge par le pays pour lequel, en fin de compte, nous aurons donné nos vies avec l'élan qui a valeur d'exemple – j'écris des lettres en ce sens à la fin de ce carnet, après celle-ci. Voudras-tu les envoyer à leurs divers destinataires ?

Il faut que j'écrive une courte lettre au petit, s'il trouve le temps de la lire quand il grandira – ma bien chère, ne va pas t'agripper à des sornettes sentimentales à propos du remariage ; quand l'homme qui convient te proposera son aide dans la vie, sois de nouveau heureuse. J'espère que je resterai un bon souvenir, ma fin ne devrait certainement pas être un motif de honte et j'aime penser que mon garçon aura eu un bon départ avec ses parents, ce dont il pourra être fier.

Ma chère, il est malaisé de t'écrire à cause du froid – 70 degrés au-dessous de zéro et nul autre abri que celui de notre tente – tu sais que je t'ai aimée, tu sais que mes pensées se sont toujours tournées vers toi et oh, mon Dieu, tu dois savoir que le pire, dans cette situation, est la pensée de ne jamais te revoir – il faut bien admettre l'inévitable – tu m'as poussé à diriger cette aventure et tu avais pressenti que ce serait dangereux, je le sais. J'ai tenu mon rôle de bout en bout, n'est-ce pas ? Dieu te préserve, mon aimée, j'essaierai d'écrire davantage plus tard – je continue horizontalement au verso.

Depuis que j'ai écrit ce qui précède nous sommes parvenus à moins de 11 miles de notre dépôt grâce à un seul repas chaud et deux jours de plats froids, et nous aurions dû arriver au but mais quatre jours d'effroyable tempête nous ont retardés – je crois que notre meilleure chance a disparu, nous avons décidé de ne pas nous tuer mais de nous battre jusqu'à la dernière minute pour atteindre ce dépôt, toutefois dans la bataille la fin est sans douleur, alors ne t'inquiète pas. J'ai rédigé des lettres sur des pages impaires de ce carnet ; pourras-tu faire en sorte de les expédier ? Tu vois, je m'inquiète pour toi et pour l'avenir de notre fils – tâche de l'intéresser à l'histoire naturelle, si tu le peux, cela vaut mieux que les jeux ; certaines écoles la favorisent. Je sais que tu lui feras profiter du grand air – essaie de lui faire croire en Dieu, c'est réconfortant. Oh, ma chérie, ma chérie, quels rêves de ce futur j'ai pu nourrir, et pourtant, oh, ma grande, je sais que tu sauras faire face stoïquement – quand on me trouvera, ton portrait et celui du petit seront sur ma poitrine ainsi que dans le petit étui de maroquin rouge, cadeau de Lady Baxter. Un morceau du drapeau britannique que j'ai planté au pôle Sud se trouve dans ma petite sacoche avec le drapeau noir d'Amundsen et autres babioles – remets un petit morceau du drapeau au Roi, un autre à la Reine Alexandra, et garde le reste en guise de malheureux trophée pour toi ! J'aurais pu t'en dire et t'en redire sans fin sur ce voyage. C'était tellement mieux que de rester tranquillement à la maison… Quels récits tu aurais eus pour notre fils, mais oh, quel prix à payer : renoncer à contempler ton si cher visage. Chérie, tu seras bonne avec Mère. Je lui écris un petit mot dans ce carnet. Et reste en bons termes avec Ettie et les autres – oh, mais tu sauras afficher un visage fort, seulement ne sois pas si fière que tu repousserais de l'aide, dans l'intérêt du petit ; il doit briguer une belle carrière et accomplir quelque chose en ce monde. Je n'ai pas le temps d'écrire à sir Clements – dis-lui que j'ai beaucoup pensé à lui et que je n'ai jamais regretté qu'il me confie le commandement de Discovery. Adresse mon message d'adieu à Lady Baxter et Lady Sandhurst, préserve votre amitié car toutes deux sont des personnes chères, et fais-en de même avec le couple Reginald Smith.

TO my widow

Dearest darling — we are in a
very tight corner and I have doubts
of pulling through — In one short
lucid hours I take advantage of
a very small amount of something to write
letters preparatory to a possible end
— The first is naturally to you on
whom my thoughts mostly dwell
waking or sleeping — If anything
happens to me I shall like you to know
how much you have meant to me and
what pleasant recollections are with
me as I depart —
I should like you to take what
comfort you can from these facts
also — I shall not have suffered
any pain but leave the world fresh
from harness + full of good health +
vigour - this is decided already
when provisions come to an end we
simply stop unless we are within
easy distance of another depot
Therefore you must not imagine a
great tragedy - we are very anxious
of course + have been for weeks but
our splendid physical condition and
our appetites compensate for all discomfort
The cold is trying + sometimes
angering but here again we get the

hot food which down it gives us
so wonderfully enjoyable that one
would scarcely be without it —

We have gone down hill a good
deal since I wrote the above
Poor Titus only two gone — he was
in a bad state — the rest of us
keep going and everyone has
a chance to get through but the
cold weather doesn't let up at
all — We are now only 20 miles
from a depot but we have very little
food & fuel.

Well dear heart — I want you to take
the whole thing very sensibly as
I'm sure you will — The boy will
be your comfort I had looked
forward to helping you to bring him
up but — be it is a satisfaction
to feel that he is safe with you
I think both he and you ought
to be specially looked after by the
country for which after all we
have given our lives with
something of spirit which makes
for example —— I am coming

lecture on them from [?] to [?] in the end
of the book, after this will you send them
to their various destinations

— I must write a little letter for
that boy if time can be found
to be read when he grows up
the inherited vice from my side
of the family is indolence —
above all he must guard & you
must guard him against that —
make him a strenuous man
I had to force myself into being
strenuous as you know — had
always an inclination to [?]
my father was idle [?]
brought much trouble

— Dearest heart you know !
Cherish no sentimentality [?] [?]
about re marriage — when the
right man comes to help you in
life you ought to be your
happy self again ———— I want
a very good husband but I
hope I shall be a good [?]
certainly there is nothing
for you to be ashamed of

and I like to think that the boy
will have a good start in
parentage of which he may be
forward

Dear it is not easy to write
because of the cold — 40° below
zero and nothing but the shelter
of our tent — You know I have
loved you, you know my thoughts
must have constantly dwelt
on you and oh dear me you
must know that quite the
worst aspect of this situation
is the thought that I shall not
see you again — The inevitable
must be faced — You urged me
to be leader of this party and
I know you felt it would be
dangerous — I've taken my
place throughout haven't I?
God bless you my own darling
I shall try to write more
later — I go on across to back
pages

TRADUCTION P. 4(

PRÉPARE-TOI AU COMBAT ET ÉCRIS-MOI !

JACK KEROUAC À MARLON BRANDO - Vers 1957

Figure de proue de la Beat generation, Jack Kerouac publie *Sur la route* en 1957, roman autobiogra
phique, chronique de voyage et d'amitié mettant en scène Sal Paradise et Dean Moriarty, alter eg
de Kerouac et de son ami Neal Cassady. Désireux de voir son œuvre transposée à l'écran, l'ambitieu
écrivain fait appel à Marlon Brando. Il lui suggère d'acheter les droits d'adaptation, de jouer le rô
de Moriarty, et de lui confier celui de Sal. Brando ne répondra jamais.
Kerouac décède douze ans plus tard. Il faudra attendre 2012 pour voir *Sur la route* au cinéma.

Jack Kerouac
1418½ Clouser St
Orlando,Fla

Dear Marlon
     I'm praying that you'll buy ON THE ROAD and make a movie
of it. Dont worry about structure, I know how to compress and
re-arrange the plot a bit to give perfectly acceptable movie-type
structure: making it into one all-inclusive trip instead of the
several voyages coast-to-coast in the book, one vast round trip
from New York to Denver to Frisco to Mexico to New Orleans to New York
again. I visualize the beautiful shots could be made with the camera
on the front seat of the car showing the road (day and night) unwinding
into the windshield, as Sal and Dean yak. I wanted you to play the
part because Dean (as you know) is no dopey hotrodder but a real
intelligent (in fact Jesuit) Irishman. You play Dean and I'll play
Sal (Warner Bros. mentioned I play Sal) and I'll show you how Dean
acts in real life, you couldnt possibly imagine it without seeing a
good imitation. Fact, we can go visit him in Frisco, or have him
come down to L.A. still a real frantic cat but nowadays settled
down with his final wife saying the Lord's Prayer with his kiddies
at night...as you'll seen when you read the play BEAT GENERATION.
All I want out of this is to be able to establish myself and my
mother a trust fund for life, so I can really go roaming around the
world writing about Japan, India, France etc. ...I want to be free
to write what comes out of my head & free to feed my buddies when
they're hungry & not worry about my mother.

     Incidentally, my next novel is THE SUBTERRANEANS coming
out in N.Y. next March and is about a love affair between a white
guy and a colored girl and very hep story. Some of the characters
in it you knew in the Village (Stanley Gould? etc.) It easily could
be turned into a play, easier than ON THE ROAD.

     What I wanta do is re-do the theater and the cinema in
America, give it a spontaneous dash, remove pre-conceptions of
"situation" and let people rave on as they do in real life. That's
what the play is: no plot in particular, no "meaning" in particular,
just the way people are. Everything I write I do in the spirit
where I imagine myself an Angel returned to the earth seeing it with
sad eyes as it is. I know you approve of these ideas, & incidentally
the new Frank Sinatra show is based on "spontaneous" too, which is
the only way to come on anyway, whether in show business or life.
The French movies of the 30's are still far superior to ours because
the French really let their actors come on and the writers didnt
quibble with some preconceived notion of how intelligent the movie
audience is, the talked soul from soul and everybody understood at once.
I want to make great French Movies in America, finally, when I'm rich
...American Theater & Cinema at present is an outmoded Dinosaur
that aint mutated along with the best in American Literature.

     If you really want to go ahead, make arrangements to
see me in New York when next you come, or if you're going to Florida
here I am, but what we should do is talk about this because I
prophesy that it's going to be the beginning of something real
great. I'm bored nowadays and I'm looking around for something to do
in the void, anyway——writing novels is getting too easy, same with
plays, I wrote the play in 24 hours.

     Come on now, Marlon, put up your dukes and write!

     Sincerely, later, *Jack Kerouac*

IL FAUT QUE TU SACHES COMBIEN J'HÉSITE À ME MARIER

AMELIA EARHART À GEORGE PUTNAM - 7 février 1931

Noank
Connecticut

The Square House
Church Street

Dear GPP

There are some things which should be writ before
we are married -- things we have talked over before -- most of
them.

You must know again my reluctance to marry, my
feeling that I shatter thereby chances in work which means most
to me. I feel the move just now as foolish as anything I
could do. I know there may be compensations but have no heart
to look ahead.

On our life together I want you to understand I
shall not hold you to any midaevil code of faithfulness to me
nor shall I consider myself bound to you similarly. If we can
be honest I think the difficulties which arise may best be avoided
should you or I become interested deeply (or in passing) in anyone
else.

Please let us not interfere with the others' work or
play, nor let the world see our private joys or disagreements.
In this connection I may have to keep some place where I can go to
be myself, now and then, for I cannot guarantee to endure at all
times the confinement of even an attractive cage.

I must exact a cruel promise and that is you will let
me go in a year if we find no happiness together.

I will try to do my best in every way and give you that
part of me you know and seem to want.

A.E.

l'issue d'une expédition de quatorze heures et cinquante-six minutes à bord de son Lockheed ·ga 5B muni d'un seul moteur, Amelia Earhart devient en 1932 et à l'âge de trente-quatre ans la ·emière femme à survoler l'océan Atlantique en solitaire, de la province de Terre-Neuve à l'Irlande ·u Nord. L'aviatrice ne s'arrête pas à cet exploit ; elle inscrira par la suite bien d'autres records à ·n palmarès. Cette femme de poigne tient farouchement à son indépendance et voit d'un mauvais ·il les obstacles à son ambition – en tête desquels, le mariage. Un an avant ce vol historique, elle ·rit une lettre à son fiancé, le publiciste George Putnam, qu'elle aime pourtant profondément, dans ·quelle elle réaffirme ses doutes quant aux vertus de l'engagement conjugal.

·melia finit par accepter de se faire passer la bague au doigt mais son heureux mariage tourne ·urt : en 1937, alors qu'elle tente un tour du monde, elle disparaît au-dessus du Pacifique. Son ·rps ne sera jamais retrouvé.

AIMERAIS CONTINUER À ÊTRE UN BON SOLDAT

DDIE SLOVIK AU GÉNÉRAL DWIGHT D. EISENHOWER - 9 décembre 1944

·n pleine Seconde Guerre mondiale, le soldat Eddie Slovik quitte les États-Unis à vingt-quatre ans ·ur aller combattre en France. Malgré sa demande de réaffectation, il est envoyé en première ·gne. Paralysé par la peur pendant un assaut, il décide de quitter le front, à l'instar des vingt mille ·éserteurs de l'armée américaine. Trois mois plus tard, le 31 janvier 1945, peu après 10 heures du ·natin, Slovik est abattu par un peloton d'exécution. Il est le seul soldat américain depuis les années ·860 à payer de la sorte sa tentative de désertion. Deux mois avant sa mort, Slovik écrit au général ·wight D. Eisenhower pour lui demander sa grâce. Sourd à la supplique du jeune homme, le futur ·résident ordonne sa mise à mort.

·a traduction conserve les fautes de l'original.

Cher général Eisenhower,

Je soussigné, soldat sans classe Eddie D. Slovik, ASN 36896415, ai été condamné par le général de cour martiale le onzième de novembre de l'an 1944, jour de l'Armistice, à être exécuté au peloton pour désertion de l'armée américaine des États-Unis.

Ni avant ni pendant ma condamnation, je n'ai jamais eu l'intention de déserter l'armée. Car si tel avait été mon projet, je ne me serais pas rendu comme je l'ai fait. Je n'ai pas de reproches à faire à l'armée des États-Unis, j'ai simplement demandé à être transféré hors ligne. À mon retour j'ai demandé à mon commandant s'il y avait une possibilité pour que je sois transféré, car je redoutais d'être en péril, et à cause de mes nerfs. J'admets avoir des nerfs très fragiles, comme nous tous, d'ailleurs, me semble-t-il. Ce transfert m'a été refusé.

Je dois vous en dire plus sur mon passé. Je suppose que vous avez le casier judiciaire d'une ancienne étape de ma vie. Quand je suis sorti de prison, j'ai été mis en liberté surveillée pour deux ans après cinq d'enfermement. Au cours de ces deux années de probation, je me suis trouvé un bon travail ; j'étais classé 4-F, l'armée ne voulait pas de moi à l'époque. Ainsi, cinq mois après mon départ du pénitencier, j'ai pris la décision de me marier, et je l'ai fait. J'ai maintenant une épouse formidable et un bon foyer. Presque un an et demi de vie conjugale m'a appris à me tenir à distance des mauvaises fréquentations, ce qui m'avait valu la prison. C'est alors qu'est arrivé le contingent. Je n'avais pas à m'enrôler dans l'armée quand ils m'ont appelé. Je pouvais retourner sous les verrous. Mais j'étais las d'avoir toujours été enfermé, et j'ai rejoint les troupes. Quand je me suis présenté devant le conseil d'admission, on m'a dit que la seule raison pour laquelle l'armée me donnait une chance, c'était parce que j'étais marié et que j'avais un bon dossier sur mes deux années de liberté surveillée. À ma connaissance, Monsieur, mon dossier de ces deux dernières années est bon. Mon passif en tant que soldat est également bon, jusqu'au moment où j'ai eu ces ennuis. J'ai fait de mon mieux pour faire ce que l'armée attendait de moi jusqu'à ma première fuite ou plutôt mon départ du régiment.

Je ne crois pas avoir fui la première fois, ainsi que je l'ai stipulé dans ma première confession. Je suis venu en France en tant que remplaçant, et quand l'ennemi s'est mis à nous bombarder, j'ai pris peur et j'ai craint de ne pas pouvoir m'extirper de mon terrier. Je crois que je ne me suis jamais donné une chance de surmonter ma première terreur, celle des bombardements. Le lendemain il n'y avez pas de troupes U.S. dans les environs alors je me suis rendu à la police militaire canadienne. Alors ils ont tenté de déterminer d'où je venais. Il a dû leur falloir six semaines pour remonter jusqu'aux forces U.S. Alors Monsieur quand on m'a rendu à mon régiment j'ai essayé d'expliquer à mon commandant ce qui s'était passé et ce qui m'était arrivé. Puis j'ai demandé un transfert. Il m'a été refusé. C'est là que j'ai écrit ma confession. On m'a dit alors que si j'acceptais de revenir en ligne, on déchirerait ma confession, mais que si je refusais de revenir en ligne, ils devrez la retenir à ma charge, ce qu'ils ont fait.

Comment vous dire combien je suis profondément désolé pour tous les péchés que j'ai commis. Sur le moment je n'avais pas conscience de ce que je faisais, ni de ce que signifie le mot désertion. Ce que cela fait d'être condamné à mort. Je vous supplie humblement et sincèrement, au nom de mon épouse bien-aimée et de ma mère qui sont là-bas à la maison, de m'accorder votre grâce. À ma connaissance mon dossier est bon depuis mon mariage et mon entrée dans l'armée. J'aimerais continuer à être un bon soldat.

Dans l'attente anxieuse de votre réponse, que je prie constamment d'être favorable, Dieu vous bénisse ainsi que votre Œuvre pour la victoire.

En demeurant vôtre pour la Victoire,

Soldat Eddie D. Slovik

LES LUNES GALILÉENNES

GALILÉE À LEONARDO DONATO - 1610

Selon le physicien britannique Stephen Hawking, Galilée est à l'origine de la science moderne. [E]
1609, après avoir vu les détails de l'un des tout premiers télescopes construits aux Pays-Bas, Ga[li]
lée élabore sa propre version de l'instrument, dont les capacités d'agrandissement largement s[u]
périeures lui permettront de faire d'innombrables découvertes en astronomie. En janvier 1610 [il]
adresse un courrier au doge de Venise, Leonardo Donato, dans lequel il décrit l'instrument et de[s]
sine pour la première fois les quatre plus grandes lunes de Jupiter, qu'il est le premier à observ[er]
Nous reproduisons ici le brouillon de cette lettre.

Sérénissime Prince,

Galileo Galilei, très humble serviteur de V.S., tenant assidûment son
esprit en éveil, non seulement pour pouvoir exercer sa charge de lecteur
de mathématiques à l'université de Padoue, mais aussi pour apporter à V.S.
le bénéfice extraordinaire de quelque invention utile et signalée, se présente
aujourd'hui devant Elle avec un nouvel artifice de lunette tiré des plus
mystérieuses spéculations de la perspective. Cet instrument rapproche à tel
point de l'œil les objets visibles et les fait paraître si grands et si distincts
qu'un objet se trouvant, par exemple, à une distance de neuf milles, nous
semble n'être pas éloigné de plus d'un mille, ce qui, en toute affaire ou
entreprise maritime ou terrestre, peut être d'un intérêt inestimable. Ainsi,
en mer, nous pourrons de beaucoup plus loin qu'à l'habitude apercevoir les
bâtiments et les voiles de l'ennemi, si bien que nous le découvrirons deux
heures de temps et plus avant qu'il ne nous découvre, et qu'ayant reconnu
le nombre et la qualité de ses vaisseaux, nous pourrons juger de ses forces
et nous disposer à la chasse, au combat ou à la fuite. De même, en terre
ferme, on pourra, de quelque point élevé, même lointain, découvrir à
l'intérieur d'une place les quartiers de l'ennemi et ses défenses ; ou encore,
en rase campagne, voir et distinguer dans leurs détails, pour notre plus grand
avantage, tous ses mouvements et préparations ; ceci entre autres nombreux
usages que toute personne judicieuse devinera sans peine. C'est pourquoi,
jugeant cette invention digne d'être acceptée et estimée très utile par V.S.,
il s'est déterminé à la Lui présenter et à la soumettre à Sa décision, afin
qu'Elle ordonne et dispose, selon qu'il paraîtra opportun à Sa prudence,
que de tels instruments soient ou ne soient pas fabriqués.

Cette découverte, ledit Galilée la présente en toute affection à V.S. comme un des fruits de la science qu'il professe depuis dix-sept années accomplies à l'université de Padoue, avec l'espoir de trouver l'occasion de lui en présenter de plus grands, s'il plaît à Dieu et à V.S qu'il passe le reste de sa vie au service de V. S qu'il salue humblement en priant la Majesté divine de La combler de toute félicité.

© Éditions Hermann, 1966, pour la traduction française de Paul-Henri Michel.

LES ÉCORCES DE BOULEAU

GAVRILA POSENYA À DIVERS - Vers 1350

Le 26 juillet 1951, dans la cité russe de Novgorod, l'archéologue Nina Fedorovna Akulova exhum
un incroyable trésor : un morceau d'écorce de bouleau sur lequel a été gravée une lettre, rédig
dans une ancienne langue slave orientale très peu étudiée, le «vieux novgorodien», à une date q
les chercheurs situent autour de 1400. Depuis, plus de mille lettres en écorce de bouleau ont é
découvertes dans la région, grâce aux fouilles menées par Artemiy Artsikhovsky. Pour la plupart
s'agit de lettres personnelles et anodines, mais l'ensemble offre une plongée saisissante dans la v
et la langue des Slaves orientaux des siècles passés, et apporte un éclairage supplémentaire sur
période du Moyen Âge russe. La lettre représentée ici a été découverte en 1972 et remonte au milieu
XIVᵉ siècle.

поколоно ѿ гаврили ѿ посени ко зати моемоу ко горигори жи коумоу ко
сестори моеи ко оулите чо би есте поихали во городо ко радости моеи а
нашего солова не ѡставили да бого вамо радосте ми вашего солова вохи
не ѡсотавимо

Salut de Gavrila Posenya à mon beau-frère, mon parrain Grigory et ma sœur
Ulita. N'aimeriez-vous pas me donner le plaisir d'aller en ville, sans briser
notre parole ? Dieu vous donne le bonheur. Nous ne brisons pas tous votre
parole.

UN SUPER SCIENTIFIQUE

NIS COX À UN SUPER SCIENTIFIQUE - 28 octobre 1957

réussissant le lancement du satellite *Spoutnik 1* en 1957, les Soviétiques infligent une lourde miliation aux États-Unis. Un écolier australien du nom de Denis Cox décide alors d'écrire à la se de lancement de la Royal Australian Air Force, située dans la ville de Woomera, afin d'inciter n pays à prendre part à la course à l'espace. La lettre de Denis est destinée à « un super scienti- ue » et contient le dessin de base d'une fusée ainsi que des instructions enjoignant aux ingénieurs « ajouter les autres détails ». Elle sera ignorée pendant cinquante-deux ans. En 2009, le courrier Denis et son dessin font l'actualité après avoir été mis en ligne sur le site des Archives nationales Australie. Suite à cette exposition médiatique, Denis obtient enfin une réponse du département de Défense australien.

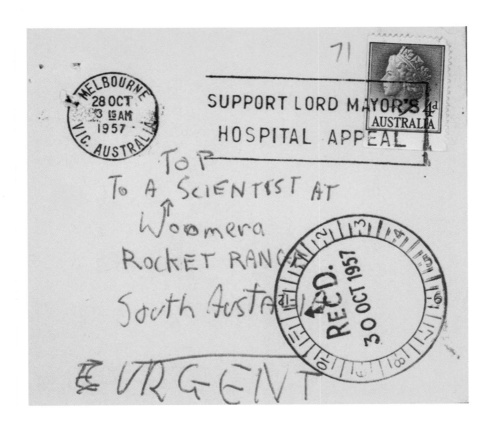

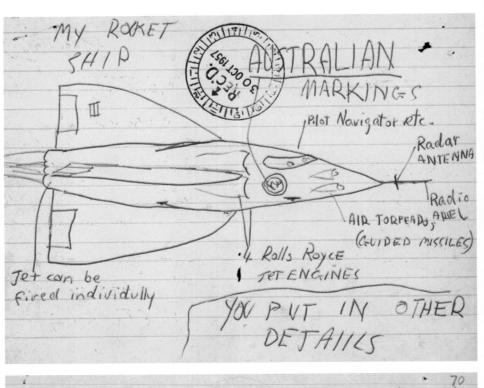

MY ROCKET
SHIP

AUSTRALIAN
MARKINGS

RE'C.D
30 OCT 1957

III

Pilot Navigator etc.

Radar
ANTENNA

Radio
ARIEL

AIR TORPEADO;
(GUIDED MISSILES)

Jet can be
fired individully

·4 Rolls Royce
JET ENGINES

YOU PUT IN OTHER
DETAIILS

70.
56/486. 26.

PLEASE WRITE
ME A LETTER
BACK

HERE IS
A ROCKET
SHIP DESIGNED
BY
DENIS COX
26 CHUTE ST.
MORIALLOC
VICTORIA.

À un super scientifique
au lancement de fusées Woomera
Australie Sud

Urgent

Ma fusée

Le brûleur peut être allumé
individuellement
Sigles australiens
Pilote, navigateur, etc.
Antenne radar
Radio Ariel
Projectiles torpédo (missiles
téléguidés)
4 moteurs Rolls-Royce

Ajoutez les autres détails

Veuillez m'écrire en réponse

Voici une fusée dessinée par Denis
Cox
26 Chute St Morialloc
Victoria

Gouvernement australien
Ministère de la Défense
Sciences de la défense et technologies
d'organisation

À Mr Denis Cox

28/08/2009

Cher Mr Cox,

J'aimerais vous remercier de la lettre
que nous avons reçue le 20 octobre 1957
concernant la conception de votre fusée. Je
vous prie d'excuser le retard de cette réponse.
Vous comprendrez qu'ayant requis un «super
scientifique» œuvrant au «lancement de
fusées Woomera», votre courrier ait tardé
à me parvenir et, de surcroît, il a fallu un
certain temps pour accorder à vos idées la
considération qu'elles méritaient.

À toutes fins utiles, je joins une
photo du dernier vol de l'un de nos engins
hypersoniques du programme HIFiRE,
afin que vous constatiez que plusieurs de
vos suggestions ont porté leurs fruits. Les
empennages sont un peu plus petits et nous
n'avons pas suffisamment progressé dans
notre travail pour inclure un personnel de
bord, contrairement à ce que vous nous
invitiez clairement à faire. Toutefois, si
étonnant que ce soit, nos équipes songent
toujours à combiner les moteurs roquettes
avec des turbines, ainsi que vous le proposiez
dans votre lettre. Ces moteurs s'appellent
désormais des Moteurs à Cycle Combiné Base
Roquette et semblent fonctionner aussi bien
qu'en 1957 ! Je suis aussi très intéressé par la
forme du fuselage, qui mérite des éloges !

Il me semble que la plus intéressante proposition de votre lettre était
«AJOUTEZ LES AUTRES DÉTAILS». À l'évidence, vous étiez sur la voie
de devenir un excellent directeur des opérations, en accordant aux meilleurs
spécialistes une certaine liberté en sorte que le travail soit bien fait. De plus,
vos priorités étaient justement placées, car les «SIGLES AUSTRALIENS»
sont en effet l'aspect prédominant du design.

Je me rappelle avoir dessiné des fusées spatiales et des avions, quand
j'étais enfant, à peu près à l'époque où vous avez écrit cette lettre. Je ne sais
pourquoi ni comment, mais j'ai eu la chance d'obtenir ce poste où je dirige
une équipe qui conçoit les avions et les moteurs qui voleront bientôt à
vitesse mach 8 soit 9 000 km/h. Je suis fier de vous annoncer que ces avions
porteront des «SIGLES AUSTRALIENS», conformément à vos indications.
Ma seule ambition est de fournir un travail assez honorable pour que nous
soyons dignes de l'inspiration, des rêves et des espoirs que votre lettre nous
a offerts il y a tant d'années.

Merci encore pour votre lettre.

Allan Paul, Licencié en Biologie, Docteur ès Sciences de l'ingénierie
Chef de recherches hypersoniques appliquées
Division des engins spatiaux
DSTO-Brisbane

UN GRAND MALAISE ME SAISIT

LUCY THURSTON À MARY THURSTON - 29 octobre 1855

En octobre 1819, Lucy Thurston, une institutrice de vingt-trois ans, et son mari, Asa, quittent l
Massachusetts pour participer à la première expédition de missionnaires chrétiens dans les île
hawaïennes. Bien accueillis, ils passent le reste de leur vie à enseigner, à construire des écoles e
des églises et à traduire la Bible. En 1855, trente-six ans après leur arrivée, Lucy, alors mère de cin
enfants, développe un cancer du sein et doit subir une mastectomie. L'intervention est d'autant plu
éprouvante qu'elle est pratiquée sans la moindre anesthésie. Un mois plus tard, Lucy revient dan
une lettre à sa fille sur cette expérience, ô combien bouleversante quoique salutaire, puisqu'elle vivr
encore vingt et un ans.

29 octobre 1855

Mary, ma chère fille,

Je me suis abstenue jusqu'ici d'écrire au sujet de l'opération chirurgicale que j'ai reçue en septembre, car j'espérais que tu serais bientôt auprès de nous. J'y ai maintenant renoncé ; aussi vais-je te donner un compte rendu circonstancié de ces jours d'astreinte bien particuliers. Au terme de l'assemblée générale de juin, ton père est retourné à Kailua, me laissant à Honolulu dans la famille de Mr Taylor, sous les soins du Dr Ford. Le Dr Hillebrand a été appelé pour conseil. Durant la seconde moitié du mois d'août, ils décidèrent de pratiquer la chirurgie. On envoya chercher Mr Thurston, conformément aux dispositions prises au cas où telle serait l'option retenue. Je le priai de me rapporter certains objets, dans l'éventualité où je ne reverrais pas Kailua. D'effroyables tempêtes soufflaient alors. Un vaisseau s'écrasa au large de Kailua. Un autre, en route jusqu'ici, faillit sombrer et ne fit demi-tour que pour périr. En vain nous cherchâmes une autre embarcation. Pendant ce temps, la tumeur empirait rapidement. Elle remontait presque à la surface, exhibant une tache sombre. Si elle tournait en ulcère percé, tout le système serait gagné par sa malignité. Asa dit qu'il ne prendrait pas la responsabilité d'attendre l'arrivée de son père. Persis partageait sa position. Le samedi après-midi, les médecins tinrent consultation et convinrent d'une opération immédiate. Date fut fixée au jeudi suivant (le 12 septembre), à 10 heures le matin. Dans sa classification, le docteur rangea celle-ci parmi les « opérations capitales ». L'un comme l'autre, les médecins déconseillèrent le chloroforme à cause de ma paralysie passée. J'étais heureuse qu'ils m'autorisent à me servir de mes sens. Persis m'offrit son petit salon et Asa, sa chambre nuptiale toute neuve, pour l'occasion. Mais je préférais le confinement et la quiétude de la chaumière. Thomas prit tous ses effets et partit pour s'installer dans une chambre à quelque distance. La maison était on ne peut plus propre et bien apprêtée. Une dame observa qu'elle avait l'air d'avoir été nettoyée par des fées. Le lundi, le soir venu, le Dr Ford appela pour s'assurer que tout était prêt. Deux pièces étaient rafraîchies, l'une de blanc, l'autre d'une moustiquaire rose. Il y avait un fauteuil à bascule chinois, une table pour les instruments, un meuble de toilette avec des bacs, des éponges et des seaux d'eau. Il y avait un rack avec deux douzaines de serviettes, et une table de stimulants et de cordiaux. Une autre table avec la Bible et un livre d'hymnes.

Pour la première fois, je restai seule cette nuit-là dans la maison. Toute la famille était partie se coucher. La nuit noire venue, je fis longuement les cent pas sur le grand porche. Abîmée, malade, impuissante, je m'en remis entièrement à la volonté, à la sagesse et à la force du Très-Saint. En paix avec moi-même, la Terre et le Ciel, je posai paisiblement la tête sur mon oreiller et dormis d'un sommeil réparateur. Un nouveau jour s'ouvrait à nous.

Mes sentiments étaient naturels, joyeux, exaltés. Je pris le Seigneur au mot : « Si le jour est là, que Ta force soit là. » D'un cœur constant, j'implorai force et assistance. Avant de me vêtir pour l'occasion, je pris soin d'appeler Ellen, qui avait alors un nourrisson d'une semaine auprès d'elle. La conversation fut joyeuse, tournée de façon ordinaire, car elle ignorait les dispositions du jour. Je me préparai ensuite à l'appel des professionnels. Le Dr Judd s'était levé matin. Je me rendis avec lui dans la chambre d'Asa, où était aussi Sarah,

et nous nous assîmes pour converser jusqu'à l'arrivée d'autres praticiens. Le Dr Judd se leva pour sortir. Je l'imitai. Asa dit : « N'y va pas maintenant, on ne t'attend pas encore. » Je répondis : « Je préfère être la première en bas et ne pas devoir fermer la marche. » Quand je rejoignis ma chambre, le Dr Ford s'y trouvait. Il me présenta au Dr Hoffman d'Honolulu, et au Dr Brayton, attaché à un navire américain à quai. Les instruments furent alors disposés sur la table. Des cordons étaient préparés pour ligoter les artères. Des aiguilles armées de fil pour coudre les entailles. Le sparadrap était coupé en bandes, les bandages sortis, et le fauteuil chinois placé tout près, devant la double porte. Tout était fin prêt, nous n'attendions plus que l'arrivée de l'un des physiciens. Le calme régnait autour de la maison comme dans la place. Le Dr Ford, qui assumait la responsabilité de l'opération, marchait de long en large sur le porche. Je demeurai dans la maison avec les autres, à faire des remarques d'ordre général. Enfin je fus invitée à m'asseoir. Je répliquai : « Puisque je suis censée rester allongée longtemps, je préfère rester debout, pour le moment. » Le Dr Brayton, ainsi qu'il le dit plus tard, fut extrêmement étonné de voir la dame qu'ils allaient opérer rester debout parmi eux.

Le Dr Hillebrand arriva. C'était le signal du départ. Je passai derrière un rideau avec Persis. Je retirai mon bonnet et ma robe pour rester dans ma longue jupe blanche, les épaules couvertes du châle à bordure blanche que j'avais acheté en 1818. Je pris place dans le fauteuil. Persis et Asa demeurèrent à ma droite ; Persis pour me tendre des reconstituants, Asa pour m'offrir sa force et son sang-froid. Le Dr Judd se tenait à ma gauche pour la même raison ; quand on me retira mon châle, mon bras, mon sein et mon flanc gauche furent exhibés dans leur nudité. Le Dr Ford me montra comment retenir le plus loin possible en arrière mon bras gauche, la main fermement serrée sur un bras du fauteuil. De la main droite, je devais agripper l'autre bras du meuble, et maintenir mes pieds contre ceux du fauteuil. Ces instructions données, tout fut prêt. Le Dr Ford me regarda droit dans les yeux et me demanda avec fermeté : « Êtes-vous décidée à vous le faire retirer ?

— Oui, Monsieur.

— Êtes-vous prête, maintenant ?

— Oui, Monsieur ; mais faites-moi savoir quand vous commencerez, que je sois capable de le supporter. Avez-vous déjà votre lame en main ? »

Il ouvrit la main pour me laisser voir et reprit : « Maintenant, je vais commencer. » Alors vint une entaille longue et profonde, d'abord d'un côté de mon sein, puis de l'autre. Un grand malaise me saisit et me priva de mon petit déjeuner. Suivit une très grande faiblesse. Mes douleurs n'étaient plus locales. C'était le sentiment général d'une agonie de tout le système. C'était comme si, en chaque parcelle de mon être, ma chair me trahissait. Durant toute l'opération, je fus en mesure de conserver le contrôle de ma personne en son entier, ainsi que ma voix. Persis et Asa s'employèrent avec dévotion à me sustenter grâce à des cordiaux ou de l'ammoniaque, à éponger mes tempes, etc. J'avais moi-même la ferme intention de contempler la chose jusqu'au bout. Mais si j'y réfléchis, chaque fois que j'ai pu entr'apercevoir quelque chose, c'était la main droite du médecin couverte de sang jusqu'au poignet. Il me dit plus tard qu'à un moment donné, le sang d'une artère lui gicla aux yeux, si bien qu'il n'y voyait plus. Il y avait près d'une heure et demie que j'étais entre ses mains qui faisaient l'ablation du sein entier et des glandes sous les bras, qui ligaturaient les artères, épongeaient le sang, recousaient les plaies, posaient les pansements adhésifs et appliquaient les bandages.

Les visions et les sentiments que j'ai eus au cours de cette heure sont désormais précis dans mon souvenir. Ce fut au cours du processus de coupe que je me mis à parler. L'impression d'avoir atteint un lieu différent de celui où je me trouvais m'inspirait de la liberté. C'est ainsi que je m'exprimai : « L'absence de Mr Thurston a été une grande épreuve pour mes sentiments. Mais finalement, sa présence n'était pas nécessaire. Il y a tant d'amis, et Jésus-Christ en plus. Son bras gauche est sous ma tête, Son bras droit me sustente et m'embrasse. Je suis prête à souffrir. Je suis prête à mourir. Je n'ai pas peur de la mort. Je n'ai pas peur de l'enfer. J'escompte une immortalité bénie. Dites à Mr Thurston que je suis en paix comme la rivière qui coule.

> *Vers le ciel je lève les yeux.*
> *De Dieu me vient toute l'aide :*
> *Le Dieu qui bâtit les cieux,*
> *Qui fit la terre et la nature.*
> *Dieu est la tour*
> *Depuis laquelle je vole ;*
> *Sa grâce est proche*
> *À chaque heure.*

Dieu me discipline, mais Il le fait d'une main délicate. » À un moment donné, je dis : « Je sais que vous me supporterez encore. » Asa répondit : « Je crois que c'est toi qui vas devoir nous supporter. »

Après m'avoir retiré le sein entier, le docteur me dit : « Je voudrais couper davantage, tout au-dessous de votre bras. » Je répondis : « Faites ce

que vous avez à faire, mais dites-moi quand, pour que je me tienne prête. »
Quelqu'un dit que la blessure avait l'air plus ample encore qu'un pied de
longueur. Onze artères furent soulevées. Quand on commença à recoudre,
Persis observa : « Mère, les médecins font la couture encore plus belle que
la meilleure de celles que tu as cousues dans ta vie.

— Dis-moi, Persis, quand il enfilera l'aiguille, pour que je puisse m'y
préparer.

— Maintenant… maintenant… maintenant », etc. « Oui, dis-moi.
Tu es une bonne fille. »

Dix sutures furent appliquées, deux ponctions pour chaque, une
de chaque côté. Quand toute l'opération fut achevée, le Dr Ford et Asa
déplacèrent mon fauteuil au fond de la pièce et m'allongèrent dans le salon.
Le Dr Brayton vint près de moi, me prit la main et dit : « Il n'y a pas une
personne sur mille qui aurait enduré cela comme vous l'avez fait. »

Jusqu'à cet instant, tout est clair dans ma mémoire. Mais de l'après-
midi et de la nuit qui suivirent, je ne me rappelle que la douleur intense
et sans répit de ma blessure, et la volonté d'être exactement là où j'étais.
On m'a dit que le Dr Ford m'avait rendu visite une fois dans l'après-midi
et une autre dans la soirée, que Persis et Asa avaient pris soin de moi, que
j'avais l'air de souffrir presque autant que pendant l'opération, et qu'on
imbibait constamment la blessure d'eau froide. Depuis, j'ai avoué à Persis
que « je pensais qu'ils me maintenaient droguée aux élixirs ». Il m'a répondu :
« Nous ne t'en avons pas donné une goutte.

— Alors pourquoi ne puis-je me rappeler ce qui s'est passé ?

— Parce qu'il restait très peu de vie en toi. »

La douleur cessa à la lueur du matin. Les chirurgiens comprennent
bien l'expression, la blessure a guéri grâce à une « union originelle[1] ».

La matinée ramena également les souvenirs à mon esprit. J'étais
allongée dans mon fauteuil, faible et impotente. En ouvrant les yeux, je vis
la lumière du jour. Asa traversait la pièce, une bible à la main. Il vint s'asseoir
près de ma couche, m'en lut un passage et pria.

Durant plusieurs jours, je tombai des heures en état d'inconscience.
Le jeudi soir, troisième jour de souffrance, Thomas marcha près de deux
miles pour aller chercher le docteur au village, d'abord en début de soirée,
puis à 23 heures. Chaque fois il vint. À 2 heures, il me rendit une visite
inattendue, la troisième de la nuit. Ce fut lors de la deuxième qu'il dit à
Persis : « Dans la matinée, préparez un bouillon de poule à votre mère. Il y a
bien assez longtemps qu'elle a faim. » (Ils avaient eu peur de la fièvre.) Persis
fit aussitôt réveiller Thomas qui alla attraper un poulet, fit du feu,

---

1. Double sens. L'expression « *union of the first intention* » désigne une cicatrisation des tissus sans trauma de l'épiderme.

et une soupe fut préparée dès minuit. Le lendemain, vendredi, j'étais un peu ragaillardie par le vin et la soupe. Dans l'après-midi, ton père arriva. C'était la première fois depuis l'opération que j'avais le sentiment d'être assez vivante pour supporter l'émotion de le voir. Il avait quitté Kailua le jour même où l'opération avait eu lieu. Un vaisseau était passé en vue. Il avait pris un canoë pour parvenir à bord. Jusqu'alors, Persis, Asa et Thomas avaient été mes seuls infirmiers tant le jour que la nuit. Le docteur avait laissé des instructions pour que nul n'entre dans ma chambre, sauf ceux qui me soignaient.

Durant des semaines ma faiblesse fut si grande que l'on me nourrit avec une cuillère à thé, comme un bébé. Bien des dangers furent appréhendés. Un jour tout entier, je vis chaque personne et chaque chose que mon regard embrassait en double. Il en avait été de même, seize ans auparavant, pendant ma paralysie. Trois semaines après l'opération, ton père me releva pour la première fois, très lentement, à un angle de 45 degrés. Ce fut comme si j'en perdais les sens. C'est à peu près à ce moment-là que je fis des progrès perceptibles chaque jour, si bien qu'après quatre semaines de confinement, on me hissa en carriole. Je pus alors me promener presque tous les jours avec ton père. Comme il était loin de son travail et sans responsabilité familiale, il se dévoua absolument à mes soins. Cela compta beaucoup pour moi, qu'il fût libre et toujours prêt à me lire quelque sujet qui m'intéressait, qu'il pût s'égayer et se réjouir, car le temps s'écoula toujours avec légèreté. Après six semaines auprès de moi, il retourna à Kailua, me laissant avec le médecin et nos enfants.

En quelques semaines, Mère, Mr Taylor, Thomas, Lucy, Mary et George firent leurs adieux à Asa et Sarah, et au petit Robert, leur bébé aux yeux noirs. Ensemble nous franchîmes les épreuves pour retrouver notre vie de foyer. Puis, au lieu de prendre ses repas en solitaire, ton père avait vu les rangs de sa famille s'élargir à hauteur de trois générations.

Et revoici ta mère, engagée dans les devoirs de la vie et le quotidien de la guerre. C'est bel et bien. Rejoins-nous dans le savoir, la compassion et l'amour, même si nous ne pouvons te voir et si, quand la maladie nous accable, nous ne sentons pas ta main sur notre front.

Ta mère affectionnée.

L EST LÀ, VIVANT ET VIVACE, À JAMAIS INOUBLIABLE

oins d'un mois avant que les spectateurs ne soient éblouis par son rôle de Jim Stark dans *La ureur de vivre*, le 30 septembre 1955, James Dean se tue au volant de sa Porsche à l'âge de vingt-uatre ans, après avoir percuté une autre voiture à pleine vitesse. Ses obsèques se déroulent neuf urs plus tard à Fairmount, non loin de la ferme où il a été élevé par son oncle et sa tante, Marcus : Ortense Winslow. Des milliers de personnes assistent aux funérailles. Quelques jours plus tard, ors que les fans pleurent encore sa mort prématurée, les Winslow reçoivent une lettre de condo-ances signée de Stewart Stern, ami de James Dean et scénariste de *La Fureur de vivre*.

Hollywood 46, California
1372 Miller Drive

12 octobre 1955

Chers Marcus et Mrs Winslow,

Je n'oublierai jamais le silence de la ville, en cette journée de soleil si particulière. Je n'oublierai jamais non plus avec quelles précautions les gens veillaient à marcher – en posant délicatement le pied sur le pavé – comme si le frottement soudain des talons aurait risqué de déranger un jeune homme dormant d'un sommeil mutique. Et les murmures. Vous rappelez-vous une seule voix s'élevant au-dessus du murmure, au cours de ces longues heures d'adieu révérencieux ? Moi pas. Toute une ville frappée de silence, toute une ville avec la gorge nouée d'amour, toute une ville qui se demande pourquoi elle a eu si peu de temps pour donner cet amour.

Gandhi a déclaré un jour que si les condamnés d'Hiroshima avaient tous levé leurs visages vers l'avion en vol au-dessus d'eux, que s'ils lui avaient adressé ne serait-ce qu'un souffle de protestation spirituelle, le pilote n'aurait pas lâché sa bombe. Peut-être, peut-être pas. Mais je suis sûr, je suis certain, je sais que l'immense vague de chaleur et d'affection qui s'est élevée de Fairmount est partie envelopper cet irrésistible fantôme pour l'éternité.

Je n'oublierai pas davantage la terre où il a grandi, la rivière où il a pêché, ni les gens honnêtes, forts et gentils dont il aimait parler jusque tard dans la nuit quand il était loin d'eux. Son arrière-grand-mère, dont les yeux ont contemplé la moitié de l'histoire de l'Amérique, ses grands-parents, son père, vous trois qu'il chérissait – quatre générations de printemps moissonné, neuf décennies pour désigner la vie dans le grain, retourner la terre et faire éclore la semence. Des bases solides que tout un chacun peut envier. Le printemps, libéré, l'a projeté dans nos vies pour le reprendre. Il a définitivement marqué au fer l'histoire de son art et l'a changé aussi radicalement qu'Eleonora Duse en son temps.

Une étoile s'enfuit follement au-delà des airs – une étoile sombre née dans le froid et l'invisible. Elle frappe les sommets de notre atmosphère et regardez ! On la voit ! Elle s'enflamme, elle décrit des arcs, elle nous aveugle. Elle part en poussière et en souvenirs. Mais l'empreinte de son image reste dans nos yeux pour que nous regardions toujours, toujours. Car elle était rare. Et elle était belle. Et nous remercions Dieu et la nature de l'avoir offerte à notre regard.

Il est si peu de splendeurs. Si peu de beautés. Notre monde ne semble pas fait pour retenir longtemps leur éclat. On ne connaît jamais l'extase qu'après avoir fait l'expérience de la douleur. La beauté n'existe qu'en opposition à la laideur. On ne sait apprécier la paix sans l'éventualité de la guerre. Ô combien espérons-nous que la vie ne tolère que le bien. Mais il disparaît si son opposé ne figure plus au tableau. C'est un marbre blanc sur une neige persistante. Et Jimmy demeure pur et unique dans un monde gangrené par l'artifice, la malhonnêteté, la tristesse. Il est venu bouleverser nos molécules.

Je n'ai rien gardé de Jim – rien à toucher ni à contempler, sinon la boue sèche collée à mes chaussures, boue de la ferme où il a grandi ; et un grain de maïs éclos venant de votre grange. Je n'ai rien d'autre que cela et je ne veux rien d'autre. Nul besoin de toucher quelque chose qu'il a touché quand je sens encore sa main sur moi. Il m'a donné sa foi, dans la confiance et sans remise en question, dès qu'il m'a dit qu'il jouerait dans *La Fureur* parce qu'il savait que je le souhaitais, et aussi quand il a tenté de convaincre *Life* de me laisser écrire sa biographie. Il m'a dit qu'il sentait que je le comprenais, et que si *Life* refusait de me confier l'écriture des textes en regard des photos prises par Dennis, il s'opposerait à ce que le magazine publie ce grand portrait de lui. J'en ai discuté avec lui afin de le dissuader, sachant que *Life* avait coutume de recourir à ses propres rédacteurs, mais je n'oublierai jamais ce que j'ai éprouvé quand il m'a ainsi confié sa vie. Il m'aura finalement fait cadeau de son art. Il a prononcé mon texte et interprété mes scènes mieux que n'importe quel autre acteur de notre temps ou d'un autre n'aurait su le faire. Je pressens d'autres cadeaux à venir de sa part – des cadeaux pour nous tous. Son influence ne s'est pas tarie avec son souffle. Elle nous accompagne et affectera profondément notre manière de regarder les choses. De Jimmy j'ai déjà appris la valeur d'une minute. Il aimait ses minutes et, désormais, j'aimerai les miennes.

Mes propos manquent de clarté. Mais ils sont plus clairs que ce que j'aurais pu vous dire la semaine dernière.

J'écris de mon point de vue le plus intime – à Jimmy parce qu'il a touché ma vie et m'a ouvert les yeux, à vous qui l'avez fait grandir au fil de ses années de jeunesse en lui offrant votre amour ; à vous qui avez été assez nobles et humains pour vous ouvrir de votre chagrin à un étranger que vous avez laissé repartir comme un ami.

Lorsque j'ai repris le volant, le crépuscule jaunissant filait à l'horizon et les arbres s'y découpaient distinctement. Les bancs de fleurs qui couvraient la tombe semblaient se griser, s'estomper avec la tombée du soir, remettant leurs couleurs au coucher du soleil. J'ai pensé qu'il était à sa place – sous un grand ciel obscurci, dans cet air qui étanche la soif comme l'eau de la montagne, ceint par un siècle de famille et par le champ de maïs qui envahit la prairie, pour bientôt marquée de sa présence. Mais il n'est pas dans la prairie. Il est là, dans le maïs. Il chasse le lièvre d'hiver et le poisson-chat de l'été. Il a une main sur l'épaule du petit Mark et un baiser soudain pour vous. Il a l'écho de mon rire avec le sien, aux grandes plaisanteries dont il était témoin et qu'il me rapportait – et il est là, vivant et vivace, à jamais inoubliable, bien trop espiègle pour rester longtemps au repos.

Mon affection et ma gratitude à vous et au jeune Mark,

Stewart Stern

MON PLUS GRAND CŒUR ME MANQUE

EMILY DICKINSON À SUSAN GILBERT - 11 juin 1852

Ce n'est qu'après sa mort, en 1886, que la famille et les amis d'Emily Dickinson prennent conscienc
de toute la profondeur de sa création poétique. La plupart d'entre eux n'avaient qu'entraperçu so
talent dans les poèmes qui émaillaient sa copieuse correspondance. Son public s'élargit en 189
lorsqu'un recueil de ses textes est publié à titre posthume, ainsi qu'une compilation de lettres e
1894. La destinataire privilégiée d'Emily est son amie proche Susan Huntington Gilbert – qui devier
également sa belle-sœur en 1856 –, et l'on pense que cette dernière a inspiré beaucoup des poème
passionnés de Dickinson. Les lettres intimes et romantiques que la poétesse lui a adressées tout a
long de sa vie alimentent bon nombre d'interrogations quant à la nature de leur relation.

Je n'ai qu'une pensée, Susie, en cet après-midi de juin, et elle est à toi, et j'ai une prière, seulement ; chère Susie, *elle* est *pour* toi. Que toi et moi, main dans la main, ainsi que le *font* nos cœurs, nous allions cavaler comme des enfants, parmi bois et champs, et oublier ces longues années, et ces soucis chagrins, que chacune redevienne une enfant – je voudrais qu'il en soit ainsi, Susie, et quand je regarde autour de moi et que je me trouve seule, je me languis de toi en soupirant encore ; petit soupir, et vain soupir, qui ne te ramènera pas à la maison.

J'ai de plus en plus besoin de toi, le vaste monde ne cesse de s'étendre, et ceux qui nous sont chers ne cessent de décroître, chaque jour que tu restes au loin – mon plus grand cœur me manque ; et le mien erre et appelle Susie –, les Amis sont trop précieux pour être écartelés, Oh, ils sont bien trop peu nombreux, et si vite viendra l'heure où ils fuiront là où toi et moi ne pourrons les trouver, *ne nous laisse pas* oublier tout cela, car leur souvenir immédiat nous épargnera bien des angoisses quand il sera *trop tard* pour les aimer ! Susie, pardonne-moi Chérie, chacun de mes mots – mon cœur est empli de toi, personne hormis toi n'est dans mes pensées, pourtant quand j'essaie de te dire quelque chose qui ne soit pas pour le monde, les mots me manquent. Si tu étais là – et Oh si tu l'étais, ma Susie, nous n'aurions pas besoin de parler du tout, nos yeux murmureraient pour nous, et ta main rapide dans la mienne, nous ne quêterions pas de langage – j'essaie de t'attirer plus près, je chasse les semaines jusqu'à ce qu'elles passent à l'invisible, et élégante tu es venue, et je viens à ta rencontre sur la pelouse pour t'accueillir, et mon cœur galope si fort que j'ai le plus grand mal à le tirer en arrière, à lui apprendre à être patient, jusqu'à ce que vienne la chère Susie. Trois semaines – elles peuvent durer toujours, car forcément elles doivent aller, avec leurs petits frères et sœurs, vers leur maison très loin à l'ouest !

Je serai de plus en plus impatiente jusqu'à ce que vienne ce jour si cher, car jusqu'à maintenant, je n'ai fait que *m'endeuiller* de toi ; maintenant je commence à *me réjouir* de toi.

Chère Susie, j'ai bien essayé de réfléchir à ce que tu aimerais, à quelque chose que je pourrais t'envoyer – finalement j'ai posé les yeux sur mes petites Violettes, elles m'ont supplié de les laisser partir, aussi les voici – et avec elles en guise d'Instructeur, un peu d'herbe chevaleresque, qui a elle aussi mandé la faveur de les accompagner – elles sont petites, Susie, et, je le crains, désormais peu parfumées, mais elles te parleront des cœurs bien chauds de la maison, et du petit quelque chose loyal qui « jamais ne sommeille ni ne dort» – Place-les sous ton oreiller, Susie, elles te feront rêver de ciels bleus, de la maison et du «pays béni» ! Toi et moi, nous prendrons une heure avec «Edward» et «Ellen Middleton», à un moment ou un autre, quand tu seras à la maison – nous devons découvrir si certaines choses qui se trouvent là-dedans sont vraies, et, si oui, ce à quoi nous devons nous attendre, toi et moi !

Maintenant, au revoir, Susie, Vinnie t'envoie son affection, et Mère la sienne, et j'ajoute un baiser, timidement, au cas où il y ait quelqu'un là-bas ! Ne les laisse pas voir, *veux-tu,* Susie ?

Emilie

Pourquoi ne puis-je pas être déléguée à la grande convention whig ? – Est-ce que je ne sais pas tout de Daniel Webster, et de la Taxe, et de la Loi ? Alors, Susie, je pourrais te voir, pendant une pause de la session – mais je n'aime pas du tout ce pays, et je ne tiendrais pas à y rester plus longtemps ! «Delenda est» l'Amérique, le Massachusetts et le reste !

ouvre-moi délicatement

LETTRE 053

TA FIN EST PROCHE

INCONNU À MARTIN LUTHER KING JR - Novembre 1964

Inquiet des liens que, sous l'influence de son ami et conseiller politique Stanley Levison, Martin Luther King pourrait entretenir avec le Parti communiste, le FBI adresse au leader noir cette lettre de menace anonyme, en novembre 1964, accompagnée d'une cassette censée contenir des enregistrements compromettants de King en charmante compagnie dans des chambres d'hôtel – fruits d'une surveillance de neuf mois assurée par l'agent William C. Sullivan. Comme le montre une enquête officielle menée en 1976 par le House Select Committee on Assassinations, qui conclut son rapport en indiquant que la lettre «sous-entend clairement que le suicide serait un choix approprié pour le Dr King», cette action du FBI avait pour but de pousser Luther King à mettre fin à ses jours.

KING,

Étant donné ton petit grade, [...] je ne vais pas honorer ton nom
d'un « Monsieur », d'un « Révérend » ou d'un « Docteur », et ton patronyme
ne fera jamais songer qu'à un roi [*king*] du genre du roi Henry VIII [...]

King, regarde dans ton cœur. Tu sais que tu es un escroc absolu et que
ta dette est grande envers nous tous, les Noirs. Les gens blancs de ce pays
possèdent assez d'escrocs de leur espèce, mais je suis sûr qu'ils n'en ont pas
un seul, en ces temps, qui atteigne ta mesure, même de loin. Tu n'es pas un
homme d'Église et tu le sais. Je le répète, tu es un escroc colossal, et vicieux,
diabolique à ce jeu. Tu ne peux pas croire en Dieu [...] À l'évidence, tu ne
crois en aucun principe moral.

King, comme tous les escrocs, ta fin est proche. Tu aurais pu être
notre plus grand leader. Or dès le plus jeune âge, tu t'es révélé être non
un leader mais un imbécile moraliste, dissolu et monstrueux. Nous allons
désormais devoir dépendre de nos plus anciens leaders tel Wilkins, un
homme de caractère et, Dieu merci, nous en avons d'autres de sa trempe.
Mais tu es fini. Tes diplômes « honorifiques », ton prix Nobel (quelle sinistre
farce) et autres récompenses ne te sauveront pas. King, je le répète, tu es fini.

Nul ne peut triompher des faits, pas même un escroc tel que toi [...]
Je le répète – nul ne peut réussir à négocier les faits. Tu es fini [...] Dire que
certains d'entre eux prétendent être pasteurs du Gospel. Satan ne ferait pas
davantage. Quelle incroyable malfaisance [...] King tu es fait.

Le public américain, les organisations religieuses qui ont aidé –
protestants, catholiques et juifs te connaîtront pour ce que tu es – une bête
diabolique et monstrueuse. Ainsi que ceux qui t'ont soutenu. Tu es fini.

King, il ne te reste qu'une chose à faire. Tu sais ce que c'est. Tu as
34 jours pour l'accomplir (ce chiffre a été choisi pour une raison précise,
il a une signification pratique bien déterminée. Tu es fini. Il ne te reste
qu'une porte de sortie. Tu as intérêt à la prendre avant que ton être ignoble,
monstrueux et dénaturé ne soit révélé à la nation.

KING,

    King, look into your heart. You know you are a complete
fraud and a great liability to all of us Negroes. White
people in this country have enough frauds of their own but I
am sure they don't have one at this time that is any where near
your equal. You are no clergyman and you know it. I repeat you
are a colossal fraud and an evil, vicious one at that.

    King, like all frauds your end is approaching. You could
have been our greatest leader.

    But you are done. Your "honorary" degrees, your Nobel
Prize (what a grim farce) and other awards will not save you.
King, I repeat you are done.

    The American public, the church organizations that have been
helping - Protestant, Catholic and Jews will know you for what
you are - an evil, abnormal beast. So will others who have backed
you. You are done.   #2

    King, there is only one thing left for you to do. You know
what it is. You have just 34 days in which to do (this exact
number has been selected for a specific reason, it has definite

UNE DÉCOUVERTE DE GRANDE IMPORTANCE

FRANCIS CRICK À MICHAEL CRICK - 19 mars 1953

C'est débordant d'enthousiasme que le chercheur Francis Crick dévoile, dans une lettre adressée à son fils Michael le 19 mars 1953, soit quelques semaines avant son annonce officielle, l'une des avancées scientifiques les plus importantes de notre époque : la découverte de la «très belle» structure de l'ADN, molécule porteuse du patrimoine génétique des organismes vivants ; ou, comme l'explique Crick à son fils de douze ans, «le principe de base par lequel la vie reproduit la vie». Bien que l'ADN ait été isolé dans les années 1860 par Friedrich Miescher, il faut attendre Francis Crick et James Watson pour connaître la modélisation de la structure en double hélice. Les deux chercheurs ont pu s'appuyer sur les travaux de Maurice Wilkins, Rosalind Franklin et Raymond Gosling. En 1962, Crick, Watson et Wilkins se voient attribuer le prix Nobel.

Cette lettre a été vendue aux enchères en avril 2013 pour un montant record de 5,3 millions de dollars.

19 Portugal Place
Cambridge

19 mars 53

Mon cher Michael,

Jim Watson et moi avons probablement fait une découverte de grande importance. Nous avons conçu un modèle pour la structure de l'acide dé-soxy-ribo-nucléique (lis attentivement) dont la version courte du nom est ADN. Tu te souviens peut-être que les gènes des chromosomes – qui portent les facteurs héréditaires – sont faits de protéine et d'ADN.

Notre représentation est très belle. On pourrait décrire sommairement l'ADN comme une très longue chaîne avec des morceaux plats qui dépassent. Les morceaux plats sont appelés des «bases».

La formule revient à cela :

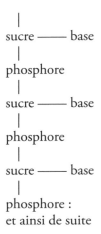

```
              |
    sucre ——— base
              |
    phosphore
              |
    sucre ——— base
              |
    phosphore
              |
    sucre ——— base
              |
    phosphore :
    et ainsi de suite
```

Deux de ces chaînes s'enroulent l'une autour de l'autre – chacune d'elles est une hélice – et la chaîne de sucre et de phosphore se situe à l'extérieur, et les bases sont à l'intérieur. Je ne sais pas très bien dessiner, mais ça ressemble à ça.

[diagramme de la double hélice]

Le modèle est <u>bien</u> plus réussi.

Là où ça devient excitant, c'est qu'alors qu'il existe quatre bases <u>différentes</u>, nous découvrons qu'il est possible d'associer seulement certaines paires. Les bases ont des noms. Ce sont l'adénine, la guanine, la thymine et la cytosine. Je les appellerai A, G, T et C. Ensuite, nous nous apercevons que les paires que nous pouvons former – qui ont la base d'une chaîne jointe à celle de l'autre – sont seulement :

    A avec T

et   G avec C.

Sur une chaîne, autant que nous puissions voir, les bases peuvent se situer dans n'importe quel ordre, mais si l'ordre est fixe, l'ordre de la seconde chaîne est fixe également. Par exemple, si la première chaîne fait ceci ↓, alors la seconde <u>doit</u> répéter :

```
A — — — — —T
T — — — — —A
C — — — — —G
A — — — — —T
G — — — — —C
T — — — — —A
T — — — — —A
```

C'est comme un code. Si on te donne un jeu de lettres, tu peux recopier les ordres.

Nous pensons donc que l'ADN <u>est</u> un code. Ainsi, l'ordre des bases (les lettres) rend un gène distinct d'un autre (exactement comme une page imprimée diffère d'une autre). Tu peux maintenant observer comment la Nature <u>fait des copies des gènes</u>. Parce que si les deux chaînes se désenroulent pour reformer deux chaînes distinctes, et si chaque chaîne fabrique une autre chaîne qui vient la rejoindre, alors, puisque A va toujours avec T, et G avec C, nous obtiendrons deux copies là où nous n'en avions qu'une auparavant.

Par exemple :

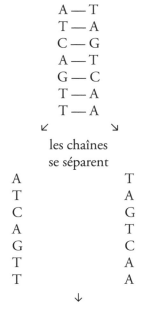

```
          A — T
          T — A
          C — G
          A — T
          G — C
          T — A
          T — A
        ↙        ↘
       les chaînes
       se séparent
  A                    T
  T                    A
  C                    G
  A                    T
  G                    C
  T                    A
  T                    A
            ↓
```

de nouvelles chaînes se forment

A — T	T — A
T — A	A — T
C — G	G — C
A — T	T — A
G — C	C — G
T — A	A — T
T — A	A — T

En d'autres termes, nous pensons avoir découvert le principe de duplication mécanique de base par lequel la vie reproduit la vie. Toute la beauté de notre modèle vient de sa forme et du fait que seules ces paires peuvent aller ensemble, même si elles pourraient s'assembler autrement si elles flottaient en liberté. Tu comprendras que nous sommes très excités. Il va nous falloir envoyer une lettre à la revue *Nature* d'ici un jour ou deux.

Lis ceci soigneusement pour bien le comprendre. Quand tu viendras à la maison, nous te montrerons le modèle.

Tout plein d'amour,
Papa

19 Portugal Place
Cambridge.
19 March '53

My Dear Michael,

Jim Watson and I have probably made a
most important discovery. We have built a model for
the structure of des-oxy-ribose-nucleic-acid (read it
carefully) called D.N.A. for short. You may remember
that the genes of the chromosomes — which carry the
hereditary factors — are made up of protein and

D.N.A.

Our structure is very beautiful. D.N.A.
can be thought of roughly as a very long chain
with flat bits sticking out. The flat
bits are called the "bases": The formula is rather

like this

```
          Sugar ——— base
            |
          phosphorus
            |
          Sugar ——— base
            |
          phosphorus
            |
          Sugar ——— base
            |
          phosphorus
            |
          Sugar ——— base
            :
            :
          and so on .
```

Now we have two ~~the~~ of these chains winding round each other — each one is a helix — and the chain, made up of sugar and phosphorus, is on the outside, and the bases are all on the inside. I can't draw it very well, but it looks like this

bases

The model looks _much_ nicer than this.

Now the exciting thing is that while there
are 4 different bases, we find we can only
put them certain pairs of them together. The
bases have names. They are Adenine, Guanine,
Thymine + Cytosine. I will call them A, G, T
and C. Now we find that the two pairs

We can make — which have one base from

one chain joined to one base from another — are

only   A   with T

    and   G   with C.

Now on one chain, as far as we can see,

one can have the bases in any order, but if the

order is <u>fixed</u>, then the order on the other

chain is also fixed. For example, suppose the

front chain goes ↓   then the second must go

A	– – – – – .	T
T	– – – – –	A
C	– – –	G
A	– .	T
G	– ___	C
T	– ___	A
T	– .	A

It is like a code. If you ~~can~~ are given one
set of letters you can write down the others.

Now we believe that the D.N.A. is a code.

That is, the order of the bases (the letters)
makes one gene different from another gene (just
as one page of print is different from another).

You can now see how Nature makes copies of
the genes. Because if the two chains unwind
into two seperate chains, and if each chain
then makes another chain come together on it,
then because   A always goes with T, and
G with C, we shall get two copies where

⑥

we had one before.

For example
```
A - T
T - A
C - G
A - T
G - C
T - A
T - A
```

chains
separate

```
A
T
C
A
G
T
T
```

```
T
A
G
T
C
A
A
```

new chains form

```
A - T        T - A
T - A        A - T
C - G        G - C
A - T        T - A
G - C        C - G
T - A        A - T
T - A        A - T
```

In other words we think we have found the basic copying mechanism by which life comes from life. The beauty of our model is that the shape of it is such that only these pairs can go together, though they could pair up in other ways if they were floating about freely. You can understand that we are very excited. We have to have a letter off to Nature in a day or so.

~~Read~~ Read this carefully so that you understand it. When you come home we will show you the model.

Lots of love,

Daddy.

LES TALENTS DE LÉONARD DE VINCI

LÉONARD DE VINCI À LUDOVIC SFORZA - Vers 1483

Au début des années 1480, Léonard de Vinci cherche une place à la cour de Ludovic Sforza, duc
Milan. Le jeune ambitieux connaît l'intérêt que le duc porte à l'ingénierie militaire, aussi dress:
t-il une candidature en dix points, représentant autant d'atouts techniques qui devraient justif
son recrutement. Notons que l'aspirant ingénieur ne fait référence à son talent artistique q
la toute fin du texte. Il semblerait que la version finale du document, présentée ici, ait été écr
non pas de la main de Léonard de Vinci, mais de celle d'un écrivain professionnel. La lettre po
ses fruits. Dix ans plus tard, c'est Ludovic Sforza qui commandera au peintre le célèbre table
La Cène.

Ayant, très illustre Seigneur, vu et étudié les expériences de tous ceux qui
se prétendent maîtres en l'art d'inventer des machines de guerre et ayant
constaté que leurs machines ne diffèrent en rien de celles communément
en usage, je m'appliquerai, sans vouloir faire injure à aucun, à révéler à Votre
Excellence certains secrets qui me sont personnels, brièvement énumérés ici.

1. J'ai un moyen de construire des ponts très légers et faciles à transporter,
pour la poursuite de l'ennemi en fuite ; d'autres plus solides qui résistent au
feu et à l'assaut, et aussi aisés à poser et à enlever. Je connais aussi des moyens
de brûler et de détruire les ponts de l'ennemi.

2. Dans le cas d'investissement d'une place, je sais comment chasser l'eau
des fossés et faire des échelles d'escalade et autres instruments d'assaut.

3. Item. Si par sa hauteur et sa force, la place ne peut être bombardée, j'ai un
moyen de miner toute forteresse dont les fondations ne sont pas en pierre.

4. Je puis faire un canon facile à transporter qui lance des matières
inflammables, causant un grand dommage et aussi grande terreur
par la fumée.

5. Item. Au moyen de passages souterrains étroits et tortueux, creusés sans bruit, je peux faire passer une route sous des fossés et sous un fleuve.

6. Item. Je puis construire des voitures couvertes et indestructibles portant de l'artillerie et qui, ouvrant les rangs de l'ennemi, briseraient les troupes les plus solides. L'infanterie les suivrait sans difficulté.

7. Je puis construire des canons, des mortiers, des engins à feu de forme pratique et différents de ceux en usage.

8. Là où on ne peut se servir de canon, je puis le remplacer par des catapultes et des engins pour lancer des traits d'une efficacité étonnante et jusqu'ici inconnus. Enfin, quel que soit le cas, je puis trouver des moyens infinis pour l'attaque.

9. S'il s'agit d'un combat naval, j'ai de nombreuses machines de la plus grande puissance pour l'attaque comme pour la défense : vaisseaux qui résistent au feu le plus vif, poudres et vapeurs.

10. En temps de paix, je puis égaler, je crois, n'importe qui dans l'architecture, construire des monuments privés et publics, et conduire l'eau d'un endroit à l'autre. Je puis exécuter de la sculpture en marbre, bronze, terre cuite. En peinture, je puis faire ce que ferait un autre, quel qu'il puisse être. Et en outre, je m'engagerais à exécuter le cheval de bronze à la mémoire éternelle de votre père et de la Très Illustre Maison de Sforza.

Et si quelqu'une des choses ci-dessus énumérées vous semblait impossible ou impraticable, je vous offre d'en faire l'essai dans votre parc ou en toute autre place qu'il plaira à Votre Excellence, à laquelle je me recommande en toute humilité.

© Traduction D.R.

Havendo S(igno)r mio Ill(ustrissi)mo visto et considerato horamai ad sufficientia le prove di tutti quelli che si
reputono maestri et compositori de instrumenti bellici: et che le inventione et operatione di dicti
instrumenti non sono niente aliene dal comune uso: mi exforzero, non derogando a nessuno altro,
farmi intendere da V(ostra) Ex(cellenti)a: aprendo a quella li secreti mei: et appresso offerendole ad omni suo piaci-
mento i tempi opportuni operare con effecto circa tutte quelle cose che sub brevità saranno qui di sotto
notate. Et ancora in molte più secondo le occurrentie de diversi casi etc.

1 Ho modi de ponti leggierissimi et forti et atti ad portare facilissimamente: et con quelli seguire
et alcuna volta fuggire li inimici, et altri securi et inoffensibili da foco
et battaglia: facili et commodi da levare et ponere. Et modi de ardere et disfare quelli de l'inimico.

2 So in la obsidione de una terra toglier via l'aqua de fossi: et fare infiniti ponti ghatti et scale
et altri instrumenti pertinenti ad dicta expeditione.

3 Item se per altezza de argine o per fortezza de loco et di sito non si potesse in la obsidione di
una terra usare l'officio de le bombarde: ho modi di ruinare omni forte o altra forteza
se già non fusse fondata in su el saxo etc.

4 Ho anchora modi de bombarde commodissime et facile ad portare: et cum quelle buttare minuti sassi
a similitudine quasi di tempesta: et cum el fumo di quella dando grande spavento al inimico
cum grave suo danno et confusione etc.

5 Et quando accadesse essere in mare ho modi de molti instrumenti actissimi da offende et defende:
et navilii che faranno resistentia al trarre de omni grossissima bombarda: et polvere et fumi.

6 Item ho modi per cave et vie secrete et distorte facte senza alcuno strepito per venire ad uno
... disegnato ... passare alcuno fosse o alcuno fiume.

7 Item farò carri coperti securi et inoffensibili, e quali intrando intra li inimici cum sue artiglierie non è si grande
multitudine di gente che non rompessino. Et dietro a questi potranno seguire fanterie assai illesi et
senza alcuno impedimento.

8 Item occorrendo di bisogno farò bombarde mortari et passavolanti di bellissime et utile forme fora del comune uso.

9 Dove mancasse la operatione de le bombarde comporrò briccole mangani trabucchi et altri instrumenti di mirabile
efficacia et fora del usato: et in somma secondo la varietà de casi comporrò varie et infinite cose da offende...

10 In tempo di pace credo satisfare benissimo ad paragone de omni altro in architectura in compositione di edificii
et pubblici et privati: et in conducere acqua da uno loco ad un altro.

Item conducerò in sculptura di marmore di bronzo et di terra: similiter in pictura ciò che si possa fare
ad paragone de omni altro et sia chi vuole.

Ancora si potrà dare opera al cavallo di bronzo che sarà gloria immortale et eterno honore de la
felice memoria del S(igno)r vostro patre et de la inclyta casa Sforzesca.

Et se alcuna de le sopradicte cose a alcuno paressino impossibile et infactibile me offero
paratissimo ad farne experimento in el parco vostro o in qual loco piacerà a V(ostra) Ex(cellenti)a
alla quale humilmente quanto più posso me recommando etc.

SUIS EN ÉTAT DE CHOC

ANNERY O'CONNOR À UN PROFESSEUR D'ANGLAIS - 28 mars 1961

rès avoir étudié avec ses élèves la nouvelle de Flannery O'Connor *Les braves gens ne courent pas rues*, un professeur d'anglais entreprend d'écrire directement à l'auteur pour lui demander une plication du texte. Il lui adresse ces mots en mars 1961 :

Jous avons longuement débattu de plusieurs interprétations possibles, mais aucune ne nous tisfait entièrement. D'une manière générale, nous pensons que l'apparition du Désaxé n'est pas •elle" comme peuvent l'être les incidents de la première moitié du récit. Selon nous, Bailey imagine pparition du Désaxé, dont il remarque les agissements le soir précédant le voyage, puis pendant rêt au restaurant sur le bord de la route. Nous pensons également que Bailey s'identifie au Désaxé oue donc deux rôles dans la deuxième moitié – imaginaire – du récit. Mais nous ne parvenons pas, ilgré nos efforts, à déterminer l'instant où la réalité se dissout dans l'illusion ou dans la rêverie. ccident se produit-il vraiment, ou fait-il partie du rêve de Bailey ? Je vous prie de croire que nous cherchons pas la solution de facilité. Nous admirons votre nouvelle et l'avons soigneusement alysée, et nous ne pensons pas avoir raté quelque chose d'important. Nous vous serions très onnaissants de bien vouloir nous donner votre avis sur l'interprétation que je viens de fournir, et ut-être davantage d'informations sur vos intentions lors de l'écriture de *Les braves gens ne courent les rues*. »

n juger par sa réponse, Flannery O'Connor n'a pas été franchement impressionnée par l'analyse professeur et de ses élèves.

28 mars 61

L'interprétation de vos quatre-vingt-dix élèves et trois enseignants est inouïe et à peu près aussi éloignée de mes intentions qu'il puisse se concevoir. Si cette interprétation était juste, l'histoire ne vaudrait guère mieux qu'une astuce et son intérêt serait réservé à la psychopathologie. Je ne m'intéresse pas à la psychopathologie.

Il y a un changement de tension entre la première partie du récit et la seconde, à l'apparition du Désaxé, mais il ne s'agit pas d'une altération du réel. Cette histoire n'est, bien évidemment, pas vouée au réalisme dans le sens où elle décrit la vie quotidienne de personnes de Géorgie. Elle est stylisée et ses procédés sont comiques bien que son sens soit sérieux.

Bailey n'a d'importance qu'en tant que petit-fils de la Grand-Mère et conducteur de la voiture. C'est la Grand-Mère qui, la première, démasque le Désaxé et se sent très perturbée par sa présence de bout en bout. Le récit figure une sorte de duel entre la Grand-Mère et ses croyances superficielles et l'intérêt plus profond du Désaxé pour l'action du Christ qui a déséquilibré le monde à ses yeux.

Le sens d'une histoire devrait continuer de croître chez le lecteur à mesure qu'il y réfléchit, mais le sens ne peut être saisi par une interprétation. Si les enseignants prennent l'habitude d'aborder un récit comme un problème pour lequel n'importe quel résultat est crédible pourvu qu'il ne soit pas évident, alors il me semble que les élèves n'apprendront jamais à aimer la fiction. L'excès d'interprétation est à coup sûr pire que son insuffisance, et là où il n'y a pas de sentiments pour l'histoire, la théorie sera impuissante à les fournir.

Je n'ai pas l'intention d'adopter un ton désagréable. Je suis en état de choc.

Flannery O'Connor

GENT FÉDÉRAL HORS CADRE

VIS PRESLEY AU PRÉSIDENT DES ÉTATS-UNIS RICHARD NIXON - 21 décembre 1970

llectionneur invétéré de badges de police, Elvis Presley en possède un arsenal provenant de partements et d'agences des quatre coins des États-Unis. Mais l'un d'eux plus que tous les autres scite sa convoitise : le badge du Bureau des narcotiques et des drogues dangereuses. Prêt à tout, le ng prend l'avion pour Washington afin de remettre en personne la lettre ci-dessous, écrite pendant vol, dans laquelle il propose ses services dans la guerre contre les stupéfiants, en tant qu'« Agent déral Hors Cadre». Son apparition à la Maison-Blanche est remarquée. Quelques heures après 1 arrivée, il rencontre le président Nixon, participe à une séance photo, lui offre un pistolet lt .45 en or, et lui demande le badge tant désiré. Nixon obtempère, le moment est immortalisé, Elvis rentre à Graceland le lendemain.

s clichés officiels de cet improbable événement sont les plus demandés de l'histoire des Archives tionales américaines.

AmericanAirlines

Monsieur le Président,

D'abord, j'aimerais me présenter. Je suis Elvis Presley et je vous admire et j'ai beaucoup de respect pour votre fonction. J'ai bavardé avec le vice-président Agnew à Palm Springs il y a trois semaines de ça et je lui ai fait part de mes inquiétudes concernant notre pays. Les drogués, les éléments hippies, les Students for a Democratic Society, les Black Panthers, etc. ne me considèrent pas comme leur ennemi qu'ils appellent l'Establishment. Moi, j'appelle cela l'Amérique et je l'aime profondément. Monsieur le Président, je veux faire tout ce que je peux pour vous donner un coup de main. Je n'ai pas d'autres souci ou motivation que d'aider mon pays à s'en sortir. C'est pourquoi je ne préfère pas qu'on me donne un titre ou un poste. Je sais que je peux faire beaucoup si on pouvait me nommer Agent Fédéral Hors Cadre et j'apporterai mon aide en faisant les choses à ma manière, en discutant avec des personnes de toutes les générations. En premier et avant tout, je suis un artiste, mais tout ce qu'il me faut c'est des accréditations Fédérales. Je suis dans l'avion à côté du sénateur George Murphy et nous parlons depuis un moment des problèmes que notre pays a en face de lui.

Monsieur le Président, je suis descendu au Washington Hotel, chambres 505-506-507. J'ai deux personnes qui travaillent avec moi, les dénommés

Jerry Schilling et Sonny West. Je suis inscrit sous le nom de Jon Burrows. Je serai là tout le temps qu'il faudra pour obtenir une accréditation d'Agent Fédéral. J'ai fait une étude approfondie sur l'abus de drogue et les techniques de lavage de cerveau Communistes et je suis en plein dedans en ce moment et je sais que je peux faire pour le mieux.

Je suis content d'apporter de l'aide tant que cela reste une affaire très privée. Vous pouvez dire à votre personnel de m'appeler à n'importe quelle heure aujourd'hui ou demain. J'ai été choisi comme un des Dix Jeunes Hommes Exceptionnels d'Amérique pour l'année qui vient. Ça va se passer le 18 janvier dans le Tennessee, à Memphis, la ville où je suis né. Je vous envoie une courte autobiographie de moi-même comme ça vous pourrez mieux comprendre ma manière d'aborder les choses. J'aimerais beaucoup vous rencontrer juste pour vous dire bonjour si vous n'êtes pas trop occupé.

Respectueusement,
Elvis Presley

P.-S. : Je crois, monsieur le Président, que vous êtes un des Dix Hommes Exceptionnels d'Amérique vous Aussi. J'ai un cadeau personnel pour vous que j'aimerais bien vous remettre si vous pouvez l'accepter ou alors je vous le garderai jusqu'au moment où vous pourrez le prendre.

Traduction de Lazare Bitoun.

AmericanAirlines

In Flight...

Altitude;

Location;

Dear Mr. President.

First I would like to introduce myself.
I am Elvis Presley and admire you
and Have ~~Great~~ Respect for your
office. I talked to Vice President
agnew in Palm Springs 3 weeks and
expressed my concern for our Country.
The Drug Culture, The Hippie Elements,
The SDS, Black Panthers, etc do <u>not</u>
consider me as their enemy or as they
call it the Establishment. I call it america <u>and</u>

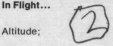

American Airlines

In Flight...

Altitude;

Location;

I Love it. Sir I can and will be of any service that I can to help the country out. I have no concern or motives other than helping the country out. So I wish not to be given a title or an appointed position, I can and will do more good if I were made a Federal agent at large, and I will help out by doing it my way through my communications with people of all ages. First and Foremost I am an entertainer but all I need is the Federal credentials. I am on the Plane with

180

Sen. George Murphy and Vice
have been discussing the problems
that our Country is faced with.
So I am Staying at the Washington
hotel Room 505-506-507- I have
2 men who work with me by the
name of Jerry Schilling and Sonny
West. I am registered under the name
of Jon Burrows. I will be here
for as long as it takes to get
the credentials of a Federal agent.
I have done an in depth study of
Drug abuse and Communist Brainwashing

techniques and I am right in the middle of the whole thing, where I can and will do the most good I am glad to help just so long as it is kept very Private. you can have your staff or whomever call me anytime today tonight or Tomorrow I was nominated the coming year one of America's Ten most outstanding young men. That will be in January 18 in my Home Town of Memphis Tenn. I am sending you the short autobiography about myself so you can better understand this

~~approach~~

approach. I would love to meet you just to say hello if you're not to Busy.

Respectfully

Elvis Presley

P.S. I believe that you Sir were one of the Top Ten outstanding men of America also.

I have a personal gift for you also which I would like to present to you and you can accept it or I will keep it for you until you can take it.

NE PLEURE PAS SUR MOI !

FIODOR DOSTOÏEVSKI À MIKHAÏL DOSTOÏEVSKI - 22 décembre 1849

Fondé en 1844 à Saint-Pétersbourg, le Cercle de Petrachevski est une société secrète d'intellectue
se réunissant régulièrement pour débattre des œuvres littéraires interdites par le tsar Nicolas I
Au mois d'avril 1849, la plupart de ses membres sont arrêtés. Parmi eux, Fiodor Dostoïevski. Hu
mois plus tard, le 22 décembre, les prisonniers sont conduits sur la place Semenovski ; trois d'ent
eux sont attachés à des piquets, la tête couverte d'un sac, face à un peloton d'exécution. Le silenc
se fait. Puis, dans la stupéfaction générale, retentit l'ordre de baisser les armes. Les condamnés o
été graciés in extremis ; ils sont renvoyés en prison, sous le choc. Dostoïevski rédige alors une lettr
à l'intention de son frère Mikhaïl, dans laquelle il revient sur ces événements, sur son incarcératio
et évoque la « renaissance » qui doit selon lui couronner cette expérience. Dostoïevski est libéré cin
ans plus tard ; il écrira des chefs-d'œuvre tels que *Crime et Châtiment* et *Les Frères Karamazov*.

Forteresse Pierre-et-Paul.
Le 22 décembre.

À L'ATTENTION DE MIKHAÏL MIKHAÏLOVITCH DOSTOÏEVSKI
Maison *Neslind*, face à la rue Griaznaïa,
Perspective Nevski.

Frère, mon bien cher ami ! le sort en est jeté ! Je suis condamné
à quatre ans de travaux forcés en forteresse (à Orenbourg, semble-t il),
et ensuite, à être simple soldat. Aujourd'hui, 22 décembre, on nous
a transportés sur la place Semenovski. Là, on nous a lu à tous notre
condamnation à mort, on nous a fait baiser la croix, on a brisé nos épées
au-dessus de nos têtes et on a procédé à notre toilette mortuaire (longues
chemises blanches). Puis trois d'entre nous ont été attachés au poteau, pour
l'exécution de la peine. J'étais le sixième, on nous appelait par trois, par
cons[équent], j'étais de la deuxième fournée, il ne me restait pas plus d'une
minute à vivre. J'ai pensé à toi, frère, à tous les tiens ; à l'instant ultime, toi,
toi seul, étais dans mes pensées, c'est là seulement que j'ai su combien je
t'aimais, mon frère chéri ! J'eus le temps, aussi, d'embrasser Plechtcheïev et
Dourov, qui étaient à côté de moi et de leur dire adieu. Enfin, roulements
de tambour, on ramène vers nous ceux qui étaient au poteau, et on nous lit
que Sa Majesté impériale nous accorde la vie. Puis, viennent les véritables
condamnations. Seul Palm est pardonné. On le réintègre dans l'armée avec
le même grade.

On vient de me dire, frère aimé, que nous allions partir aujourd'hui ou demain. J'ai demandé à te voir. Mais on m'a dit que c'était impossible ; je ne peux que t'écrire cette lettre, à laquelle hâte-toi également de répondre au plus vite. Je crains que tu n'aies appris, de quelque façon, notre condamnation [à mort]. Par les fenêtres de la voiture qui nous transportait place Semenov[ski], j'ai vu un monde fou ; peut-être la nouvelle est-elle parvenue jusqu'à toi, et tu souffrais pour moi. À présent, tu seras soulagé pour moi. Frère ! je n'ai pas perdu espoir ni courage. La vie est partout la vie, la vie est en nous, et non dans le monde extérieur. À mes côtés, il y aura des hommes, et être homme parmi les hommes et le rester à jamais, dans tous les malheurs possibles ne pas perdre espoir et courage, voilà où est la vie, où est son but. J'en ai pris conscience. Cette idée m'est entrée dans la chair et le sang. Oui, c'est la vérité ! Cette tête qui créait et vivait de la vie suprême de l'art, qui avait connu les besoins élevés de l'esprit et s'y était accoutumée, cette tête-là est déjà séparée de mes épaules. Ne restent que la mémoire et les images créées et que je n'ai pas encore incarnées. Elles me rongeront, c'est vrai ! Mais en moi demeurent un cœur, et cette même chair, ce même sang qui peut également aimer et souffrir, désirer et se souvenir, et cela, c'est tout de même la vie ! *On voit le soleil** !

Eh bien, adieu, frère : ne pleure pas sur moi ! Voyons les dispositions matérielles : mes livres (on m'a laissé la Bible) et les quelques feuillets de mon manuscrit (le brouillon du plan d'un drame et d'un roman et une nouvelle achevée, un «conte d'enfant») m'ont été retirés et, selon toute vraisemblance, te reviendront. Je laisse aussi mon manteau et mes anciens vêtements, si tu les fais prendre. À présent, frère, une longue route m'attend peut-être, sous escorte. J'ai besoin d'argent. Frère chéri, si tu reçois cette lettre et si tu as la possibilité de trouver un tant soit peu d'argent, envoie-le-moi aussitôt. L'argent m'est présentement plus vital que l'air (compte tenu de ces circonstances particulières). Envoie-moi aussi quelques lignes de toi. Ensuite, si tu reçois l'argent de Moscou, occupe-toi un peu de moi, ne m'abandonne pas... Voilà, c'est tout ! Il y a les dettes, mais qu'y faire ? !

Embrasse ta femme et tes enfants. Parle-leur de moi ; fais en sorte qu'ils ne m'oublient pas. Peut-être nous reverrons-nous un jour ? Frère, prends soin de toi et de ta famille, vis dans la quiétude et la prévoyance. Songe à l'avenir de tes enfants... Vis positivement.

---

* En français dans le texte.

Jamais ressources spirituelles, aussi abondantes et saines, n'avaient bouillonné en moi autant qu'aujourd'hui. Mais le corps tiendra-t-il ? Je ne sais. Je pars malade, scrofuleux. Mais à Dieu vat ! Frère ! J'ai tant enduré dans ma vie que, désormais, rien ne peut guère m'effrayer. Advienne que pourra ! À la première occasion, je te donnerai des nouvelles.

Transmets aux Maïkov mon ultime salut d'adieu. Dis-leur que je les remercie de la part constante qu'ils ont prise à mon destin. Dis quelques mots, les plus chaleureux possibles, ceux que ton cœur te soufflera, pour moi, à Evguenia Petrovna. Je lui souhaite beaucoup de bonheur et songerai toujours à elle avec une respectueuse gratitude. Serre la main à Nikolaï Apollonov[itch] et à Apollon Maïkov ; et à tous les autres, ensuite.

Trouve Ianovski. Serre-lui la main, remercie-le. Enfin, à tous ceux qui ne m'ont pas oublié. Quant à ceux qui m'ont oublié, rappelle-moi à leur souvenir. Embrasse notre frère Kolia. Écris à l'oncle et à la chère tante. Cela, je te le demande en mon nom, salue-les pour moi. Écris à nos sœurs : je leur souhaite d'être heureuses !

Peut-être nous reverrons-nous, frère. Prends soin de toi, tiens bon, pour l'amour du Ciel, jusqu'à ce que nous nous retrouvions. Aussi bien, nous aurons un jour l'occasion de nous embrasser et d'évoquer les jours dorés d'autrefois, ceux de notre jeune temps, notre jeunesse et nos espoirs qu'en cet instant j'arrache, ensanglantés, de mon cœur et que j'ensevelis.

Est-il possible que plus jamais je ne reprenne la plume ? Je pense qu'après ces quatre ans il y aura quelque possibilité. Je t'enverrai tout ce que j'écrirai, si j'écris quelque chose. Mon Dieu, combien d'images vécues, créées nouvellement pour moi, vont périr, s'éteindre dans ma tête, ou bien se déverser comme un poison dans mon sang ! Oui, si je ne peux plus écrire, je périrai. Plutôt quinze ans de détention, mais la plume à la main.

Écris-moi souvent, avec plein de détails, écris plus, des lettres circonstanciées. Étends-toi dans chaque lettre sur les histoires familiales, les petits riens, n'oublie pas cela. Cela m'insufflera espoir et vie. Si tu savais combien tes lettres me ranimaient, ici, dans la casemate. Ces deux mois et demi où la correspondance m'était interdite ont été très durs pour moi. Je n'étais pas en bonne santé. Le fait que tu ne m'aies pas, de temps à autre, envoyé de l'argent, m'a accablé pour toi : c'est donc que tu étais toi-même grandement dans le besoin ! Embrasse encore une fois les enfants ; leurs mignons petits visages ne me sortent pas de la tête. Ah, s'ils pouvaient être heureux ! Sois heureux, toi aussi, frère, sois heureux !

Mais, pour l'amour du Ciel, ne pleure pas, ne pleure pas sur moi ! Sache que je n'ai pas perdu courage, souviens-toi que l'espoir ne m'a pas quitté. Dans quatre ans, mon destin sera plus léger. Je serai simple soldat, ce n'est déjà plus détenu, et dis-toi bien qu'un jour, je te serrerai dans mes bras. Car aujourd'hui, j'étais à la mort, j'ai vécu trois quarts d'heure avec cette pensée, j'ai connu l'instant ultime et, à présent, je vis encore une fois !

Si d'aucuns m'en veulent, si je me suis querellé avec d'autres, si j'ai fait mauvaise impression à certains, dis-leur qu'ils oublient cela, si tu te trouves à les croiser. Il n'y a dans mon âme ni haine ni fiel, je voudrais tant aimer et embrasser, en cet instant, ne fût-ce qu'une personne du passé. C'est une joie, je l'ai éprouvée aujourd'hui, en faisant mes adieux à ceux qui me sont chers, avant de mourir. Je songeais, à cette minute, que la nouvelle de mon exécution te tuerait. Mais, à présent, sois tranquille, je suis encore en vie et vivrai désormais de la pensée qu'un jour, je te serrerai dans mes bras. Je n'ai plus que cela à l'esprit.

Que fais-tu donc ? À quoi as-tu pensé aujourd'hui ? Es-tu au courant, pour nous ? Quel froid, aujourd'hui !

Ah, pourvu que ma lettre te parvienne au plus vite. Sans cela, je serai près de quatre mois sans nouvelles de toi. J'ai vu les paquets dans lesquels, ces deux derniers mois, tu m'as envoyé de l'argent ; l'adresse était écrite de ta main et je me suis réjoui que tu te portes bien.

Dès que je me retourne sur le passé, je songe à tout le temps perdu en vain, à tout le temps gâché dans les égarements, les erreurs, l'oisiveté et l'incapacité à vivre ; comme j'en faisais peu de cas, que de fois j'ai péché contre mon cœur et mon esprit – et mon cœur se met à saigner d'abondance. La vie est un don, la vie est un bonheur ; chaque minute pouvait être un siècle de bonheur. *Si jeunesse savait** ! Maintenant, en changeant de vie, je renais sous une nouvelle forme. Frère ! Je te jure que je ne perdrai pas espoir et garderai purs mon esprit et mon cœur. Je renais pour le mieux. Voilà tout mon espoir, toute ma consolation.

Ma vie de casemate a déjà assez tué en moi les besoins de la chair, pas tout à fait purs ; je ne me préservais guère, avant. À présent, plus besoin de privations, aussi ne crains pas que je sois tué par quelque charge matérielle. Cela ne se peut. Ah ! pourvu que j'aie la santé !

Adieu, adieu, frère ! Je t'écrirai encore, à un moment ou à un autre ! Tu recevras le compte rendu le plus détaillé possible de mon périple. Pourvu, seulement, que ma santé soit préservée, et là-bas tout ira bien !

Eh bien, adieu, adieu, frère ! Je te serre fort dans mes bras ; je t'embrasse fort. Pense à moi sans douleur au cœur. Ne sois pas triste, je t'en prie, ne sois pas triste pour moi ! Rappelle-toi mes paroles : organise ta vie, ne la gaspille point, agence ton destin, songe à tes enfants. – Oh, si je pouvais, si je pouvais te voir ! Adieu ! Désormais, je m'arrache à tout ce qui m'était cher ; j'ai du mal à le quitter ! Mal de me briser en deux, de rompre mon cœur en deux. Adieu ! Adieu ! Mais je te reverrai, j'en suis sûr, je l'espère, ne change pas, aime-moi, ne refroidis pas ta mémoire, et la pensée de ton amour me sera la meilleure part de la vie. Adieu, encore une fois, adieu ! Adieu à tous !

Ton frère, Fiodor Dostoïevski
22 décembre 1849

On m'a pris plusieurs livres, lors de l'arrestation. Seuls deux d'entre eux étaient interdits. Ne peux-tu récupérer les autres pour toi ? Mais voici une prière : l'un de ces livres était les *Essais de Valerian Maïkov*, ses critiques – l'exemplaire d'Evguenia Petrovna. Elle me l'avait remis comme un de ses trésors. Au moment de l'arrestation, j'ai prié l'officier des gendarmes de lui rendre ce livre et lui ai donné son adresse. Je ne sais s'il le lui a retourné. Renseigne-toi à ce sujet ! Je ne veux pas la priver de ce souvenir. Adieu, encore une fois adieu.

Fiodor Dostoïevski

Je ne sais si je partirai à pied sous escorte, ou si l'on nous transportera.
Il semble qu'il y ait un transport. Si seulement !
Encore une fois : serre la main d'Emila Fiodorovna et embrasse les petits. –
Salue Kraëvski, peut-être…
Écris-moi les détails de ton arrestation, de ta détention et de ta remise en liberté.

© Éditions Bartillat, 1998, pour la traduction française d'Anne Coldefy-Faucard.

Telephone
MUrray Hill 2-0500

REG US PAT OFF

425 LEXINGTON AVENUE
New York 17, N. Y.

May 13, 1958

THE WHITE HOUSE
MAY 14 11 36 AM '58
RECEIVED

The President
The White House
Washington, D. C.

My dear Mr. President:

I was sitting in the audience at the Summit Meeting of Negro
Leaders yesterday when you said we must have patience. On
hearing you say this, I felt like standing up and saying, "Oh
no! Not again. "

I respectfully remind you sir, that we have been the most
patient of all people. When you said we must have self-
respect, I wondered how we could have self-respect and remain patient considering the treatment accorded us through
the years.

17 million Negroes cannot do as you suggest and wait for the
hearts of men to change. We want to enjoy now the rights
that we feel we are entitled to as Americans. This we cannot do unless we pursue aggressively goals which all other
Americans achieved over 150 years ago.

As the chief executive of our nation, I respectfully suggest
that you unwittingly crush the spirit of freedom in Negroes
by constantly urging forbearance and give hope to those pro-
segregation leaders like Governor Faubus who would take
from us even those freedoms we now enjoy. Your own experience with Governor Faubus is proof enough that forbearance and not eventual integration is the goal the pro-
segregation leaders seek.

In my view, an unequivocal statement backed up by action
such as you demonstrated you could take last fall in deal-

MAY 26 1958

ing with Governor Faubus if it became necessary, would let
it be known that America is determined to provide -- in the
near future -- for Negroes -- the freedoms we are entitled to under the constitution.

Respectfully yours,

Jackie Robinson

Jackie Robinson

JR:cc

7 MILLIONS DE NOIRS NE PEUVENT ATTENDRE QUE LE CŒUR DES HOMMES CHANGE

JACKIE ROBINSON AU PRÉSIDENT DES ÉTATS-UNIS DWIGHT D. EISENHOWER - 13 mai 1958

Jackie Robinson, joueur de base-ball hors pair, obtient grâce à son talent de mettre fin à la règle tacite qui interdisait jusque-là l'accès des joueurs de couleur aux équipes de Ligue majeure ou mineure. Par la suite, il participe à six World Series et – consécration – assiste à son intronisation en 1962 au Hall of Fame. En 1957, il prend sa retraite sportive et entre en politique, s'impliquant dans la lutte contre la ségrégation raciale. En 1958, il adresse cette lettre au président américain Eisenhower, en réponse à un discours prononcé par ce dernier dans lequel il exhortait les Noirs à la patience.

11 SURVIVANTS... BESOIN D'UN PETIT BATEAU... KENNEDY

JOHN F. KENNEDY AUX FORCES ALLIÉES - Août 1943

Seconde Guerre mondiale : John F. Kennedy, futur président des États-Unis, assure le commandement de la vedette lance-torpilles PT-109. Le 2 août 1943, le bateau est percuté par le destroyer japonais *Amagiri* qui le coupe en deux, tuant deux membres de l'équipage. Six jours plus tard, échoué dans les îles Salomon avec les autres survivants, Kennedy grave un message désespéré dans une coque de noix de coco qu'il remet à Biuku Gasa et Eroni Kumana, deux habitants de l'île. Ces derniers sont chargés de l'apporter en canoë à la base alliée la plus proche, à trente-cinq milles marins. Contre toute attente, les deux insulaires réalisent cet exploit et permettent ainsi le sauvetage rapide de Kennedy et de ses hommes.

Plus tard, Kennedy fait recouvrir de résine la noix de coco, qui sera utilisée comme presse-papier dans le Bureau ovale pendant sa présidence.

LE CHEF INDIGÈNE DE L'ÎLE DE NAURO
CONNAÎT LA POSITION.
IL SAIT PILOTER. 11 SURVIVANTS.
AVONS BESOIN D'UN PETIT BATEAU.
KENNEDY

spike milligan

28th February, 1977

9 Orme Court,
LONDON. W. 2.

Stephen Gard Esq.,
Bunnaloo East Public School,
Thyra Road,
via. MOAMA. 2739.

Dear Stephen,

Questions, questions, questions – if you are disappointed in my
book 'MONTY', so am I.   I must be more disappointed than you
because I spent a year collecting material for it, and it was a
choice of having it made into a suit or a book.

There are lots of one liners in the book, but then when the German
Army are throwing bloody great lumps of hot iron at you, one only
has time for one liners, in fact, the book should really consist
of the following:

> "Oh fuck"
>
> "Look out"
>
> "Christ here's another"
>
> "Where did that fall"
>
> "My lorry's on fire"
>
> "Oh Christ, the cook is dead".

You realise a book just consisting of those would just be the end,
so my one liners are extensions of these brevities.

Then you are worried because as yet I have not mentioned my meeting
with Secombe and later Sellers, well by the end of the Monty book
I had as yet not met either Secombe or Sellers.   I met Secombe
in Italy, which will be in vol. 4., and I am arranging to meet
Peter Sellers on page 78 in vol. 5, in London.   I'm sorry I can't
put back the clock to meet Secombe in 1941, to alleviate your
disappointment I hope springs anew with the information I have
given you.

Another thing that bothers you is "cowardice in the face of the
enemy".   Well, the point is I suffer from cowardice in the face
of the enemy throughout the war – in the face of the enemy, also

in the legs, the elbows, and the wrists, in fact, after two years
in the front line a mortar bomb exploded by my head (or was it
my head exploded by a Mortar bomb), and it so frightened me, I
put on a tremendous act of stammering, stuttering, and shivering
this mixed with cries of "mother", and a free flow of dysentery
enabled me to be taken out of the line and down-graded to B.2.
But for that brilliant performance, this letter would be coming
to you from a grave in Italy.

Anymore questions from you and our friendship is at an end.

                              Sincerely,

                              Spike Milligan.

Plein de bonnes intentions, Stephen Gard, professeur de son état, décide un jour d'écrire à so
idole, le comédien irlandais Spike Milligan. Outre ses activités artistiques, Milligan est l'auteu
d'abondants mémoires, dont le troisième tome, *Monty*, est consacré à son expérience de la Second
Guerre mondiale. C'est sur ce chapitre de la vie du comique que Stephen Gard a voulu l'interroger
« Ma lettre était celle d'un fan mais soulevait de nombreuses questions ; celles qui avaient germ
dans mon esprit à force d'écouter *The Goon Show*, son programme radiophonique, qui a rythm
ma vie. Ce qui avait manifestement agacé Spike, c'était : "Pourquoi est-ce que tant de *Goon Shov*
par exemple 'Tales of Men's Shirts', abordent le thème de la lâcheté militaire ? Après la répliqu
'La prison était remplie d'officiers britanniques qui avaient juré de MOURIR plutôt que d'être fait
prisonniers *(rires)*, pourquoi êtes-vous venu dire au micro : 'Merci, mes frères de lâcheté' ? Est-c
parce que vous-même avez été accusé de cela ?" Le tome suivant expliquait précisément ce
incident : le moment où il a craqué, où ses nerfs ont lâché, et la réaction stupide et cruelle de so
commandant à sa détresse et sa maladie. Dans ma lettre, je regrettais effectivement qu'il y ait u
peu trop de *Monty* enchevêtré dans les dialogues typiques du *Goon Show*. J'aurais voulu en apprendr
davantage sur Spike lui-même. Ses mémoires ultérieurs étaient des comptes rendus plus directs
qui permettaient réellement de saisir toute la complexité de cet homme si intéressant. Il faut savo
qu'après avoir reçu cette merveilleuse missive de Spike, j'ai aussitôt repris la plume pour lui dire
quel point je l'admirais et j'aimais son travail, et j'ai maladroitement tenté de reproduire l'humour d
Goon Show en joignant une photographie de ma femme et de nos chats en gage de sincérité. Spik
n'a pas répondu, mais je m'y attendais. »

CAS DE CATASTROPHE LUNAIRE

LLIAM SAFIRE À H.R. HALDEMAN - 18 juillet 1969

To   :   H. R. Haldeman

From: Bill Safire   July 18, 1969.

IN EVENT OF MOON DISASTER:

Fate has ordained that the men who went to the moon to explore in peace will stay on the moon to rest in peace.

These brave men, Neil Armstrong and Edwin Aldrin, know that there is no hope for their recovery. But they also know that there is hope for mankind in their sacrifice.

These two men are laying down their lives in mankind's most noble goal: the search for truth and understanding.

They will be mourned by their families and friends; they will be mourned by their nation; they will be mourned by the people of the world; they will be mourned by a Mother Earth that dared send two of her sons into the unknown.

In their exploration, they stirred the people of the world to feel as one; in their sacrifice, they bind more tightly the brotherhood of man.

In ancient days, men looked at stars and saw their heroes in the constellations. In modern times, we do much the same, but our heroes are epic men of flesh and blood.

Others will follow, and surely find their way home. Man's

search will not be denied. But these men were the first, and they

will remain the foremost in our hearts.

For every human being who looks up at the moon in the

nights to come will know that there is some corner of another world

that is forever mankind.

PRIOR TO THE PRESIDENT'S STATEMENT:

The President should telephone each of the widows-to-be.

AFTER THE PRESIDENT'S STATEMENT, AT THE POINT WHEN NASA
ENDS COMMUNICATIONS WITH THE MEN:

A clergyman should adopt the same procedure as a burial at

sea, commending their souls to "the deepest of the deep," concluding

with the Lord's Prayer.

Difficile d'imaginer mémo plus glaçant que celui rédigé par William Safire, la plume du présiden américain, le 18 juillet 1969. Le monde entier attend avec angoisse l'alunissage d'*Apollo 11* et, pa précaution, l'état-major a mis au point un plan de secours, contenant notamment un discour titré « EN CAS DE CATASTROPHE LUNAIRE », destiné à être prononcé par Richard Nixon au cas c les astronautes Neil Armstrong et Buzz Aldrin ne reviendraient jamais de l'espace, ainsi que de instructions sur l'éventuel coup de fil du président aux « futures veuves ». On sait aujourd'hui que c mémo n'a pas eu besoin d'être utilisé ; il nous rappelle cependant les risques courus dans la cours à l'espace et la conscience qu'en avaient ses instigateurs.

A PLUS BELLE DES MORTS

- 8 décembre 1963

60 : Aldous Huxley apprend qu'il est atteint d'un cancer du larynx, alors qu'il travaille sur *Île*, la onse utopique à son chef-d'œuvre dystopique, *Le Meilleur des mondes*. Depuis qu'il a découvert la escaline en 1953, Huxley est fasciné par les effets des drogues psychédéliques ; sur son lit de mort, novembre 1963, Laura, son épouse depuis sept ans, décide de lui administrer du LSD. Le mois ivant, elle écrit au frère d'Aldous Huxley, Julian, et à son épouse, Juliette, pour leur faire un récit taillé et très émouvant des derniers jours de l'écrivain ; le brouillon ci-dessous est publié grâce aimable autorisation de la collection Stolaroff du Erowid Center.

6233 Mulholland Highway
Los Angeles 28, Californie
8 décembre 1963

Bien chers Julian et Juliette,

Il y a beaucoup de choses que je souhaite vous dire à propos de la dernière semaine d'existence d'Aldous, et plus particulièrement de son dernier jour. Ce qui s'est passé n'est pas seulement important pour nous, ses proches et ceux qu'il aimait ; c'est presque une conclusion et, mieux, une continuation de son œuvre et dès lors, cela aura de l'importance pour les gens en général.

D'abord je dois vous confirmer, avec une certitude purement subjective, qu'Aldous n'aura pas consciemment admis qu'il était en train de mourir jusqu'au jour même de sa mort. Il le savait subconsciemment, et vous allez vous en rendre compte par vous-mêmes, car du 15 au 22 novembre, j'ai pu enregistrer bien des commentaires d'Aldous sur cassette, et je sais que l'existence de ces cassettes nous sera, à tous, infiniment précieuse. Aldous n'a jamais vraiment voulu renoncer à ses écrits ; il dictait ou prenait des notes vocales. Il utilisait un répondeur téléphonique, juste pour dire de la poésie ou des extraits littéraires ; il les écoutait ensuite dans ses moments de quiétude, le soir, quand il voulait s'endormir. Il y a des années que je possède un magnétophone à cassette, et j'ai essayé de m'en servir avec lui quelquefois, mais il était trop encombrant, *a fortiori* dans un moment où nous restions confinés dans la chambre, avec le lit bardé d'une foule d'appareils médicaux. (Nous avons évoqué l'idée d'en acheter un plus petit, mais ici le marché est saturé de toutes les sortes d'appareils enregistreurs, et la plupart sont de très mauvaise qualité. Je n'avais pas le temps de chercher attentivement, et c'est donc resté l'un de ces mille projets que nous avions l'intention de réaliser.) Mon anniversaire est tombé début novembre, alors qu'Aldous était à l'hôpital, et Jinny a pris le soin d'examiner toutes ces machines pour m'offrir un excellent modèle – petit, facilement maniable et quasiment indétectable. Après m'être moi-même entraînée dessus quelques jours, je l'ai montré à Aldous qui en a été très satisfait et, dès le 15, nous nous en sommes quotidiennement servi, pour enregistrer ses rêves ou ses notes sur un prochain livre.

Il me semble que la période du 15 au 22 aura été marquée par une intense activité mentale chez Aldous. Nous avons petit à petit diminué les doses du tranquillisant qu'il prenait quatre fois par jour, une drogue appelée Sperine, apparentée, si j'ai bien compris, à la Thorazine. Nous l'avons baissée jusqu'à presque rien, en utilisant uniquement des antidouleurs comme le Percodon, un peu d'Amitol et un antinauséeux. Il avait aussi des injections d'1/2 cc de Dilaudid, un dérivé morphinique qui le faisait beaucoup rêver, et vous entendrez certains de ces rêves sur cassette. Le médecin dit que c'était un faible dosage de morphine.

Pour en revenir à ce que je disais, à un niveau subconscient de ses rêves et de certaines de ses conversations, il paraissait clair, indéniable, qu'il savait qu'il allait mourir. Mais consciemment, il n'en a jamais dit un mot. Cela n'avait rien à voir avec la thèse qu'assènent certains de ses amis, qu'il cherchait à m'épargner. Ce n'était pas ça parce que Aldous n'a jamais été capable de jouer la comédie ni de proférer le moindre mensonge ; il était fondamentalement incapable de mentir, et s'il avait voulu me protéger, cela ne l'aurait certainement pas empêché de parler à Jinny.

Au cours des deux derniers mois, presque chaque jour je lui ai tendu la perche ou donné une opportunité de parler de sa mort, mais ces ouvertures pouvaient bien sûr être comprises dans les deux sens – du côté de la vie ou de celui de la mort, et il choisissait toujours de les entendre du côté de la vie. Nous avons lu intégralement le manuel du Dr Leary[1] extrait

---

1. Il s'agit de l'ouvrage *L'Expérience psychédélique*, basé sur le « Livre des morts tibétain ». Timothy Leary était un grand partisan du LSD

6233 Mulholland Highway
Los Angeles 28, California
December 8, 1963

Dearest Julian and Juliette:

There is so much I want to tell you about the last week of
Aldous' life and particularly the last day. What happened is
important not only for us close and loving but it is almost a
conclusion, better, a continuation of his own work, and there-
for it has importance for people in general.

First of all I must confirm to you with complete subjective
certainty that Aldous had not consciously looked at the fact that
he might die until the day he died. Subconsciously it was all
there, and you will be able to see this for yourselves because
beginning from November 15th until November 22nd I have much of
Aldous' remarks on tape, For these tapes I know we shall all be
immensely grateful. Aldous was never quite willing to give up
his writing and dictate or makes notes on a recorder. He used a
Dictegraph, only to read poetry or passages of literature; he
would listen to these in his quiet moments in the evening as he
was going to sleep. I have had a tape recorder for years, and
I tried to use it with him sometimes, but it was too bulky, and
particularly now when we were always in the bedroom and the bed
had so much hospital equipment around it. (We had spoken about
buying a small one, but the market here is flooded with transistor
tape recorders, and most of them are very bad. I didn't have time
to look into it, and this remained just one of those things like
many others that we were going to do.) In the beginning of
November, when Aldous was in the hospital, my birthday occurred,
so Jinny looked carefully into all the machines, and presented me
with the best of them — a small thing, easy manageable and practically unnoticeable. After having practiced with it myself a few
days, I showed it to Aldous, who was very pleased with it, and
from the 15th on we used it a little every day recording his
dreams and notes for future writing.

The period from the 15th to the 22nd marked, it seems to me, a
period of intense mental activity for Aldous. We had diminished
little by little the tranquillizers — he had been taking four
times a day a drug called Sperine which is akin, I understand, to
Thorazin. We diminished it practically to nothing — only used
painkillers like Percoden — a little Amitol, and something for
nausea. He took also a few injections of 1/2 cc of Dilaudid,

du Livre des morts. Il aurait pu, même en plaisantant, me dire « N'oublie pas de me rappeler ce commentaire », mais il se concentrait exclusivement sur la manière dont le Dr Leary mène ses sessions LSD, et comment il entend ramener ceux qui ne sont pas morts à la vie après la session. Il faut reconnaître qu'il prononçait parfois des phrases du style « Si je m'en sors », à propos de ses nouvelles idées d'écriture, et qu'il se demandait quand il retrouverait la force de travailler – s'il la retrouvait. Son esprit demeurait très actif et je crois que ce Dilaudid éveillait une dimension nouvelle de son intellect, auparavant peu stimulée.

Le soir qui a précédé sa mort (le jeudi), vers 20 heures, une idée lui est soudain venue. « Chérie, a-t-il dit, je réalise seulement maintenant qu'avoir une personne si gravement malade dans la maison est une charge pour Jinny, surtout avec les deux enfants ; c'est une charge bien lourde. » Jinny n'était pas à la maison à ce moment-là, et j'ai donc répondu : « Parfait, je le lui dirai à son retour. On rigolera bien.

— Non, répliqua-t-il avec une insistance inhabituelle, nous devrions y remédier.

— Bien, dis-je en conservant un ton léger, entendu, lève-toi. Partons en voyage.

— Non, je ne plaisante pas. Nous devons y réfléchir. Toutes ces infirmières dans la maison. Ce que nous pourrions faire, c'est prendre un appartement durant cette période. Juste pour cette période. »

Ce qu'il voulait dire me semble extrêmement clair. D'une clarté ne laissant aucun doute. Il pensait que sa maladie risquait encore de durer trois ou quatre semaines, et qu'il pourrait alors rentrer et reprendre normalement le cours de sa vie. Cette idée de retrouver une vie normale est souvent apparue. Alors ce jeudi soir, il évoqua un nouvel appartement avec une énergie inhabituelle, mais quelques minutes plus tard et durant le reste de la soirée, j'eus le sentiment qu'il sombrait, qu'il quittait rapidement le monde. Manger était presque hors de question. Il avait tout juste avalé quelques cuillerées de liquide et de purée, car chaque fois qu'il prenait quelque chose, la toux se déclenchait. J'appelai le Dr Bernstein ce jeudi soir, et je lui dis que le pouls était très rapide – 140, il avait un peu de fièvre et donnait l'impression générale d'une mort imminente. Mais l'infirmière et le médecin ne pensaient pas que ce soit le cas, toutefois, si je le souhaitais, le médecin proposait de repasser le voir dans la nuit. Je suis alors retournée dans la chambre d'Aldous et nous avons décidé de lui donner une injection de Dilaudid. Il était environ 21 heures, il s'est endormi et

ich is a derivative of morphine, and which gave him many dreams, [so]me of which you will hear on the tape. The doctor says this is [a] small intake of morphine.

Now to pick up my point again, in these dreams as well as some[ti]mes in his conversation, it seemed obvious and transparent that [su]bconsciously he knew that he was going to die. But not once [co]nsciously did he speak of it. This had nothing to do with the [id]ea that some of his friends put forward, that he wanted to spare [me]. It wasn't this, because Aldous had never been able to play a [pa]rt, to say a single lie; he was constitutionall unable to lie, [an]d if he wanted to spare me, he could certainly have spoken to [Je]nny.

During the last two months I gave him almost daily an opportun[it]y, an opening for speaking about death, but of course this [op]ening was always one that could have been taken in two ways - [ei]ther towards life or towards death, and he always took it towards [li]fe. We read the entire manual of Dr. Leary extracted from The [Bo]ok of the Dead. He could have, even jokingly said - don't [fo]rget to remind me - his comment instead was only directed to the [wa]y Dr. Leary conducted his LSD sessions, and how he would bring [pe]ople, who were not dead, back here to this life after the session. [It] is true he said sometimes phrases like, "If I get out of this," [in] connection to his new ideas for writing, and wondered when and [if] he would have the strength to work. His mind was very active [an]d it seems that this Dilaudid had stirred some new layer which [ha]d not often been stirred in him.

The night before he died, (Thursday night) about eight o'clock, [su]ddenly an idea occurred to him. "Darling," he said, "it just [occ]urs to me that I am imposing on Jinny having somebody as sick [as] this in the house with the two children, this is really an [im]position." Jinny was out of the house at the moment, and so I [sa]id, "Good, when she comes back I will tell her this. It will be [a] nice laugh." "No," he said with unusual insistence, "we should [do] something about it." "Well," I replied, keeping it light, "all [ri]ght, get up. Let's go on a trip." "No," he said, "It is [se]rious. We must think about it. All these nurses in the house. [Wh]at we could do, we could take an apartment for this period. [Jus]t for this period." It was very clear what he meant. It was [un]mistakeably clear. He thought he might be so sick for another [th]ree or four weeks, and then he could come back and start his [no]rmal life again. This fact of starting his normal life occurred [qu]ite often. In the last three or four weeks he was several [ti]mes appalled by his weakness, when he realized how much he had [los]t, and how long it would take to be normal again. Now this [Th]ursday night he had remarked about taking an apartment with an [un]usual energy, but a few minutes later and all that evening I [fe]lt that he was going down, he was losing ground quickly. Eating

j'ai demandé au médecin de revenir le lendemain matin. Aldous a dormi jusque vers 2 heures, il a eu une deuxième piqûre, et je l'ai revu à 6 heures et demie. J'avais de nouveau l'impression que la vie le quittait, que quelque chose allait encore plus mal qu'à l'accoutumée, même si je ne savais pas exactement quoi, et un peu plus tard, je vous ai envoyé un télégramme, à vous, Matthew, Ellen et ma sœur. Il était à peu près 9 heures. Aldous commençait à se montrer très incommodé, très agité, vraiment désespéré. Il voulait constamment qu'on le change de position. Rien ne convenait. Le Dr Bernstein arriva à peu près à ce moment et décida de lui administrer une piqûre qu'il lui avait déjà faite une fois, quelque chose qui se diffuse très lentement en intraveineuse – il faut cinq minutes pour pratiquer l'injection, c'est un produit qui dilate les bronches pour faciliter la respiration.

Cette drogue l'avait déjà mis mal à l'aise la première fois, probablement trois semaines plus tôt, quand il avait fait la crise dont je vous ai parlé dans mon courrier. Mais ensuite, elle l'avait aidé. Cette fois, ce fut terrible. Même s'il ne pouvait plus s'exprimer, il se sentait atrocement mal, rien n'allait, aucune position ne lui convenait. J'ai essayé de lui demander ce qui se passait. Il avait du mal à parler, mais il parvint à articuler : « J'essaie juste de te dire que tu compliques les choses. » Il voulait tout le temps qu'on le bouge – « Déplace-moi », « Déplace mes jambes », « Déplace mes bras », « Déplace mon lit ». J'avais un lit motorisé, on presse un bouton qui le fait monter ou descendre sur toute la longueur, et parfois constamment, je devais le relever et le redescendre, en haut puis en bas, en appuyant sur les boutons. On a recommencé, et cela a paru vaguement le soulager, mais de manière infime.

Soudain, alors qu'il devait être 10 heures, qu'il pouvait à peine parler, il a dit qu'il voulait une tablette pour écrire et, pour la première fois, il écrivit « Si je meurs », et il laissa des instructions au sujet de son testament. Je savais à quoi il songeait. Comme je vous l'ai écrit, il avait signé une semaine auparavant le testament par lequel il désignait Matthew comme bénéficiaire de son assurance-vie à ma place. Nous avions voulu obtenir ces formulaires de transfert, la compagnie d'assurances venait tout juste de les envoyer, et ils étaient effectivement arrivés par livraison spéciale quelques minutes plus tôt. Écrire lui était très, très difficile. Rosalind et le Dr Bernstein étaient là, à tenter eux aussi de comprendre ce qu'il voulait. Je lui demandai : « Ce que tu veux, c'est t'assurer que l'assurance-vie est transférée au nom de Matthew à la place du mien ? » Il répondit oui. Je lui dis : « Les documents viennent juste d'arriver, si tu veux les signer tu peux le faire, mais ce n'est pas

as almost out of the question. He had just taken a few spoonsful
f liquid and puree, in fact every time that he took something,
his would start the cough. Thursday night I called Dr. Bernstein,
nd told him the pulse was very high — 140, he had a little bit of
ever and my whole feeling was one of immanence of death. But
oth the nurse and the doctor said they didn't think this was the
ase, but that if I wanted him the doctor would come up to see him
hat night. Then I returned to Aldous' room and we decided to give
im an injection of Dilaudid. It was about nine o'clock, and he
ent to sleep and I told the doctor to come the next morning.
ldous slept until about two a.m. and then he got another shot,
nd I saw him again at six-thirty. Again I felt that life was
eaving, something was more wrong than usual, although I didn't
now exactly what, and a little later I sent you and Matthew and
llen and my sister a wire. Then about nine a.m. Aldous began to
e so agitated, so uncomfortable, so desperate really. He wanted
o be moved all the time. Nothing was right. Dr. Bernstein came
bout that time and decided to give him a shot which he had given
im once before, something that you give intravenously, very
lowly — it takes five minutes to give the shot, and it is a drug
hat dilates the bronchial tubes, so that respiration is easier.

This drug made him uncomfortable the time before, it must have
een three Fridays before, when he had that crisis I wrote you
bout. But then it helped him. This time it was quite terrible.
e couldn't express himself but he was feeling dreadul, nothing
as right, no position was right. I tried to ask him what was
ccurring. He had difficulty in speaking, but he managed to say,
Just trying to tell you makes it worse." He wanted to be moved
ll the time — "Move me." "Move my legs." "Move my arms." "Move
y bed." I had one of those push-button beds, which moved up and
own both from the head and the feet, and incessantly, at times,
would have him go up and down, up and down by pushing buttons.
e did this again, and somehow it seemed to give him a little
elief. but it was very, very little.

All of a sudden, it must have been then ten o'clock, he could
ardly speak, and he said he wanted a tablet to write on, and for
he first time he wrote — "If I die," and gave a direction for his
ill. I knew what he meant. He had signed his will as I told you
bout a week before, and in this will there was a transfer of a
ife insurance policy from me to Matthew. We had spoken of getting
hese papers of transfer, which the insurance company had just
ent, and that actually arrived special delivery just a few minutes
efore. Writing was very, very difficult for him. Rosalind and
r. Bernstein were there trying also to understand what he wanted.
said to him, "Do you mean that you want to make sure that the
ife insurance is transferred from me to Matthew?" He said,
Yes." I said, "The papers for the transfer have just arrived,

indispensable car tu as déjà officialisé le transfert par testament.» Il parut soulagé de ne pas avoir à signer. Déjà, la veille, je l'avais prié de signer des papiers importants, et il avait répondu «Attendons un peu», ce qui, soit dit en passant, était sa nouvelle façon d'exprimer qu'il ne pouvait pas faire quelque chose. Si on lui demandait de manger, il répondait «Attendons un peu», et quand je lui avais demandé de signer des papiers assez importants le jeudi, il avait répliqué «Attendons un peu». Il voulait vous écrire une lettre – «tout particulièrement à propos du livre de Juliette, charmant», avait-il plusieurs fois annoncé. Et dès que je lui proposais de le faire, il répondait «Oui, dans un petit moment» d'une voix épuisée, complètement différente de sa manière d'être en temps normal. Alors quand je lui précisai que sa signature n'était pas nécessaire et que tout était en ordre, il poussa un soupir de soulagement.

«Si je meurs.» C'était la première fois qu'il disait cela en se référant au PRÉSENT. Il l'écrivit. Je savais et je sentais que pour la première fois, il contemplait cette échéance. Environ une heure et demie avant, j'avais appelé Sidney Cohen, un psychiatre qui a été l'un des leaders dans l'utilisation du LSD. Je lui avais demandé s'il en avait déjà donné à un homme dans un état si critique. Il m'avait répondu qu'en fait, il l'avait fait deux fois, que dans un cas cela avait provoqué une sorte de réconciliation avec la Mort, que dans l'autre cela n'avait rien changé. Je lui ai demandé s'il me conseillait d'en donner à Aldous dans ces conditions. Je lui avouai lui en avoir proposé plusieurs fois au cours des deux derniers mois, ce à quoi il m'avait invariablement répondu qu'il attendrait d'aller mieux. Le Dr Cohen me dit : « Je ne sais pas. Il me semble que non. Qu'en pensez-vous ?
— Je ne sais pas. Est-ce que je devrais lui en proposer ?
— Je lui en proposerais de manière oblique. Dites juste "Qu'est-ce que tu dirais de reprendre du LSD un de ces jours ?" »

J'avais obtenu la même réponse vague des quelques spécialistes à qui j'avais demandé : «Prescrivez-vous le LSD dans les cas extrêmes ?» *Île* est la seule référence sérieuse que je connaisse. Il devait être 9 heures et demie quand j'ai discuté avec Sidney Cohen. L'état d'Aldous était si impénétrable, si douloureux physiquement, il s'agitait tant qu'il lui était impossible de dire ce qu'il voulait, et je ne parvenais pas à le comprendre. À un moment donné, il dit quelque chose qu'aucune personne présente ne fut en mesure de m'expliquer, et il s'écria : «Qui mange dans mon bol ?» Je ne savais pas ce que cela voulait dire et je ne le sais toujours pas. Je l'ai interrogé. Il a esquissé un petit sourire facétieux et répondu : «Oh, laisse tomber, c'était

f you want to sign them you can sign them, but it is not
ecessary because you already made it legal in your will. He
eaved a sigh of relief in not having to sign. I had asked him
he day before even, to sign some important papers, and he had
aid, "Let's wait a little while." This, by the way, was his
ay now, for him to say that he couldn't do something. If he was
sked to eat, he would say, "Let's wait a little while," and when
 asked him to do some signing that was rather important on
hursda y he said, "Let's wait a little while, " He wanted to write
ou a letter - "and especially about Juliette's book, is lovely,"
 had said several times. And when I proposed to do it, he would
ay, "Yes, just in a little while." in such a tired voice, so
otally different from his normal way of being. So when I told
im that the signing was not necessary and that all was in order,
 had a sigh of relief.

"If I die." This was the first time that he had said that
ith reference to NOW. He wrote it. I knew and felt that for the
irst time he was looking at this. About a half an hour before I
ad called up Sidney Cohen, a psychiatrist who has been one of the
aaders in the use of LSD. I had asked him if he had ever given
SD to a man in this condition. He said that he had only done it
wice actually, and in one case it had brought up a sort of
econciliation with Death, and in the other case it did not make
ny difference. I asked him if he would advise me to give it to
ldous in his condition. I told him how I had offered it several
imes during the last two months, but he always said that he would
ait until he was better. Then Dr. Cohen said, "I don't know.
 don't think so. What do you think?" I said, "I don't know. Shall
 offer it to him?" He said, "I would offer it to him in a very ~~sometime again?~~
blique way, just say 'what do you think about taking LSD?'" This
ague response had been common to the few workers in this field to
hom I had asked, "Do you give LSD in extremes?" ISLAND is the only
efinite reference that I know of. I must have spoken to Sidney
hen about nine-thirty. Aldous' condition had become so physically
ainful and obscure, and he was so agitated he couldn't say what
 wanted, and I couldn't understand. At a certain point he said
omething which no one here has been able to explain to me, he
aid, "Who is eating out of my bowl?" And I didn't know what this
eant and I yet don't know. And I asked him. He managed a faint
himsical smile and said, "Oh, never mind, it is only a joke." And
ater on, feeling my need to know a little so I could do something,
 said in an agonizing way, "At this point there is so little to
are." Then I knew that he knew that he was going. However,
is inability to express himself was only muscular - his brain
as clear and in fact, I feel, at a pitch of activity.

Then I don't know exactly what time it was, he asked for his
ablet and wrote, "Try LSD 100 ~~mm~~ intramuscular." Although as
ou see from this photostatic copy it is not very clear, I know
at this is what he meant. I asked him and he confirmed it.
uddenly something became very clear to me. I knew that we were

une blague. » Plus tard, comme il sentait que j'avais besoin d'en savoir un peu plus pour l'aider, il lâcha sombrement : « À ce stade, il ne reste pas grand-chose à partager. » Alors je sus qu'il savait qu'il partait. Néanmoins, son incapacité à s'exprimer restait strictement musculaire – il gardait l'esprit clair et même en grande activité.

Je ne sais plus exactement à quelle heure il demanda sa tablette et écrivit : « Essaie du LSD 100 intramusculaire. » Même si ce n'est pas très clair, comme vous pouvez le constater sur le polycopié, je sais que c'était ce qu'il voulait dire. Je le priai de me le confirmer. Quelque chose me frappa tout à coup. Je savais que nous étions à nouveau réunis, après ces épouvantables conversations des deux derniers mois. Je le compris tout de suite, et je compris ce qu'il fallait faire. Je me ruai vers le placard de l'autre pièce, où se trouvait la télé, le Dr Bernstein y était, l'assassinat de Kennedy venant d'être annoncé. Je pris le LSD et déclarai : « Je vais lui donner une injection de LSD, il l'a demandée. » Le médecin eut un moment de trouble, vous connaissez bien la gêne du corps médical avec cette drogue. Puis il dit : « D'accord, à ce stade, cela ne change plus grand-chose. » Mais il aurait pu dire n'importe quoi, aucune « autorité », pas même une armée d'officiels, n'aurait pu m'arrêter. Je me rendis dans la chambre d'Aldous avec une ampoule de LSD et je préparai une seringue. Le médecin me demanda si je voulais qu'il administre l'injection – peut-être parce qu'il voyait mes mains trembler. À sa question, je pris conscience de ce tremblement et je répondis : « Non, c'est à moi de le faire. » Je m'astreignis au calme, et quand je lui fis la piqûre, mes mains étaient parfaitement stables. Nous fûmes alors tous deux gagnés, je ne sais comment, par un grand soulagement. Je crois qu'il était 11 h 20 quand je lui donnai la première dose de 100 microgrammes. Je m'assis à son chevet et lui dis : « Chéri, j'en prendrai peut-être avec toi dans un petit moment. Est-ce que tu aimerais que j'en prenne aussi ? » (« un petit moment » parce que j'ignorais complètement quand je pourrais ou devrais en prendre, et en fait, à l'heure où je vous écris, je n'ai toujours pas pu en prendre, à cause du désordre qui règne autour de moi.) Et il me répondit « oui ». Il faut garder à l'esprit qu'à ce moment-là, il parlait vraiment très peu. Alors je lui demandai : « Voudrais-tu que Matthew en prenne aussi ? » et il répondit « oui ». « Et Ellen ? » ; il dit « oui ». Puis je citai deux ou trois personnes qui avaient fait l'expérience du LSD et il répondit « Non, non, basta, basta. » Je demandai « Et Jinny ? » et il me dit « oui » avec emphase. Après quoi, nous nous tûmes. Je restai simplement assise, sans parler, pendant un moment. Aldous ne manifestait plus d'agitation. Il avait l'air – d'une certaine manière je sens

ogether again after this torturous talking of the last two
onths. I knew then, I knew what was to be done. I went quickly
nto the cupboard in the other room where Dr. Bernstein was, and
he TV which had just announced the shooting of Kennedy. I took
he LSD and said, "I am going to give him a shot of LSD, he asked
or it." The doctor had a moment of agitation because you khow
ery well the uneasiness about this drug in the medical mind.
hen he said, "All right, at this point what is the difference."
hatever he had said, no"authority," not even an army of
uthorities could have stopped me then. I went into Aldous' room
ith the vial of LSD and prepared a syringe. The doctor asked me
f I wanted him to give him the shot - maybe because he saw that
y hands were trembling. His asking me that made me conscious of
y hands, and I said, "No, I must do this." I quieted myself, and
hen I gave him the shot my hands were very firm. Then, somehow,
great relief came to us both. I believe it was 11:20 when I gave
im his first shot of 100 microgrammes. I sat near his bed and
said, "Darling, maybe in a little while I will take it with you.
ould you like me to take it also in a little while?" I said a
ittle while because I had no idea of when I should or could take
t, in fact I have not been able to take it to this writing because
f the condition around me. And he indicated "yes." We must keep
a mind that by now he was speaking very, very little. Then I said,
ould you like Matthew to take it with you also?" And he said,
es." "What about Ellen?" He said, "Yes." Then I mentioned
wo or three people who had been working with LSD and he said, "No,
o, basta, basta." Then I said, "What about Jinny?" And he said,
es," with emphasis. Then we were quiet. I just sat there
ithout speaking for a while. Aldous was not so agitated physi-
ally. He seemed - somehow I felt he knew, we both knew what we
ere doing, and this has always been a great relief to Aldous. I
ave seen him at times during his illness very upset until he knew
hat he was going to do, then even if it was an operation or
-ray, he would make a total change. This enormous feeling of
elief would come to him, and he wouldn't be worried at all about
, he would say let's do it, and we would go to it and he was
ike a liberated man. And now I had the same feeling - a decision
ad been made, he made the decision again very quickly. Suddenly
 had accepted the fact of death; he had taken this moksha
edicine in which he believed. He was doing what he had written
 ISLAND, and I had the feeling that he was interested and
lieved and quiet.

After half an hour, the expression on his face began to change
little, and I asked him if he felt the effect of LSD, and he
dicated no. Yet, I think that a something had taken place
ready. This was one of Aldous' characteristics. He would
ways delay acknowledging the effect of any medicine, even when
e effect was quiet certainly there, unless the effect was very, very
ong he would say no. Now, the expression of his face was
ginning to look as it did every time that he had the moksha

qu'il savait, nous savions tous deux ce que nous faisions, et cela a toujours été une grande source de soulagement pour Aldous. J'ai pu mesurer sa très grande nervosité à plusieurs reprises, au cours de sa maladie, toujours jusqu'à ce qu'il sache ce qui allait arriver ensuite, et alors, même s'il s'agissait d'une opération ou d'une radio, il changeait radicalement. Il sentait venir une fantastique chape de soulagement, et il ne s'inquiétait plus du tout, il disait « allons-y », et nous y allions, et il avait l'air d'un homme délivré. J'avais la même sensation à cet instant – une décision venait d'être prise, décision qu'il avait prise, je le répète, très rapidement. Il avait soudain accepté l'évidence de sa mort ; il avait pris la *médecine moksha* en laquelle il croyait. Il faisait ce qu'il avait écrit dans *Île*, et j'avais le sentiment que cela l'intéressait, qu'il était tranquille, rasséréné.

Au bout d'une demi-heure, l'expression de son visage se mit à changer sensiblement, et je lui demandai s'il sentait les effets du LSD, et il me fit signe que non. Pourtant, je crois que quelque chose s'était déjà produit. C'était l'une des particularités d'Aldous. Il admettait toujours très tard l'effet de n'importe quel médicament, quand bien même celui-ci agissait déjà de manière certaine, et jusqu'à ce que l'effet devienne très, très fort, il prétendait ne pas le sentir. Maintenant, son expression devenait semblable à celle qu'il arborait chaque fois que nous prenions la *médecine moksha*, quand il se laissait envahir de cette immense expression de pure extase et d'amour. Ce n'était pas le cas à ce moment-là, mais en comparaison de ce que son visage exprimait deux heures auparavant, il y avait un changement. Je laissai encore passer une demi-heure, puis je décidai de lui donner 100 milligrammes de plus. Je lui annonçai que j'allais le faire et il acquiesça. Je lui fis une nouvelle piqûre, puis je me mis à lui parler. Il était désormais très paisible ; très paisible, et ses jambes se refroidissaient ; de plus en plus je voyais apparaître des plaques de cyanose violacées. Alors je me mis à lui parler, je lui dis : « Léger et libre. » Certaines choses que j'avais pris l'habitude de lui réciter la nuit, durant les dernières semaines, pour qu'il s'endorme, et je les répétai maintenant avec plus de conviction, d'intensité – « Vas-y, chéri, laisse filer ; va toujours de l'avant. Tu avances et tu t'élèves ; tu avances vers la lumière. Par ta volonté et en toute conscience tu avances, volontaire et conscient, et tu le fais superbement ; tu le fais si superbement – tu avances vers la lumière ; tu avances vers un amour plus grand ; tu avances et tu t'élèves. C'est si facile ; c'est superbe. Tu le fais superbement, si facilement. Léger et libre. Au-delà et plus haut. Tu avances vers l'amour de Maria[2] avec mon amour.

2. La première épouse d'Aldous Huxley, morte en 1955.

medicine, when this immense expression of complete bliss and love would come over him. This was not the case now, but there was a change in comparison to what his face had been two hours ago. I let another half hour pass, and then I decided to give him another 100 mg. I told him I was going to do it, and he acquiesced. I gave him another shot, and then I began to talk to him. He was very quiet now; he was very quiet and his legs were getting colder; higher and higher I could see purple areas of cynosis. Then I began to talk to him, saying, "Light and free." Some of these things I told him at night in these last few weeks before he would go to sleep, and now I said it more convincingly, more intensely - go, go, let go, darling; forward and up. You are going forward and up; you are going towards the light. Willing and consciously you are going, willingly and consciously, and you are doing this beautifully; you are doing this so beautifully - you are going towards the light; you are going towards a greater love; you are going forward and up. It is so easy; it is so beautiful. You are doing it so beautifully, so easily. Light and free. Forward and up. You are going towards Maria's love with my love. You are going towards a greater love than you have ever known. You are going towards the best, the greatest love, and it is easy, it is so easy, and you are doing it so beautifully." I believe I started to talk to him - it must have been about one or two o'clock. It was very difficult for me to keep track of time. The nurse was in the room, and Rosalind and Jinny and two doctors - Dr. Knight and Dr. Cutler. They were sort of far away from the bed. I was very, very near his ears, and I hope I spoke clearly and understandingly. Once I asked him, "Do you hear me?" He squeezed my hand. He was hearing me. I was tempted to ask more questions, but in the morning he had begged me not to ask any more question, and the entire feeling was that things were right. I didn't dare to inquire, to disturb, and that was the only question that I asked, "Do you hear me?" Maybe I should have asked more questions, but I didn't.

Later on I asked the same question, but the hand didn't move any more. Now from two o'clock until the time he died, which was five-twenty, there was complete peace except for once. That must have been about three-thirty or four, when I saw the beginning of struggle in his lower lip. His lower lip began to move as if it were going to be a struggle for air. Then I gave the direction even more forcefully. "It is easy, and you are doing this beautifully and willingly and consciously, in full awareness, in full awareness, darling, you are going towards the light." I repeated these or similar words for the last three or four hours. Once in a while my own emotion would overcome me, but if it did I immediately would leave the bed for two or three minutes, and would come back only when I could dismiss my emotion. The twitching of the lower lip lasted only a little bit, and it seemed to respond completely to what I was saying. "Easy, easy, and you are doing this willingly and consciously and beautifully -

Tu approches du plus grand amour que tu aies jamais connu. Tu avances vers le meilleur, le plus grand amour, et c'est facile, et c'est si facile, et tu le fais superbement. » Je crois que lorsque j'ai commencé à lui parler, il devait être 13 ou 14 heures. Il m'était difficile de conserver la notion du temps. L'infirmière était dans la chambre, de même que Rosalind, Jinny et deux médecins – le Dr Knight et le Dr Cutler. Ils se tenaient assez loin du lit. J'étais penchée à son oreille, et j'espère que je parlais de manière claire et distincte. Une fois, je lui ai demandé «Tu m'entends ?» et il a serré ma main dans la sienne. Il m'entendait. J'avais envie de l'interroger davantage, mais au matin, il m'avait suppliée de ne plus lui poser de questions, et apparemment tout était en ordre. Je n'ai pas osé m'enquérir, pour ne pas le déranger, et ma toute dernière question fut : «Tu m'entends ? » J'aurais peut-être dû en poser d'autres, mais je ne l'ai pas fait.

Plus tard, j'ai reposé la même question, mais sa main n'a pas bougé. De 14 heures à l'instant de sa mort, à 17 h 20, le silence fut absolu, sauf une fois. Il devait être 15 h 30 ou 16 heures quand je vis sa lèvre supérieure se mettre à tressaillir. L'autre lèvre se mit en mouvement, comme si elle luttait pour happer de l'air. Je lui donnai alors les indications avec plus de force. «C'est facile, et tu le fais superbement, par ta volonté et en conscience, en pleine conscience, en conscience absolue, chéri, tu avances vers la lumière. » Je lui répétai ces mots ou des mots similaires au cours des trois ou quatre heures suivantes. De temps en temps, mes propres émotions me submergeaient, et dans ces cas-là, je quittais aussitôt son chevet deux ou trois minutes, et je ne revenais qu'après avoir recouvré le calme. Le frémissement de la lèvre inférieure ne dura guère et parut s'apaiser complètement avec mes paroles : «Facile, facile, et tu le fais volontairement, et consciemment, et superbement – tu vas de l'avant et plus loin, léger et libre, par-devant et vers la lumière, jusque dans la lumière, jusque dans l'amour parfait. » Le frémissement s'interrompit, la respiration ralentit, et il n'y eut pas le plus petit signe de contraction ou de lutte, juste la respiration qui devenait plus lente – et plus lente, et plus lente –, et à 17 h 20, elle s'interrompit.

On m'avait avertie dans la matinée qu'il risquait d'y avoir de violentes convulsions vers la fin, ou une sorte de contraction des poumons et des bruits. Les gens ont voulu me préparer à l'espèce d'horrible réaction physique qui devait avoir lieu. Rien de tout cela ne se produisit, et en fait, l'arrêt de la respiration ne fut pas un drame du tout, parce qu'elle se fit dans une grande lenteur, avec délicatesse, comme un morceau de musique qui se conclut *sempre più piano dolcemente*. J'eus même le sentiment que la dernière

going forward and up, light anf free, forward and up towards the light, into the light, into complete love." The twitching stopped, the breating became slower and slower, and there was absolutely not the slightest indication of contraction, of struggle. It was just that the breathing became slower – and slower – and slower, and at five-twenty the breathing stopped.

I had been warned in the morning that there might be some up-setting convulsions towards the end, or some sort of contraction of the lungs, and noises. People had been trying to prepare me for some horrible physical reaction that would probably occur. None of this happened, actually the ceasing of the breathing was not a drama at all, because it was done so slowly, so gently, like a piece of music just finishing in a sempre piu piano dolcemente. I had the feeling actually that the last hour of breathing was only the conditioned reflex of the body that had been used to doing this for 69 years, millions and millions of times. There was not the feeling that with the last breath, the spirit left. It had just been gently leaving for the last four hours. In the room the last four hours were two doctors, Jinny, the nurse, Rosalind and Roger Gopal – you know she is the great friend of Krishnamurti, and the directress of the school in Ojai for which Aldous did so much. They didn't seem to hear what I was saying. I thought I was speaking loud enough, but they said they didn't hear it. Rosalind and Jinny once in a while came near the bed and held Aldous' hand. These five people all said that this was the most serene, the most beautiful death. Both doctors and nurse said they had never seen a person in similar physical condition going off so completely without pain and without struggle.

We will never know if all this is only our wishful thinking, or if it is real, but certainly all outward signs and the inner feeling gave indication that it was beautiful and peaceful and easy.

And now, after I have been alone these few days, and less bombarded by other people's feelings, the meaning of this last day becomes clearer and clearer to me and more and more important. Aldous was, I think (and certainly I am) appalled at the fact that what he wrote in ISLAND was not taken seriously. It was treated as a work of science fiction, when it was not fiction because each one of the ways of living he described in ISLAND was not a product of his fantasy, but something that had been tried in one place or another and some of them in our own everyday life. If the way Aldous died were known, it might awaken people to the awareness that not only this, but many other facts described in ISLAND are possible here and now. Aldous' asking for moksha medicine while dying is a confirmation of his work, and as such is of importance not only to us, but to the world. It is true we will have some people saying that he was a drug addict all his life and that he ended as one, but it is history that Huxley's stop ignorance before ignoracne can stop Huxleys.

heure de respiration ne fut que le réflexe conditionné d'un corps habitué depuis 69 ans à accomplir cet exercice des millions et des millions de fois. Ça ne se passa pas comme si, avec le dernier souffle, l'esprit s'en allait. Il s'est contenté de partir en douceur durant les quatre dernières heures. Au cours des quatre dernières heures se trouvaient dans la pièce deux médecins, Jinny, l'infirmière, Rosalind Roger Gopal – vous savez que c'est une grande amie de Krishnamurti, et la directrice de l'école d'Ojai, qu'Aldous avait ardemment soutenue. Ils ne parurent pas entendre ce que je disais. Je pensais m'exprimer assez fort, mais ils me dirent n'avoir rien entendu. De temps à autre Rosalind et Jinny s'approchaient du lit et prenaient la main d'Aldous. Ces cinq personnes déclarèrent toutes que ce fut la plus sereine, la plus belle des morts. Les deux médecins et l'infirmière ajoutèrent qu'ils n'avaient jamais vu une personne dans un état de délabrement physique équivalent partir ainsi, sans la moindre douleur ni un signe de lutte.

Nous ne saurons jamais s'il ne s'agit que de notre espoir ou si c'est vrai, mais il est certain que l'observation extérieure et l'impression intérieure donnaient tout lieu de penser que c'était beau, paisible et facile.

Et maintenant, après quelques jours de solitude où j'ai été moins bombardée par les émotions des gens, le sens de ce dernier jour prend de plus en plus de clarté à mes yeux, et il devient de plus en plus important. Je crois qu'Aldous était (en ce qui me concerne, je l'étais) consterné que ce qu'il avait écrit dans *Île* ne soit pas pris au sérieux. Le livre a été considéré comme une œuvre de science-fiction quand ce n'était en rien une fiction, chacun des modes de vie décrits dans *Île* étant non pas le fruit de son imagination, mais une expérience tentée ici ou là, parfois même dans notre propre vie quotidienne. Si on savait comment Aldous est mort, les gens prendraient peut-être conscience de cela, et aussi du fait que bien d'autres éléments décrits dans *Île* sont possibles ici et maintenant. Le fait qu'Aldous ait demandé sa *médecine moksha* en mourant est une confirmation de son œuvre, et en tant que telle, elle a de la valeur non seulement pour nous, mais aussi pour le monde. Certes, il y aura toujours des gens pour dire qu'il a été toute sa vie un toxicomane et qu'il est mort comme tel, mais il est maintenant écrit que les Huxley ont endigué l'ignorance avant que l'ignorance ne puisse les endiguer.

Même après notre correspondance à ce sujet, j'avais bien des doutes quant à maintenir Aldous dans l'ignorance de son état. Il ne semblait pas juste qu'après tout ce qu'il avait pu écrire et dire sur le sujet de la mort, on

8

Even after our correspondence on the subject, I had many doubts about keeping Aldous in the dark regarding his condition. It seemed not just that, after all he had written and spoken about death, he should be let to go into it unaware. And he had such complete confidence in me - he might have taken it for granted that had death been near I certainly would have told him and helped him. So my relief at his sudden awakening at his quick adjusting is immense. Don't you feel this also.

Now, is his way of dying to remain our, and only our relief and consolation, or should others also benefit from it? What do you feel?

le laisse l'affronter sans le savoir. Et il plaçait en moi une confiance si absolue qu'il considérait comme acquis le fait que si la mort approchait, je le lui dirais forcément, je viendrais à son aide. Sa soudaine prise de conscience et son adaptation immédiate m'ont donc procuré un immense soulagement. Vous devez l'éprouver aussi.

Maintenant, cette façon de mourir nous appartient-elle, pour nous réserver apaisement et consolation, ou bien d'autres devraient-ils en bénéficier ? Qu'en pensez-vous ?

CONCERNANT VOTRE REQUÊTE EM(BAR)RAGÉE

STEPHEN L. TVEDTEN À DAVID L. PRICE - 6 janvier 1998

En décembre 1997, suite au dépôt de plainte d'un voisin, Stephen Tvedten, résident du Michiga
reçoit un avertissement très sérieux émanant du Département de la qualité environnementale
l'État : on lui donne six semaines pour retirer de la rivière qui coule sur son terrain deux barrag
« illicites » et « hasardeux », sous peine de poursuites judiciaires. Dans sa réponse, publiée ensuite p
de nombreux journaux de la région, Tvedten brocarde la plainte de son voisin et refuse d'obtempér
au nom des castors qui ont construit ces barrages. L'affaire a été classée sans suite.

ÉTAT DU MICHIGAN
17 décembre 1997

MISE EN DEMEURE

Cher Mr DeVries,

OBJET : Département de la Qualité Environnementale,
dossier N° 97-59-0023-1
T111N, R10W, Section 20, Montcalm County

Des activités illicites qui auraient récemment eu lieu sur la parcelle
de terrain référencé tel que ci-dessus ont été portées à l'attention du
Département de la Qualité Environnementale. Vous recevez une mise en
demeure en tant que propriétaire terrien et/ou entrepreneur ayant commis
les activités illicites suivantes :
Construction et maintenance de deux barrages de bois pourri en travers
de la rivière à son embouchure de Spring Pond. Un permis doit être obtenu
préalablement à tout projet d'édification de ce type. Or les fichiers du
Département montrent qu'aucun permis n'a été délivré.
En conséquence, le Département définit cette activité comme une
violation de la Partie 301 (« Lacs et Rivières Intérieurs ») de la Loi sur la
Protection des Ressources Naturelles et de l'Environnement, Loi 451 des

Lois Publiques de 1994, articles 324.30101 à 324.30113 tels que présentés dans la compilation annotée des Lois du Michigan. Le Département a été informé de ce que l'un des deux ou les deux barrages se seraient en partie écroulés suite à de récentes intempéries, entraînant, en aval de la rivière, la dérive de débris des barrages. La structure même de ces barrages nous paraissant hasardeuse, nous ne pouvons les autoriser. Le Département vous met donc en demeure de cesser toute activité non autorisée à cet endroit, et de restaurer la circulation normale du courant de la rivière en y enlevant les bois et broussailles dont sont formés les barrages. La restauration devra être achevée au plus tard le 31 janvier 1998. Nous vous saurons gré d'avertir nos bureaux dès la restauration terminée afin que nos équipes puissent alors programmer l'inspection du site. Toute omission à cette requête ou poursuite d'activité illicite sur les lieux concernés donnerait lieu à une action en justice. Par avance, nous vous remercions de votre complète coopération dans ce dossier.

N'hésitez pas à me contacter aux coordonnées ci-dessous si vous avez la moindre question.

Sincèrement,
[X]
Représentant du District
Division des Terres et des Eaux

6 janvier 1998[1]

[X]
Au Représentant du District
Division des Terres et des Eaux
Bureau du District Grand Rapids

Cher [X],

Réponse : Département de la Qualité Environnementale,
dossier N° 97-59-0023
T111N, R10W, Section 20, Montcalm County

Votre mise en demeure en date du 17/12/97 appelle une réponse
de ma part. Vous avez dépensé beaucoup de carbone en adressant des
copies à un grand nombre de personnes, mais vous avez omis de spécifier
leurs adresses respectives. Aussi vous prié-je de leur communiquer copie de
ma réponse.

En premier lieu, Mr Ryan DeVries n'est pas le propriétaire terrien et/
ou entrepreneur du 2088 Dagget, Pierson, Michigan – je suis le propriétaire
légal, et deux castors se trouvent être (en infraction à l'État) en train de
construire et de maintenir deux barrages de bois « pourri » en travers de la
rivière de mon Spring Pond. Quoique je n'aie pas plus fourni d'autorisation
que de contribution financière à leur projet de barrage, je crois qu'ils seraient
extrêmement offensés d'apprendre comment vous qualifiez leur talentueux
maniement de matériaux de construction naturelle « pourris ». J'aimerais
vous mettre au défi d'égaler leur projet de barrage pourri en n'importe quel
temps et/ou lieu pourri de votre choix. Je crois pouvoir affirmer sans risque
d'erreur que vous ne sauriez en aucun cas vous montrer à la hauteur de leur
talent à faire barrage, de leur sens de la ressource dans le barrage, de leur
ingéniosité dans le barrage, de leur persévérance dans le barrage, de leur
détermination dans le barrage et/ou de leurs débris de sens moral.

Quant à votre barrage et/ou requête, en foi duquel les castors
devraient remplir un formulaire de permis *préalablement* à ce type
d'embarrageante activité, ma première question sera la suivante : s'agit-il

---

1. En anglais, il y a homophonie des mots « barrage » (*dam*) et « maudit/saleté de/putain de » (*damn*). La lettre joue en permanence
exclusivement sur cette homophonie hélas impossible à restituer en français ; on a proposé différentes astuces linguistiques.

de votre part d'une discrimination réservée à mes castors de Spring Pond ou exigez-vous de tous les castors embarrageant cet État qu'ils se conforment à votre débarrageante requête ? S'il ne s'agit pas de discrimination envers les deux castors en question, je vous saurai gré de m'adresser copie de toutes les autres demandes de construction de barrages remplies par des castors tiers. Peut-être pourrons-nous déterminer alors s'il y a bien violation de la Partie 301 (« Lacs et Rivières Intérieures ») de la Loi sur la Protection des Ressources Naturelles et de l'Environnement, Loi 451 des Lois Publiques de 1994, articles 324.30101 à 324.30113 tels que présentés dans la compilation annotée des Lois du Michigan.

Ma première demande sera que l'État leur fournisse un avocat (les castors embarrageants n'ont-ils pas droit à une représentation juridique ? Les castors de Spring Pond sont, en effet, dans l'indigence et l'incapacité de payer ladite représentation). L'inquiétude em(bar)ragée du Département quant à l'écroulement partiel de l'un ou des deux barrages suite à de récentes intempéries, entraînant, en aval de la rivière, la dérive de débris des barrages, prouve que nous devrions laisser en paix les castors de Spring Pond au lieu de les harceler et de pourrir leur réputation. Si vous souhaitez voir « restaurer » la circulation normale du courant de la rivière, veuillez prendre contact avec les castors embarrageants, mais si vous êtes sur le point de procéder à leur arrestation (à l'évidence, dans l'incapacité de lire notre langue, ils n'ont prêté qu'un débris d'attention à votre courrier), n'oubliez surtout pas de leur réciter *préalablement* leurs droits.

De mon côté, je me garderai bien de contribuer davantage à des risques d'inondation et/ou de dérive de débris par une quelconque entremise avec ces fâcheux bâtisseurs. Si vous songez à maltraiter ces castors, sachez que j'adresse copie de votre courrier de barrage aux barrages et de sa réponse à l'association de défense des animaux PETA. Si votre service des barrages juge effectivement hasardeuse la structure de tous les barrages de cette nature et s'il interdit leur présence dans cet État, j'ose espérer que vous n'irez pas surinterpréter le règlement de manière sélective car, une nouvelle fois, les castors de Spring Pond et moi-même plaiderions alors le préjugé discriminatoire !

À mon humble opinion, les castors de Spring Pond ont le droit aussi fondamental de bâtir des barrages illicites et pourris que le ciel d'être bleu, l'herbe verte, et la rivière de couler. Leur droit à savourer leur vie à Spring Pond a encore moins de limite et/ou de barrage que le mien. Ainsi, en ce qui nous concerne, les castors et moi-même, cette situation de barrage peut donner lieu dès à présent à une action en justice. Mais pourquoi attendre le 31/01/98 ? Les castors de Spring Pond pourraient alors se trouver sous

la glace, et ni vous ni vos équipes ne seriez en mesure de les joindre et/
ou les harceler. En conclusion, j'aimerais porter à votre attention un réel
problème de qualité (et d'hygiène) environnementale : les ours se permettent
actuellement de déféquer dans nos bois. Je crois qu'il faut absolument
que vous persécutiez les ours qui défèquent et que vous laissiez les castors
embarrageants tranquilles. Si vous venez procéder à une inspection du
site, regardez *préalablement* où vous posez les pieds ! (Les ours se soulagent
n'importe où !)

   Étant dans l'incapacité d'honorer votre requête de barrage aux
barrages, et même de laisser un message sur votre répondeur, qui fait
barrage, je rédige cette réponse à l'attention de votre bureau.

   Sincèrement,
   Stephen L. Tvedten

   Pour copie : PETA

POURQUOI EXPLORER L'ESPACE ?

DR ERNST STUHLINGER À SŒUR MARY JUCUNDA - 6 mai 1970

Sœur Mary Jucunda, religieuse établie en Zambie, adresse en 1970 cette lettre au directeur scient
fique adjoint à la Nasa, Ernst Stuhlinger ; elle souhaite l'interroger sur les recherches qu'il effectu
en vue d'une prochaine expédition sur Mars. Comment peut-il suggérer de dépenser des milliard
de dollars pour un tel projet, s'insurge la bonne sœur, alors que tant d'enfants meurent de faim su
la Terre ? Ernst Stuhlinger fait alors parvenir à sœur Jucunda un courrier riche de ses réflexior
ainsi qu'un tirage de «Earthrise», la légendaire photographie de la Terre, prise depuis la Lune pa
l'astronaute William Anders en 1968. La réponse de Stuhlinger suscite tant d'admiration de la pa
de ses collègues qu'elle est publiée par la Nasa, sous le titre «Pourquoi explorer l'espace ?»

6 mai 1970

Chère Sœur Mary Jucunda,

Votre lettre fait partie des nombreux courriers que je reçois chaque
jour, mais venant d'un esprit en constante recherche et d'un cœur si plein
de compassion, elle m'a particulièrement touché. Je vais faire de mon mieux
pour répondre à vos questions.

En premier lieu, cependant, j'aimerais exprimer la grande admiration
que je vous porte, à vous et à tant d'autres sœurs courageuses qui vouez votre
existence à la plus noble cause humaine : porter secours à ses frères dans le
besoin.

Vous m'avez demandé, dans votre lettre, comment je peux suggérer
que des milliards de dollars soient consacrés à un voyage sur Mars, à une
époque où tant d'enfants, sur cette planète, meurent de faim. Je sais bien
que vous n'attendez pas une réponse du type : «Oh, je ne savais pas que
des enfants meurent de famine, et je m'engage à renoncer à toute recherche
spatiale jusqu'à ce que l'humanité ait résolu ce problème !» En réalité, j'ai
su que des enfants sont en situation de famine bien avant de savoir qu'une
expédition sur Mars était techniquement envisageable. Toutefois, à l'instar
de certains de mes amis, je crois que les voyages vers la Lune, et peut-être
sur Mars et d'autres planètes, sont une entreprise que nous devons mettre
en place maintenant, et je pense même qu'à long terme, ce projet contribuera
bien mieux à résoudre les graves problèmes que nous rencontrons ici,

sur Terre, que tant d'autres projets d'aide dont on débat et discute année après année, et qui sont si lents à produire des résultats tangibles.

Avant de vous décrire plus précisément comment notre programme spatial contribue à résoudre nos problèmes sur Terre, j'aimerais vous relater brièvement une histoire vraie ou prétendue telle qui permettra d'illustrer mon propos. Il y a environ 400 ans vivait un comte dans une petite ville d'Allemagne. Un comte philanthrope qui donnait une grande partie de ses revenus aux pauvres de sa ville. On lui en savait gré, car la pauvreté était immense au Moyen Âge, et des épidémies de peste ravageaient souvent le pays. Un jour, le comte rencontra un homme étrange qui possédait chez lui un établi et un petit laboratoire. Il travaillait dur pendant la journée afin de pouvoir œuvrer quelques heures dans son laboratoire, la nuit venue. Il taillait de petites lentilles dans des morceaux de verre ; il plaçait les lentilles dans des tubes, et il se servait de ces appareillages pour observer de très petits objets. Le comte fut tout particulièrement fasciné par les créatures minuscules qu'il n'avait jamais vues auparavant, et qu'il pouvait contempler grâce aux puissants effets d'agrandissement. Il invita l'homme à emménager dans son château avec son laboratoire, afin qu'il devienne membre du conseil de son domaine et qu'il consacre dès lors tout son temps au développement et au perfectionnement de son appareil optique, en tant qu'employé spécial.

Cependant, les gens de la ville furent en colère de voir que le comte consacrait de l'argent à ce qu'ils considéraient comme une faribole inutile. «Nous souffrons de la peste, dirent-ils, pendant qu'il paye le passe-temps ridicule de cet homme !» Mais le comte tint bon. «Je vous donne tout ce que je peux, dit-il, mais je peux également soutenir cet homme et son travail, parce que je sais qu'un jour il en sortira quelque chose !»

En effet, quelque chose de remarquable sortit de ce travail, ainsi que des études similaires menées en d'autres lieux : le microscope. Il est bien connu que le microscope a contribué bien davantage que n'importe quelle autre invention aux progrès de la médecine, et que l'on doit l'éradication de la peste, et de nombreuses autres maladies contagieuses du monde entier, aux fructueuses recherches que le microscope a rendues possibles.

En consacrant une partie de ses dépenses à la recherche et à la découverte, le comte aida mieux à soulager les souffrances humaines qu'il ne l'aurait fait en donnant tout ce qu'il possédait à ses concitoyens victimes de la peste.

À bien des égards, la situation à laquelle nous faisons face aujourd'hui est similaire. Le président des États-Unis consacre environ deux cents milliards de dollars à son budget annuel. L'argent va à la santé, l'éducation, l'aide sociale, la rénovation urbaine, les autoroutes, les transports, les aides à l'étranger, la défense, le patrimoine, la science, l'agriculture et un grand nombre d'infrastructures à l'intérieur et à l'extérieur du pays. Environ 1,6 % du budget national sera alloué à l'exploration spatiale cette année. Le programme comprend le projet *Apollo*, mais aussi bien d'autres projets plus modestes en physique de l'espace, astronomie, biologie spatiale ; des projets planétaires, en ressources terriennes et en ingénierie spatiale. Afin de mettre en place ce budget de programme spatial, le contribuable américain disposant de revenus moyens de 10 000 dollars par an versera 30 dollars de contribution à la recherche. Le reste, 9 970 dollars, est réservé à sa subsistance, ses loisirs, ses économies, ses autres impôts et frais divers.

Vous allez certainement me demander : « Pourquoi ne pas prélever 5, 3 ou 1 dollar sur ces 30 dollars de recherche spatiale payés par le contribuable américain moyen pour les reverser aux enfants qui ont faim ? » Pour répondre à cette question, je dois brièvement expliquer comment fonctionne l'économie du pays. La situation est d'ailleurs semblable dans les autres. Le gouvernement est constitué d'un certain nombre de ministères (Intérieur, Justice, Santé, Éducation et Aide sociale, Transports, Défense, etc.) et de services gouvernementaux (Fondation nationale pour la science, Administration nationale de l'aéronautique et de l'espace, et autres). Tous préparent leur budget annuel en fonction de la mission qui leur est assignée, et chacun d'entre eux doit défendre son budget, d'une part face à l'examen sévère que lui opposent les commissions du Congrès, d'autre part face aux pressions économiques émises par le Bureau du budget et le Président. Quand les fonds sont enfin validés par le Congrès, ils ne peuvent être utilisés que pour les dépenses spécifiées et approuvées.

Bien évidemment, le budget de l'Administration nationale de l'aéronautique et de l'espace ne peut concerner que des éléments liés à l'aéronautique et à l'espace. Si le budget n'était pas validé par le Congrès, les sommes proposées ne seraient pas redistribuées ailleurs ; elles seraient simplement soustraites de l'impôt, sauf si les autres budgets obtenaient une autorisation d'augmentation spécifique, qui absorberait alors les fonds non consacrés à la recherche spatiale. Vous pouvez déduire de ce résumé sommaire que le soutien aux enfants qui ont faim, ou plutôt qu'un soutien additionnel à ce que les États-Unis consacrent déjà à cette cause essentielle par le biais de l'aide sociale à l'étranger, ne saurait avoir lieu que si le ministère concerné soumettait une ligne budgétaire subsidiaire à cette fin, et si cette ligne obtenait l'aval du Congrès.

Vous me demanderez maintenant si je suis personnellement favorable à ce que notre gouvernement évolue en ce sens. Ma réponse est un oui inconditionnel. Oui, je vous assure que je ne verrais aucun inconvénient à ce que mes impôts annuels augmentent du montant approprié pour alimenter les enfants qui ont faim, où qu'ils se trouvent.

Je sais que tous mes amis partagent mon sentiment. Nous ne pouvons cependant pas faire exister un tel programme en renonçant à nos projets de voyage sur Mars. Au contraire, je crois même qu'en travaillant à la recherche spatiale, je peux contribuer à atténuer et peut-être un jour à régler les graves problèmes que sont la pauvreté et la famine sur Terre. À l'origine de la famine, deux problèmes : la production alimentaire et la distribution des denrées. La production alimentaire grâce à l'agriculture, l'élevage industriel, la pêche océane et autres vastes opérations productives est efficace dans certaines parties du monde et dramatiquement déficiente ailleurs. Par exemple, de grandes zones de terre pourraient être bien mieux exploitées si des méthodes efficaces telles que le contrôle de la ligne de partage des eaux, l'utilisation de fertilisants, les prévisions météorologiques, la sélection des terrains, les habitudes de plantation, la saison des cultures, la surveillance et la planification des moissons étaient appliquées.

Or le meilleur outil d'amélioration de toutes ces opérations reste sans aucun doute le satellite artificiel. En effectuant le tour du globe à haute altitude, il peut examiner d'immenses zones de terrain en un temps record, observer et mesurer de nombreux indices de statut et de condition des cultures, des sols, des sécheresses, des précipitations pluvieuses, des chutes de neige, etc., puis communiquer ces informations par radio aux stations terrestres afin qu'elles en fassent l'usage approprié. On estime que même un modeste système de satellites équipé de détecteurs de ressources terrestres, employé dans un programme voué aux progrès de l'agriculture mondiale, augmenterait les récoltes annuelles à hauteur de plusieurs milliards de dollars.

La distribution des denrées à ceux qui sont dans le besoin est un problème complètement différent. La question relève moins des volumes à transporter que de la coopération internationale. Le dirigeant d'un petit pays risque de ne pas apprécier que de grandes quantités de nourriture soient livrées chez lui par une nation plus importante, parce qu'il redoutera qu'avec la nourriture viennent aussi une influence et un pouvoir étrangers. J'ai bien peur que le soulagement de la faim ne puisse efficacement avoir lieu tant que les divisions des pays seront aussi nettes qu'aujourd'hui. Je ne pense pas que la recherche spatiale puisse accomplir ce miracle en un jour. Néanmoins, le programme spatial demeure à coup sûr le plus puissant et le plus prometteur des moyens d'agir en ce sens.

Permettez-moi de vous rappeler la récente tragédie d'*Apollo 13*. À l'approche de l'instant crucial du retour des astronautes dans l'atmosphère, l'Union soviétique a interrompu toute transmission radio russe émise sur les fréquences utilisées par *Apollo* afin d'éviter tout risque d'interférence, et des navires russes se sont positionnés dans les océans Pacifique et Atlantique au cas où un sauvetage d'urgence deviendrait nécessaire. Si la capsule des astronautes s'était posée à proximité d'un navire russe, il ne fait aucun doute que les Russes auraient consacré les mêmes efforts et les mêmes soins à son sauvetage que pour leurs compatriotes revenant d'une expédition spatiale. Et si des astronautes russes devaient un jour se trouver dans une situation semblable, les Américains feraient sans nul doute la même chose.

Une évaluation plus précise et une production alimentaire plus importante grâce à l'observation orbitale, et une amélioration de la distribution des denrées par des relations internationales meilleures ; ce sont là deux exemples montrant à quel point le programme spatial va changer la vie sur Terre. J'aimerais citer deux autres exemples : la stimulation du développement technologique et l'apparition de nouveaux savoirs scientifiques.

Les niveaux requis en matière de précision et de fiabilité que l'on applique aux pièces d'un vaisseau spatial lunaire sont sans précédent dans l'histoire de l'ingénierie. Le développement des systèmes capables de respecter des conditions aussi strictes nous a offert une opportunité exceptionnelle de poser de nouvelles méthodes et de nouvelles bases, d'inventer de meilleurs systèmes techniques, de concevoir des procédures à grande échelle, d'allonger la durée de vie des instruments, et même de découvrir de nouvelles lois de la nature.

L'ensemble de ce savoir technologique nouvellement acquis devient applicable aux technologies terrestres. Chaque année, environ mille inventions techniques générées par le programme spatial sont utilisées en technologie terrestre pour la fabrication de meilleurs appareils agricoles ou électroménagers, de meilleures radios et machines à coudre, de meilleurs navires et avions, de meilleurs prévisions météorologiques et avis de tempête, de meilleures voies de communication, de meilleurs instruments médicaux, de meilleurs ustensiles et outils de la vie quotidienne. Maintenant, vous me demanderez peut-être pourquoi il faudrait développer un bon système de survie pour nos astronautes avant d'inventer un appareil de surveillance cardiaque pour les patients à risque ? La réponse est simple : on obtient rarement des progrès tangibles en réponse aux problèmes techniques par l'approche directe, mais plutôt par la définition d'un objectif ambitieux qui induira une forte motivation pour le travail d'innovation, qui invitera les imaginations à bouillonner et les chercheurs à déployer tous leurs efforts, agissant ainsi comme un catalyseur prêt à inclure les forces d'autres chaînes.

À l'évidence, l'exploration spatiale remplit tout à fait cette fonction. Le voyage sur Mars n'offrira certainement pas directement une source d'alimentation pour ceux qui ont faim. Mais il sera à l'origine de tant de nouvelles technologies et de possibilités, que ses applications secondaires à elles seules vaudront au centuple les sommes investies au départ.

Au-delà des besoins de nouvelles technologies, il perdure une soif de nouvelles connaissances dans les sciences élémentaires, soif fondamentale si nous voulons améliorer les conditions de vie de l'homme sur Terre. Il nous faut davantage de savoir en physique, en chimie, en biologie, en physiologie et tout particulièrement en médecine, pour traiter l'ensemble des problèmes qui menacent la vie humaine : la faim, les maladies, la contamination de la nourriture et de l'eau, la pollution de l'environnement.

Il nous faut davantage de jeunes, hommes et femmes, pour choisir la carrière scientifique, et il faut que ces chercheurs qui ont le talent et la détermination de s'engager dans ce fructueux travail soient mieux soutenus. Nous devons pouvoir viser de grands défis, et nous devons offrir un soutien suffisant aux projets de recherche. Une nouvelle fois, le programme spatial et ses fantastiques opportunités d'engagement dans de somptueuses études de la Lune et des planètes, de la physique et de l'astronomie, de la biologie et de la médecine représentent le catalyseur idéal pour associer la motivation dans le travail scientifique, les opportunités d'observer de passionnants phénomènes naturels, et le soutien matériel indispensable au succès de l'effort de recherche.

Parmi toutes les activités mises en œuvre, contrôlées et financées par le gouvernement américain, le programme spatial est probablement la plus visible et la plus sujette au débat, bien qu'il n'absorbe que 1,6 % du budget national et 3 ‰ (moins du tiers de 1 %) du produit des richesses nationales. En tant que stimulateur et catalyseur au développement de nouvelles technologies, il n'est comparable à aucune autre activité. En ce sens, nous pouvons aller jusqu'à dire que le programme spatial reprend la fonction qui, depuis trois ou quatre mille ans, avait été la triste prérogative des guerres.

Combien de souffrances humaines pourrait-on éviter si les pays choisissaient non pas la compétition en matière de lâchers de bombes via l'aéronavale, les avions et les fusées, mais celle des vaisseaux de voyage dans l'espace ! La première est du meilleur augure pour de brillantes victoires, mais elle ne laisse rien d'autre aux vaincus qu'un destin amer, qui ne mènera nulle part sinon à la revanche et à de nouvelles guerres.

Même si notre programme spatial semble nous conduire loin de la Terre et plutôt vers la Lune, le Soleil, les planètes et les étoiles, je crois qu'aucun objet céleste ne bénéficie, de la part de nos scientifiques, d'une attention et de recherches plus poussées que notre Terre. Elle deviendra une Terre meilleure, non seulement grâce à toutes les nouvelles technologies et aux connaissances scientifiques que nous serons heureux d'appliquer à l'amélioration de la vie, mais aussi parce que nous mettons au point une évaluation très approfondie de la Terre, de la vie et de l'homme.

La photographie que je joins à cette lettre représente une vue de la Terre depuis *Apollo 8,* lors de son passage en orbite lunaire, à la Noël 1968. De tous les merveilleux résultats qu'a produit le programme spatial jusqu'à aujourd'hui, ce cliché reste peut-être le plus important. Il vous donne à voir que notre Terre est un îlot merveilleux et infiniment précieux au cœur du vide, et que nous ne pouvons vivre nulle part ailleurs que sur sa fine surface, bordée par le néant glacé de l'espace. Auparavant, jamais autant de gens n'avaient admis l'extrême limite de notre planète, et combien il serait périlleux de jouer avec son équilibre écologique. Depuis la première publication de cette image, des voix n'ont cessé de s'élever, de plus en plus fortes, pour désigner les graves problèmes auxquels notre époque nous confronte : la pollution, la faim, la pauvreté, la vie urbaine, la production alimentaire, le contrôle de l'eau, la surpopulation. Ce n'est certainement pas par hasard que nous commençons à entrevoir quelles tâches immenses nous attendent en un temps où la première ère spatiale nous procure le premier vrai regard sur notre planète.

Mais par chance, l'espace ne nous tend pas seulement un miroir où découvrir notre reflet, il nous offre aussi les technologies, le défi, la motivation, et même l'optimisme nécessaires pour nous lancer dans ce travail avec confiance. Ce que nous apprenons du programme spatial correspond à mon avis parfaitement à ce qu'Albert Schweitzer avait à l'esprit quand il dit : « J'envisage l'avenir avec inquiétude mais bon espoir. »

Mes meilleurs vœux vous accompagneront toujours, vous et vos enfants.

Bien sincèrement à vous,

Ernst Stuhlinger

Directeur adjoint scientifique

SUIS BIEN RÉEL

RT VONNEGUT À CHARLES MCCARTHY - 16 novembre 1973

puis sa publication en 1967, *Abattoir 5*, l'œuvre de science-fiction de Kurt Vonnegut, est consi-
é comme l'un des plus grands romans contemporains. Pourtant, le livre a été et continue d'être
erdit dans les salles de classe et les bibliothèques de par le monde en raison d'un contenu
é « obscène » par certains. Bruce Severy, jeune professeur d'anglais dans le Dakota du Nord,
partage pas cet avis. En 1973, il choisit d'utiliser le roman comme support pédagogique, à
grande joie de ses élèves. Mais le président de la commission scolaire, Charles McCarthy,
pprouve pas cette idée : le mois suivant, il ordonne de brûler les trente-deux exemplaires dans
chaudière de l'établissement.

16 novembre, Vonnegut fait part de son amertume et de sa colère à Charles McCarthy. Sa lettre
llante demeurera sans réponse.

16 novembre 1973

Cher Mr McCarthy,

Je vous écris eu égard à votre position de chef du conseil
d'établissement de Drake School. Je fais partie des écrivains américains dont
les livres ont été détruits dans la chaudière désormais célèbre de votre école.

Certains membres de votre communauté prétendent que mon livre
est maléfique. C'est extraordinairement insultant. Tout ce que j'entends
à propos de Drake m'indique que les livres et les écrivains n'ont aucune
dimension réelle pour vous. Je vous écris cette lettre pour vous faire savoir
que je suis bien réel.

Je tiens également à ce que vous sachiez que mon éditeur et moi
n'avons strictement rien fait pour exploiter les événements écœurants
qui ont eu lieu à Drake. Nous ne sommes pas vraiment en train de nous
frotter les mains ou de chanter victoire en songeant à tous les bouquins que
nous allons vendre grâce à ce raffut. Nous avons décliné les invitations à la
télévision, nous nous sommes abstenus de proposer un droit de réponse aux
journaux, nous n'avons pas accordé de longues interviews. Nous sommes
en colère, malades et attristés. Et aucune copie de ce courrier n'est transmise
à un tiers. Vous avez en ce moment sous les yeux l'unique exemplaire. Il

s'agit d'une lettre strictement privée, que j'adresse aux gens de Drake qui ont fortement abîmé ma réputation, d'abord aux yeux de leurs enfants, puis à ceux du monde. Aurez-vous le courage et le minimum de décence requis pour leur montrer ce courrier, ou bien sera-t-il à son tour condamné aux flammes de votre chaudière ?

De ce que j'ai pu lire dans les journaux et entendre à la télévision, il semblerait que vous nous imaginiez, moi et certains autres écrivains, comme une espèce de peuple de vermines qui prend plaisir à faire de l'argent en empoisonnant l'esprit des jeunes. En fait, je suis un homme de cinquante et un ans plutôt grand et fort, qui a beaucoup travaillé à la ferme quand il était petit, et qui sait se servir de ses mains. J'ai élevé six enfants, trois adoptés et trois de moi. Ils s'en sont tous très bien sortis. Deux d'entre eux sont fermiers. Je suis vétéran de l'infanterie de combat de la Seconde Guerre mondiale, et je suis décoré de la médaille du mérite militaire Purple Heart. Tout ce que je possède, je l'ai gagné en travaillant dur. Je n'ai jamais été arrêté ou poursuivi pour quoi que ce soit. Il existe un lien de confiance si profond entre les jeunes gens et moi que j'ai officié dans les universités de l'Iowa, de Harvard et du City College de New York. Chaque année je reçois au moins une douzaine d'invitations pour prononcer le discours inaugural de remise des diplômes dans les classes préparatoires et les lycées. Dans les bibliothèques scolaires, mes livres sont probablement plus lus que ceux de n'importe quel autre romancier américain vivant.

Si vous preniez la peine de les lire et de vous comporter comme une personne bien élevée, vous découvririez qu'ils ne font guère de place au sexe et ne plaident pas en faveur de l'excès, quel qu'il soit. Ils sont une prière pour que les gens deviennent plus aimables et responsables qu'ils ne le sont la plupart du temps. Il est exact que certains de mes personnages s'expriment avec grossièreté. C'est parce que les gens s'expriment grossièrement dans la vraie vie. Les soldats et les ouvriers s'expriment plus spécialement avec grossièreté, et même les enfants surprotégés le savent. De même que nous savons tous que ces mots-là ne font pas beaucoup de mal aux enfants. Ils ne nous ont pas fait de mal quand nous étions jeunes. C'étaient les actes de cruauté et les mensonges qui nous blessaient.

Ayant dit ceci, je ne doute pas que vous soyez toujours prêt à m'opposer : « Oui, oui, mais c'est quand même notre droit et notre responsabilité de déterminer quels livres on fera lire à nos enfants dans notre communauté. » Il en est certes ainsi. Mais il est également vrai que si vous exercez ce droit et cette responsabilité de manière brutale, ignorante et si peu américaine, les gens pourront dire que vous êtes de mauvais citoyens et des imbéciles. Même vos propres enfants auront le droit de vous considérer comme tels.

J'ai lu dans le journal que votre communauté est sidérée par la réaction outragée de tout le pays après ce que vous avez fait. Eh bien, vous venez de découvrir que Drake se situe au sein de la civilisation américaine, et que vos compatriotes ne supportent pas que vous vous soyez comportés de manière aussi barbare. Peut-être retiendrez-vous de tout cela que les livres sont sacrés au regard des hommes libres, pour d'excellentes raisons, et que des guerres ont été livrées contre les nations qui haïssent les livres et les brûlent. Si vous êtes un Américain, vous devez permettre à toutes les idées de circuler librement dans votre communauté, pas seulement aux vôtres.

Si vous êtes déterminés, vous et votre conseil, à démontrer que vous avez en réalité fait preuve de sagesse et de maturité en exerçant votre pouvoir sur l'éducation des jeunes, sachez que c'est une ignoble leçon que vous avez donnée aux adolescents au cœur d'une société libre, en dénonçant et en brûlant des livres — des livres que vous n'avez même pas lus. Vous devriez aussi vous résoudre à exposer vos enfants à toute sorte d'opinions et d'informations, afin qu'ils soient mieux préparés à prendre des décisions et à survivre.

Une nouvelle fois : vous m'avez insulté, et je suis un bon citoyen, et je suis bien réel.

Kurt Vonnegut

IDIOT DU TRENTE-TROISIÈME DEGRÉ

RK TWAIN À J.H. TODD - 20 novembre 1905

rk Twain, l'auteur des *Aventures de Tom Sawyer* et de *Huckleberry Finn*, a été confronté à la maladie
au long de sa vie. En 1872, son fils de dix-neuf mois, Langdon, est terrassé par la diphtérie ; en
6, une méningite emporte sa fille Susy ; puis en 1904, c'est sa femme, Olivia, qui décède d'une
uffisance cardiaque. Un an plus tard, Twain reçoit la brochure d'un vendeur d'«Élixir de vie», un
dicament «magique» censé soigner toutes les maladies citées et bien d'autres encore. On n'a pas
peine à imaginer sa colère ; aussitôt, le romancier décide de répondre au charlatan, avec fureur et
.e. La version présentée ici est un brouillon que Mark Twain a immédiatement dicté à sa secrétaire.

20 novembre 1905

J.H. Todd
1212 Webster Street
San Francisco, Californie

Cher Monsieur,

Votre lettre représente pour moi un puzzle insoluble. L'écriture est
bonne et dénote beaucoup de caractère, et il se trouve même des traces
d'intelligence dans ce que vous dites, mais la lettre et les publicités qui
l'accompagnent se révèlent être signées d'une même main. Celui qui a
rédigé les publicités est sans nul doute l'individu vivant le plus ignare de
la planète ; il ne fait pas non plus le moindre doute qu'il est aussi un idiot,
un idiot du trente-troisième degré, héritier d'une ancestrale procession
d'idiots remontant jusqu'au chaînon manquant [entre le singe et l'homme].
Tenter de comprendre comment la même main a pu construire votre lettre
et vos publicités me laisse ébahi comme devant un puzzle. Or les puzzles
m'angoissent, ils m'ennuient, ils m'exaspèrent ; et durant un moment ils
provoquent toujours en moi un état d'esprit peu amène à l'égard de celui qui
les a conçus pour me décontenancer. Il ne sera pas longtemps avant que mon
ressentiment se dissipe et passe, et j'irai probablement jusqu'à prier pour
vous ; mais tant que j'en ai le loisir, je me hâte de souhaiter que vous preniez
par erreur une dose de votre propre poison, et que céans vous souffriez la
damnation à laquelle vous et tous les autres charlatans assassins vous êtes
livrés sans remords, et que vous avez si amplement méritée.
Adieu, adieu, adieu !

Mark Twain

Nov. 20. 1905

J. H. Todd -
12 12 Webster St.
Dear Sir   San Francisco
                              Cal.

Your letter is an insoluble
puzzle to me. The hand writing
is good & exhibits considerable
character, & there are even
traces of intelligence in what
you say, ~~in it~~, yet the letter
& the accompanying adver-
tisements profess to be the
work of the same hand.
The person who wrote the
advertisements is without doubt the
most ignorant person now
alive on the planet; also without doubt he is an idiot, an
idiot of the 33rd degree, &
scion of an ancestral procession
of idiots stretching back to the
Missing Link. It puzzles me
to make out how the same
hand could have constructed

... your letter & your advertisements.
Puzzles fret me, puzzles
annoy me, puzzles exasperate
me; & always, for a moment,
they arouse in me an unkind
state of mind toward the person
who has puzzled me. A few
moments from now my
resentment will have faded
& passed, & I shall probably
even be praying for you; but
while there is yet time I
hasten to wish you may
take a dose of your own
poison by mistake, & enter
swiftly into the damnation
which you call the other
patent medicine assassins
have so remorselessly earned
& so richly deserve.

    Adieu, adieu, adieu!

        Mark Twain

LETTRE 068

TIENS BON, MA CHÉRIE, DEVIENS GRANDE ET FORTE

IGGY POP À LAURENCE - Février 1995

Il a fallu pas moins de neuf mois à Iggy Pop pour répondre à la lettre de Laurence, fan française
vingt et un ans. Toutefois, le timing n'aurait pu être mieux choisi : lorsque son gentil mot arrive
domicile de la jeune fille à Paris, les huissiers sont en train d'expulser toute sa famille. Laurence
souvient :

« À la fin de ma lecture, j'étais en larmes. Non seulement Iggy avait reçu la lettre que je lui avais
voyée neuf mois plus tôt – quant à moi, j'aurais pu ne jamais recevoir la sienne s'il l'avait envoyée
jour plus tard –, mais il avait lu l'intégralité de ces "putains" de vingt pages, dont le passage sur
robe Adidas (une allusion faussement innocente de ma part) et tout le reste : ma situation d'enf
de divorcés, et tout le cortège d'assistants sociaux, d'avocats, d'agents immobiliers et d'huissi
cupides sur le pas de la porte ; la peur, la colère, la frustration, l'amour. »

Chère Laurence,

Merci pour ta belle et charmante lettre, tu illumines ma sombre vie.
J'ai lu tout le putain de truc, poussin. Évidemment, j'aimerais te voir dans
ta robe noire avec tes chaussettes blanches. Mais plus que tout j'aimerais te
voir prendre une grande inspiration et faire tout ce qu'il faut pour survivre et
trouver ce que tu aimeras faire. Il est évident que tu es une nana sacrément
maligne, avec un très grand cœur, et je veux te souhaiter (en retard) un
JOYEUX, JOYEUX, JOYEUX 21e anniversaire, et l'humeur joyeuse. Je
me débattais, malheureux au fond de mon trou, moi aussi, le jour de mes
21 ans. Les gens me huaient sur scène, je devais crécher chez quelqu'un et
j'avais peur. La route a été longue depuis, mais la pression reste toujours
présente dans cette vie. Au fait, *Perforation Problems* parle aussi des trous qui
apparaissent inévitablement dans n'importe quelle histoire qu'on s'invente
dans la vie. Alors tiens bon, ma chérie, deviens grande et forte, serre les
poings et continue.

Toute mon affection à une fille vraiment ravissante.
C'est toi, Laurence.

Iggy Pop

Dear Laurence,

thank you for your gorgeous
and charming letter, you brighten up
my bim life. i read the whole
fucking thing, dear. of course, i'd
love to see you in your black dress
+ your white socks too. but most
of all i want to see you take a
deep breath breath + do whatever
you must to survive + find
something to be that you can love.
you're obviously a bright fucking
chick, w/ a big heart too + i want
to wish you a (belated) HAPPY
HAPPY HAPPY 21st b'day +
a happy spirit. i was very miserable
+ fighting hard on my 21st b'day, too. people
booed me on the stage, + i was staying
in someone else's house and i was scared.

237

its been a long road since then,
but pressure never ends in this life.

  "perforation problems" by the way
means to me also the holes that
will always exist in any story
we try to make of our ~~its~~ lives.
so hang on, my love, + grow big
+ strong + take your hits + keep go.

all my love to a really beautiful
~ girl ~

That's you Laurence :-) 1998

I ÉCRIT UN LIVRE INTITULÉ *LE PARRAIN*

RIO PUZO À MARLON BRANDO - 23 janvier 1970

nt que Francis Ford Coppola ne s'installe dans le fauteuil de réalisateur, Mario Puzo, l'auteur du *rain*, griffonne un mot à l'attention de Marlon Brando, le seul qu'il imagine endosser le rôle de Corleone dans l'adaptation cinématographique de son roman. Brando est enthousiaste, mais le dio s'oppose au souhait de Puzo, en raison de la réputation de tête brûlée de l'acteur, bien connu r ses caprices, et de sa popularité en déclin. Puis Coppola arrive sur le plateau, fait des essais c Brando, et projette les images aux cadres de la Paramount ; ces derniers ne tardent pas anger leur fusil d'épaule.

Parrain marquera l'histoire du cinéma. Quant à Brando, sa performance dans la peau de Vito leone lui vaudra un oscar du Meilleur acteur, qu'il refusera.

MARIO PUZO
866 MANOR LANE
BAY SHORE, LONG ISLAND
NEW YORK, N.Y. 11706

23 janvier

Cher Mr Brando,

J'ai écrit un livre intitulé *Le Parrain* qui a eu un certain succès, et je pense que vous êtes le seul acteur capable de jouer le ~~rôle~~ Parrain avec la force sereine et l'ironie (le livre est un commentaire ironique de la société américaine) que requiert le personnage. J'espère que vous lirez le roman et que vous l'apprécierez assez pour user de tout pouvoir et obtenir le rôle.

J'écris à la Paramount dans le même sens, si tant est que cela serve.

Je sais que c'est présomptueux de ma part mais le moins que je puisse faire pour le livre est de tenter ma chance. Je pense sincèrement que vous seriez extraordinaire. Faut-il le préciser, je suis un grand admirateur de votre talent.

Mario Puzo

Un ami commun, Jeff Brown, m'a donné votre adresse.

The book is an ironical comment
on American society

North Carolina
not ferns

MARIO PUZO
866 MANOR LANE
BAY SHORE, LONG ISLAND
NEW YORK, N. Y. 11706

5 l 6 —
5 5 5 - 1 2 1 2

Jan 23

Dear Mr Brando

I wrote a book called
THE GODFATHER which
has had some success and I
think you're the only actor
who can play the Godfather with that
quiet force and irony the part
requires. I hope you'll read
the book and like it well enough
to use whatever power you can to
get the role.

I'm writing Paramount to
the same effect for whatever good
that will do

I know this seems presumptions of
me but the least I can do for the book is
try. I really think you'd be tremendous.
Needless to say I've long been an admirer of your art.

Mario Puzo

A mutual friend, Jeff Brown, gave
me your address

RÉSULTAT SERAIT UNE CATASTROPHE

GER BOISJOLY À R.K. LUND - 31 juillet 1985

MORTON THIOKOL, INC.
COMPANY PRIVATE

Wasatch Division

Interoffice Memo

31 July 1985
2870:FY86:073

TO: R. K. Lund
           Vice President, Engineering

CC: B. C. Brinton, A. J. McDonald, L. H. Sayer, J. R. Kapp

FROM: R. M. Boisjoly
           Applied Mechanics — Ext. 3525

SUBJECT: SRM O-Ring Erosion/Potential Failure Criticality

This letter is written to insure that management is fully aware of the
seriousness of the current O-Ring erosion problem in the SRM joints from an
engineering standpoint.

The mistakenly accepted position on the joint problem was to fly without fear
of failure and to run a series of design evaluations which would ultimately
lead to a solution or at least a significant reduction of the erosion problem.
This position is now drastically changed as a result of the SRM 16A nozzle
joint erosion which eroded a secondary O-Ring with the primary O-Ring never
sealing.

If the same scenario should occur in a field joint (and it could), then it is
a jump ball as to the success or failure of the joint because the secondary
O-Ring cannot respond to the clevis opening rate and may not be capable of
pressurization. The result would be a catastrophe of the highest order —
loss of human life.

An unofficial team (a memo defining the team and its purpose was never
published) with leader was formed on 19 July 1985 and was tasked with solving
the problem for both the short and long term. This unofficial team is
essentially nonexistent at this time. In my opinion, the team must be
officially given the responsibility and the authority to execute the work
that needs to be done on a non-interference basis (full time assignment until
completed).

It is my honest and very real fear that if we do not take immediate action to
dedicate a team to solve the problem with the field joint having the number
one priority, then we stand in jeopardy of losing a flight along with all the
launch pad facilities.

R. M. Boisjoly

Concurred by:

J. R. Kapp, Manger
Applied Mechanics

COMPANY PRIVATE

Soixante-treize secondes après son lancement, la navette spatiale *Challenger* explose au-des???
des côtes de Floride, le 28 janvier 1985, sous les yeux de millions de téléspectateurs. Les s???
membres de l'équipage trouvent la mort dans l'accident. L'enquête qui suit prouve que le dra???
est lié au défaut d'un joint torique, anneau d'étanchéité en caoutchouc placé sur l'une des fusée???
poudre de la navette, fragilisé par les températures extrêmement basses au moment du lanceme???
Toutefois, la catastrophe ne surprend pas tout le monde. Six mois plus tôt, Roger Boisjoly, ingéni???
chez Morton Thiokol, le constructeur des fusées à poudre, a envoyé ce mémo au vice-présid???
de l'entreprise. Il y prédit le problème et avertit d'une possible «catastrophe de premier ordr???
En vain... Personne n'a tenu compte de son avertissement.

LETTRE 071

TOUTES LES DAMES AIMENT LA BARBE

GRACE BEDELL À ABRAHAM LINCOLN - 18 octobre 1860

Après avoir vu une photo d'Abraham Lincoln rasé de près, Grace Bedell, onze ans, décide de s???
mettre au candidat républicain et futur président des États-Unis une seule et unique suggestion???
lui permettrait de séduire les électeurs à coup sûr : se laisser pousser la barbe. À la grande surpr???
de Grace, Lincoln lui répond rapidement ; mieux encore, elle le rencontre en personne quelqu???
mois plus tard, alors qu'il se rend à Washington en train, victorieux et barbu.

«Il est descendu et s'est assis avec moi sur le bord du quai, se souviendra Grace plus tard. "Gra???
a-t-il dit, regarde ma barbe. Je l'ai laissée pousser pour toi." Puis il m'a embrassée. Je ne l'ai jam???
revu.»

Honorable AB Lincoln

Cher Monsieur,

Mon père revient juste de la foire et a rapporté votre portrait ainsi que celui de Mr Hamlin. Je suis une petite fille de seulement onze ans, mais je souhaite très fort que vous deveniez président des États-Unis et j'espère que vous ne me trouverez pas effrontée d'écrire au grand homme que vous êtes. Avez-vous une petite fille aussi grande que moi, si oui dites-lui mon affection et priez-la de m'écrire, si vous ne pouvez pas répondre à ma lettre. J'ai 4 frères et au moins certains voteront pour vous de toute façon mais si vous laissez pousser votre barbe, j'essaierai de faire voter les autres pour vous. Vous auriez bien meilleure allure car votre visage est très maigre. Toutes les dames aiment la barbe et elles charmeraient leurs maris pour qu'ils votent pour vous et alors vous seriez Président. Mon père va voter pour vous et si j'étais un homme je voterais pour vous aussi mais je vais essayer de faire en sorte que tous ceux que je connais votent pour vous. Je trouve que la barrière tout autour de votre portrait fait très joli. J'ai une petite sœur, un bébé, elle a neuf semaines et elle est rusée comme tout. Quand vous enverrez votre lettre envoyez-la à Grace Bedell, Westfield Chatauqua County, New York.

Je ne dois pas écrire davantage. Répondez tout de suite à ma lettre. Au revoir,

Grace Bedell

Grace Bedell

Westfield Chatauque Co NY
Oct 15 18

Hon A B Lincoln

Dear Sir

My father has
just come from the fair and brought home
your picture and Mr. Hamlin's. I am a little
girl only eleven years old, but want you should
be President of the United States very much
so I hope you wont think me very bold to write to
such a great man as you are. Have you any

little girls about as large as I am if so give them
my love and tell her to write to me if you cannot
answer this letter. I have got 4 brothers and part of
them will vote for you any way and if you will
let your whiskers grow I will try and get the rest
of them to vote for you you would look a
great deal better for your face is so thin. All
the ladies like whiskers and they would tea

their husbands to vote for you and then you
would be President. My father is a going to
vote for you and if I was a man I would
vote for you to but I will try and get
every one to vote for you that I can I think
that rail fence around your picture makes it
look very pretty I have got a little baby
sister she is nine weeks old and is just as
cunning as can be. When you direct your letter
diret to Grace Bedell Westfield
Chatangue County New York
I must not write any more answer
this letter right off Good bye
                    Grace Bedell

Springfield, Illinois, 19 octobre 1860

Mademoiselle Grace Bedell
     Ma chère petite demoiselle,
     Votre très charmante lettre du 15 m'est bien parvenue – je regrette de devoir vous apprendre que je n'ai pas de fille ; j'ai trois garçons, l'un a dix-sept ans, un autre neuf, et un autre sept – avec leur mère, ils représentent toute ma famille.
     Quant à la barbe, puisque je ne l'ai jamais portée, ne pensez-vous pas que les gens y verraient un artifice ridicule, si je commençais maintenant ?

Votre très sincère ami,
A. Lincoln

Private

Springfield, Ills. Oct 19. 1860

Miss. Grace Bedell

My dear little Miss.

Your very agreeable letter
of the 15th is received—

I regret the necessity of saying I
have no daughter— I have three
sons— one seventeen, one nine, and
one seven, years of age— They, with
their mother, constitute my whole family—

As to the whiskers, having never worn
any, do you not think people would
call it a piece of silly affection
if I were to begin it now?

Your very sincere well wisher

A. Lincoln.

AMERICAN GOTHIC PRODUCTIONS, INC.

February 13, 1987

Mr. Leslie Barany
UGLY PUBLISHING INTERNATIONAL

Dear Mr. Barany:

I regret that the intense pressure to complete "ALIENS" did not
afford me the time to reply to your letter of 3/11/86, which was
on behalf of your client, Mr. H.R. Giger.

In that letter you describe Mr. Giger's 'initial sense of
disappointment' at not being contacted for "ALIENS" in view of
his, quite correct, intense sense of authorship of the creatures
and designs. Ironically, it was the production design of
"ALIEN", with its bizarre, psycho-sexual landscape of the
subconscious as created by Mr. Giger, that initially attracted me
to the project of a sequel. However, having been a production
designer myself before becoming a director, I felt I had to put
my own unique stamp on the project. Otherwise, it would have had
little meaning for me at that point in my career, when I had a
number of original concepts and creations which I could have
pursued, with equal financial reward and an even greater degree
of authorship.

I found that creating a sequel can be an uneasy exercise in
balancing creative impulses, the desire to create a whole new
canvas, with the need to pay proper hommage to the original. Mr.
Giger's visual stamp was so powerful and pervasive in "ALIEN" (a
major contributor to its success, I believe) that I felt the risk
of being overwhelmed by him and his world, if we had brought him
into a production where in a sense, he had more reason to be
there than I did.

Because 20th Century Fox liked the story I presented to them,
they gave me the opportunity to create the world I had seen in my
mind as I wrote. I took that opportunity, and enlisted the aid
of special effects designers, sculptors and technicians with whom
I had worked before which, of course, is a natural course when
one must guarantee a schedule and budget.

An additional deciding factor was Mr. Giger's conflicting
involvement in "POLTERGEIST II" which unfortunately did not
utilize his vision nearly as well as "ALIEN".

248

I offer all this commentary by way of apology and explanation in the hope that Mr. Giger can find it possible to forgive me for abducting his 'first-born'. If so, there may come a time when we can collaborate in mutual respect on some completely new and original project where the only limitation is his superb imagination.

I am, first and always, a fan of his work (a signed litho of the alien egg commissioned during "ALIEN" is one of my prized possessions).

Sincerely.

JAMES F. CAMERON

JC:lw

NVAHI PAR SA PATTE ET SON UNIVERS

AMES CAMERON À LESLIE BARANY - 13 février 1987

e film multi-oscarisé *Alien* doit beaucoup à l'artiste suisse H.R. Giger : c'est lui qui a conçu cette rrifiante créature à la fin des années 1970. De sorte que le jour où celui-ci découvre qu'il n'a pas é contacté par la production d'*Aliens, le retour*, deuxième volet de l'une des franchises les plus opulaires de l'histoire du cinéma, il est pour le moins déçu. Par le biais de son agent, Giger fait part e son mécontentement au réalisateur du film. Trois mois plus tard, James Cameron explique avec onnêteté les raisons de sa décision.

COMMENT AS-TU PU PARTIR AVANT MOI ?

SA VEUVE À EUNG-TAE LEE - 1er juin 1586

Lors d'une fouille menée en 1998 dans la ville sud-coréenne d'Andong, un groupe d'archéologue
exhume une ancienne tombe et découvre le corps d'Eung-Tae Lee, un homme du xvie siècle ayant a
partenu au clan Goseong Yi jusqu'à sa mort, advenue à l'âge de trente ans. Sur son torse est retrou
un message déchirant, rédigé par sa veuve, enceinte ; près de sa tête sont placées des sandale
tissées avec de la fibre de chanvre et des cheveux de son épouse.

Cette découverte a généré une grande émotion en Corée, où l'histoire tragique du couple a servi
scénario à des romans, des films et même des opéras. Une statue de la femme enceinte d'Eung-Ta
Lee a été érigée près de sa tombe.

Au père de Wong

1er juin 1586

Tu disais toujours : « Ma chère, nous allons vivre ensemble jusqu'à ce
que nos cheveux blanchissent, puis mourir le même jour. » Comment as-tu
pu t'éteindre sans moi ? Qui allons-nous écouter, moi et mon petit garçon,
et comment allons-nous vivre ? Comment as-tu pu partir avant moi ?

Comment m'as-tu porté ton cœur et comment t'ai-je porté le
mien ? Chaque fois que nous étions allongés l'un près de l'autre, tu me
disais toujours : « Ma chère, est-ce que les autres peuvent se chérir et s'aimer
comme nous ? Sont-ils vraiment comme nous ? » Comment as-tu pu
abandonner tout cela et partir avant moi ?

Je ne peux absolument pas vivre sans toi. Je veux vraiment partir
avec toi. Je t'en prie, emmène-moi où tu es. Je ne saurais oublier en ce monde
mes sentiments pour toi et mon chagrin ne connaît pas de fin. Où pourrais-
je placer mon cœur désormais, et comment vivre avec l'enfant à qui tu
manques ?

S'il te plaît, lis cette lettre et viens me répondre en détail dans mes
rêves. Parce que je veux écouter en rêve tes propos en détail, j'écris cette
lettre et je la mets dedans. Regarde attentivement et parle-moi.

Quand je donnerai naissance à l'enfant que je porte, qui devra-t-il
appeler père ? Quelqu'un est-il susceptible de comprendre ce que j'éprouve ?
Il n'est pas de semblable tragédie sous les cieux.

Tu es juste dans un autre lieu, et non dans le profond chagrin où je me trouve. Il n'y a ni limite ni fin à la douleur que j'évoque si vite. Je t'en prie, regarde attentivement cette lettre et viens à moi dans mes rêves et montre-toi en détail et dis-moi. Je crois que je peux te voir en rêve. Viens à moi en secret et montre-toi. Il n'y a pas de limite à ce que je veux te dire et je m'interromps ici.

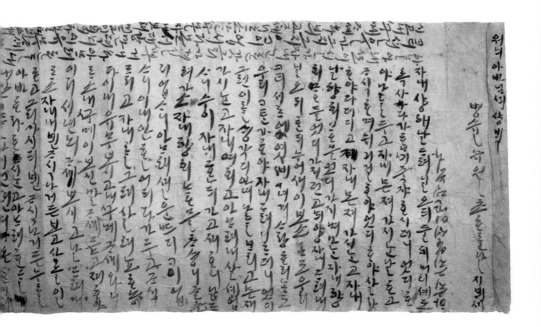

JE SUIS LE SERVITEUR DU ROI

AYYAB À AKHÉNATON - Vers 1340 avant J.-C.

Au début du XIXᵉ siècle, les habitants de la ville égyptienne d'Amarna, où se trouvent les ruines d l'ancienne cité antique d'Akhénaton, découvrent un ensemble de tablettes d'argile recouvertes d'ur écriture inintelligible – on sait maintenant qu'il s'agit du cunéiforme akkadien, langue aujourd'hui dis parue, qui apparut autour de 2600 avant J.-C. au Moyen-Orient. Ces tablettes servaient de support la correspondance diplomatique entre les différents dirigeants de la région. Trois cent quatre-ving deux courriers de ce type ont été retrouvés à ce jour. La tablette que nous reproduisons ici a été gravée entre 1350 et 1335 avant J.-C. par un dénommé Ayyab, roi de la cité d'Aštartu, dans la régio de Canaan, et adressée à Akhénaton, pharaon de la dix-huitième dynastie d'Égypte.

Guerre justifiée

Au roi, mon seigneur

Message de Ayyab, votre serviteur.

Je tombe à genoux devant mon seigneur sept fois et sept fois. Je suis le serviteur du roi, mon seigneur, la vermine à ses pieds. J'ai entendu dire que le roi, mon seigneur, m'a écrit par l'intermédiaire d'Atahmaya. En vérité, j'ai gardé avec grand soin les cités de mon roi, mon seigneur. De plus, observez que c'est le dirigeant de Hasura qui m'a arraché trois cités. Dès l'instant où j'ai pu l'apprendre et le vérifier, guerre a été menée contre lui. Sincèrement, puisse le roi, mon seigneur, prendre connaissance, et puisse le roi, mon seigneur, prendre en considération son serviteur.

JE SERAI TOUJOURS AVEC TOI

SULLIVAN BALLOU À SARAH BALLOU - 14 juillet 1861

À la veille de la guerre de Sécession, un avocat de trente-deux ans, Sullivan Ballou, quitte son épouse
et ses deux fils pour rejoindre l'effort de guerre. Il devient major dans l'armée de l'Union. Le 14 juillet
1861, conscient du danger, il écrit sans l'envoyer une magnifique lettre à sa femme pour l'avertir des
menaces auxquelles il est confronté et pour lui dire l'amour qu'il porte à sa famille et sa patrie. Deux
semaines plus tard, Sullivan est tué avec quatre-vingt-treize de ses hommes lors de la bataille de
Bull Run, premier affrontement majeur d'une guerre qui durera quatre ans et coûtera la vie à plus de
six cent mille personnes. La lettre, retrouvée dans ses effets personnels, est transmise à sa veuve
puis sera égarée ; cette copie, dont on pense qu'elle est l'œuvre d'un membre de sa famille, se trouve
à l'Abraham Lincoln Presidential Library.

Sarah a vingt-quatre ans à la mort de son époux ; elle ne se remariera jamais. Elle décède à l'âge de
quatre-vingts ans et repose aux côtés de Sullivan à Providence, dans l'État du Rhode Island.

Quartier général
Camp Clark
Washington D.C.

14 juillet 1861

Ma très chère femme,

Des signes clairs indiquent que nous allons fort probablement bouger
d'ici quelques jours, peut-être demain, et de crainte de ne plus être en
mesure de t'écrire, je me sens appelé à rédiger quelques lignes qui pourraient
te parvenir alors que je ne serai plus. Notre mouvement devrait être de
courte durée et plein d'agrément. Il pourrait tourner en conflit sévère et
signifier la mort pour moi. « Que non ma volonté mais la Tienne, ô Dieu,
soit accomplie » ; s'il était nécessaire que je tombe au champ de bataille
pour mon Pays, je suis prêt. Je n'entretiens pas de doute ni ne manque
de confiance en la cause où je suis engagé, et mon courage ne fait défaut
ni ne faiblit. Je sais combien la Civilisation américaine dépend désormais
du triomphe du Gouvernement et combien notre dette est grande envers
ceux qui, avant nous, en sont passés par le sang et les souffrances de la
Révolution ; et je suis disposé, parfaitement disposé, à renoncer à toutes mes
joies en cette vie pour participer au maintien de ce Gouvernement et pour
payer cette dette.

Mais ma chère femme, quand je sais qu'avec mes joies je condamne également presque toutes les tiennes – et dispose en cette vie à leur place l'inquiétude et le chagrin –, quand après avoir mangé moi-même, de si longues années durant, le fruit amer de la condition d'orphelin, il ne me reste qu'à l'offrir en guise de seule subsistance à mes chers petits enfants ; est-ce faiblesse ou déshonneur si, tandis que la bannière du devoir flotte, fière et sereine dans la brise, loin de l'amour inconditionnel que je leur porte, ma chère femme et mes enfants doivent vigoureusement lutter, en une compétition inutile, contre mon amour de mon Pays ?

Je ne puis te décrire mes sentiments en cette calme nuit d'été où deux mille hommes dorment autour de moi, la majorité d'entre eux savourant peut-être la dernière [nuit] avant celle de la Mort. Et me doutant que la Mort est en train de ramper derrière moi, avec sa fatale promptitude, je communie avec Dieu, mon Pays et toi. J'ai cherché en mon sein souvent, attentivement, avec diligence, la mauvaise raison que nous aurions de mettre en péril le bonheur de tous ceux que j'aime, et je ne l'ai pas trouvée. Un amour pur de mon Pays, et des principes que j'ai publiquement faits miens, et du sens de l'honneur que je chéris davantage que je ne crains la mort, m'a lancé un appel auquel j'ai obéi.

Sarah, mon amour pour toi est immortel et je lui suis attaché par de puissantes chaînes que seule l'Omnipotence saurait rompre. Et pourtant mon amour du Pays m'enveloppe tel un vent puissant, et me pousse irrésistiblement, muni de toutes ces chaînes, vers le champ de bataille. Les souvenirs de tous les moments bénis que j'ai savourés avec toi se pressent à mes yeux, et je me sens infiniment reconnaissant envers Dieu et envers toi d'avoir pu les vivre jusqu'à ce jour. Et combien il m'est difficile d'y renoncer ; et de voir partir en cendres nos espoirs pour les années futures, quand la volonté de Dieu était telle que nous puissions nous aimer et nous aimer encore, et regarder nos garçons grandir près de nous et atteindre une honorable maturité. Je sais que je ne puis guère rien demander à la Divine Providence, mais quelque chose me souffle – peut-être la douce prière de mon petit Edgar – de m'en retourner sain et sauf vers les miens. Si cela n'arrive pas, ma chère Sarah, n'oublie jamais combien je t'ai aimée, ni qu'à l'instant où me quittera mon dernier souffle au champ de bataille, il sera le murmure de ton nom. Pardonne mes nombreuses fautes et toutes les peines que je t'ai causées. J'ai parfois bien manqué d'égards, et de discernement ! Combien je voudrais laver de mes larmes chaque petite tache qui ternit ton bonheur, et me battre contre les infortunes de ce monde pour vous protéger de tout mal, toi et les enfants. Mais je ne le puis pas, je devrai veiller sur vous depuis le monde de l'esprit et venir planer tout près pendant que tu livreras bataille à des ouragans, de ta frêle constitution, et que tu attendras avec une triste patience le jour où jamais plus nous ne serons désunis.

Mais ô, Sarah ! si les morts peuvent revenir sur cette terre et voltiger, invisibles, parmi ceux qu'ils aiment, je serai toujours avec toi, par le jour le plus glorieux et la nuit la plus noire, dans tes heures de joie intense et de méchante peine, <u>toujours, toujours</u>, et quand la brise tiède te taquinera la joue, ce sera mon souffle, et quand l'air froid fera tressaillir tes tempes, ce sera mon esprit qui passe. Sarah, ne me pleure pas comme un mort, dis-toi que je suis parti et attends-moi car nous nous reverrons.

Quant à mes petits garçons, ils grandiront comme je l'ai fait, sans connaître l'amour et les soins d'un père.

Le petit Willie est trop jeune pour se rappeler longtemps de moi, mais mon Edgar aux yeux bleus conservera nos espiègleries dans les tréfonds de ses souvenirs d'enfance.

Sarah, ma confiance en tes soins maternels et en l'éducation que tu leur livreras est sans limites. Dis à mes deux mères que j'appelle sur elles la bénédiction de Dieu.

Ô Sarah, je t'attends, <u>alors</u> viens à moi et conduis par ici mes enfants.

Sullivan

Copy of a letter from Sullivan Ballou to
his wife before the battle of Bull Run

Headquarters
Camp Clark
Washington D. C.

July 14th 1861

My Very dear Wife

The indications are very strong that we
shall move in a few days perhaps tomorrow. And lest I should
not be able to write you again I feel impelled to write you a
few lines that may fall under your eye when I am am no
more. Our movement may be one of a few days duration and
be full of pleasure. and it may be one of severe conflict and death
to me "Not my will but thine O God be done" if it is neces-
ary that I should fall on the battle field for my Country I
am ready. I have no misgivings about or lack of confidence
in the Cause in which I am engaged, and my courage does
not halt or falter. I know how American Civilization now
leans upon the triumph of the Government and how great a
debt we owe to those who went before us through the blood
and suffering of the Revolution; and I am willing perfectly
willing to lay down my life all my joys in this life to help
maintain this Government and to pay that debt.
But my dear wife, when I know that with my own joys I lay
down nearly all of yours, and replace them in this life with care

and sorrow when after having eaten for long years the bitter fruit of orphenage myself. I must offer it as their onely sustenance to my dear little children. is it weak or dishonorual that while the banner of purpose flotes calmly and proudly in th breeze underneath my unbounded love for you my dear wife and children should struggle in fierce though useless contest with my love of Country

I cannot discribe to you my feelings on this calm summer night when two thousand men are sleeping around me. many of them enjoying the last perhaps before th of Death. And I suspicious that Death is creeping behind me with his fatal dart am communeing with God my Country and thee. I have sought most closely and dilegently and often in my brest for a wrong motive in thus hazerding the happiness of all that I love and I could not find one. A pure love of my Country and of the principe I have advocated before the people and the name of honour that I love more than I fear death. have called upon me a I have obeyed.

Sarah my love for you is deathless it seemes to bind me with mighty Cables that nothing but Omnipotence can break And yet my love of Country comes over me like a strong wind and bears me irresistably with all those chains to the batt field the memories of all the blissful moments I have enjoyed with you come crouding over me, and I feel most deeply gratef to God and you that I have enjoyed them so long. And how

hard it is for me to give them up! and burn to ashes the
the hopes of future years when God willing we might still
have lived and loved together and see our boys grow up to hon
urable manhood around us. I know I have but few claims
upon Divine Providence but something whispers to me perhaps it
is the wafted prayer of my little Edgar that I shall return to my
loved ones unharmed. If I do not my dear Sarah never forget
how much I loved you nor that when my last breath escapes me
on the battlefield it will whisper your name

Forgive my many faults and the many pains I have caused you
how thoughtless how foolish I have sometimes been! How gladly
would I wash out with my tears every little spot upon your happiness
and struggle with all the misfortunes of this world to shield you
and my children from harm but I cannot I must watch
you from the spirit world and hover near you while you buffet
the stormes with your precious little freight – and wait with
sad paitience till we meet to part no more

But Oh Sarah! if the dead can come back to this earth and flit
unseen around those they love I shall be always with you in
the brightest day and the darkest night amidst your happiest
sceans and gloomiest hours always always and when the
soft breeze fans your cheek it shall be my breath or the cool
air your throbbing temple it shall be my spirit passing by.
Sarah. do not mourn me dead think I am gone and wait
for me for we shall meet again.

As for my little boys they will grow up as I have done and

never know a fathers love and care

Little Willie is to young to remember me long but my blue eyed Edgar will keep my frolics with him among the dimmest memories of his child-hood

Sarah I have unlimited confidence in your maternal care and your developement of their characters. Tell my two Mothers I call Gods blessings upon them

Oh! Sarah I wait for you then come to me and lead Hither my children

                              Sullivan

SUIS QUAND MÊME QUELQUE PART

CLE LYNN À PEGGY, DOROTHY, CHUCK ET DICK JONES - Date inconnue

uck Jones est une légende du monde de l'animation : c'est lui qui a créé, entre autres, les
sonnages mythiques de Bip Bip et Coyote, et réalisé ce qui est considéré comme l'un des
illeurs dessins animés à ce jour, *What's Opera, Doc ?*, mettant en scène Bugs Bunny dans une
odie d'opéra classique de Wagner. Dans son livre d'illustrations *Chuck Reducks*, il rend hommage
on « Oncle Lynn », qui lui a enseigné « tout ce qu'il devait savoir sur la création de dessins animés »
ndant ses jeunes années ; il lui reconnaît une influence positive sur l'ensemble de sa vie et le décrit
nme un « oncle idéal » et « vénéré ». Oncle Lynn savait également écrire. Un jour, peu après la mort
chien de la famille Jones, Teddy, Oncle Lynn envoie cette lettre réconfortante au jeune Chuck et
es frères et sœurs.

Chers Peggy, Dorothy, Chuck et Dick,

J'ai reçu un coup de téléphone hier soir. « C'est Tonton Lynn ? » a
demandé une voix. « Mais oui, ai-je répondu. Mon nom est Lynn Martin.
Êtes-vous un neveu non enregistré ?

— C'est Teddy. » Il avait un ton pressé. « Teddy Jones : Teddy Jones
le chien, résidant au 115, avenue Wadsworth à Ocean Park, en
Californie. J'appelle de loin.

— Excuse-moi, lui ai-je dit. Je ne voulais pas t'offenser, mais je ne
t'avais jamais entendu parler avant : juste aboyer, ou gémir ou hurler
à la lune.

— Eh bien je parle, grogna-t-il, d'un grognement impatient comme
je n'en avais jamais entendu. Écoute, Peggy, Dorothy, Chuck et Dick
ont l'air d'en passer par un sale moment parce qu'ils croient que je
suis mort. » Il hésita avant d'ajouter : « Bon, et je suppose qu'en un
sens, je le suis. »

Je dois avouer qu'entendre un chien reconnaître qu'il était mort était une
expérience inédite pour moi, et franchement inattendue. « Si tu es mort,
repris-je, ne sachant comment m'adresser à un chien mort, comment peux-
tu m'appeler ? » Une nouvelle pause irritée suivit. À l'évidence, je l'exaspérais.

« Parce que, dit-il de la voix la plus contrôlée que j'aie jamais
entendue chez un chien, même si tu es vivant, les enfants ne savent
pas exactement où tu te trouves. Alors je veux juste qu'ils sachent
qu'en quelque sorte, je suis peut-être mort, mais que je suis quand
même quelque part.

— Je pourrais peut-être leur dire que tu es au paradis des chiens,

Teddy, peut-être pour qu'ils se sentent mi...

— Oh, ne fais pas l'idiot. »

Il s'éclaircit la gorge.

« Bon, où es-tu ? demanda-t-il.

— Ah non, pas de ce jeu-là. Nous en sommes à comprendre où tu es, aboyai-je.

— Hé, j'ignorais que tu savais aboyer. »

Il parut impressionné par ma maîtrise de sa langue.

« Attends une minute, dis-je. Il fallait bien que tu saches où je suis, sinon tu ne pourrais pas me téléphoner, non ?

— Bon sang, tu ne sais vraiment rien. J'ai juste dit que je t'appelais de loin. Qui a parlé de téléphone ? On m'a demandé si je savais où tu étais et j'ai répondu : Ailleurs, pas au 115, avenue Wadsworth. Alors on a composé un autre numéro et me voici et toi aussi.

— Est-ce que je peux te rappeler ? demandai-je, hébété. Ça me donnera peut-être un indice.

— Sois raisonnable, répondit Teddy. Comment veux-tu me rappeler alors que ni toi ni moi ne savons où je suis ?

— Oh, allez, donne-moi un indice, plaidai-je d'un ton désespéré. Par exemple, est-ce qu'il y a d'autres chiens près de toi ? Il faut bien que je dise quelque chose aux gosses.

— Une seconde, dit Teddy pendant qu'il jetait apparemment un coup d'œil autour de lui. Je viens de voir passer un carlin-schnauzer ailé. Ses ailes permettaient de faire décoller sa partie schnauzer mais la partie carlin traînait dans l'herbe en s'arrêtant devant des pieds de lampadaires publics.

— Des pieds de lampadaires publics ?

— Il y en a des vergers entiers, des centaines. Des jaunes, des rouges, des blancs, des à rayures. Malheureusement, il semble que je n'aie plus à faire pipi. J'essaie tout le temps, mais je ne produis que de l'air. De l'air parfumé, précisa-t-il fièrement.

— Ça m'a tout l'air du paradis des chiens, observai-je. Est-ce que les arbres sont fourrés de côtelettes d'agneau et de trucs dans ce genre ?

— Tu sais, soupira Teddy, pour un tonton honorable, de catégorie moyenne à supérieure, tu as vraiment de drôles d'idées. Mais si je t'appelle, c'est parce que Peggy, et Dorothy, et Chuck, et Dick te font confiance, et qu'ils croiront tout ce que tu pourras leur dire, ce qui d'ailleurs, à mon avis, précipite la notion de naïveté dans ses derniers retranchements... Enfin bon, naïfs ou pas, ils te font confiance, alors je veux que tu leur dises que je suis toujours leur fidèle et noble vieux chien et – sauf la noblesse – que je me trouve dans un endroit où ils ne peuvent pas me voir, mais que moi je peux les voir, et que je serai toujours là pour garder l'œil, l'oreille et la truffe sur eux. Dis-leur que ce n'est pas parce qu'ils ne peuvent pas me voir que je ne suis pas là. Fais-leur valoir que pendant la journée, on ne peut distinguer ni les latitudes ni les étoiles, mais qu'elles y sont quand même. Essaie de faire un peu de poésie et demande-leur de penser à moi comme à un «bon chien», le bon vieux Teddy, le chien étoile des Latitudes des chevaux, et de ne pas s'inquiéter : mes aboiements feront fuir n'importe qui ou n'importe quoi qui viendrait les embêter. Ce n'est pas parce que j'ai mordu la poussière que je ne peux pas bouffer du fauve. »

C'est ce qu'il a dit. Je n'ai jamais vraiment compris où il se trouvait exactement, mais j'ai bel et bien découvert où il ne serait pas – jamais très loin de Peggy, de Dorothy, de Chuck et du vieux Dick Jones.

Sincèrement,

Lynn Martin, Tonton du Lointain.

À L'ORIGINE DE LA NUIT DE GUY FAWKES

INCONNU À WILLIAM PARKER, 4e BARON MONTEAGLE - 26 octobre 1605

William Parker, 4e baron Monteagle, reçoit au début du XVIIe siècle une lettre anonyme lui cons[e]lant de se tenir à distance de la Chambre des lords la semaine suivante, car une «terrible [ex]plosion» risque d'y faire des ravages. Il s'agit de la célèbre Conspiration des poudres, tenta[tive] d'attentat contre le roi Jacques Ier d'Angleterre et le Parlement britannique, mené par un groupe [de] catholiques. Parmi ses fomentateurs, Guy Fawkes, dont le complot déjoué est commémoré chac[un] 5 novembre au Royaume-Uni, lors de grandes fêtes où sont tirés des feux d'artifice et brûlées d[es] marionnettes à l'effigie du traître. Plutôt que de détruire la lettre après l'avoir lue, comme il lui [est] demandé, William Parker décide de la transmettre au comte de Salisbury, qui en informe le roi. [Au] petit matin du 5 novembre, Fawkes est découvert sous le Parlement, à côté de trente-six barils [de] poudre. Le drame est évité.

Monseigneur,

De par l'affection que je porte à certains de vos amis, j'ai à cœur de vous préserver et, par conséquent, je vous conseille, si vous tenez à la vie, de procurer quelque excuse et de reporter votre présence à cette session du Parlement, car Dieu et les hommes se sont unis pour punir la cruauté de ce temps, et ne prenez pas cet avertissement à la légère, mais retirez-vous en votre campagne, où vous pourrez attendre l'événement en sécurité, car même s'il ne se manifeste aucun signe de trouble, je vous le dis, ils vont subir une terrible explosion au Parlement, et pourtant ils ne verront pas qui les blesse, ne méprisez pas ce conseil car il pourrait grandement vous bénéficier, et il ne peut rien vous arriver car le danger sera passé dès que vous aurez brûlé cette lettre, et j'espère que Dieu vous accordera la grâce d'en faire bon usage, Lui à qui je mande de vous prendre en sa sainte protection.

with lord all of the kent beare wrott to some of youre frends
... acare of youre preseruacion & ... for ...
... as ... by ... powerby ... to ...
... of which ... ... at ... work ...
for god and man ... be concurred & punisshed ... ...
of this ... and ... not ... of ... adict ...
... ...
... expect ... ... for ...
... of ... iseye they shall ... ...
... yet they shall ... ...
... this ... is not to be ... because
if it ... do youe good and can do youe no harm ... for the
danger is passed as soon as youe haue knowledge ... letter
... I hope god will give youe the grace to ... good
... of it to whose holy protection I ... youe

★ HER MAJESTYS ★
STATE PAPER OFFICE

LETTRE 078

ÇA DÉPEND DE TOI, MAINTENANT

BETTE DAVIS À B.D. HYMAN - 1987

Bette Davis a été nominée dix fois à l'oscar de la Meilleure actrice – un record à l'époque – et e remporté deux. En 1983, elle apprend qu'elle est atteinte d'un cancer du sein. Après son opérat elle subit plusieurs AVC à la suite desquels elle reste partiellement paralysée. Puis, en 1985, sa Barbara publie un ouvrage polémique, *My Mother's Keeper*, qui dévoile le caractère houleux de l relation et présente l'actrice sous un jour bien peu avantageux. La mère attaquée rétorque dans mémoires deux ans plus tard ; on y trouve ce courrier adressé à sa fille.

Chère Hyman,

Ton livre s'achevait sur une lettre pour moi. J'ai décidé de faire la même chose.

Il ne fait aucun doute que tu disposes d'un grand potentiel en tant qu'auteur de fiction. Tu as toujours été une excellente conteuse. Au cours de toutes ces années, je t'ai souvent dit : « B.D., ce n'est pas ainsi que ça s'est passé. Tu imagines des choses. »

J'ai interprété au cinéma un grand nombre de scènes qui figurent dans ton livre. Tu as peut-être confondu mon « moi » à l'écran et mon « moi » en tant que mère.

J'ai de violentes objections à opposer aux propos que tu places dans ma bouche au sujet d'acteurs avec qui j'ai travaillé. La plupart du temps, tu m'as cruellement mal citée. J'étais folle de joie de travailler avec Ustinov, et j'ai une grande admiration pour lui, en tant qu'homme et en tant qu'acteur. Tu as correctement rendu compte de mon sentiment lorsque j'ai collaboré avec Faye Dunaway. C'était une partenaire des plus exaspérantes. Mais prétendre que j'aurais dit de sir Laurence Olivier qu'il n'était pas un grand comédien est une pure invention de ta part. Peu d'acteurs ont jamais réussi à se hisser au prodigieux niveau de ses performances.

Tu affirmes constamment aux gens que tu as écrit ce livre pour m'aider à mieux comprendre ton mode de vie et qui tu es. Tu as manqué ton but. Je ne me suis jamais sentie aussi perplexe qu'aujourd'hui quant à ta façon de vivre et ton identité profonde. Le résultat que produit ton livre est une flagrante rupture de loyauté et de gratitude pour l'existence extrêmement privilégiée dont tu as, je crois, bénéficié.

Dans l'une des nombreuses interviews où tu fais la promotion de ton livre, tu dis que si les droits d'adaptation étaient cédés à la télévision, tu aimerais que Glenda Jackson tienne mon rôle. J'aurais apprécié que tu sois assez courtoise pour me prier de l'interpréter moi-même.

J'ai beaucoup de griefs à propos de ton livre. Je préfère les ignorer presque tous. Sauf la pathétique créature que j'aurais été, selon toi, parce que je n'ai pas joué Scarlett dans *Autant en emporte le vent*. J'aurais pu, je l'ai refusé. Mr Selznick essaya d'obtenir l'autorisation de mon patron, Jack Warner, et d'emprunter Errol Flynn et Bette Davis pour interpréter Rhett Butler et Scarlett. J'ai refusé parce que, à mon avis, Errol n'était pas un bon choix pour Rhett. À l'époque, seul Clark Gable convenait parfaitement. Par conséquent, ma chère Hyman, au lieu de me renvoyer à Tara, ramène-moi plutôt à Witch Way, notre maison sur la sublime côte du Maine, où vécut un temps un être merveilleux qui répondait au nom de B.D., et non de Hyman.

De la manière dont tu as terminé ta lettre dans *My Mother's Keeper* – «Ça dépend de toi, maintenant, Ruth Elizabeth» –, j'achève semblablement la mienne : ça dépend de toi, maintenant, Hyman.

Ruth Elizabeth

P.-S. : J'espère comprendre un jour le titre *My Mother's Keeper*[1]. Si c'est une allusion à l'argent et si ma mémoire ne me trompe pas, j'ai été ta gardienne [*keeper*] au cours de toutes ces années. Je continue de l'être, puisque mon nom a fait du livre que tu m'as consacré un succès.

---

1. Comme beaucoup de «documents» à scandale qui recourent à cette tactique de marketing, *My Mother's Keeper* fait référence au titre d'une œuvre littéraire, *My Brother's Keeper* (*Les Frères Holt*) bien que son contenu n'ait strictement aucun rapport avec le roman de Marcia Davenport. Le «*keeper*» de Bette Davis devait être l'alcoolisme que sa fille lui prête dans son ouvrage.

BLIE TA TRAGÉDIE PERSONNELLE

EST HEMINGWAY À F. SCOTT FITZGERALD - 28 mai 1934

1925, suite à la publication de *Gatsby le Magnifique,* son *magnum opus,* F. Scott Fitzgerald mence à travailler sur son quatrième roman, *Tendre est la nuit –* l'histoire de Dick et Nicole Diver, t l'existence tumultueuse s'inspire de celle de Gerald et Sara Murphy, couple bien connu des eux privilégiés que Fitzgerald fréquente dans les années 1920. Neuf ans plus tard, le roman est evé ; le 10 mai 1934, un mois avant sa publication, Fitzgerald écrit à son ami Ernest Hemingway r lui demander un avis sincère sur ce qui s'avérera être sa dernière œuvre.

moins que l'on puisse dire, c'est que Hemingway ne mâche pas ses mots. Sa réponse, aussi che que brutale, regorge de précieux conseils pour les écrivains du monde entier.

Key West
28 mai 1934

Cher Scott,

Je l'ai aimé et je ne l'ai pas aimé. Ça décolle avec cette merveilleuse description de Sara et Gerald (merde, Dos l'a emporté, je ne peux même pas m'y référer. Donc si je fais des erreurs…). Puis tu te mets à délirer avec eux, tu les fais venir de là où ils ne viennent pas, tu les changes en d'autres gens et tu ne peux pas faire ça, Scott. Si tu prends des personnes réelles et que tu écris sur elles, tu ne peux pas leur donner d'autres parents que ceux qu'elles ont eus (c'est leurs parents et ce qui leur arrive qui ont fait d'elles ce qu'elles sont), tu ne peux pas leur faire faire quoi que ce soit qu'elles ne feraient pas. Tu peux nous choisir, moi ou Zelda ou Pauline ou Hadley ou Sara ou Gerald, mais il faut nous conserver tels que nous sommes, et tu peux seulement nous faire faire ce que nous ferions. Tu ne peux pas faire d'un personnage un autre. L'invention est la plus belle des choses mais tu ne peux pas inventer n'importe quoi si cela ne s'est pas réellement produit.

C'est ce que nous sommes censés faire au meilleur de nous-mêmes – tout inventer – mais inventer avec tant de vérité que plus tard, ça se passera bien de cette manière.

Bon Dieu, tu as pris des libertés avec le passé et l'avenir de personnes réelles, et le résultat ce n'est pas des gens mais des putains de trucages sur le passé de dingos. Toi, qui sais écrire mieux que n'importe qui d'autre, et qui es si nul avec ton talent que tu – et merde. Scott, nom d'un chien, écris, et écris honnêtement, peu importe qui tu peux blesser mais ne fais pas ces compromis stupides. Tu pourrais écrire un bon livre sur Gerald et Sara, à supposer que tu en saches assez long sur eux et qu'ils n'aient pas de sentiments, sauf passagers, à condition qu'il dise la vérité.

Il y avait de merveilleux sujets, et personne d'autre ni aucun des nôtres ne peut écrire un bouquin à moitié aussi bon s'il n'est pas de toi, mais bordel tu as beaucoup trop triché dans celui-ci. Et tu n'en as pas besoin.

Pour commencer, j'ai toujours dit que tu ne sais pas penser. D'accord, je reconnais que tu sais penser. Mais mettons que tu en sois incapable ; alors tu devrais écrire et inventer à partir de ce que tu sais, et ne pas jouer avec les antécédents des gens. Secundo, il y a longtemps que tu n'écoutes plus rien sauf les réponses aux questions que tu poses. Il y a aussi beaucoup de bons trucs qui ne servent à rien, là-dedans. C'est ce qui assèche un écrivain (nous nous asséchons tous. Ce n'est pas une insulte dirigée contre toi), ne pas écouter. Tout vient de là. Regarder, écouter. Tu observes assez bien. Mais tu as cessé d'écouter.

C'est bien meilleur que ce que je te raconte. Mais pas aussi bon que ce dont tu es capable.

Tu peux aller étudier Clausewitz dans les champs, et l'économie, et la psychologie, et ce que tu voudras, ça ne te servira jamais à rien au moment où tu te mets à écrire. On est comme de pauvres acrobates merdiques mais on sait faire des putains de bons sauts, youpla, et eux ils sont tous ces autres acrobates qui ne sauteront jamais.

Nom de Dieu, écris et ne te soucie pas de ce que les garçons vont dire ni de savoir si ce sera un chef-d'œuvre ou quoi. J'écris une page de chef-d'œuvre pour quatre-vingt-dix-neuf pages de merde. J'essaie de mettre la merde à la poubelle. Tu penses que tu dois publier des conneries pour faire de l'argent et vivre en paix. D'accord, mais si tu écris suffisamment et aussi bien que tu le peux, tu te retrouveras avec la même quantité de matériel à chef-d'œuvre (comme on dit à Yale). Tu ne penses pas assez bien pour aller t'asseoir et écrire un chef-d'œuvre spontané et si tu pouvais te débarrasser de Seldes et des mecs qui t'ont quasiment détruit, les mettre à la porte et laisser les spectateurs jubiler quand c'est réussi et huer quand ça ne l'est pas, tu ne t'en porterais pas plus mal.

Oublie ta tragédie personnelle. On est tous bousillés dès le départ et tu dois tout spécialement souffrir l'enfer avant de pouvoir te mettre sérieusement à écrire. Mais quand tu sens cette satanée douleur, sers-t'en – ne triche pas avec. Traite-la avec le même respect qu'un scientifique – mais ne va pas t'imaginer que quelque chose a de l'importance parce que c'est à toi ou à quelqu'un que tu connais que c'est arrivé.

À ce stade je ne t'en voudrais pas si tu m'en balançais une. Dieu que c'est jouissif de dire aux autres comment écrire, vivre, mourir, etc.

J'aimerais te voir et te parler de certaines choses à jeun. Tu étais tellement cuit, à New York, qu'on n'a pu aller nulle part. Tu vois, Bo, tu n'es pas un personnage tragique. Moi non plus. Nous ne sommes que des écrivains, et ce que nous devons faire, c'est écrire. Plus que n'importe quel autre individu sur ce globe, tu avais besoin de discipline dans ton travail et au lieu de ça, tu as épousé une femme jalouse de ton œuvre, qui se place en compétition avec toi et qui te détruit. Ce n'est pas aussi simple que ça et je pensais déjà que Zelda était folle la première fois que je l'ai vue, et tu as encore compliqué les choses en tombant amoureux d'elle et évidemment, il faut que tu sois un poivrot. Mais tu n'es pas plus poivrot que Joyce et la plupart des grands écrivains le sont. Scott, les grands écrivains reviennent toujours. Toujours. Tu es doublement meilleur aujourd'hui qu'à l'époque où tu te croyais si fabuleux. Tu sais que je n'ai jamais eu beaucoup d'estime pour *Gatsby* sur le moment. Tu es capable d'écrire doublement aussi bien que jamais. Tout ce dont tu as besoin, c'est d'écrire honnêtement et de ne pas t'occuper du destin de la chose.

Vas-y, écris.

En tout cas je t'aime vraiment beaucoup et ça me plairait qu'on puisse parfois discuter. Nous avons passé de bons moments à bavarder. Tu te rappelles de ce type que nous sommes allés voir crever à Neuilly ? Il était ici cet hiver. Un chouette mec, Canby Chambers. J'ai beaucoup vu Dos. Il est en pleine forme maintenant, et il était malade comme un chien à la même époque l'an dernier. Comment vont Scotty et Zelda ? Pauline t'embrasse. Nous allons tous bien. Elle va partir à Piggott une quinzaine de jours avec Patrick. Et ramener Bumby. On a un chouette bateau. J'avance bien sur un très gros roman. Pas facile à écrire, celui-là.

Ton ami pour toujours,
Ernest

[Sur l'enveloppe : « Que devient *Le soleil se lève aussi* au cinéma ? Ça va se faire ? Je ne t'ai pas parlé de ce qui est réussi. Tu sais à quel point ça l'est. Tu as raison à propos du recueil de nouvelles. Je voulais attendre d'en avoir plus. La dernière que j'ai publiée dans *Cosmopolitan* aurait pu en faire partie. »]

SUIS FAIT POUR ÊTRE COMPOSITEUR

MUEL BARBER À MARGUERITE BARBER - 1919

1936, à l'âge de vingt-six ans, Samuel Barber écrit l'*Adagio pour cordes* ; en 1958, il reçoit le prix
.itzer pour son opéra *Vanessa* ; cinq ans plus tard, son *Concerto pour piano* lui en vaudra un second.
ber a toujours su qu'il composerait ; en 1919, âgé d'à peine neuf ans, il laisse sur son bureau, le
ur empli d'appréhension, cette lettre de confession dans l'espoir que sa mère la découvre – ce qui
produit. Un an plus tard, Barber s'attelle à son premier opéra, *Le Rosier*.

Note pour Mère et personne d'autre

Chère Mère, je t'écris ceci pour te dire le secret qui me préoccupe. Ne pleure
pas quand tu liras cela parce que ce n'est ni ta faute ni la mienne. Je suppose
que je devrais te le dire maintenant sans plus tergiverser. Pour commencer
je ne suis pas fait pour être un athlète. Je suis fait pour être compositeur, et
je le deviendrai, j'en suis sûr. Je vais encore te demander quelque chose : ne
me demande pas d'essayer d'oublier cette idée déplaisante et d'aller jouer au
football. S'il te plaît. Parfois je m'inquiète tellement à ce sujet que cela me
met en colère (pas beaucoup).

Affectueusement,

Sam Barber II

LETTRE 081

PERMISSION D'ATTERRIR

BUANG-LY À USS *MIDWAY* - 30 avril 1975

Fin de la guerre du Vietnam : les forces nord-vietnamiennes s'emparent de la capitale du Sud; c'
la « chute de Saigon ». Prévoyant la défaite, les Américains mettent en place l'opération *Frequ*
Wind et procèdent à l'évacuation par hélicoptère de leurs ressortissants. Le 30 avril 1975, alors qu
sont en train de quitter le pays, les membres de l'équipage du USS *Midway* voient un petit Cess
0-1 Bird Dog deux places s'approcher, puis voler en cercle au-dessus de leur porte-avions. A
commandes de cet appareil en détresse, Buang-Ly, major des forces aériennes sud-vietnamienn
qui vient de fuir l'île de Con Son avec sa femme et ses cinq enfants. Son niveau de carburant est b
Buang-Ly tente d'entrer en communication avec le bâtiment américain en lâchant des messag
manuscrits. Après quelques essais infructueux, le mot ci-contre – une demande d'atterrissage
attaché à un pistolet, défie la force du vent et atteint le pont d'envol déjà bien encombré.

Après avoir lu le message, le capitaine Larry Chambers ordonne à tous les soldats présents
déplacer les hélicoptères américains pour faire place à l'avion de Buang-Ly, quitte à devoir, pour ce
les jeter à l'eau. Le petit Cessna réalise un atterrissage parfait, sans appontage, sous les appla
dissements des membres de l'équipage. Buang-Ly et les siens sont sains et saufs.

La traduction conserve les fautes de l'original.

Pouvez-vous déplacé l'hélicoptère de l'autre côté, que je puisse atterrir sur
votre piste, je peux encore voler une heure, nous avons assez de temps pour
bougez. S'il vous plaît sauvez-moi.
Major Bung, sa femme et 5 enfants.

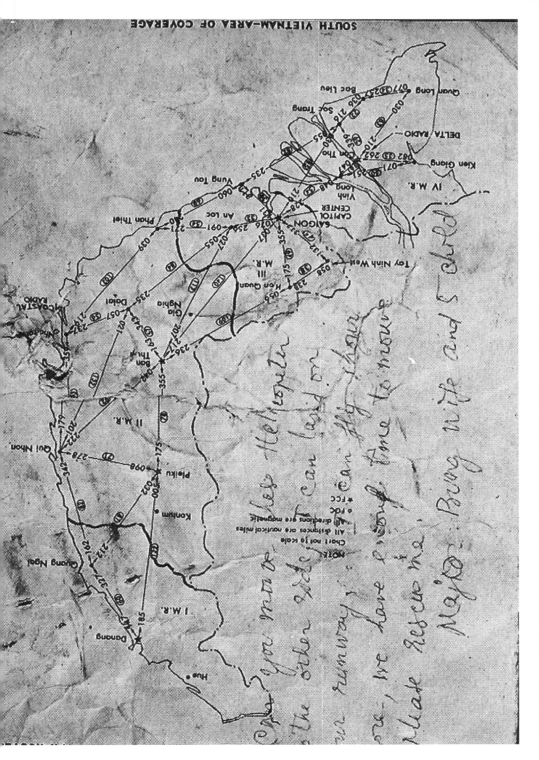

SOUTH VIETNAM—AREA OF COVERAGE

DITES OUI, J'AI BESOIN D'UN TRAVAIL

TIM SCHAFER À DAVID FOX - 1989

Tim Schafer aspire à une carrière de concepteur de jeux vidéo. En 1989, à l'issue d'un entretien té‎ phonique désastreux au cours duquel il a admis jouer aux versions piratées des jeux créés par s‎ potentiel employeur, on lui conseille malgré tout de candidater à un poste d'assistant programme‎ concepteur chez LucasArts, la société de développement de jeux vidéo fondée par George Luc‎ en 1982. L'enjeu est de taille : Schafer doit faire oublier une très mauvaise première impression‎ choisit alors de présenter sa candidature sous la forme d'un jeu d'aventures. Et la stratégie po‎ ses fruits : quelques semaines plus tard, le jeune homme obtient un poste. Schafer concevra et pr‎ grammera deux des plus grands jeux vidéo d'aventures jamais produits : *The Secret of Monkey Isla* et sa suite, *Monkey Island 2 : LeChuck's Revenge.*

IDEAL CAREER CENTER

Your quest for the ideal career begins, logically enough, at the Ideal Career Center. Upon entering, you see a helpful looking woman sitting behind a desk. She smiles and says, "May I help you?"

>SAY YES I NEED A JOB

"Ah," she replies, "and where would you like to work, Los Angeles, Silicon Valley, or San Rafael?"

>SAY SAN RAFAEL

"Good choice," she says, "Here are some jobs you might be interested in," and gives you three brochures.

>EXAMINE BROCHURES

The titles of the three brochures are as follows: "HAL Computers: We've Got a Number For You," "Yoyodine Defense Technologies: Help Us Reach Our Destructive Potential," and "Lucasfilm, Ltd: Games, Games, Games!"

>OPEN LUCASFILM BROCHURE

The brochure say that Lucasfilm is looking for an imaginative, good-humored team playe who has excellen communication skills, programming experience, and love games. Under tha description, oddly enough, is a picture of you.

>SEND RESUME

You get the jol Congratulations! You start right away!

>GO TO WORK

You drive the shor commute to the Lucasfilm building and find it full of friendly people who show you the way your desk.

>EXAMINE DESK

Your desk has on it powerful computer, telephone, some personal nicknacks, and some work to do.

>EXAMINE WORK

It is challenging and personally fulfilling to perform.

>DO WORK

As you become personally fulfilled, your score reaches 100 and this quest come to an end. Th adventure, however is just beginning and so are your days Lucasfilm.

THE END

OUS N'AVONS PLUS LE DROIT DE GARDER LE SILENCE

ENTE-SIX ÉCRIVAINS AMÉRICAINS AU PRÉSIDENT DES ÉTATS-UNIS - 16 novembre 1938

a veille de la Seconde Guerre mondiale, en Allemagne, les attaques antisémites se multiplient : aisons, entreprises, synagogues sont pillées, saccagées, voire incendiées. Les pogroms causent mort de quatre-vingt-dix Juifs et bien davantage sont envoyés dans les camps de concentration. communauté internationale ne tarde pas à réagir. Le 16 novembre 1938, moins d'une semaine rès la Nuit de cristal, un collectif de trente-six auteurs américains fait parvenir un télégramme au ésident Franklin D. Roosevelt, dans lequel ils l'exhortent à couper tout lien avec l'Allemagne nazie.

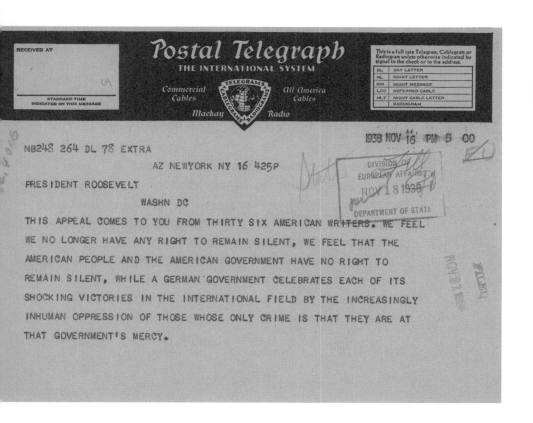

Postal Telegraph
THE INTERNATIONAL SYSTEM

Commercial
Cables

All America
Cables

Mackay *Radio*

RECEIVED AT

STANDARD TIME
INDICATED ON THIS MESSAGE

This is a full rate Telegram, Cablegram or
Radiogram unless otherwise indicated by
signal in the check or in the address.

DL	DAY LETTER
NL	NIGHT LETTER
NM	NIGHT MESSAGE
LCO	DEFERRED CABLE
NLT	NIGHT CABLE LETTER
	RADIOGRAM

1938 NOV 16   PM 5 00

NB248 2 NYC ROOSEVELT WASHN DC

THIRTY FIVE YEARS AGO A HORRIFIED AMERICA ROSE TO ITS FEET TO
PROTEST AGAINST THE KISHINEV POGROMS IN TSARIST RUSSIA. GOD
HELP US IF WE HAVE GROWN SO INDIFFERENT TO HUMAN SUFFERING THAT
WE CANNOT RISE NOW IN PROTEST AGAINST THE POGROMS IN NAZI GERMANY.
WE DO NOT BELIEVE WE HAVE GROWN SO INDIFFERENT AND WE DO NOT
THINK THE WORLD SHOULD BE ALLOWED TO THINK WE HAVE. WE FEEL
THAT IT IS DEEPLY IMMORAL FOR THE AMERICAN PEOPLE TO CONTINUE
HAVING ECONOMIC RELATIONS WITH A GOVERNMENT THAT AVOWEDLY USES MASS
MURDER TO SOLVE ITS ECONOMIC PROBLEMS. WE ASK YOU TO SEVER
TRADE RELATIONS WITH NAZI GERMANY, TO DECLARE

NB248 3 NYC ROOSEVELT WASHN DC

1938 NOV 16 PM 5 00

AN EMBARGO ON ALL NAZI GERMAN GOODS, SIGNED

NEWTON ARVIN PEARL BUCK S N BEHRMAN NORAH BENJAMIN VAN WYCK BROOKS

JOHN CHAMBERLIN ALAN CAMPBELL MARC CONNELLY ROBERT CANTWELL PAUL DE

KRUIF MAJOR GEORGE FIELDING ELIOT EDNA FERBER MARJORIE FISHCER

JOHN GUNTHER DASHIELL HAMMETT SIDNEY HOWARD LILLIAN HELLMAN

ROBINSON JEFFERS GEORGE S KAUFMAN LOUIS KRONENBERGER PARE LORENZ

OLIVER LA FARGE EUGENE O'NEILL CLIFFORD ODETS DOROTHY PARKER

MURDOCK PEMBERTON GEORGE SELDES ISIDOR SCHNEIDER JOHN STEINBECK

ROBERT SHERWOOD DOROTHY THOMPSON THORNTON WILDER FRANCES WINWAR

W S WOODWARD HELEN WOODWARD LESNE ZUGSMITH.

SUGGESTIONS À L'ÉTIQUETTE DE L'ÉLÈVE MÂLE

RUDYARD KIPLING AUX ÉDITEURS DU *HORSMONDEN SCHOOL BUDGET* - Lundi de Pâques 1898

Les éditeurs du *Horsmonden School Budget*, magazine bimensuel publié «par des garçons, po‹
des garçons», au sein de l'école du même nom, dans le comté anglais du Kent, cherchent à fa‹
rayonner leur journal. Prêts à tout, ils envoient un exemplaire à l'auteur du *Livre de la jungle* en l‹
proposant de contribuer au numéro suivant. À la stupeur générale, Rudyard Kipling donne suit‹
figurent dans son courrier une demande de rémunération et une liste de six «suggestions à l'é‹
quette de l'élève mâle», qui seront effectivement publiées dans la revue. Kipling n'encaissera jam‹
le chèque réclamé, qui est désormais exposé dans son ancienne maison de famille à Burwash, ‹
Angleterre.

Capetown,
Lundi de Pâques, 1898

Aux rédacteurs en chef, *School Budget*.

Messieurs,

J'accuse réception de votre lettre sans date, et du numéro de *School Budget* du 4 février ; vous semblez être en possession du culot inouï qui a fort peu de chances de vous profiter dans ce monde ou dans le prochain. Qui plus est, vous omettez de préciser où votre journal est imprimé et dans quel comté d'Angleterre se trouve Horsmonden.

Mais d'un autre côté, nonobstant, je ne puis qu'approuver chaleureusement vos «suggestions à l'étiquette de l'élève mâle», et je prends la liberté de vous en adresser quelques autres, telles que suit :

(1) Si vous avez quelque doute que ce soit au sujet d'une réponse, toussez. Dans trois cas sur cinq, cela vous épargnera la peine de vous entendre prier de «répéter, s'il vous plaît».

(2) Les deux garçons les plus utiles d'une classe sont (a) le favori du maître, selon les circonstances, et (b) son souffre-douleur. Un brin d'astuce dans l'organisation peut permettre à (a) de faire parler le maître durant toute la première moitié de la leçon et à (b) de reprendre le flambeau de la diversion pour le reste de l'heure. *Nota bene* : un syndicat devra être créé afin de traiter

les amendes infligées à (b), en reconnaissance des services rendus.

(3) Un amateur aguerri au zèle des réponses spontanées fera toujours l'enchantement des lundis matin.

(4) Ne jamais refuser les demandes en avalanche d'un maître. Lui opposer un regard soucieux, sortir en même temps une lettre du cartable et la contempler attentivement. Il pensera que c'est un devoir commandé par un autre.

(5) Quand le fermier poursuit le chien, choisir la première niche en vue. L'adulte tient pour acquis que le garçon court toujours très loin.

(6) S'il est absolument indispensable de marauder les pommes du voisin, toujours choisir le dimanche à cet effet : on les dissimulera dans son haut-de-forme, ce qui vaut mieux que de les boutonner en force sous son veston.

Ces conseils vous paraîtront valoir de colossales sommes d'argent, mais je me contenterai d'un chèque ou d'un virement postal de 6 dollars, dans le délai qui vous conviendra, si cette contribution devait couvrir plus d'une page.

Fidèlement vôtre,

Rudyard Kipling

LE SEXE NE S'ÉPANOUIT PAS DANS LA MONOTONIE

ANAÏS NIN AU COLLECTIONNEUR - Vers 1940

Lors de leur première rencontre à Paris en 1932, Anaïs Nin et Henry Miller sont tous deux marié
Quelques mois plus tard, ils entament pourtant une liaison passionnelle et sulfureuse qui
prolongera de nombreuses années. Dans les années 1940, Anaïs Nin, Henri Miller et un collec
d'auteurs sont engagés par un client anonyme, « le Collectionneur », pour écrire de la fiction érotiq
– moyennant un dollar la page. Lasse des exigences de ce mystérieux individu, qui souhaite voir s
auteurs « couper la poésie » pour « se concentrer sur le sexe », Anaïs Nin prend la plume afin de
exprimer sa consternation.

Cher Collectionneur,

Nous vous détestons. Le sexe perd tout pouvoir et toute magie dès
qu'il devient explicite, mécanique, surfait, dès qu'il devient un automatisme
obsessionnel. Il devient ennuyeux. Mieux que n'importe quelle autre
personne de ma connaissance, vous nous avez appris combien il est mauvais
de ne pas l'associer aux émotions, à l'appétit, au désir, à la luxure, à l'envie,
au caprice, aux liens intimes, aux relations plus profondes qui modifient ses
couleurs, sa saveur, ses rythmes, son intensité.

Vous ignorez absolument à côté de quoi vous passez avec votre
examen microscopique de l'activité sexuelle, à l'exclusion des autres qui,
précisément, représentent l'étincelle lui permettant de s'enflammer. Examens
intellectuel, imaginaire, romantique, émotionnel. C'est ce qui offre au
sexe sa substance inattendue, ses subtiles transformations, ses ingrédients
aphrodisiaques. Vous atomisez l'univers de vos sensations. Vous le flétrissez,
vous l'affamez, vous le saignez.

Si vous investissiez votre vie sexuelle des excitations et des aventures
que l'amour injecte à la sensualité, vous seriez l'homme le plus viril du
monde. La source du pouvoir sexuel réside dans la curiosité, la passion.
Vous vous contentez de regarder sa petite flamme mourir, asphyxiée.
Le sexe ne s'épanouit pas dans la monotonie. Sans les sentiments, l'inventivité,
les humeurs, pas de surprise au lit. Le sexe doit se mêler aux larmes, au rire,
aux mots, aux promesses, aux scènes, à la jalousie, à l'envie, à toutes
les tonalités de la peur, aux voyages, aux nouveaux visages, aux histoires,
aux rêves, aux fantasmes, à la musique, à la danse, à l'opium, au vin.

Combien d'expériences perdez-vous, avec votre petit périscope posé au bout du sexe, alors que vous pourriez jouir d'un harem de merveilles secrètes et chaque fois nouvelles ? Il n'existe pas deux toisons semblables, mais vous nous interdisez de gaspiller des mots à décrire une toison ; deux odeurs non plus, mais si nous avons le malheur de nous y étendre, vous protestez d'un « coupez la poésie ». Il n'existe pas deux peaux de la même texture, jamais une même lumière, une même température, une même ombre, jamais le même geste ; car un amant dont le grand amour éveille l'excitation passera par toute la gamme des coutumes amoureuses offertes par les siècles, et quelle gamme ! les changements de l'âge, les variations de la maturité et de l'innocence, la perversité et l'expertise, animaux naturels et gracieux.

Nous sommes restés pendant des heures à nous demander à quoi vous ressemblez. Si vous vous êtes fermé au toucher, à la lumière, à la couleur, au parfum, au caractère, au tempérament, vous devez vous trouver six pieds sous terre. Il existe tant de minuscules sensations ramifiées qui rendent hommage au fleuve du sexe, s'y précipitent et le nourrissent. Seul le battement à l'unisson du cœur et du sexe peut engendrer l'extase.

Anaïs Nin

ALLEZ VOUS FAIRE METTRE

BILL BAXLEY À EDWARD R. FIELDS - 20 février 1976

THE ATTORNEY GENERAL STATE OF ALABAMA

MONTGOMERY, ALABAMA 36130

WILLIAM J. BAXLEY
ATTORNEY GENERAL

GEORGE L. BECK
DEPUTY ATTORNEY GENERAL

E. RAY ACTON
EXECUTIVE ASSISTANT

WALTER S. TURNER
CHIEF ASSISTANT ATTORNEY GENERAL

LUCY H. RICHARDS
CONFIDENTIAL ASSISTANT

JACK D. SHOWS
CHIEF INVESTIGATOR

February 20, 1976

"Dr." Edward R. Fields
National States Rights Party
P. O. Box 1211
Marietta, Georgia 30061

Dear "Dr." Fields:

My response to your letter of February 19, 1976,
is - kiss my ass.

Sincerely,

BILL BAXLEY
Attorney General

1970, Bill Baxley est élu procureur général de l'Alabama à l'âge de vingt-neuf ans. Il rouvre aussitôt l'enquête concernant l'attentat de l'église baptiste de la 16e Rue, crime raciste qui a conduit à mort de quatre jeunes filles noires en 1963 et a marqué un tournant dans le mouvement pour les roits civiques. L'engagement sans faille de Baxley suscite l'hostilité de certains, dont des membres caux du Ku Klux Klan ; en 1976, il reçoit une lettre de menace d'Edward R. Fields, suprémaciste anc, fondateur du National States' Rights Party et «Grand Dragon» du Nouvel ordre des chevaliers u Ku Klux Klan, qui l'accuse de reprendre le dossier pour des raisons stratégiques. La réponse de axley est aussi succincte que directe.

année suivante, un membre des United Klans of America, Robert Chambliss, est reconnu coupable es meurtres. Il restera en prison jusqu'à sa mort en 1985.

E TESTAMENT D'HEILIGENSTADT

UDWIG VAN BEETHOVEN À SES FRÈRES - 6 octobre 1802

es œuvres de Ludwig van Beethoven, grand parmi les grands, émerveillent d'autant plus qu'on sait ue l'ouïe du compositeur a commencé à s'altérer peu avant ses trente ans. La surdité précoce de Beethoven a nourri chez lui des accès de dépression et des pensées suicidaires et l'a poussé à s'éloigner de ses proches. À trente-deux ans, il rédige le bouleversant «Testament de Heiligenstadt », estiné à être lu par ses frères après sa mort ; il y explique son comportement misanthrope et sa ouffrance existentielle. Malgré son handicap, Beethoven continuera à composer jusqu'à la fin de sa ie ; il décède en 1827, vingt-cinq ans après avoir écrit cette lettre.

Pour mes frères Karl et [Johann] Beethoven.

Ô vous, qui pensez que je suis un être haineux, obstiné, misanthrope, ou qui me faites passer pour tel, combien vous êtes injustes ! Vous ignorez la raison secrète de ce qui vous paraît ainsi. Dès l'enfance, mon cœur, mon esprit inclinaient à ce sentiment délicat : la bienveillance. J'étais toujours disposé à accomplir de grandes actions ; mais n'oubliez pas que depuis bientôt six ans je suis atteint d'un mal pernicieux, que l'incapacité des médecins est venue aggraver encore. Déçu d'année en année dans l'espoir que mon état s'améliore, forcé enfin d'envisager l'éventualité d'une infirmité durable, dont la guérison exigerait des années, en admettant qu'elle fût possible, doué d'un tempérament ardent et décisif, porté aux distractions qu'offre la société, je me suis vu contraint, de bonne heure, à m'isoler, à passer ma vie loin du monde, solitaire. S'il m'est arrivé, parfois, de vouloir ignorer tout cela, la triste expérience que je faisais alors de mon ouïe perdue venait durement me le rappeler ; et pourtant je ne pouvais encore me

résoudre à dire aux hommes : « Parlez plus haut, criez, car je suis sourd. »
Ah ! comment avouer la faiblesse d'un sens, qui, chez moi, devrait être
infiniment plus développé que chez les autres, d'un sens que j'ai possédé
autrefois dans une perfection telle que bien peu de musiciens l'ont jamais
connue. Non, je ne le puis pas. Aussi, pardonnez-moi si, comme vous le
voyez, je me retire aujourd'hui du monde, alors qu'auparavant, je m'y mêlais
volontiers. Je suis d'autant plus sensible à mon infortune qu'elle me fait
méconnaître de tous.

Il ne m'est plus permis de chercher un délassement dans la société
de mes semblables ; fini le plaisir des entretiens agréables et de nature
élevée, fini les épanchements. Complètement seul – ou presque – je ne puis
fréquenter le monde que dans la mesure où l'exige l'absolue nécessité. Il me
faut vivre en proscrit ; si je m'approche d'une société, aussitôt je me sens
pris d'une angoisse terrible dans la crainte où je suis d'être exposé au danger
qu'on remarque mon état.

Il en fut ainsi pendant ces six mois que j'ai passés à la campagne. Mon
médecin très sensé me priant de ménager mon ouïe le plus possible, prévint,
pour ainsi dire, mon penchant personnel, encore qu'entraîné par mon esprit
sociable j'y ai cédé quelquefois. Mais quelle n'était pas mon humiliation si
quelqu'un, à côté de moi, percevait les sons lointains d'une flûte et que je
n'entendais rien, ou les chants d'un berger, et que je n'entendais rien non
plus. Pareils incidents me jetaient au seuil du désespoir. Pour un peu, j'aurais
mis fin à mes jours…

C'est l'art, et lui seul, qui m'a retenu. Ah, il me paraissait impossible
de quitter ce monde avant d'avoir donné tout ce que je sentais germer en
moi ; ainsi je végétais, prolongeant une existence misérable – combien
misérable en vérité est ce corps d'une sensibilité telle que tout changement
un peu brusque peut me faire passer du meilleur état de santé au plus
mauvais ! Patience –, il s'agit, paraît-il, de te prendre pour guide, c'est fait.
Ma résolution sera durable, je l'espère ; je tiendrais jusqu'à ce qu'il plaise
aux Parques inexorables de trancher le fil de ma vie.

Peut-être irai-je mieux, peut-être non : je suis résigné. Dans ma vingt-
huitième année, me voir déjà dans l'obligation de devenir philosophe n'est
pas chose aisée ; pour un artiste, c'est plus dur encore que pour un autre
homme. – Divinité, tu vois d'en haut le fond de mon cœur, tu le connais ;
tu sais bien que l'amour de l'humanité, le désir de faire le bien t'habitent.
Oh vous, qui lirez un jour ceci, pensez que vous avez été injustes pour moi ;
et que le malheureux se console en rencontrant un malheureux comme lui
qui, en dépit de tous les obstacles de la nature, s'est toujours efforcé d'être
admis au rang des artistes et des hommes d'élite !

Vous, mes frères Karl et [Johann], dès que je ne serai plus, si le professeur Schmidt vit encore, priez-le en mon nom de décrire ma maladie et joignez-y ces pages afin qu'après ma mort, au moins, les hommes m'accordent leur pardon. Et je vous reconnais tous les deux les héritiers de ma petite fortune (si on peut lui donner ce nom). Partagez-la honnêtement, entendez-vous et assistez-vous mutuellement. Vos offenses, je vous les ai pardonnées depuis longtemps, vous le savez bien. Toi, mon frère Karl, je te remercie encore, tout particulièrement, pour le dévouement dont tu as fait preuve envers moi dans ces derniers temps. Mon désir est que votre vie soit plus facile, plus exempte de soucis que la mienne. Recommandez à vos enfants la pratique de la vertu : elle seule, et non l'argent, peut rendre heureux ; je parle par expérience. C'est la vertu qui m'a soutenu jusque dans la détresse ; à elle et à mon art je dois de n'avoir pas mis fin à mes jours par le suicide. Adieu et aimez-vous ! – Je remercie tous mes amis, en particulier le prince Lichnowski et le professeur Schmidt. – C'est mon désir que les instruments du prince Lichnowski soient conservés par l'un de vous ; mais que cette volonté ne soit pas la cause d'une discussion ; s'ils peuvent vous servir à quelque chose de plus utile, vendez-les. Combien la pensée me rend heureux que, dans ma tombe encore, je pourrai vous rendre service !

Ce serait donc fait. Avec joie je vais au-devant de la mort. Si elle vient avant que j'aie eu l'occasion de déployer toutes mes facultés d'artiste, malgré la dureté de mon sort, elle vient encore trop tôt pour moi, et sans doute désirerais-je la voir tarder. Mais, dans ce cas aussi, je me résigne ! Ne me délivrera-t-elle pas d'un état de souffrances sans fin ? Viens quand tu veux ; je vais courageusement à ta rencontre. Adieu et ne m'oubliez pas tout à fait dans la mort. Vous me le devez bien, parce que, dans ma vie, j'ai pensé souvent à vous, à vous rendre heureux ; soyez-le !

Heiligenstadt, le 6 octobre 1802,
Ludwig van Beethoven.

Heiligenstadt, le 10 octobre.

Ainsi, je prends congé de toi – et certes, tristement. Oui, le doux espoir que j'ai emporté ici d'y trouver, dans une certaine mesure au moins, la guérison, il me faut l'abandonner. Comme tombent mortes les feuilles d'automne, il est mort pour moi. Tel je vins ici, tel je m'en vais, ou à peu de chose près ; et ce noble courage qui, aux beaux jours d'été, souvent m'animait, lui-même s'en est allé. Oh, Providence, laisse luire pour moi un jour de joie sans nuage ! Depuis si longtemps je n'entends plus résonner l'écho intime de la véritable joie… Quand – oh, quand, Divinité, sa voix pénétrera-t-elle en moi, dans le temple de la nature et des hommes ? Jamais ? Non ! – Ce serait trop cruel !...

© Éditions Corrêa, 1936, pour la traduction française de M.V. Kubié. © Buchet/Chastel, 1970.

für meine Brüder Carl und [...]

Halberstadt
den 6ten October
1 8 0 2

PAYEZ AU SUIVANT

BENJAMIN FRANKLIN À BENJAMIN WEBB - 22 avril 1784

Père fondateur des États-Unis d'Amérique, Benjamin Franklin possède plus d'une corde à son a
Outre son activité politique, il est, par ordre alphabétique, auteur, diplomate, homme d'affair
homme politique, humoriste, imprimeur, inventeur, militant, musicien et scientifique. À en ju
par la lettre qu'il écrit à Benjamin Webb en 1784, Benjamin Franklin figure également parmi
premiers partisans du « Pay it forward », littéralement « Payez au suivant », un principe qui consis
pour les débiteurs, non pas à rembourser leur emprunt à leur créancier, mais à céder leur dû à c
individus aux besoins similaires, et ainsi de suite, le tout générant une forme de cercle vertueux,
chaîne de solidarité à travers la société. Deux siècles plus tard, cette pratique existe toujours.

Passy, 22ᵉ d'avril 1784

Cher Monsieur,

J'ai reçu votre lettre du 15 courant et le Mémoire. Le compte rendu
de votre situation qui y figure m'attriste. Je vous adresse avec ce pli un
Billet d'une valeur de dix Louis d'or. Je ne prétends pas vous offrir une
telle Somme ; je ne puis que vous la prêter. Lorsque vous retournerez en
votre Pays, l'Humeur embellie, vous ne manquerez pas de vous engager en
quelque Affaire, qui vous permettra en temps voulu de rembourser toutes
vos Dettes. En ce Cas, dès que vous rencontrerez à votre tour un honnête
Homme en semblable Détresse, vous me paierez en lui prêtant la même
Somme ; enjoignez-lui de se décharger de la Dette par une opération
similaire, lorsqu'il en sera capable et en connaîtra l'opportunité. Mon
espoir est que le procédé passe en de nombreuses mains avant qu'un Fripon
n'entrave son Progrès. C'est là une astuce de ma part pour faire le bien avec
peu d'argent. Je ne suis pas assez riche pour me permettre beaucoup de
bonnes actions, aussi me dois-je d'être rusé et de tirer le meilleur parti de
peu. Avec mes meilleurs vœux de succès pour votre Mémoire, et votre future
prospérité,

Je demeure, Monsieur, votre très obligé serviteur,

B. Franklin.

LA NICHE D'EDDIE

JIM BERGER À FRANK LLOYD WRIGHT - 19 juin 1956

Au terme d'une carrière de soixante-dix ans au cours de laquelle il a conçu plus de mille structu
et réalisé plus de cinq cents bâtiments, Frank Lloyd Wright est reconnu, après sa mort en 19
comme «le plus grand architecte américain de tous les temps» par l'Institut des architectes ar
ricains. Un jour de 1956, le petit garçon d'un de ses clients, Jim Berger, douze ans, lui fait parve
une commande singulière, sans doute la plus humble jamais reçue par le maître : les plans d'
niche pour le chien Eddie, avec l'impératif que celle-ci s'accorde au reste de la maison famili
Aussi surprenant que cela puisse paraître, Wright accepte le projet et fournit l'année suivante
plans complets pour «la niche d'Eddie». La réalisation de ce minuscule élément de l'histoire
l'architecture est achevée par le père d'Eddie en 1963.

19 juin 1956

Cher Mr Wright,

Je suis un garçon de douze ans. Je m'appelle Jim Berger. Vous avez dessiné une maison pour mon père qui s'appelle Bob Berger. Je gagne un peu d'argent en distribuant les journaux, une partie va à la banque et une autre à mes dépenses.

Je serais heureux que vous me dessiniez une niche, qui serait facile à construire, et qui serait assortie à notre maison. Le nom de mon chien est Edward, mais on l'appelle Eddie. Il a quatre ans, ou vingt-huit en vie de chien. C'est un labrador retriever. Il fait soixante-quinze centimètres de haut et quatre-vingt-dix de long. Si j'aimerais cette niche, c'est surtout pour les hivers. Mon papa dit que si vous dessinez la niche, il m'aidera à la construire. Mais si vous dessinez la niche, je vous paierai pour les plans et les matériaux avec l'argent que je gagne en distribuant les journaux.

Respectueusement,
Jim Berger

June 19,

Dear Mr. Wright

    I am a boy of twelve years. My nam
Jim Berger. You designed a house for
father whose name is Bob Berger.
have a paper route which I make
little bit of money for the bank, an
expenses.

    I would appreciate it if you wo
design me a dog house, which wo
be easy to build, but would go wi
our house. My dog's name i, Edward
we call him Eddie. He is four yea
old or in dog life 28 years. He is
Laborador retriever. He is two a
half feet high and three feet long.
reasons I would like this dog hou
is for the winters mainly. My da
said if you would help me build it, but
will pay you for the plans and ma
out of the money I get from my r

              Respectfully yours
                Jim Berger

My dad said if you design the dog house he
help me build it

But if your design the dog house I wil
you for the plans and materels

Jim Berger
Box 437
San Anselmo
California

Dear Jim: A house for Eddie is an opportunity.   Someday
I shall design one but just now I am too busy to concentrate
on it.   You write me next November to Phoenix, Arizona and
I may have something then.

T A L I E S I N

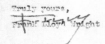

Truly yours,

Frank Lloyd Wright

June 28th, 1956

San Anselmo, Californie

Cher Jim,

Une niche pour Eddie est une opportunité. J'en dessinerai peut-être une un jour mais pour le moment, j'ai trop de travail pour y réfléchir. Écris-moi en novembre prochain à Phoenix (Arizona), j'aurai peut-être quelque chose à ce moment-là.
Bien à toi,

Frank Lloyd Wright   28 juin 1956

———————————

Cher Mr Wright,

Je vous ai écrit le 19 juin 1956 pour que vous dessiniez une niche pour mon chien Eddie qui soit assortie à la maison que vous avez dessinée pour mon papa. Vous m'avez dit de vous écrire à nouveau en novembre alors je vous le demande encore, pourriez-vous me dessiner une niche.
Respectueusement,

Jim Berger

Box 937
San Anselmo Ca
November 1, 19

Cali

Dear Mr Wright

I wrote you June 19, 1956 about design
my dog Eddie a dog house. To go with the house you designed for You told m
in November. So I ask you again
to write you again. So I ask you again
could you design me a dog house.
Respectfully yours;
Jim Berger

VOULAIS DISPARAÎTRE SOUS TERRE

RE TYPE - Vers 856

st-il pas rassurant de savoir qu'il y a plus d'un millénaire, certains individus ivres se ridiculisaient
lors de dîners et le regrettaient amèrement à leur réveil ? En effet, le phénomène est alors si
andu en Chine que le bien nommé «Bureau de l'étiquette» de Dunhuang, ville située dans la
vince du Gansu, a mis en place une lettre d'excuses type que les responsables locaux ayant forcé
la boisson peuvent signer et remettre, tête baissée, à leurs hôtes offensés. Nous reproduisons
ne version datée de 856.

Hier, ayant trop bu, j'ai été assez intoxiqué pour outrepasser toute limite ;
mais aucune parole du langage grossier et vulgaire que j'ai pu tenir n'a été
prononcée en conscience. Le lendemain matin, après avoir entendu les autres
évoquer le sujet, j'ai réalisé ce qui s'était passé, et j'en ai été si profondément
mortifié que je voulais disparaître sous terre avec ma honte. Tout est venu
de ce que j'ai bien trop rempli un récipient aussi petit que ma jugeote. Avec
humilité je veux croire que votre sage bienveillance ne condamnera pas ma
transgression. Bientôt, je viendrai présenter mes excuses en personne et en
attendant, je me permets d'adresser ce petit écrit à votre aimable attention.
Préférant ne pas en dire davantage, je demeure très respectueusement vôtre.

芳猷未遂披展忽辱　蔡間漆慰勤誠時候伏惟　厶官動止萬福

即此厶蒙推免限以官守拜　謁未由瞻驟之誠益增勤慕謹奉畧狀不

宣謹狀

　　　　酒熟相迎書

四海雜相迎書語

酒熟相迎書

家隁清春乍始新熟深恩　已知仰慕同遊不耻蓬門幸垂過訪一否

解悶便請速來即當專也謹奉狀不宣謹狀

久不相見迎書

諮邀幸蒙顧同歡請垂降顧　春仰多時無由披叙今具空酒輒敢

覺朝來見諸人說方知其由無地容身慙悚尤積本緣小器到次滿溢

酒後失禮謝書

　　　　　　　顧同歡請垂降顧　專佇候

昨日多飲醉甚當庭麁踈言詞都不醒

不宣謹狀

仁明不賜罪責當面謝先狀　諮申伏惟監察

深及元伏望

不宣謹狀

　　　　歲日相迎書

歲歲初開元正啟祚入新啟故万物同宜興

CHAGRIN PASSE ET NOUS RESTONS

RY JAMES À GRACE NORTON - 28 juillet 1883

ce Norton, essayiste reconnue et amie du célèbre écrivain Henry James, vient de connaître un
il dans sa famille. Moralement très éprouvée, elle fait parvenir à l'auteur de *Portrait de femme*
lettre qui laisse transparaître son affliction. De la disparition d'un être cher, Henry James, qui
rdu ses propres parents quelques mois plus tôt, sait quelque chose ; malgré la récente épreuve
l a traversée et bien qu'il amorce sa réponse par la phrase : « je ne sais vraiment que te dire », il
plit son courrier de conseils tendres et lumineux.

131 Mount Vernon Street,
Boston, 28 juillet

Ma chère Grace,

Devant les souffrances des autres, je me sens toujours entièrement
impuissant, et la lettre que tu m'as remise révèle de tels degrés de souffrance
que je ne sais vraiment que te dire. Ce n'est évidemment pas là mon
dernier mot – mais il fallait que ce soit le premier. En vérité, tu n'es pas
isolée dans l'épreuve de tels sentiments – j'entends dans le sens où tu
sembles faire tienne toute la misère de l'espèce humaine ; seulement, j'ai la
terrible impression que tu donnes tout et ne reçois rien, que ton amitié ne
rencontre pas de réciproque, que tu en retires toute l'affliction sans aucun
des bénéfices. Je suis toutefois déterminé à te parler avec la seule voix du
stoïcisme.

J'ignore *pourquoi* nous vivons – le don de la vie nous vient de je
ne sais quelle source, à je ne sais quelle fin ; mais je crois que nous devons
continuer de vivre pour cette raison (évidemment, toujours jusqu'à un
certain point) que la vie est l'objet de la plus grande valeur que nous
connaissions, et que l'on peut dès lors présumer qu'y renoncer serait une
grande erreur, tant que la coupe n'est pas vide. En d'autres termes, la
conscience est un pouvoir illimité, et même si parfois elle semble n'être
que conscience de la misère, il y a dans sa façon de se propager de vague en
vague, pour que jamais nous ne cessions de sentir – en dépit des moments
où nous le croyons, où nous œuvrons, prions pour ne plus sentir –, quelque
chose qui nous retient sur le lieu où nous sommes pour en faire, au sein de
l'univers, un point de vue qu'il est préférable de ne pas quitter.

Tu as raison de penser que nous sommes tous les échos et les
réverbérations *d'un seul*, et tu es noble dans ton intérêt et ta compassion

envers tout ce qui t'entoure, qui semblent receler un pouvoir de soutien et d'harmonie. Seulement, je t'en conjure, ne *généralise* pas trop ces sympathies et ces tendresses – rappelle-toi que chaque vie est un problème particulier qui n'est pas le tien mais celui d'un autre, et contente-toi de l'effroyable algèbre qui t'incombe. Ne te fonds pas trop dans l'univers, mais reste aussi solide, dense et droite que tu le pourras. Nous vivons tous ensemble, et ceux d'entre nous qui savent et qui aiment, vivent infiniment plus. Nous nous entraidons – même inconsciemment, chacun à sa manière, nous éclairons les efforts des autres, nous contribuons à la somme des succès, nous rendons possible aux autres de vivre. Le chagrin nous vient en vagues abondantes – nul ne le sait mieux que toi – mais il s'échoue derrière nous, et même s'il parvient presque à nous ensevelir, il nous laisse sur place, et nous savons que s'il est fort nous sommes plus forts, dans la mesure où il passe et que nous restons. Il nous élime, nous use, mais nous l'enfilons et l'usons en retour ; et il est aveugle, alors qu'à notre manière, nous voyons. Ma chère Grace, tu traverses une nuit noire dont je ne distingue rien moi-même dans mon ignorance, sinon qu'elle t'a effroyablement rendue malade ; mais ce n'est qu'une nuit et non une fin, ni *la* fin. Ne pense plus, ne te dis plus que tu peux aider, ne conclus pas, ne décide pas – ne fais rien sauf *attendre*. Tout passera, et la sérénité, l'*acceptation* des mystères et des désillusions, et la tendresse de quelques bonnes personnes, et de nouvelles opportunités, et tant et plus de la vie, en un mot, resteront. Tu as toutes sortes de choses à faire, et je t'y aiderai. Le plus important est de ne pas *fondre* entre-temps. J'insiste sur la nécessité d'une sorte de condensation mécanique – ainsi, quelle que soit la vitesse à laquelle le cheval galope, au moment où il s'arrêtera net, restera sur la selle une Grace Norton certes agitée mais parfaitement inchangée. Essaie de ne pas tomber malade – c'est tout ; car en cela, il y a un avenir. Tu es vouée au succès, et tu ne dois pas échouer. À toi ma plus tendre affection et toute ma confiance.

Ton fidèle ami à jamais,
Henry James

IL SERA IMBATTABLE

PHILIP K. DICK À JEFF WALKER - 11 octobre 1981

October 11, 1981

Mr. Jeff Walker,
The Lado Company,
4000 Warner Boulevard,
Burbank,
Calif. 91522.

Dear Jeff:

I happened to see the Channel 7 TV program "Hooray For Hollywood" tonight with the segment on BLADE RUNNER. (Well, to be honest, I didn't happen to see it; someone tipped me off that BLADE RUNNER was going to be a part of the show, and to be sure to watch.) Jeff, after looking --and especially after listening to Harrison Ford discuss the film-- I came to the conclusion that this indeed is not science fiction; it is not fantasy; it is exactly what Harrison said: futurism. The impact of BLADE RUNNER is simply going to be overwhelming, both on the public and on creative people -- and, I believe, <u>on science fiction as a field.</u> Since I have been writing and selling science fiction works for thirty years, this is a matter of some importance to me. In all candor I must say that our field has gradually and steadily been deteriorating for the last few years. Nothing that we have done, individually or collectively, matches BLADE RUNNER. This is not escapism; it is super realism, so gritty and detailed and authentic and goddam convincing that, well, after the segment I found my normal present-day "reality" pallid by comparison. What I am saying is that all of you collectively may have created a unique new form of graphic, artistic expression, never before seen. And, I think, BLADE RUNNER is going to revolutionize our conceptions of what science fiction is and, more, <u>can</u> be.

Let me sum it up this way. Science fiction has slowly and ineluctably settled into a monotonous death: it has become inbred, derivative, stale. Suddenly you people have come in, some of the greatest talents currently in existence, and now we have a new life, a new start. As for my own role in the BLADE RUNNER project, I can only say that I did not know that a work of mine or a set of ideas of mine could be escalated into such stunning dimensions. My life and creative work are justified and completed by BLADE RUNNER. Thank you...and it is going to be one hell of a commercial success. It will prove invincible.

Cordially,

Philip K. Dick

968 paraît le roman de science-fiction post-apocalyptique de Philip K. Dick *Les androïdes rêvent-ils moutons électriques ?*, qui relate les aventures d'un chasseur d'androïdes sur une Terre ravagée une guerre nucléaire. Les studios de cinéma saisissent aussitôt le potentiel d'une telle histoire. bord peu convaincu par les premières propositions d'adaptation qui lui sont soumises, K. Dick use toute collaboration avec Hollywood, jusqu'au mois d'octobre 1981, lorsqu'il visionne à la télé-on un aperçu du projet rebaptisé *Blade Runner*, avec Ridley Scott à la réalisation et David Peoples à riture du scénario. K. Dick est conquis. Le soir même, il écrit au producteur une lettre enthousiaste. heureusement, l'écrivain décédera cinq mois plus tard, sans avoir vu le film terminé. *Blade Runner* désormais considéré comme l'un des plus grands films de science-fiction de tous les temps.

RCI, BOB

DERIC FLOM À BOB HOPE - 24 février 1973

1997, le Congrès américain décide de couronner l'action menée par le célèbre humoriste Bob
e en faveur des troupes américaines tout au long de sa vie, et adopte une loi qui le hisse au rang
«premier et unique vétéran honoraire des forces armées américaines». Pourtant, rien n'illustre
ux l'impact de Hope que cette lettre du pilote Frederic Flom. Lorsqu'il la rédige, en 1973, Flom
sur le point d'être libéré après avoir passé six ans et demi dans les geôles vietnamiennes. Bob
e a beaucoup œuvré à la libération des soldats ; Flom le sait et il tient à exprimer au bienfaiteur
'armée américaine son immense reconnaissance.

24 Feb,'73

Dear Mr. Hope,

Just another fan letter from a different address. I am an F-105 pilot, shot down over North Viet Nam on 8 August, 1966. I have been held captive since that time, but will finally be released in three days. We have almost no contact with the outside world in here, however, some word has gotten in, via POWs shot down in '72, concerning some of the activities of the American people, & you in particular, on behalf of the POWs. That is what prompted this note.

I want to thank you for all you have done or attempted to do on our behalf. You are truly a POW's friend, & are deserving of more than just a letter from each of us. There have been many a dark & lonesome night when we have felt all but forgotten. It thrills our hearts & makes us glow with pride to learn that the American people have not forgotten us, & that a celebrity such as yourself has active concern. I extend to you & all of America my deep appreciation & I know I speak for all of us.

There is something great about our nation & its people. A celebrity can have a large effect in influencing its thinking & attitude. This effect can be positive or negative, good or bad. Thank you Bob, for being such a large part of America & our wonderful way of life.

Best of luck to you,

Fred Flom

┇ NOUVELLES PAGES DE DIALOGUES INEPTES

┇C GUINNESS À ANNE KAUFMAN - 19 avril 1976

┌sque l'acteur britannique Alec Guinness, oscarisé en 1957 pour sa prestation dans *Le Pont de la ┆ère Kwaï*, adresse ce courrier à son amie Anne Kaufman en avril 1976, il est surtout connu pour ┆ir tourné régulièrement sous la direction du grand David Lean. C'est pourtant son rôle à venir – ┤uel il fait brièvement allusion dans cette lettre majoritairement consacrée aux préparatifs de sa ┆uvelle pièce, *Yahoo* – qui lui assurera des revenus considérables et un succès planétaire : celui ┇bi-Wan Kenobi, aux côtés d'un certain «Tennyson Ford», dans un film aux «dialogues ineptes », ┆r *Wars*.

Lundi de Pâques '76

Ma chère Anne,

Le soleil a brillé durant toutes les fêtes de Pâques, nous offrant de passer notre temps dehors ; les abeilles bourdonnaient dans les cerisiers en fleur ; Walter surveillait les amours des oiseaux dans les haies ; les jonquilles se fanaient ; les peupliers embaumaient l'air ; les bébés fourmis allaient en marche vers la cuisine malpropre ; il y avait du bon vin à boire, et tout aurait été idyllique, sans la présence de ma provocatrice et irritante belle-fille, au demeurant peu équilibrée. Et de sa guerroyeuse marmaille. Les enfants sont à peu près convenables, sans doute, sauf leurs manières ridicules et leur accent cockney nasal. Merula les prend à sa charge pour les dix jours à venir, et je suis certain que dès que leurs parents seront repartis pour leurs vacances (respectives), ils se comporteront comme des anges. Le phénomène s'est déjà produit. Je suis rentré ce soir à Londres pour besogner au studio le reste de la semaine. Je ne peux pas prétendre que le film me plaît beaucoup – je reçois tous les deux jours de nouvelles pages de dialogues ineptes sur moult papiers roses – qui ne contiennent <u>rien</u> pour rendre mon personnage plus compréhensible ou même tolérable. Je me concentre avec gratitude sur les délicieuses carottes qui me permettront de tenir jusqu'en avril prochain, même si *Yahoo* devait s'effondrer au bout de huit jours.
 Merci pour ta carte à ce sujet. Strachan et moi avons tenté de déterminer où [le texte] peut être «fâché» – et je suis parvenu à la conclusion que soit l'anglais de la Reine et son usage américain rencontrent quelques variantes, soit tu as (et tu es pardonnée) mal lu le ton de certains passages –, opération de belligérance plutôt rude et étrangère

aux atermoiements. Je suis <u>convaincu</u> que la première partie est un peu <u>froide</u>, et je ne sais trop comment y remédier, sauf peut-être en injectant une bonne dose de grossièretés et en soutenant les traits d'ironie. Quoi qu'il en soit, c'était gentil de ta part de le lire et de le prendre si généreusement au sérieux. Nous avons choisi un jeune décorateur du nom de Bernard Culshaw – je n'ai vu qu'un seul de ses décors, et cela devait être il y a six ans, mais je crois qu'il possède le style qui convient et la compréhension. Eileen Atkins a exprimé un véritable <u>enthousiasme</u> pour la pièce et a promis d'interpréter Vanessa (et les autres) si un film qu'elle souhaite tourner reste sans suite. Nous devrions le savoir sous deux semaines. Si elle l'incarne, je me sentirai beaucoup plus en confiance qu'avec l'alternative, qui est bonne à la télévision mais manque d'expérience au théâtre. Mon copain Mark Kingston jouera l'autre personnage masculin. Nous n'avons encore aucune idée pour Stella – mais le casting de Vanessa doit être finalisé le premier.

J'ai dîné il y a huit jours avec ta petite maman, qui m'a paru dans une meilleure forme physique et mentale que depuis des années. Vive et non à vif, et en parfait contrôle – semblait-il – de son existence. Gavin était présent (avec un pied cassé), ainsi qu'une volubile Française de tendance islamique. Une amie du Schaffreux de Perse.

Les tomes 1 et 2 du *Swift* d'Irvin Ehrenpreis sont bien arrivés et j'y suis plongé. Assez aride, très universitaire, mais regorgeant d'informations utiles. Je ne me rappelle plus ce que tu m'as dit à propos d'un tome 3 et je ne parviens pas à remettre la main sur ta lettre. Il n'existe pas ? Il est épuisé ? Il n'a jamais été écrit ? Parce que franchement, qu'est-ce que je te dois déjà ? S'il te plaît ! Tous mes dollars dépérissent à petit feu à L.A. – n'hésite pas à te servir. En outre, va savoir ce que sera ma prochaine requête ! Peut-être du papier toilette.

Mardi

Un nouveau jour se lève. Lettre de Nancy Green au courrier. Nuit cauchemardesque à tourner et retourner dans ma tête une invitation de [nom inconnu] (belle-famille). Lamentable de tant lutter pour se débarrasser de pensées désagréables. Il a fallu que je rallume pour lire une demi-heure et m'exorciser tout seul à 2 heures du matin. Garson Kanin me harcèle au sujet de *Mr Maugham*, mais à défaut d'autre chose, *Yahoo* me permet au moins d'éluder celle-là.

Je dois partir au studio, travailler avec un nain (très gentil – et il doit se laver dans un bidet) et tes compatriotes, Mark Hamill et Tennyson (non, ce n'est <u>pas</u> cela) Ford – Ellison (? – Non !*) – bon, un jeune homme languide, grand et élancé, probablement intelligent et distrayant. Mais Dieu, Dieu ! ils me donnent l'impression d'avoir <u>quatre-vingt-dix</u> ans et me traitent comme si j'en avais cent six.

Affectueusement,

Alec

* Harrison Ford ; tu as déjà entendu parler de lui ?

18/9

Easter Monday '76

My dear Anne

The sun has shone all over
Easter and that has meant out-of-door life;
bees humming in the cherry blossom; Walter
on guard against birds having it off in
hedges; daffodils wilting; balsam poplars
scenting the air; baby ants on the march
into the grubby kitchen; good wine to
drink, and all fairly idyllic except for
the presence of my provoking, irritating
and unbalanced daughter-in-law. And
her squabbling children. The children are
more or less alright, I suppose, except for
their foul manners and nasal cockney
accents. Merula has now got them for
the next ten days and I bet that once
their parents have gone on their
(separate) holidays the children will
prove angelic. That has been the pattern
before. I have returned to London this
evening for my stint at the studio
for the rest of the week. Can't say I'm
enjoying the film, — new rubbishy dialog

312

reaches me every other day in on wadges of
pink paper — and none of it makes any
character clear or even bearable. I just
think, thankfully, of the lovely bread, which
will help me keep going until next April even
if 'Yahoo' collapses in a week.

Thank you for your card about that.
Strachan and I have tried to probe where
it is 'arch'— and I have decided either
that Queen's English and U.S. usage of
the word are at variance, or that you
(forgivably) misread the tone of some of
it — which is somewhat belligerent and
harsh and far from coy. I do think
the first half is a bit cool, and I'm
not sure how to remedy that, except by
possibly throwing in some coarse stuff
and hitting up the ironies. — Anyway, it
was nice of you to read it, and good
of you to take it seriously. — We have
settled on a youngish designer called
Bernard Culshaw — I've only seen one
set of his, and that about six years
ago, but think he's got the right
style and understanding. Eileen Atkins
has expressed enthusiasm for it and
promises to play Vanessa (et al) if
a possible film she's keen on doesn't
materialise. We shall know in two
weeks. If she does it I'll feel more
confident than with the alternative, who
is good on T.V. but something of an
unknown quantity in the theatre.

3

ALEC GUINNESS

My chum Mark Kingston will play the other man. Stella is still a blank in our minds — but the casting of Vanessa must be done first.

Dined a week ago with your little mum, who was looking better and in better spirits than I've known her in years. Bright but not brittle, and in full command — so it seemed — of her life. Gavin was present (with broken foot) and a garrulous French woman with Islamic leanings. A friend of the Shit of Persia.

The Ehrenpreis Swift volumes (1 & 2) arrived safely and I'm in to them. Rather dry and too academic but full of useful information. I can't remember what you said about Vol 3, and can't put my hand on your letter. It doesn't exist? Its out of print? It was never written? But what the Hell do I owe you anyway? Please! — I have a lot of dollars dwindling slowly in L.A. — you are welcome to some of them. And who knows what my next demand may be! Probably toilet paper.

Tuesday   4

Another bright day has dawned. A letter from
Henry Green in the post. — A nightmarish night
going round and round in my head my
irritation with Andrés (d-in-law). But
it's wretched how difficult unpleasant thoughts
are to shake off. I had to sit up and
read for ½ hour at 2. a.m. to exorcise
myself. — Garson Kanin plagues me about
'Mr Maugham' but 'Yahoo', if it does
nothing else, has enabled me to side-step
that one.

   I must off to studio and work
with a dwarf (very sweet, — and he
has to wash in a bidet) and your
fellow countrymen Mark Hamill and
Tennyson (that can't be right) Ford —
Ellison (? — No!*) — well, a rangey,
languid young man who is probably
intelligent and amusing. But
Oh, God, God, they make me feel
rusty — and treat me as if I was
106.
                    Love,
                         Alec.

* Harrison Ford — ever heard of him?

JE REFUSE D'ÊTRE ÉVINCÉE DE MON PROPRE LIT DE MORT

REBECCA WEST À H.G. WELLS - Mars 1913

L'écrivain britannique H.G. Wells et la journaliste et femme de lettres Rebecca West se rencontre
en 1912, après que celle-ci, dans une critique assassine, a affublé le romancier du sobriquet
« Vieille fille du roman anglais ». Face à un tel affront, Wells ne trouve pas de meilleure riposte qu
d'inviter la jeune femme à dîner. Le charme opère, West et Wells entament une liaison explosi
durant quelques mois, jusqu'à ce que Wells, déjà marié et de vingt-six ans son aîné, décide d'y mett
un terme. Désespérée, Rebecca West évoque le suicide. Elle ne mettra toutefois pas sa mena
à exécution : peu après leur rupture, les amants se réconcilient. Ils donnent naissance à un fi
Andrew, en 1914, et ne se séparent définitivement que neuf ans plus tard.

Cher H.G.,

Dans les jours à venir, je vais ou bien me tirer une balle dans la tête, ou bien m'infliger une destruction plus définitive que la mort. En tout cas je vais devenir quelqu'un de radicalement différent. Je refuse d'être sournoisement évincée de mon propre lit de mort.

Je ne saisis pas pourquoi tu me désirais il y a trois mois et plus maintenant. J'aimerais comprendre pourquoi il en est ainsi. C'est quelque chose que je ne peux pas comprendre, quelque chose que je méprise. Et le pire, c'est que si je te méprise, j'enrage parce que tu contreviens à ma paix. Bien sûr, tu as raison. Je n'ai rien à t'offrir. Ta seule passion se porte exclusivement sur ce qui est excitant ou réconfortant. Tu ne veux plus de ce qui est excitant et je ne sais pas donner un sentiment de confort aux gens. Je ne suis jamais aux petits soins pour eux, sauf quand ils tombent malades. Je pousse cette tendance à l'excès. Si j'y réfléchis, je me dis que la situation où ma mère a jugé notre vie ensemble le plus utile, c'est le jour où je l'ai aidée à sortir de sa maison en flammes.

J'ai toujours su qu'un jour, tu m'infligerais une blessure mortelle, mais j'espérais pouvoir choisir le lieu et la date. Inconsciemment, tu t'es toujours montré hostile à mon égard, et j'ai essayé de te rassurer en faisant un pas hors de l'amour que je te voue, pour le réduire à cette petite chose qui correspondait à ta seule attente. Je suis toujours perdue face à l'hostilité, parce que je sais aimer, je ne sais pratiquement rien faire d'autre. Je ne suis pas le genre de personne que tu puisses fréquenter. Tu veux un monde peuplé de gens qui se roulent dessus comme des petits chiots, des gens avec qui discuter et jouer, des gens qui enragent et qui souffrent et non des gens qui s'enflamment. Tu ne peux pas concevoir qu'un être soit si incapable de se remettre de l'humiliation d'un échec sentimental qu'il tente par deux fois de se tuer : cela te paraît bête. Je ne peux pas concevoir qu'un être qui gambade parmi des feux de joie entretienne malgré tout une aversion des flammes : cela me paraît bête.

Tu m'as littéralement détruite. Je suis annihilée jusque dans mon socle. Je parviendrai peut-être à me reconstruire, peut-être pas. Tu dis que les obsessions se guérissent. Certes. Mais les gens comme moi s'élancent d'une passion à une autre, et s'ils ratent leur saut, ils vont s'écraser là où il n'y a plus de passion, seulement la piste nue et la sciure. Tu as beaucoup fait pour moi. Tu le sais. C'est pourquoi tu essaies de te persuader que je ne suis qu'une vulgaire créature alanguie et désincarnée, et que cela n'a donc aucune importance. Quand tu m'as dit «Tes paroles manquent de sagesse, Rebecca », c'était avec une certaine intensité : tu avais le sentiment de m'avoir prise en faute. Je pense que tu as tort, en l'occurrence. Mais je sais que tu tires une immense satisfaction à me voir comme une jeune femme déséquilibrée, qui s'écroule dans ta salle de réception avec un simulacre d'infarctus.

C'est un compliment déguisé. Mais je te déteste quand tu essaies de déprécier ce que je fais honnêtement et loyalement. Tu l'avais déjà fait une fois en m'écrivant au sujet de ta « – beaucoup plus précieuse que tu ne veux le croire – personne ». Cela sous-entendait que j'envisageais un week-end au Brighton Metropole avec Horatio Bottomley. Alors que je t'avais écrit pour te dire que je t'aimais. Tu as recommencé vendredi en déclarant que je voulais seulement m'amuser et que mon esprit avait été, peut-être pas corrompu, mais débridé par des gens qui parlent de manière affreuse de choses qui sont d'une grande beauté. C'était un commentaire bien vil. Tu as un jour regardé mon désir de t'aimer comme quelque chose de beau et de courageux. Je pense toujours que ça l'était. Ton esprit de vieille fille te conduit à juger que le spectacle d'une femme incurablement et désespérément amoureuse d'un homme est une indécence et une inversion de l'ordre naturel des choses. Mais tu aurais dû être un homme trop bien pour voir les choses ainsi.

Je donnerais toute ma vie pour sentir encore tes bras s'enrouler sur moi.

J'aurais voulu que tu m'aimes. J'aimerais que tu m'apprécies.

À toi,

Rebecca

P.-S. : Ne me laisse pas si seule. Si je survis, écris-moi de temps en temps. Tu m'estimes assez pour le faire. Du moins, j'aime à croire que c'est le cas.

BSCÈNE ET BLASPHÉMATOIRE

RD BERNARD DELFONT À MICHAEL DEELEY ET BARRY SPIKINGS - 20 février 1978

elques semaines à peine avant le début du tournage de *Monty Python : La Vie de Brian*, lord Ber-rd Delfont, président du conseil d'EMI Films, prend connaissance du scénario. Le jugeant « obs-ne et blasphématoire », il refuse soudainement d'avancer les fonds et adresse une note horrifiée x producteurs Michael Deeley et Barry Spikings. Heureusement, les Monty Python trouvent un utien inattendu en la personne de George Harrison, guitariste des Beatles, qui va jusqu'à hypothé-ier sa maison pour financer ce qui se révélera plus tard un très judicieux investissement. Quant à décision de Delfont de quitter le navire, les Monty Pyhton ne se privent pas d'y faire une malicieuse férence à travers les derniers mots du film :

Jui paie pour ces conneries, à votre avis ? Ils ne gagneront pas un rond avec ça. Je les avais évenus. J'avais dit : Bernie, ils vont perdre leur pognon. »

```
28213  EMICIN G

20TH FEB 1978

ATTENTION MICHAEL DEELEY AND BARRY SPIKINGS
EMI FILMS INC
BEVERLY HILLS. CALIF.
696231


HAVE LOOKED RATHER QUICKLY THROUGH THE SCRIPT OF
THE NEW MONTY PYTHON FILM AND AM AMAZED TO FIND THAT
IT IS NOT THE ZANY COMEDY USUALLY ASSOCIATED WITH HIS
FILMS. BUT IS OBSCENE AND SACRILEGIOUS, AND WOULD
CERTAINLY NOT BE IN THE INTEREST OF EMI'S IMAGE TO MAKE
THIS SORT OF FILM.

EVERY FEW WORDS THERE ARE OUTRAGEOUS SWEAR WORDS
WHICH IS NOT IN KEEPING WITH MONTY PYTHON'S IMAGE.

THIS IS VERY DISTRESSING TO ME AND IS A VERY SERIOUS
SITUATION AND I CANNOT, UNTIL WE KNOW EXACTLY WHAT WE
ARE DOING, ALLOW THIS FILM TO BE MADE.

I UNDERSTAND THIS VIEW IS ABSOLUTELY SUPPORTED BY BOB WEBSTER
AND JIMMY CARRERAS AND I HATE TO THINK WHAT JOHN READ'S VIEW
WOULD BE.

PLEASE ADVISE

BERNARD DELFONT


TIMED IN LONDON AT    16.37.


EMI FILMS BVHL

28213  EMICIN G''
```

LETTRE 097

MISÉRABLE FEMME !

JERMAIN LOGUEN À SARAH LOGUE - 28 mars 1860

En 1834, un esclave de vingt et un ans du nom de Jarm Logue dérobe la jument de son maître
s'enfuit vers le Canada, échappant ainsi à sa triste condition ; sa mère, son frère et sa sœur n
parviennent hélas pas à en faire autant et sont condamnés à rester dans le Tennessee. Vingt-s
ans plus tard, Logue, qui a changé son nom en Jermain Loguen, est installé à New York ; ferve
abolitionniste devenu pasteur, il a ouvert de nombreuses écoles pour les enfants noirs et écrit so
autobiographie. Il reçoit alors un courrier éhonté signé de l'épouse de son ancien bourreau, exigea
qu'il rembourse les frais occasionnés par le vol du cheval des années auparavant. Face à une tel
requête, Loguen aurait pu perdre son sang-froid ; sa réponse demeure cependant un modèle de raç
contenue et d'éloquence.

Comté de Maury, État du Tennessee,
20 février 1860.

À JARM : —Je prends aujourd'hui la plume pour t'écrire quelques lignes
et te faire savoir que nous nous portons tous très bien. Je suis infirme, mais
demeure capable de me déplacer. Le reste de la famille est pour le mieux.
Cherry va aussi bien que le commun. Je t'écris ces lignes pour t'exposer
la situation où nous sommes – en partie à cause de ta fuite et du fait que
tu as volé Old Rock, notre belle jument. Bien que nous l'ayons récupérée,
elle n'a jamais pu nous être très utile après que tu l'as prise ; et comme je suis
aujourd'hui en manque de fonds, j'ai pris la décision de te vendre ; et on m'a
fait une offre pour toi, mais je n'ai pas jugé bon de l'accepter. Si tu m'envoies
mille dollars et que tu me paies la vieille jument, je renoncerai aux droits que
j'ai sur toi. Écris-moi dès que tu recevras ce mot, et dis-moi si tu acceptes ma
proposition. En conséquence de ta fuite, nous avons dû vendre Abe et Ann,
 ainsi que douze acres de terre ; et je veux que tu m'envoies l'argent qui
me permettra peut-être de récupérer la terre que nous avons été contraints
de vendre par ta faute, et dès réception des sommes d'argent sus-citées, je
t'adresserai le certificat de ta vente. Si tu refuses d'accéder à ma requête, je te
vendrai à quelqu'un d'autre, et sois certain que tu n'attendras pas longtemps
avant de voir les choses changer pour toi. Écris-moi dès que tu recevras ce
mot. Adresse ta lettre à Bigbyville, Comté de Maury, Tennessee. Tu as intérêt
à accéder à ma requête.

     J'ai cru comprendre que tu es devenu pasteur. Le peuple du Sud
va si mal que tu ferais bien de revenir pour prêcher ton ancien entourage.

J'aimerais savoir si tu lis la Bible ? Si oui, peux-tu me dire ce qu'il advient du voleur qui ne se repent pas ? et si les aveugles guident les aveugles, qu'en ressort-il ? Je vais considérer qu'il n'est pas utile d'en dire plus, pour le moment. L'homme avisé n'a besoin que d'une parole. Tu sais où est la place du menteur. Tu sais que nous t'avons élevé comme nous avons élevé nos propres enfants ; que tu n'as jamais souffert d'aucun abus, et que peu avant ta fuite, quand ton maître t'a demandé si tu aimerais être vendu, tu as dit que tu ne le quitterais pas pour un autre.

Sarah Logue

Syracuse, N.Y., 28 mars 1860

MRS SARAH LOGUE : —J'accuse bonne réception de votre courrier du 20 février et vous en remercie. Il y avait longtemps que je n'avais eu de nouvelle de ma pauvre vieille mère, et je suis heureux de savoir qu'elle est encore en vie et que, comme vous dites, elle «va aussi bien que le commun ». J'ignore ce que cela signifie. J'aurais aimé que vous m'en disiez plus à son sujet.

Vous êtes une femme ; mais si vous possédiez un cœur de femme, jamais vous ne diriez à un frère que vous avez vendu le seul frère et la seule sœur qui lui restaient, parce qu'il a échappé, lui, à votre emprise et que vous entendez le convertir en monnaie.

Vous avez vendu mon frère et ma sœur, Abe et Ann, ainsi que douze acres de terre, dites-vous, parce que je me suis enfui. Et maintenant vous avez l'incroyable méchanceté de me prier de revenir pour incarner un misérable bien en votre possession ou, en lieu et place, de vous envoyer 1 000 dollars pour que vous rachetiez vos *terres*, et non mes pauvres frère et sœur ! Si je vous envoyais de l'argent, ce serait pour récupérer mon frère et ma sœur, et non pour que vous achetiez de la terre. Vous dites être *infirme*, et sans nul doute vous tentez d'éveiller par là ma pitié, car vous savez que j'y suis prompt. En effet, du fond du cœur j'éprouve de la pitié pour vous. Je ne suis pas moins indigné, au-delà de ce que les mots peuvent décrire, que vous puissiez vous montrer assez inhumaine et cruelle pour briser en mille morceaux les cœurs de ceux que j'aime tant ; que vous puissiez songer à nous empaler et à nous crucifier par compassion pour votre *pied* ou votre *jambe*. Misérable femme ! Sachez que ma liberté m'est plus précieuse, pour ne rien dire de ma mère et de mes frères et sœurs, que votre corps tout entier ; et même plus que ma propre vie ; plus que les vies de tous les esclavagistes et les tyrans existant sous les Cieux.

Vous dites avoir reçu des offres d'achat pour moi, et que vous me vendrez si je ne vous envoie pas 1 000 dollars et, dans le même souffle voire la même phrase, vous écrivez « tu sais que nous t'avons élevé comme nous avons élevé nos propres enfants ». Madame, avez-vous placé *vos propres enfants* sur le marché ? Les avez-vous confrontés au poteau de fouet ? Leur avez-vous appris à marcher enchaînés à la file ? Où sont mes malheureux frères et sœurs ensanglantés ? Le savez-vous seulement ? Qui les a envoyés dans des champs de canne à sucre et de coton, pour qu'ils y soient frappés, menottés, fouettés, pour qu'ils gémissent et meurent ? Là où nul parent ne pouvait entendre leurs plaintes, demeurer tendrement près de leur lit de mort, ni assister à leurs funérailles ? Misérable femme ! Oserez-vous dire que vous n'avez pas agi ainsi ? Car je vous répondrai alors que votre époux a commis ces actes, et que *vous* les avez approuvés – la lettre même que vous m'adressez montre que votre cœur a acquiescé à tout cela. Honte à vous.

Mais au fait, où est votre époux ? Vous n'en dites rien. J'en déduis qu'il est mort ; qu'il est parti avec tous les péchés qu'il a commis envers ma pauvre famille, ceux qui pendent au-dessus de sa tête. Pauvre homme ! Parti rejoindre les esprits de mon pauvre peuple, outragé et assassiné, dans un monde où Liberté et Justice sont MAÎTRES.

Mais vous dites que je suis un voleur parce que j'ai fui avec la vieille jument. Vous ignorez donc toujours que j'avais plus de droits sur la « vieille jument », comme vous dites, que Manasseth Logue n'en avait sur moi ? Est-ce un plus grand péché pour moi d'avoir volé son cheval, que pour lui d'avoir enlevé un berceau à ma mère et de me voler ? Si vous entendez, lui et vous, que j'ai abdiqué tout droit sur vous, ne puis-je en déduire que vous abdiquez tout droit sur moi ? Ignorez-vous encore que les droits de l'homme sont mutuels et réciproques, et que si vous me prenez ma liberté et ma vie, vous renoncez vous-mêmes aux vôtres ? Devant Dieu et le Ciel, est-il une seule loi pour un homme qui ne soit une loi pour n'importe quel autre ?

Si vous ou quelque autre spéculateur sur mon corps et mes droits souhaitez savoir comment je définis mes droits, il ne vous reste qu'à venir jusqu'ici et à jeter votre dévolu sur ma personne pour la réduire en esclavage. Avez-vous cru me terrifier en me soumettant votre alternative, vous donner de l'argent ou céder mon corps à l'esclavage ? Laissez-moi vous dire que j'accueille cette proposition avec le plus grand mépris. Cette proposition est un scandale et une insulte. Je n'évoluerai pas d'un cheveu. Je ne parlerai pas d'une voix moins forte, même si cela devait m'épargner vos persécutions.

Je vis au sein d'un peuple libre qui, j'en remercie Dieu, respecte mes droits, et les droits de l'espèce humaine ; si vos émissaires et vos marchands venaient ici afin de me rendre à nouveau esclave, échappant à la remarquable vigueur de mon propre bras droit, je pourrais compter sur mes solides et courageux amis de cette Ville et de cet État, pour me sauver et me venger.

Votre etc.,
J.W. Loguen

IL NE S'AGIT PAS D'UN EXERCICE

CINCPAC À TOUS NAVIRES - 7 décembre 1941

7 décembre 1941, 7 h 58 du matin. Un avion volant à basse altitude vient de lâcher une bombe s
la base navale américaine de Ford Island, au beau milieu de l'océan Pacifique. L'attaque de Pea
Harbor débute à peine. Le lieutenant-commandant Logan C. Ramsey fait envoyer ce télégramn
d'urgence à tous les navires de la zone hawaïenne. En l'espace de deux heures, les Japonais vo
détruire cent soixante-neuf avions américains et endommager ou couler vingt navires. Deux mi
quatre cent quarante-trois Américains trouveront la mort. Le lendemain, les États-Unis déclarent
guerre au Japon et entrent dans la Seconde Guerre mondiale.

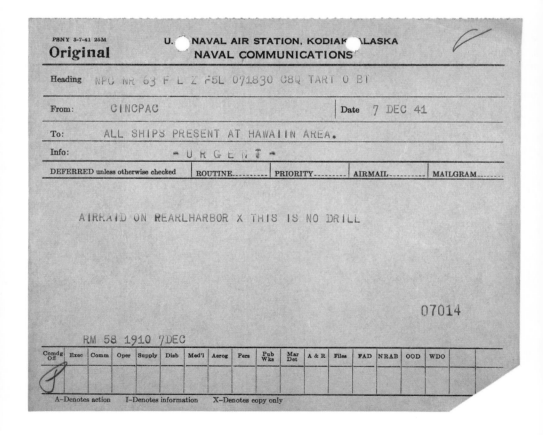

De : CINCPAC
Date : 7 déc. 41
À : Tous navires en zone hawaïenne
Info : URGENT

Bombardement aérien sur Pearl Harbor. Il ne s'agit pas d'un exercice.

A CHÈRE TERESA DE HUIT ANS

L WHEATON À TERESA JUSINO - 2009

1988, Teresa Jusino a huit ans et voue un culte à Wil Wheaton, la star adolescente du film *Stand
Me* et de la série *Star Trek*. La fillette économise douze dollars pour payer les frais d'inscription au
1-club officiel, « Wil Power », qui existe depuis quinze ans, mais à sa grande déception, elle ne reçoit
mais le kit de membre. En 2009, la petite fille a vingt-neuf ans et est devenue écrivain. Un matin, en
vrant son courrier, elle découvre les objets qu'elle avait si patiemment attendus plus de vingt ans
paravant, accompagnés d'une lettre d'excuses rédigée par Wil Wheaton en personne.

C'est surtout en tant qu'adulte que je tiens à remercier Wil, explique Teresa. Bien sûr, la petite fille
moi est ravie. Mais la Teresa de vingt-neuf ans saisit mieux l'importance d'un geste d'une telle
ntillesse, et n'en est que plus reconnaissante. »

Ma chère Teresa de huit ans,

Je tenais à te présenter mes excuses pour la si longue attente que tu as subie
avant d'obtenir ton kit de membre officiel du fan-club Wil Power. Mais
vois-tu, le vieux moi-même de quinze ans suis très occupé avec l'école et le
travail, et les responsables qui auraient dû t'expédier ton kit de membre ont
apparemment commis une erreur.

Il y a longtemps que le fan-club ne fait plus rien, mais je joins à ce courrier
ta carte de membre, ainsi qu'un album photos et un cliché qui te prouve à
quel point j'adore Batman (INDICE : c'est énorme).

Les membres de Wil Power recevaient des nouvelles de moi et de ma carrière
plusieurs fois par an, mais il y a bien longtemps que le fan-club a cessé d'en
envoyer. Voici toutefois les dernières nouvelles du front : je suis marié, j'ai

deux fils que j'aime plus que tout au monde, et je suis désormais écrivain, exactement comme toi !

Maintenant, petite Teresa de huit ans, avant de conclure, je tiens à te dire quelque chose de très important, alors écoute attentivement : en grandissant, tu vas devenir un fantastique écrivain. Je ne peux pas te révéler comment je le sais, mais j'espère que tu me feras confiance ; je le sais, voilà tout. Alors reste à l'école, fais toujours de ton mieux, et traite les autres comme tu souhaites qu'ils te traitent.

Merci à toi d'être membre de mon fan-club,

Wil Wheaton

LETTRE 100
UNE VOITURE ÉPATANTE

CLYDE BARROW À HENRY FORD - 10 avril 1934

De 1932 à 1934 – date de son sanglant épilogue – l'Amérique tout entière se passionne pour l'affai Bonnie Parker et Clyde Barrow. Assisté de différents complices, le couple est responsable d'ur série de meurtres qui électrise le centre des États-Unis. Naturellement, des criminels de si hau voltige ont besoin de véhicules rapides pour échapper aux autorités ; à en juger par le nombre (Ford B qu'il dérobe, Clyde Barrow nourrit un faible pour les automobiles du constructeur américai Ironie du sort, c'est à bord de la voiture qui les a tirés de tant de mauvais pas que Bonnie et Clyc trouvent la mort en 1934, sous les balles de la police. Un mois plus tôt, Henry Ford reçoit une lett emplie d'admiration de la part de Clyde Barrow. L'authenticité de ce document, désormais conserv au musée Ford, est remise en question depuis de nombreuses années.

La traduction conserve les fautes de l'original.

Tulsa, Oklahoma
10 avril
À Mr Henry Ford
Detroit, Michigan.

Cher Monsieur,

Tant qu'il me reste un peu d'air dans les poumons, permettez-moi de vous dire que vous avez conçu une voiture épatante. J'ai exclusivement conduit des Ford chaque fois que j'ai eu l'opportunité de m'enfuir avec.

Par la constance de sa vitesse et sa solidité à toute épreuve, la Ford dépasse de loin toutes les autres voitures, et même si mes affaires ons pas été complètement légales, ça peux pas faire de mâle de vous dire que c'est une belle voiture que vous avez avec la V8.

Bien à vous,
Clyde Champion Barrow

Tulsa Okla
10th april

Mr. Henry Ford
Detroit Mich.

Henry Ford
RECEIVED
APR 13 1934
Secretary's Office

Dear Sir :—
While I still have got breath in my lungs I will tell you what a dandy car you make. I have drove Fords exclusivly when I could get away with one. For sustained speed and freedom from trouble the Ford has got ever other car skinned, and even if my business hasent been strickly legal it don't hurt eny thing to tell you what a fine car you got in the V8 —

Yours truly
Clyde Champion Barrow

AFFECTUEUSEMENT, PAPA

RONALD REAGAN À MICHAEL REAGAN - Juin 1971

Michael Reagan a vingt-six ans lorsqu'il épouse sa fiancée au cours d'une magnifique cérémor donnée à Hawaï en juin 1971. Seule ombre au tableau : son père, le futur président des États-Ur Ronald Reagan, ne peut y assister. Quelques jours plus tôt, Michael a cependant reçu de sa pa un cadeau précieux : une lettre pleine d'affection et de sages conseils paternels sur l'amour et mariage.

«Ça venait droit du cœur de papa, explique Michael dans son livre paru en 2004, *In the Wor of Ronald Reagan*. Franc, traditionnel, et sage. J'ai pleuré quand je l'ai lue la première fois, et je cesse de la relire.»

À Michael Reagan
Manhattan Beach, Californie
Juin 1971

Cher Mike,

Ci-joint ce dont je t'ai parlé (allant avec la reconnaissance de dette déchirée). J'aurais pu m'en tenir là mais je ne le ferai pas.

Tu connais déjà toutes les blagues que font circuler tous les «jeunes mariés malheureux» et les cyniques. Mais, au cas où personne ne te l'aurait signalé, il existe un autre point de vue. Tu viens de pénétrer dans la relation la plus importante qui soit dans une vie humaine. Elle sera ce que tu choisiras d'en faire.

Certains hommes croient qu'ils prouveront leur masculinité uniquement s'ils interprètent tous les scénarios que contient le vestiaire de leur vie, dans la certitude infatuée de : ce qu'une épouse ignore ne pourra jamais la blesser. En vérité, parfois, au plus profond d'elle-même, même si elle ne tombe jamais sur une trace de rouge à lèvres sur un col de chemise ou qu'elle ne prend jamais son homme en flagrant délit de piètre alibi pour justifier son absence jusqu'à 3 heures du matin, une épouse sait, et avec ce savoir, une part de la magie de la relation s'évapore. Il y aura toujours plus d'hommes ronchonnant contre le mariage et responsables d'avoir eux-mêmes tout fait valser que d'épouses qui méritent le blâme. Une vieille règle de physique dit que tu n'obtiendras jamais plus d'un contenant que ce que tu peux y insérer. Celui qui investit dans son mariage seulement la moitié de ce qu'il possède en retirera la même quantité. Bien sûr, il y aura des moments où tu fréquenteras quelqu'un, ou durant lesquels tu songeras à des temps anciens, et tu seras mis au défi de vérifier si tu tiens toujours la barre assez haut, mais laisse-moi te dire combien le défi de prouver ta masculinité et ton charme à une seule femme pour le reste de ta vie est fabuleux. N'importe quel homme peut dégoter une idiote ici ou là qui se contentera d'un adultère, et cela ne requiert pas énormément de virilité. Il lui en faut beaucoup, en revanche, pour demeurer séduisant et être aimé d'une femme qui l'a entendu ronfler, qui l'a vu mal rasé, qui s'est occupée de lui quand il était malade et a lavé ses sous-vêtements sales. Agis ainsi, continue de lui faire sentir une ardeur réconfortante, et tu découvriras une très belle musique. Si tu aimes vraiment une femme, ne permets jamais qu'elle éprouve, en te voyant accueillir une secrétaire ou une femme que vous connaissez tous deux, l'humiliation de se demander si c'est celle-ci qui a causé ton retard à la maison, et ne permets jamais non plus que l'autre femme puisse rencontrer la tienne et avoir un sourire en coin lorsqu'elle dévisage celle que tu aimes, parce qu'elle se rappellerait que c'est l'épouse que tu as éconduite en sa faveur, ne serait-ce que pour quelques minutes.

Mike, tu n'es pas mal placé pour savoir ce qu'est un foyer malheureux, et l'impact que cela peut avoir sur les autres. Tu tiens aujourd'hui une chance de faire les choses comme il se doit. Il n'existe pas de plus grand bonheur pour un homme, à la fin de la journée, que d'approcher d'une porte en sachant que, de l'autre côté, quelqu'un attendait le bruit de son pas.

Affectueusement,
Papa

P.-S. : Tu n'auras jamais d'ennuis si tu dis « je t'aime » au moins une fois par jour.

▶US COULONS VITE

⌐ avant minuit, le 14 avril 1912, quatre jours seulement après son inauguration, le plus grand ⌐uebot du monde heurte un iceberg et commence à prendre l'eau. En quelques heures, RMS *Titanic* gît au fond de l'océan Atlantique. De nombreux télégrammes ont été échan- ⌐ pendant la catastrophe ; nous en reproduisons deux. Le premier, reçu par le *SS Birma* le ⌐avril vers 1 h 40 du matin, est le dernier SOS complet à avoir été transmis depuis la cabine radio ⌐navire ; le second, envoyé quelques heures plus tard par la White Star Line à la Poste centrale de ⌐dres, employeur du personnel de la poste présent à bord du RMS *Titanic*, formule des prévisions ⌐nnamment optimistes quant à l'ampleur des pertes humaines. La tragédie du *Titanic* a coûté la ⌐ à mille cinq cent dix-sept personnes.

C/O SOS SOS cqd cqd [détresse] – MGY [RMS Titanic]
Nous coulons vite passagers transférés en bateaux

MGY

POST OFFICE TELEGRAPHS.

This Form must accompany any inquiry made respecting this Telegram.

Office Stamp.

If the Receiver of an Inland Telegram doubts its accuracy, he may have it repeated on payment of half amount originally paid for its transmission, any fraction of 1d. less than ½d. being reckoned as ½d.; and if it be found that there was any inaccuracy, the amount paid for repetition will be refunded. Special conditions are applicable to the repetition of Foreign Telegrams.

Handed in at Office of Origin and Service Instructions.

Charges to pay

Words.

Received her

LPCOL M RL   27   4/21 =

4   57

SECRETARY GENERAL POST OFFICE LDN =

UNDERWRITERS HAVE MESSAGE FROM NEW YORK THAT VIRGINIAN

IS STANDING BY TITANIC AND THAT THERE IS NO DANGER OF

LOSS OF LIFE = ISMAY .+

Wt. 32321/207. 2,000,000. 2/12. Sch.12.

SECRÉTARIAT GÉNÉRAL, BUREAU DE POSTE DE LONDRES :

ASSURANCES REÇOIVENT DES MESSAGES DE NEW YORK, LE VIRGINIAN EST ANCRÉ PRÈS DU TITANIC, PAS DE DANGER DE PERTE DE VIE = ISMAY . +

NE INCROYABLE COÏNCIDENCE

soir du 14 avril 1865, alors qu'il assiste à une pièce donnée au Ford's Theater de Washington, le ésident Abraham Lincoln est tué d'une balle dans la nuque par le jeune John Wilkes Booth. Qua- nte-quatre ans plus tard, le fils de Lincoln, Robert, adresse cette lettre à Richard Gilder, rédacteur chef du *Century Magazine*, dans laquelle il décrit l'incroyable coïncidence, pourtant relativement éconnue, advenue peu de temps avant l'assassinat de son père. Un jour qu'il se trouvait dans une re du New Jersey, le petit Robert Lincoln tomba dans l'interstice entre le train et le quai. L'homme i lui sauva la vie, l'acteur Edwin Booth, n'était autre que le frère du futur meurtrier de son père.

PULLMAN BUILDING
CHICAGO

6 février 1909

Mon cher Mr Gilder,

J'ai bien reçu votre lettre du 4 février, mais les poèmes dont vous faites mention en post-scriptum ne sont pas encore arrivés. J'en accuserai réception dès qu'ils seront là. En attendant, j'ai cru bon de vous écrire au sujet des autres éléments auxquels votre courrier fait référence.

À propos du portrait de Lincoln signé par Healy ; je me suis entretenu avec Mr Hempstead Washburn, pour découvrir que lui-même n'avait pas eu connaissance de ce que son père, Mr E.B. Washburn, ait jamais possédé le portrait de mon père qui est actuellement la propriété du sénateur Washburn. Mais il détient un portrait de son père et de plusieurs hommes d'État européens que Mr Healy a exécutés pour son père à l'époque où il était notre ministre à Paris. Je me suis également aperçu que l'original du portrait de mon père peint par Mr Healy, exécuté vers 1860, se trouve à la bibliothèque Newberry de Chicago, et non à la Société historique de Chicago, comme je vous l'avais écrit. Aussi ai-je fait procéder à quelques légers aménagements en ce sens dans votre mémo sur le sujet.

Le récit de mon sauvetage par Mr Edwin Booth, que je vous retourne, est globalement correct, mais manque de précision dans le détail. J'ignore s'il est utile de le modifier – vous en jugerez par vous-même.

L'incident s'est produit au moment où un groupe de voyageurs, en retard pendant la nuit, achetaient leurs couchettes au chef de train, qui se tenait sur la plate-forme à l'entrée du wagon. La plate-forme atteignait à peu près la hauteur de sol du wagon, et naturellement il y avait un interstice entre la plate-forme et le corps du wagon. Il y eut un mouvement de foule, et celle-ci me pressa contre le fond du wagon alors que j'attendais mon tour. Sur ces entrefaites, le train se mit à bouger et, à cause du mouvement, je perdis l'équilibre, basculai les pieds en deçà, dans l'espace ouvert, et me retrouvai sans recours ; alors je me sentis vigoureusement saisi par le col de mon manteau, puis hissé et ramené jusque sur une solide stèle de la plate-forme. En me retournant pour remercier mon sauveur, je m'aperçus qu'il s'agissait d'Edwin Booth, dont le visage m'était bien évidemment connu, et en lui exprimant ma gratitude, je l'appelai par son nom.

Bien sincèrement à vous,
Robert Lincoln

À Monsieur Richard Watson Gilder,
The Century Company
33 Est 17ᵉ Rue
New York City.

February 6th, 1909.

My dear Mr. Gilder:

I have your letter of February 4th, but the poems you mention in your postscript have not yet come. I will acknowledge them when they do. In the meantime I think it well to write you about the other matters mentioned in your letter.

In regard to the Lincoln portrait by Healy; I have conferred with Mr. Hempstead Washburne, and find that he has himself no knowledge of his father, Mr. E. B. Washburne, having ever owned the portrait of my father which is now in the possession of Senator Washburn. But he has a portrait of his father, and of several European Statesmen, which were painted by Mr. Healy for his father while he was our Minister at Paris. I find also that Mr. Healy's original portrait of my father made about 1860 is in the Newberry Library, in Chicago, and not in the Chicago Historical Society, as I wrote you before. I have accordingly made some slight changes in your copy on this subject.

The account of my rescue by Mr. Edwin Booth, which I return to you, is essentially correct, but it is not accurate in its details. I do not know that it is worth changing - you can judge for yourself.

The incident occurred while a group of passengers were late at night purchasing their sleeping car places from the conductor who stood on the station platform at the entrance of the car. The platform was about the height of the car floor, and there was of course a narrow space between the platform and the car body There was some crowding, and I happened to be pressed by it against the car body

while waiting my turn.   In this situation the train began to move, and by the
motion I was twisted off my feet, and had dropped somewhat, with feet downward,
into the open space, and was personally helpless, when my coat collar was vigor-
ously seized and I was quickly pulled up and out to a secure footing on the platform.   Upon turning to thank my rescuer I saw it was Edwin Booth, whose face was
of course well known to me, and I expressed my gratitude to him, and in doing so,
called him by name.

Very sincerely yours,

Richard Watson Gilder, Esq.,
     The Century Company,
          33 East 17th Street,
               New York City.

OS FILMS NE SONT JAMAIS TERMINÉS, ILS SONT JUSTE PROJETÉS

TE DOCTER À ADAM - 17 octobre 2008

bérant tout au plus recevoir une photo dédicacée, Adam, dessinateur en herbe et grand fan de ar, écrit à Pete Docter, scénariste et réalisateur acclamé pour son film *Monstres & Cie*, et lui fait t de son admiration et de son souhait de rejoindre un jour les mythiques studios. À la grande joie dam, Docter, qui travaille alors sur son prochain film, *Là-haut*, répond au jeune homme en lui essant une lettre manuscrite illustrée.

17.10.08

Salut Adam !

Avant tout, permets-moi de m'excuser d'avoir mis si longtemps à répondre à ta très gentille lettre. On est plongés dans le délire, ici. Tu as demandé une photo de moi dédicacée ; n'étant pas célèbre, je n'ai pas vraiment ce genre de choses. Mais voici un dessin de moi pour toi.

Je suis sûr que tu apprécieras la ressemblance.

Tu as complètement raison à propos de l'importance d'une bonne histoire dans un film. Malheureusement, ce n'est pas aussi facile que ça en a l'air. Il faut beaucoup de travail (et de révisions, et de révisions, et de révisions) pour qu'elle soit réussie. Et même à ce moment-là, il arrive souvent que nous ne soyons pas satisfaits à 100 %.

Comme dit John Lasseter, nos films ne sont jamais terminés, ils sont juste projetés.

J'espère que tu aimeras *Là-haut,* qui sort l'an prochain !

Pete Docter

10·17·08

Hey Adam!

First off, let me apologize for taking so long to respond to your very kind letter. Things are pretty nuts around here.

You had asked for an autographed photo of me; I don't really have anything like that, not being famous. But here is a drawing of me for you

I'm sure you can see the resemblance

2

You are sure right about the importance of a good story in movies. Unfortunately, It's not as easy as it sounds. It takes a lot of work (and rework, and rework and rework) to get it right. And even then quite often we're not 100% pleased. As John Lasseter likes to say, our films don't get finished, they just get released.

Hope you enjoy "UP" next year!

Pete Docter

Boo!

PUISSIONS-NOUS TOUS DEVENIR MEILLEURS ENSEMBLE

CHARLES BUKOWSKI À HANS VAN DEN BROEK - 22 juillet 1985

En 1985, à la suite d'une plainte déposée par un lecteur, le personnel de la bibliothèque publique de Nijmegen, aux Pays-Bas, décide de retirer des étagères le recueil de nouvelles de Charles Bukowski *Contes de la folie ordinaire*, dénonçant l'ouvrage comme « extrêmement sadique, parfois fasciste, discriminatoire envers certains groupes (notamment les homosexuels) ». La décision de la bibliothèque ne fait pas l'unanimité. Dans les semaines qui suivent, un journaliste de la ville, Hans van den Broek, prend la plume pour demander à Bukowski son avis sur un tel acte de censure. Celui-ci ne tarde pas à réagir. Depuis, l'édifiante lettre de Bukowski est fièrement affichée au mur de l'Op Dicht Bus, librairie itinérante basée la plupart du temps à Eindhoven.

22-7-85

Cher Hans van den Broek,

Merci pour votre lettre qui m'apprend que l'un de mes livres a été retiré de la bibliothèque de Nijmegen. Et qu'il est accusé de discrimination envers les Noirs, les homosexuels et les femmes. Et que c'est du sadisme à cause du sadisme.

Ce que je crains de voir discriminer, c'est l'humour et la vérité.

Si j'écris en mal sur les Noirs, les homosexuels et les femmes, c'est parce que ceux que j'ai rencontrés étaient comme ça. Il y a beaucoup de « méchants » – les chiens méchants, la censure méchante ; il existe même de « méchants » hommes blancs. Mais il se trouve que si vous écrivez sur les « méchants » hommes blancs, ils ne s'en plaignent pas. Et dois-je vraiment préciser qu'il existe de « gentils » Noirs, de « gentils » homosexuels et de « gentilles » femmes ?

Dans mon travail, en tant qu'écrivain, je me contente de photographier avec les mots ce que je vois. Si j'écris sur le « sadisme », c'est parce qu'il existe, je ne l'ai pas inventé, et si des actes atroces sont commis dans mon œuvre, c'est parce qu'ils se produisent dans nos vies. Je ne suis pas du côté du mal, à supposer qu'une telle chose soit répandue. Je ne suis pas toujours d'accord avec ce qui se passe dans ce que j'écris, de même que je ne me traîne pas dans la boue par plaisir. Par ailleurs, il me paraît curieux que les gens qui déblatèrent contre mon travail semblent sauter les passages contenant de la joie, de l'amour et de l'espoir, car ces passages sont bel et bien là. Mes jours, mes années, ma vie sont passés par des hauts et des bas, la lumière et l'obscurité. Si j'écrivais exclusivement et continuellement sur la « lumière » sans jamais mentionner sa contrepartie, en tant qu'artiste, je serais un menteur.

La censure est l'outil de ceux qui ont besoin de dissimuler les réalités à leurs yeux et à ceux des autres. Leur peur n'est jamais que leur incapacité à se confronter au réel, et je ne peux pas entretenir de colère contre eux. J'ai juste le sentiment que c'est d'une atroce tristesse. Quelque part, dans leur enfance, ils ont été privés de toutes les réalités de l'existence. On ne leur a appris à regarder que dans une direction quand il y en avait tant d'autres.

Je ne suis pas fâché que l'un de mes livres ait été pourchassé et délogé des étagères d'une bibliothèque municipale. En un sens, je suis honoré d'avoir écrit quelque chose qui ait sorti ceux-là de leurs insolennelles profondeurs. Mais je suis blessé, oui, quand le livre d'un autre est censuré, car il s'agit généralement d'un grand livre et qu'ils sont peu nombreux, et avec le passage du temps ces livres-là évoluent souvent en classiques, et ce qui a été un jour jugé choquant et immoral devient une lecture requise dans un grand nombre de nos universités.

Je ne dis pas que mon livre appartient à cette catégorie, mais je dis qu'à notre époque, à un moment où tout moment peut être le dernier pour bon nombre d'entre nous, c'est franchement exaspérant, et d'une tristesse inexprimable, de voir que nous comptons toujours parmi nous de petites gens pleins d'amertume, des chasseurs de sorcières et des rhéteurs opposés au réel. Oui, ils ont leur place avec nous, ils font partie d'un tout, et si je n'ai jamais écrit à leur sujet, je devrais ; je viens peut-être de le faire ici, et c'est assez.

Puissions-nous tous devenir meilleurs ensemble,
        À vous,
        Charles Bukowski

7-22-85

Dear Hans van den Broek:

Thank you for your letter telling me of the removal of one of my books
from the Nijmegen library. And that it is accused of discrimination against
black people, homosexuals and women. And that it is sadism because of the
sadism.

The thing that I fear discriminating against is humor and truth.

If I write badly about blacks, homosexuals and women it is because of
these who I met were that. There are many "bads"--bad dogs, bad censorship;
there are even "bad" white males. Only when you write about "bad" white males
they don't complain about it. And need I say that there are "good" blacks,
"good" homosexuals and "good" women?

In my work, as a writer, I only photograph, in words, what I see. If
I write of "sadism" it is because it exists, I didn't invent it, and if
some terrible act occurs in my work it is because such things happen in our
lives. I am not on the side of evil, if such a thing as evil abounds. In
my writing I do not always agree with what occurs, nor do I linger in the
mud for the sheer sake of it. Also, it is curious that the people who rail
against my work seem to overlook the sections of it which entail joy and
love and hope, and there are such sections. My days, my years, my life HAS
seen ups and downs, lights and darknesses. If I wrote only and continually
of the "light" and never mentioned the other, then as an artist I would be
a liar.

Censorship is the tool of those who have the need to hide actualities
from themselves and from others. Their fear is only their inability to face
what is real, and I can't vent any anger against them, I only feel this
appalling sadness. Somewhere, in their upbringing, they were shielded against
the total facts of our existence. They were only taught to look one way when
many ways exist.

I am not dismayed that one of my books has been hunted down and dislodged
from the shelves of a local library. In a sense, I am honored that I have
written something that has awakened these from their non-ponderous depths.
But I am hurt, yes, when somebody else's book is censored, for that book,
usually is a great book and there are few of those, and throughout the ages
that type of book has often generated into a classic, and what was once
thought shocking and immoral is now required reading at many of our univer-
sities.

I am not saying that my book is one of those, but I am saying that in
our time, at this moment when any moment may be the last for most of us, it's
damned galling and impossibly sad that we still have among us the small,
bitter people, the witch-hunters and the decipherers against reality. Yet,
these too belong with us, they are a part of the whole, and if I haven't
written about them, I should, maybe have here, and that's enough.

may we all get better together.

yrs, Charles Bukowski
Charles Bukowski

NOUS EN SOMMES TOUS LÀ

R ARCHIBALD CLARK KERR À LORD REGINALD PEMBROKE - 6 avril 1943

u plus fort de la Seconde Guerre mondiale, l'excentrique sir Archibald Clark Kerr, alors ambassa-
eur de Grande-Bretagne à Moscou, rédige à l'attention du ministre des Affaires étrangères, lord
eginald Pembroke, cette lettre fort réjouissante et désormais célèbre, inspirée par un diplomate
rc au nom malheureux. L'occasion de constater que les quolibets à teneur xénophobe allaient déjà
on train un demi-siècle avant l'avènement d'Internet.

AMBASSADE DE SA MAJESTÉ,
LONDRES

À : Lord Pembroke
Bureau des Affaires étrangères
LONDRES

6 avril 1943

Mon cher Reggie,

En ces jours sombres, l'homme a tendance à chercher de minces
rayons de lumière échappés des Cieux. Les jours que je vis sont probablement plus sombres que les tiens, et j'ai besoin, ô Dieu, combien ai-je
besoin, de toute la lumière que je puisse recevoir. Mais je suis quelqu'un
d'honorable, et je ne veux me montrer ni mesquin ni égoïste lorsqu'une
petite clarté m'échoit de temps à autre. Aussi me proposé-je de partager avec
toi l'infime éclair qui a illuminé ma sombre existence, et de te dire que Dieu
vient de m'offrir un nouveau collègue turc dont la carte de visite m'apprend
qu'il répond au nom de Mustapha Kunt[1] .

Nous en sommes tous là, Reggie, surtout quand le Printemps
s'épanouit, mais rares sont ceux qui, parmi nous, oseraient l'imprimer
sur leur carte de visite. Il fallait un Turc pour l'oser.

Sir Archibald Clark Kerr,
Ambassadeur de Sa Majesté

---

1. Jeu de mots sur Kunt / *cunt* : « con », « salaud », mais aussi « chatte », « vulve ».

DONNER CINQ FILS EN MÊME TEMPS À LA MARINE

ALLETA SULLIVAN À LA US NAVY - Janvier 1943

En novembre 1942, lors de l'éprouvante bataille navale de Guadalcanal, survenue dans l'archipe
des îles Salomon, l'USS *Juneau* est coulé par deux torpilles japonaises. Six cent quatre-vingt-se|
hommes sont tués, dont cinq frères, les Sullivan, qui ont décidé de s'enrôler ensemble. Deux mo
après leur mort, leur mère, Alleta, alertée par les propos de certains rescapés, s'adresse au Burea
du personnel naval pour obtenir des nouvelles de ses fils. La réponse ne tarde pas à lui parvenir, no
pas de l'Administration mais du président américain Franklin D. Roosevelt en personne.

Le drame de la famille Sullivan a inspiré à l'armée américaine la *Sole Survivor Policy*, littéralemer
«Règle de l'unique survivant», stipulant qu'en cas de décès d'un soldat pendant son service, se
frères et sœurs ne pourront plus être mobilisés.

Waterloo, Iowa
Janvier 1943

Au Bureau du personnel naval

Chers Messieurs,

Je vous écris à propos de la rumeur qui se répand, selon laquelle mes cinq
fils auraient été tués au combat en novembre. Une mère qui habite là-bas est
venue me voir et m'a annoncé avoir reçu une lettre de son fils, qui a entendu
dire que mes cinq fils ont été tués.

Cela circule maintenant dans toute la ville et je suis au comble de
l'inquiétude. Mes cinq fils se sont engagés ensemble dans la Marine il y a un
an, le 3 janvier 1942. Ils se trouvaient à bord du croiseur USS *Juneau*. La
dernière fois que j'ai eu de leurs nouvelles, c'était le 8 novembre. Du moins,
la date mentionnée était le 8 novembre, marine militaire.

Ils s'appellent George T., Francis Henry, Joseph E., Madison A. et Albert L.
S'il en est bien ainsi, merci de me faire connaître la vérité. Je dois baptiser
le USS *Tawasa* le 12 février à Portland, Oregon. Même s'il est arrivé quoi
que ce soit à mes cinq fils, je baptiserai le navire, suivant leur souhait. Je suis
navrée de vous déranger, mais je suis si inquiète que j'ai besoin de savoir si
c'est vrai. Je vous en prie, dites-le-moi. Il a été très difficile de donner cinq
fils en même temps à la Marine, mais je suis fière de mes garçons, fière qu'ils

puissent servir leur pays et participer à sa protection. George et Francis ont été quatre années au service du USS *Hovey*, et j'ai eu la chance de pouvoir monter à bord de leur navire en 1937.

Je suis très heureuse que la Marine m'ait confié l'honneur de baptiser le USS *Tawasa*. Mon mari et ma fille viendront avec moi à Portland. Je demeure,

Sincèrement,

Mrs Alleta Sullivan
98 Adams Street
Waterloo, Iowa

Chers Mr et Mrs Sullivan,

Apprendre que vos cinq valeureux fils ont disparu au combat contre l'ennemi m'a incité à vous écrire personnellement ce message. Il est bien peu de mots que je puisse prononcer, j'en ai conscience, pour atténuer votre douleur.

En tant que Commandant en chef de l'Armée et de la Marine, je tiens à ce que vous sachiez que toute la nation partage votre chagrin. Je vous présente mes condoléances et la gratitude de notre pays. Nous, qui restons pour continuer la bataille, devrons garder la foi, et la mémoire qu'un si grand sacrifice ne fut pas vain.

Le ministère de la Marine m'a fait part du souhait de vos fils, George Thomas, Francis Henry, Joseph Eugene, Madison Abel et Albert Leo, de servir à bord du même vaisseau. Je suis sûr que nous puiserons tous courage dans la certitude qu'ils se sont battus côte à côte. Comme l'un de vos fils l'a écrit : « Ensemble, nous formerons une équipe invincible. » C'est cette foi qui, en définitive, doit triompher.

En mars dernier, Mrs Sullivan, vous avez été choisie pour parrainer un vaisseau de la Marine, en reconnaissance de votre patriotisme et de celui de vos fils. J'entends que vous êtes aujourd'hui plus déterminée que jamais à poursuivre ce parrainage. Une telle marque d'abnégation et de bravoure prend une immense valeur d'exemple à mes yeux, et je suis sûr qu'elle le sera pour tous les Américains. Un acte révélant une si grande foi et une si grande force d'âme devant la tragédie me confirme la ténacité à toute épreuve et la détermination de notre peuple.

Je vous présente ma plus profonde compassion en cette heure d'épreuve et prie pour que vous trouviez dans le Tout-Puissant le réconfort et le secours qu'Il est seul à pouvoir vous offrir.

Très sincèrement à vous,

Franklin D. Roosevelt

IEN DE CE QUI EST BON NE DISPARAÎT

JHN STEINBECK À THOM STEINBECK - 10 novembre 1958

ohn Steinbeck, l'auteur des *Raisins de la colère*, de *À l'est d'Éden* et *Des souris et des hommes*, a reçu 1 1962 le prix Nobel de littérature. Il était également un père attentif. En 1958, son fils de quatorze ns, Thomas, lui écrit depuis son internat pour lui parler d'une jeune fille dont il pense être tombé noureux. Steinbeck répond le jour même par cette lettre tendre et riche de pertinents conseils sur s choses de l'amour.

10 novembre 1958

Cher Thom,

Nous avons reçu ta lettre ce matin. Je vais y répondre de mon point de vue et, bien sûr, Elaine le fera du sien.

D'abord, si tu es amoureux, c'est une bonne chose, c'est à peu près la meilleure chose qui puisse arriver à quelqu'un. Ne laisse personne diminuer ou altérer cela à tes yeux.

Deuxièmement, il existe plusieurs sortes d'amour. L'une d'elles, égoïste, méchante, cupide, égotiste, se sert de l'amour pour se donner de l'importance. Elle est d'une espèce affreuse et mutilée. L'autre provoque l'épanouissement de tout ce qui est bon en toi – la gentillesse, la considération, le respect, pas seulement le respect social des manières, mais le plus grand respect, c'est-à-dire la reconnaissance en l'autre d'un être unique et précieux. La première espèce peut te rendre malade, petit et faible, mais la seconde peut libérer en toi la force, le courage, la bonté et même la sagesse que tu ignorais posséder.

Tu me dis que ce n'est pas une amourette enfantine. Si tu éprouves de si grands sentiments, évidemment, ce n'est pas une amourette enfantine.

Mais je n'ai pas l'impression que tu m'aies demandé ce que tu ressentais. Tu le sais mieux que personne. Ce que tu attendais de moi, c'est que je t'aide à savoir ce qu'il faut en faire – et cela, je peux te le dire.

Avant tout, qu'il soit glorieux ; sois-en très heureux et reconnaissant.

La visée de l'amour est la meilleure qui soit, la plus belle. Tâche de demeurer à sa hauteur.

Si tu aimes quelqu'un, le dire ne pourra jamais faire de mal, mais tu ne dois pas oublier que certaines personnes sont très timides et que, parfois, la déclaration doit tenir compte de cette timidité.

Les femmes ont une faculté de deviner ou de percevoir ce que tu ressens, mais en général, elles aiment aussi l'entendre.

Il arrive parfois qu'il n'y ait pas de retour à ce que tu éprouves, pour une raison ou une autre – mais cela ne rend pas tes sentiments moins précieux et bons.

Enfin, je sais ce que tu ressens parce que je le vis, et je suis heureux que tu le vives.

Nous serons ravis de rencontrer Susan. Elle sera infiniment la bienvenue. Mais c'est Elaine qui se chargera de l'organisation parce que c'est son domaine et qu'elle va s'en réjouir. Elle connaît l'amour, elle aussi, et peut-être te sera-t-elle plus utile que moi en la matière.

Et ne t'inquiète pas de la perdre. Si c'est juste, cela se fera – l'essentiel est de ne pas se précipiter. Rien de ce qui est bon ne disparaît.

Affectueusement,

Papa.

E GRAND INCENDIE DE LONDRES

AMES HICKS À SES CONFRÈRES - 4 septembre 1666

Plus de soixante-dix mille Londoniens se retrouvent sans toit le 2 septembre 1666, après qu'un ncendie s'est déclaré dans une boulangerie à Pudding Lane peu après minuit, ravageant en peu de emps la ville entière. Treize mille foyers sont détruits par les flammes. Juste avant que le bureau de poste de Cloak Lane ne parte en fumée, le maître de poste James Hicks récupère à la hâte le plus le courrier possible, puis fuit avec sa famille vers la ville de Barnet, en périphérie de Londres. Une ois arrivé à destination, encore sous le choc, il expédie cette lettre à ses confrères de la poste pour es informer de la catastrophe.

> À mes amis receveurs des postes, de Londres à Chester et de suite
> jusqu'à Holyhead [pays de Galles]

Messieurs,

Il a été selon le caprice du Tout-Puissant d'occuper la fameuse cité de Londres d'un terrible incendie qui a débuté dimanche matin vers 2 heures à Pudding Lane, dans la maison d'un boulanger située derrière la taverne Kings Head de la rue New Fish, & bien que tous les moyens possibles aient déjà été employés, il n'a pu être contenu car, avant la nuit, il a ravagé la plus grande partie de la ville avec l'église Saint-Magnus & une partie du pont de Queenhit jusqu'à son passage sur l'eau, la rue Canon, Dowgate &, depuis lundi, il s'étend jusqu'à la rue Gratious, la rue Lombard, Cornhill, Poultry, Bartholomew Lane, la rue Throgmorton, Lothbury, & la nuit dernière & la journée durant, il a ravagé toutes parts de la ville jusqu'à Temple Bar, le pont Holborn, Smithfield, & selon toute conjecture, il n'est pas près d'être entravé dans ses dévastations à moins que Dieu ne l'interdise dans son infinie sagesse. Je me trouve au Red Lyon, à Barnet, avec ma famille, & grâce à Dieu suis en état de santé satisfaisant, nonobstant immenses pertes et souffrances par dispersion de notre bureau, malgré quoi j'ai reçu la mission de vous faire encore connaître que peu vous viendra en main de la part des ministères d'État, et néanmoins de rapidement tout vous remettre, et d'assurer moi-même promptement la distribution ici, et malgré tout d'escorter votre retour à la Cour ou aux lieux que l'on me commandera, & je suis également tenu de vous annoncer quelles lettres sont envoyées de la Cour, et de veiller à ce qu'elles soient expédiées d'ici vers vous avec soin et diligence, & ainsi, dès qu'il plaira à Dieu de mettre fin à la violence du feu, un lieu pourra être désigné pour le courrier général, au sujet duquel, quant à ce qui vient d'arriver, Dieu veuille maintenant prodiguer conseil, c'est tout.

Votre ami très affligé,
James Hicks.

Barnet, 4 septembre, 11 heures du soir.

To my good ffriends ye Postmasters betwixt London
& Chester & so to Holly head.

Gentlemen
        it hath pleased Alm: God to lisit this famouscity of L. with most
raging fire woh began on Sunday morning last about 2 a clock in Pudding lane,
in a bakers house behind the Kgs head taverne in new ffish streete & though all
the meanes possible, was vsed yet it could not bee obstructed but before night
it had burnt most part of ye City with St magnus church & part of ye Bridge
to L. Hith to the water side, Canon street, Dowgate, & upon munday struck
vp to Gratious street, Lumbard street, Cornhill, Poultry Bartholomew
lane. ffrogmorton street, Loathbury & the last night & this day raging
through all parts of the city as far as Temple Barr, Holburne bridge
Smithfield, & by all conjecture is not by any meants to bee stopped
fro a further ruine except god in his infinite wisdome prevent it
I am at ye RED Lyon in Barnett with my family & blessed god in reason
able good health, notwithstanding great losse & sufferings by this
distractions of our office yet I am Comanded to lett you know yt what
littles comes to yo hands fro any ministers of state yt you giue them
all quick & speedy dispatch to mee higher yt I may Conuey them hence
to Court or such places as I may receiue directions for, & I am also
to intimate to you yt wt letters are sent to you fro Court I shall have
them sent forwards fro hence to you with speedy Care & Conveyance
& so soone as pleasith god to put an end to ye violence of this fire
some place will bee pitch on for ye generall Correspondence as
formerly of woh you shall god willing haue advice at present this
is all

                                            yor sorrowfull friend
                                            James Hicks.

Barnet Sep. 4. 11 at night.

LETTRE 110

C'EST COMME CONFESSER UN MEURTRE

CHARLES DARWIN À JOSEPH D. HOOKER - 11 janvier 1844

De l'origine des espèces, l'ouvrage révolutionnaire de Charles Darwin qui pose le socle de sa théorie de l'évolution, paraît en novembre 1859. En affirmant qu'une espèce ne demeure pas inchangée mais se transforme au fil du temps selon son environnement, conservant uniquement ses caractéristiques les plus avantageuses, Darwin modifie radicalement la perception du monde et génère bon nombre de débats. Quinze ans plus tôt déjà, il a commencé à envisager le phénomène de la « sélection naturelle » – phénomène qu'il décrit à son ami, le botaniste Joseph D. Hooker, dans cette lettre érudite et touffue.

Down House, Bromley, Kent

Jeudi

Mon cher Monsieur,

Je dois vous écrire et vous remercier de votre dernière lettre, vous dire combien vos avis et observations m'intéressent. Je vais devoir m'autoriser à appliquer une interprétation personnelle à vos propos quand vous dites qu'« il ne faut pas devenir bon accommodateur des extrapolations », entendant par là que vous ne manifestez pas d'indulgence aux spéculations débridées qu'est si prompt à lancer le premier herboriste amateur venu ; j'examinerais attentivement une tendance trop forte à généraliser, et à ne voir là que du mal.

Quelle limite pourriez-vous vous déterminer du côté patagonien ; si d'Orbigny l'a publiée, je crois qu'il a rassemblé une importante collection au Rio Negro, où la Patagonie conserve son habituelle apparence désolée ; à Bahía Blanca et plus au nord, les caractéristiques de la Patagonie se fondent insensiblement dans les savanes de La Plata. La botanique de Patagonie du Sud (& j'y ai collecté <u>chaque</u> plante en fleur à la saison où je m'y suis rendu) mériterait la comparaison avec la collection de Patagonie du Nord rassemblée par d'Orbigny. J'ignore tout des plantations du Roi, mais ses oiseaux étaient si incorrectement rangés que j'ai pu observer des spécimens du Brésil, de la Terre de [Feu] et des <u>îles du Cap-Vert</u>, tous signalés comme originaires du détroit de Magellan. Ce que vous dites de Mr Brown est atterrant ; je m'en doutais, mais ne pouvais m'autoriser à croire moi-même à pareille hérésie. FitzRoy l'a épinglé dans sa Préface, & m'a beaucoup indigné, mais il semble qu'un coup plus dur n'eût pas été gaspillé. Ma collection de cryptogames a été envoyée à Berkeley ; elle était modeste ; je ne crois pas qu'il en ait déjà publié un compte rendu, mais il m'a écrit il y a environ un an qu'il l'avait détaillée avant d'égarer ses descriptions. Ne serait-il pas bon pour vous de vous mettre en contact avec lui ? Car sinon certains objets risqueraient peut-être d'être par deux fois étudiés. Ma meilleure (quoique pauvre) collection de cryptogames venait de l'archipel des Chonos.

Auriez-vous l'obligeance de procéder à une petite observation pour moi, pour savoir si n'importe quelle variété de plante propre à toute île des Galápagos, Sainte-Hélène ou la Nouvelle-Zélande, où l'on ne trouve pas de grands quadrupèdes, possède des graines crochetées – car si l'on trouvait là de tels crochets, il se pourrait conclure avec justesse qu'ils sont faits pour s'agripper à la laine des animaux.

Voudriez-vous m'obliger davantage un jour en me révélant (j'oublie certes que ceci figurera certainement dans votre ouvrage sur la flore antarctique) si, dans une île telle que Sainte-Hélène, les Galápagos & la Nouvelle-Zélande, le nombre de familles et de genres est important, comparé au nombre d'espèces, comme il se voit en île corallienne &, comme je le crois, en territoires d'Extrême-Arctique ? C'est certainement le cas des coquillages marins dans les mers de l'Extrême-Arctique. Pensez-vous que le petit nombre d'espèces, en proportion du nombre de groupes importants dans les îlots coralliens, serait dû à la possibilité que des graines de tous ordres dériveraient vers ces nouveaux emplacements, comme je le suppose ?

Avez-vous collecté des coquillages de mer dont je devrais connaître les caractéristiques dans l'archipel des Kerguelen ?

Vos lettres sont si passionnantes qu'elles m'incitent à me montrer bien déraisonnable en vous posant toutes ces questions ; mais qu'elles ne vous embarrassent pas, car je suis conscient de la charge et de l'intérêt des travaux auxquels vous êtes employé.

En surcroît de mon intérêt général pour les territoires du Sud, je suis engagé depuis mon retour dans un travail fort présomptueux à propos duquel n'importe quel individu dira qu'il est tout à fait insensé. J'ai été si frappé par la répartition des organismes, etc. etc. dans les Galápagos, et par les caractéristiques des mammifères américains fossilisés, etc. etc., que j'ai décidé de collecter à l'aveuglette toutes les sortes d'informations susceptibles de révéler, par quelque moyen, ce que sont les espèces. J'ai lu des foules d'ouvrages sur l'agriculture et l'horticulture, & je suis presque convaincu (à l'opposé de mon premier postulat) que les espèces ne sont pas (c'est comme confesser un meurtre) immuables. Le Ciel me garde de proférer des absurdités à la suite de Lamarck sur une «tendance à la progression» «d'adaptations nées de la lente disposition des animaux», etc., mais les conclusions auxquelles je suis conduit ne diffèrent pas si grandement des siennes – quoique les raisons du changement soient parfaitement distinctes. Je pense avoir trouvé (voici ma présomption !) le moyen fort simple par lequel les espèces s'adaptent impeccablement à diverses fins. Vous allez maintenant maugréer et penser en vous-même «avec quel homme ai-je perdu mon temps à correspondre». Il y a cinq ans, je l'aurais pensé aussi. Je crains en outre que la longueur de cette lettre ne vous invite à maugréer – veuillez m'en excuser, je ne l'ai pas commencée dans une intention malicieuse.

Croyez-moi, mon cher Monsieur,
Votre très-sincère,
C. Darwin

Jay 1844.

Down. Bromley Kent   3

My dear Sir
                                            Wednesday Thursday
I must write to thank you for your last letter;
I to tell you how much all your views
& facts interest me. — I must be allowed to
put my own interpretation on what you say of "not
being a good arranger of extended views" — which is,
that you do not indulge in the loose speculations
so easily started by every smatterer & wandering
collector, — I look at a "strong tendency to
generalise as an entire evil —
What limit shall you take on the Patagonian side
— has d'Orbigny published, I believe he made a large
collection at the R. Negro, where Patagonia retains its
usual forlorn appearance; at Bahia Blanca,
the features of Patagonia insensibly blend into
the savannahs of La Plata. The Botany of S. Patagon
& I collected every plant — flowers at the season when
there) would be worth comparison with the R. Patagon
collection of d'Orbigny. — I do not know anything

about Kings' Plants, but his birds were so inaccurately habitated, that I have seen specimens from Brazil, Terra del & the Cape de Verde Id: all said to come from the St. of Magellan. — What you say of M. Brown is humiliating; I had suspected it, but would not allow myself to believe in such baseness. — FitzRoy gave him a rap in his Preface, & made me very indignant, but it seems a much harder one to not have been wasted. My cryptogamic collection was sent to Berkeley; it was not large; I do not believe he has get published an account, but he wrote to me some years ago that he had described & mislaid all his descriptions. Would it not be well for you to put yourself in communication with him; as otherwise some thing (things done) will perhaps be twice laboured over. — My best collection of the cryptogam. was from the Chonos Islands. —

Would you kindly observe one little fact for me, whether any species of plant, peculiar to any isl?, as Galapagos)

H. Helena a New Zealand, where there are no large Quadrupeds, have hooked seeds, — such looks as if deceived; here would be thought with justness to be adapted to catch into wool of animals.

Would you further oblige me some time by informing me (though I forget this rule certainly applies in some Antarctic Flora) whether in isd like St Helena, Galapagos, & New Zealand, the number of families & genera are large compared with the number of species, as happens in cord—isd, & as I believe? in the extreme Arctic land. Certainly this is case with marine shells in extreme Arctic seas. — Do you suppose the largely number of species in proportion to large groups in owing to the chance of seeds from all orders, getting drifted to such new spots? as I have supposed. —

Did you collect sea-shells in Kerguelen land, I sh⁰ like to know their character..?

Your interesting letters tempt me to be very unreasonable in asking you questions; but you must

not give yourself any trouble about them, for I know
how fully & worthily you are employed.

Besides a general interest about the Southern
lands, I have been now ever since my return
engaged in a very presumptuous work & which I
know no one individual who wd not say a very
foolish one. — I was so struck with distribution of
Galapagos organisms &c &c & with the character
of the American fossil mammifers, &c that I determined
to collect blindly every sort of fact, which cd bear
any way on what are species. — I have read heaps
of agricultural & horticultural books, & have never
ceased collecting facts — At last gleams of light have
come, & I am almost convinced (quite contrary
to opinion I started with) that species are not
(it is like confessing a murder) immutable. Heaven
forefend me from Lamarck nonsense of a "tendency to
progression" "adaptations from the slow willing of animals"
&c — but the conclusions I am led to are not
widely different from his — though the means of change are
wholly so — I think I have found out (here's pre=
sumption!) the simple way by which species become

ministed
adapted to various ends. — You will now
groan, & think to yourself `on what a
man have I been wasting my time in
writing to.' — I sh^d, five years ago, have
thought so. — I fear you will also groan
at the length of this letter — excuse me,
I did not begin with malice prepense.

Believe me my dear Sir
            very truly yours
                C. Darwin

TOUT JUSTE UN. TOUT JUSTE UN

ARTHUR C. FIFIELD À GERTRUDE STEIN - 19 avril 1912

L'écriture de la poétesse américaine Gertrude Stein divise les lecteurs. Aux yeux des moins convaincus, les répétitions rythmiques et l'utilisation du courant de conscience rendent son style absurde impénétrable. Pour d'autres, l'écrivain a fait émerger un univers unique, servi par une voix singulière et puissante. En 1912, l'éditeur Arthur C. Fifield reçoit l'un des ses romans les plus caractéristiques, *Américains d'Amérique* ; il lui fait alors parvenir cette savoureuse lettre de refus, qui pastiche admirablement son style.

FROM ARTHUR C. FIFIELD, PUBLISHER, 13, CLIFFORD'S INN, LONDON, E.C.

TELEPHONE 14430 CENTRAL.

April 19 1912.

Dear Madam,

I am only one, only one, only one. Only one being, one at the same time. Not two, not three, only one. Only one life to live, only sixty minutes in one hour. Only one pair of eyes. Only one brain. Only one being. Being only one, having only one pair of eyes, having only one time, having only one life, I cannot read your M.S. three or four times. Not even one time. Only one look, only one look is enough. Hardly one copy would sell here. Hardly one. Hardly one.

Many thanks. I am returning the M.S. by registered post. Only one M.S. by one post.

Sincerely yours,

Miss Gertrude Stein,
27 Rue de Fleurus,
Paris,
France.

HN LENNON A SIGNÉ MON ALBUM

RK CHAPMAN À UN EXPERT EN OBJETS DE COLLECTION - 10 avril 1986

près-midi du 8 décembre 1980, alors qu'il sort de son appartement new-yorkais, John Lennon
abordé par un chasseur d'autographes qui, sans dire un mot, lui tend un exemplaire de son
um *Double Fantasy*. De bonne grâce, Lennon y inscrit une dédicace. Quelques heures plus tard
lement, au même endroit, ce fan, Mark Chapman, assassine Lennon de quatre balles dans le
 avant d'attendre tranquillement l'arrivée de la police. Alors qu'il est incarcéré depuis six ans au
tre correctionnel d'Attica, l'assassin de Lennon écrit cette lettre à un expert pour lui demander
stimer la valeur de son album dédicacé.

10 avril 1986
JEUDI

Cher [X],

Avant tout, je souhaite que cette lettre demeure confidentielle – qu'elle reste
entre vous et moi. Merci.

Je vous ai entendu aujourd'hui à la radio dans l'émission d'Andy Thomas
Buffalo Talks (sur WWKB), et d'après votre voix, j'ai senti que je pouvais
vous écrire à propos d'une affaire extrêmement personnelle. J'ai aussi des
questions diverses qui suivront plus bas.

Le 8 décembre 1980, j'ai abattu John Lennon. Un peu avant, plus tôt dans
l'après-midi, je lui avais demandé de me signer l'album *Double Fantasy*. Il
l'avait fait en mentionnant la date : 1980. J'ai ensuite posé le disque derrière
le poste de sécurité du garde [de l'immeuble], là où on l'a d'ailleurs retrouvé
après mon arrestation. J'essaie en vain depuis des années (et deux avocats)
de récupérer cet objet, car je cherche à le mettre aux enchères et à donner
l'argent à une œuvre caritative pour enfants. Il m'a semblé que c'était bien
le moins que je puisse faire. Existe-t-il un moyen de connaître la valeur d'un
objet comme celui-ci ? J'ai souvent songé à écrire à un vendeur spécialisé
(Charles Hamilton, par exemple) à ce propos, et je ne l'ai pas fait. En vous
écoutant, je crois que j'ai été certain de pouvoir vous faire confiance – je suis
une sorte de reclus.

Peut-on connaître la valeur d'un objet comme celui-ci ? Ou bien est-ce quelque chose qui peut seulement être déterminé lors d'une vente aux enchères ? Merci de me dire ce que vous en pensez.

J'ai aussi une autobiographie de Sophie Tucker dédicacée (dans le livre) et je me demandais si cela valait quelque chose. Il n'y a PAS de jaquette et son état n'est pas excellent.

Aussi, auriez-vous des documents olographes de Stephen King en ce moment ? Quelle est la valeur de ce genre d'objets ?

Et des lettres de J.D. Salinger disponibles ? N'importe quelle lettre olographe.

Pourriez-vous me communiquer les adresses d'autres marchands susceptibles de posséder les articles ci-dessus ?

En vous remerciant chaleureusement,

Mark Chapman

M. CHAPMAN
81 A 3860
BOÎTE 149
CENTRE CORRECTIONNEL D'ATTICA
ATTICA, N.Y. 14011

April 10, 1986
Thursday

Dear

First, I'd like you to keep this letter confidential - between us only. Thank you.

I heard you today on Andy Thomas's BOFFING TALKS (WNKB) and felt at least from your voice, I could write you concerning a very personal matter. I do have some random questions which will follow.

On December 8, 1980 I shot and killed John Lennon. Before this, earlier in the afternoon, I had asked him to sign his Double Fantasy album. He did this also signing the date: 1980. I then placed this album below the security guards' booth, where it was found after my arrest. I have tried unsuccessfully for years (and 2 attorneys) to get this item back, so since to place it at an auction and location; the money to a children's charity. I felt it was the best I could do. Now, is there any way to assign the value of an item such as this? I have often written to write a dealer (Charles Hamilton comes to mind) concerning this but haven't. I your listening to you convinced me I could trust you - I'm somewhat of a recluse.

Is there a value that could be assigned to an item like this? Is this something that could only be determined at auction? Please let me know your feelings on this.

I have an autographed autobiography of Sophie Tucker (left inscribed) out time uncertain, if this is worth anything. There is no dustwrapper and the condition isn't that great.

Also, do you have any Stephen King holograph material available? What is the worth of such items?

Any J.D. Salinger letters available? I would like any holograph letters.

Could you send me any addresses of the dealers who might have any of the above items?

Thank you kindly,
Mark David Chapman

M. CHAPMAN
81 A 3860
Box 149
ATTICA CORRECTIONAL FACILITY
ATTICA, NY 14011

SASE ENCLOSED

CHOSES À PROPOS DESQUELLES S'INQUIÉTER

F. SCOTT FITZGERALD À SCOTTIE - 8 août 1933

Quand il n'est pas occupé à donner naissance à l'un des chefs-d'œuvre du xxᵉ siècle, F. Scott Fi gerald s'adonne à une abondante correspondance. On trouve, parmi ses destinataires privilégi son cher ami Ernest Hemingway, son épouse Zelda ou l'éditeur Maxwell Perkins. Mais c'est à fille, Scottie, que Fitzgerald réserve les lettres les plus touchantes. Lorsqu'il lui fait parvenir courrier empreint d'une sagesse toute particulière, Scottie a onze ans et passe son été en colo de vacances.

La Paix, Rodger's Forge
Towson, Maryland
8 août 1933

Chère Pie,

Je tiens vraiment à ce que tu sois assidue. Peux-tu m'envoyer quelques devoirs supplémentaires de lecture en français ? Je suis content de te savoir heureuse – mais je n'ai jamais beaucoup cru au bonheur. Je ne crois jamais au malheur non plus. Ce sont des choses qu'on voit sur une scène, un écran, ou dans les livres, elles ne se produisent jamais dans ta vie.

Ce à quoi je crois dans la vie, c'est uniquement à la récompense du mérite (selon tes talents) et aux <u>châtiments</u> des obligations non remplies, qui sont une double peine. Si la bibliothèque du camp possède l'ouvrage, veux-tu prier Mr Tyson de te laisser consulter le sonnet de Shakespeare où figure le vers « <u>Les lis en putréfaction sentent plus fort que l'herbe</u> » ?

Je n'ai pas eu de pensée aujourd'hui, la vie semble se résumer à mettre au point une nouvelle pour le *Saturday Evening Post*. Je pense à toi, et toujours avec plaisir ; mais si tu m'appelles encore une fois « Pappy », je jetterai le Chat Blanc dehors et lui botterai le derrière <u>bien fort, six fois pour chacune de tes impertinences</u>. Ça te fait de l'effet ?

Je m'occupe de la facture du camp.

Comme un idiot, je vais conclure. Choses à propos desquelles s'inquiéter :

> S'inquiéter du courage
> S'inquiéter de la propreté
> S'inquiéter de l'efficacité
> S'inquiéter de ses talents de cavalier
> S'inquiéter…

Choses à propos desquelles ne pas s'inquiéter :

> Ne pas s'inquiéter de l'opinion publique
> Ne pas s'inquiéter pour les poupées
> Ne pas s'inquiéter du passé
> Ne pas s'inquiéter de l'avenir
> Ne pas s'inquiéter de grandir
> Ne pas s'inquiéter que quelqu'un te dépasse
> Ne pas s'inquiéter du triomphe
> Ne pas s'inquiéter de l'échec sauf s'il est de ton fait
> Ne pas s'inquiéter des moustiques
> Ne pas s'inquiéter des mouches
> Ne pas s'inquiéter des insectes en général

Ne pas s'inquiéter des parents
Ne pas s'inquiéter des garçons
Ne pas s'inquiéter des déceptions
Ne pas s'inquiéter des plaisirs
Ne pas s'inquiéter des satisfactions
Choses auxquelles penser :
À quoi est-ce que j'aspire vraiment ?
Qu'est-ce que je vaux vraiment, comparé à mes contemporains, en matière de :
(a) Scolarité
(b) Est-ce que je comprends vraiment les gens et suis-je capable de m'entendre avec eux ?
(c) Est-ce que j'essaie de faire de mon corps un instrument utile ou suis-je en train de le négliger ?

Avec ma plus grande affection,
Daddy

P.-S. : Ma réplique au fait que tu m'appelles Pappy sera de te baptiser du mot *Egg* [œuf], ce qui suppose que tu appartiens à un stade de la vie très rudimentaire et que je peux te briser et t'ouvrir selon mon caprice, et je pense que ce nom te resterait si je le soufflais à ton entourage. « Egg Fitzgerald. » Ça te plairait de traverser l'existence avec « Eggie Fitzgerald », ou « Bad Egg Fitzgerald », ou n'importe quelle autre variation issue d'un esprit fertile ? Ose essayer une fois encore, et je jure devant Dieu que je te l'accrocherais autour du cou et qu'il ne te resterait qu'à tenter de le faire tomber. Pourquoi t'infliger tant d'ennuis ?

Je t'aime quand même.

UN INTRUS S'EST EMPARÉ DE MA MÈCHE

CHARLES LAMB À BERNARD BARTON - 9 janvier 1824

Après des semaines de souffrance intense, en proie à ce qu'il reconnaîtra plus tard n'avoir été qu'un « très mauvais rhume », l'essayiste et poète anglais Charles Lamb entreprend en 1824 la rédaction d'une lettre à l'attention de son ami Bernard Barton, dans laquelle il livre une réjouissante description de sa maladie, mélodramatique à souhait. Bernard Barton, cependant, ne saisit guère l'aspect humoristique de cet extravagant appel à l'aide ; préoccupé par la santé de son ami, il s'empressera de lui répondre par une missive pleine de sollicitude.

9 janvier 1824

Cher B.B.,

Sais-tu ce que c'est, de succomber à un insurmontable cauchemar diurne – « une abominable léthargie », comme l'appelle Falstaff –, une indisposition à faire ou à être quoi que ce soit, un engourdissement et un dégoût absolus, une suspension de l'élan vital, une indifférence au lieu où l'on se trouve, un état inerte et soporifique de bon à rien, une ossification complète, une insensibilité aux événements digne d'une huître, une stupeur de l'esprit, une résistance à toute épreuve aux sursauts dynamiques de la conscience ? As-tu déjà eu un très mauvais rhume, accompagné d'une irrésolution totale à se soumettre à l'évolution du gruau qui s'imbibe ? Tel est mon lot depuis bien des semaines, et mon excuse : mes doigts se traînent péniblement sur le papier, et la distance d'ici jusqu'au bout de cette demi-feuille me semble représenter trois cent vingt furlongs [63,37 km].
Je n'ai absolument rien à dire ; aucune chose ne me paraît plus importante qu'une autre ; je suis plus plat qu'un déni ou une crêpe ; plus vide que l'aile du juge Parker[1] quand il y niche sa tête ; plus désert qu'un théâtre de campagne quand les comédiens l'ont quitté ; un chiffre, un 0 ! Je ne prends pas acte de la vie, sauf par une occasionnelle convulsion de toux et une constante douleur flegmatique de ma poitrine. Je suis éreinté du monde ; la vie m'éreinte. Mes jours passent au crépuscule et ne valent sûrement pas qu'on gaspille des chandelles. Un intrus s'est emparé de ma mèche et je ne trouve pas le courage de le moucher. J'inhale en forme de suffocations ; je ne distingue plus le veau du mouton ; rien ne m'intéresse. Il est midi, Thurtell avance vers son Nouveau Gibet, Jack Ketch[2] remontant alertement ses manches graisseuses pour prodiguer le dernier office de l'existence, sans

que je parvienne à m'arracher une plainte ni une réflexion morale. Si tu m'annonçais que le monde vivra sa fin demain, je répondrais seulement : « Ah bon ? » Il ne me reste pas assez de volonté pour poser mes points sur mes *i*, encore moins pour peigner mes sourcils ; mes yeux sont figés dans ma tête ; mon cerveau est parti rendre visite à une relation misérable de Moorfields[3], et il ne m'a pas dit s'il entendait revenir ; mon crâne est un grenier sordide à louer rue Grub – il n'y reste pas même un vieux tabouret ou un bout de bois ; mes mains écrivent sans moi par habitude, à l'instar des poulets qui courent encore après qu'on leur a coupé la tête. Ô si seulement, une vigoureuse poussée de goutte, une colique, une rage de dents – un bouchon dans mon canal auditif, une mouche dans mes organes visuels… La douleur est la vie – preuve frappante et ultime de la vie ; mais cette apathie, cette mort ! As-tu déjà subi un rhume obstiné – six ou sept semaines ininterrompues de frissons et d'interruption de l'espoir, de la peur, de la conscience et de tout ? Pourtant, que ne fais-je pas pour guérir ; j'ai essayé le vin et les spiritueux, j'ai tenté de fumer et de me moucher en prodigues quantités, mais toutes ces méthodes ne semblent qu'avoir détérioré mon état au lieu de l'améliorer. Je dors dans une chambre humide et cela ne me fait aucun bien ; je rentre tard le soir, sans déceler de progrès manifeste ! Qui me délivrera du corps de cette mort ?

Il est tout juste midi passé de quinze minutes ; Thurtell a maintenant bien entamé son voyage, peut-être en tourmentant Scorpion ; Ketch marchande la vente de son manteau et de son gilet d'apparat ; et le Juif rechigne d'abord aux trois demi-couronnes mais, après avoir songé à ce qu'il obtiendra en les exhibant en ville, finit par céder.

C.L.

---

1. Allusion à l'affaire John Thurtell d'octobre 1823. Thurtell commit un meurtre ignoble (tirant sur sa victime au visage avant de l'ache[...] au couteau). La peine de mort fut commuée et Thurtell envoyé au bagne à vie.
2. Célèbre bourreau de Charles II.
3. Quartier pauvre de Londres.

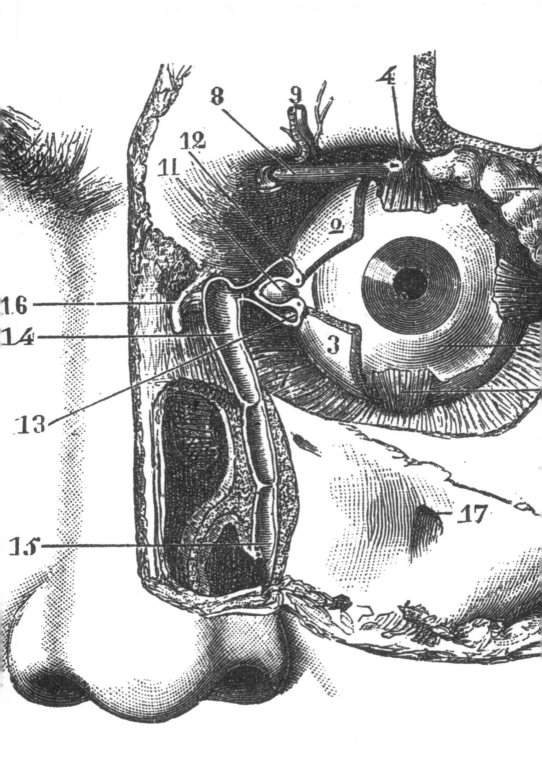

LETTRE 115

VOTEZ POUR MOI ET JE VOUS AIDERAI

JOHN BEAULIEU AU PRÉSIDENT DES ÉTATS-UNIS DWIGHT D. EISENHOWER - 1956

L'École pour aveugles de Perkins, dans le Massachusetts, est la plus ancienne institution de ce genre aux États-Unis. En 1956, l'un de ses élèves, John Beaulieu, treize ans, envoie un courrier en braille au président Dwight D. Eisenhower. La lettre a été rédigée en poinçonnant un papier épais ; un professeur a pris soin d'ajouter au-dessus de chaque caractère les mots correspondants en anglais. Le courrier du petit John contient la suggestion d'un bref discours de campagne. Il ne sera jamais utilisé par le Président, mais le 24 octobre de la même année, le garçon reçoit un message de remerciement de la part d'Eisenhower.

École Perkins pour les aveugles
Watertown 72, Massachusetts.

Cher Ike,

J'ai décidé de vous écrire un petit discours qui pourrait vous aider à gagner les élections.

« Votez pour moi et je vous aiderai. Je baisserai les prix, ainsi que vos impôts. J'aiderai aussi les Noirs, pour qu'ils puissent aller à l'école. »

Bonne chance en novembre.

John Beaulieu
13 ans, classe de sixième[1]

---

1. Équivalent de la classe de cinquième française.

Perkins School For The Blind

Watertown 72, Mass.

Dear Ike

        I decided To Write you
a little speech which might help
you to win the election
        Vote for me   I will
help you out.   I will Lower
the prices   and also your Tax
bill.   I also will help the
negroess   so That They may
go To School.

Good Luck in November.
            John Beaulieu
Age   13   Grade Six.

P.P.F.
28-B
B

Reviewed & opened,
5/5/76 KR

October 24, 1956

RECEIVED
OCT 31 1956
CENTRAL FILES

Dear John:

I can't tell you how pleased I was to receive the
letter you wrote me recently in Braille. I certainly admire the skill that you must have had to
master such a difficult art.

x PPF 28-B "B"

It was nice of you to send me a little speech to
help win the election. Your good luck wishes for
November mean a lot to me too, and I am very
grateful to you for them. I wish I were able to
write back to you in Braille also, but I am sure
that one of your teachers will be happy to read
this to you.

x PPF 27-B-1

I hope you're enjoying your schoolwork and are
taking advantage of the fine opportunity that you
must have in Watertown. Many thanks again for
being so thoughtful.

x PPF 22-C

With best wishes,

Sincerely,

(Sgd.) DWIGHT D. EISENHOWER

John Beaulieu
Mouton Cottage
Perkins School
Watertown, Massachusetts

sb/cdj

CROSS CARD FOR STAFF SECRETARY.

Cher John,

Je ne puis te dire à quel point j'ai été heureux de recevoir la lettre que tu m'as récemment écrite en braille. J'ai une grande admiration pour le talent qu'il faut avoir afin de maîtriser, comme tu le fais, un art si difficile.

C'est très gentil à toi de m'envoyer un petit discours pour m'aider à remporter les élections. Tes vœux de bonne chance pour le mois de novembre comptent énormément pour moi, et je t'en suis très reconnaissant. J'aurais aimé être capable de te répondre en braille, mais je ne doute pas que l'un de tes enseignants sera heureux de te lire ceci.

J'espère que tu aimes le travail scolaire et que tu profites pleinement de l'opportunité que tu as à Watertown. Mille mercis encore de te montrer si prévenant.

Avec mes meilleurs vœux de succès,

Sincèrement,

DWIGHT D.
EISENHOWER

À John Beaulieu
Mouton Cottage
École Perkins
Watertown, Massachusetts

EST-CE QUE LES SCIENTIFIQUES PRIENT ?

ALBERT EINSTEIN À PHYLLIS - 24 janvier 1936

Albert Einstein a souvent été interrogé sur son rapport à la religion. En 1954, dans une lettre adressée au philosophe Eric Gutkind, figure une de ses citations les plus célèbres sur le sujet :

« Le mot *Dieu* n'est pour moi rien de plus que l'expression et le produit des faiblesses humaines, la Bible qu'un recueil de légendes certes honorables mais primitives, et qui sont néanmoins assez puériles. Aucune interprétation, aussi subtile soit-elle, ne peut, selon moi, changer cela. »

Dix-huit ans avant ce fameux courrier, Einstein répond déjà à la jeune Phyllis qui lui demande, au nom de tous ses camarades de l'École du dimanche, si les scientifiques prient.

Église de Riverside

19 janvier 1936

Mon cher Dr Einstein,

Nous avons soumis la question : « Est-ce que les scientifiques prient ? » à la classe de catéchisme dominical. Ça a commencé avec la question de savoir si nous pouvions croire à la fois en la science et en la religion. Nous écrivons à des scientifiques, et à d'autres hommes importants, pour essayer d'obtenir la réponse à notre interrogation.

Nous serions extrêmement honorés si vous acceptiez de répondre à notre question : « Est-ce que les scientifiques prient, et pour quoi prient-ils ? »

Nous sommes en sixième[1], dans la classe de Mlle Ellis.

Respectueusement
vôtre,
Phyllis

---

1. Équivalent de la classe de cinquième française.

24 janvier 1936

Chère Phyllis,

Je vais tenter de répondre à ta question le plus simplement possible. Voici ma réponse :

Les scientifiques croient que tout événement, y compris les affaires des êtres humains, sont fonction des lois de la nature. Par conséquent, un scientifique ne peut pas être enclin à penser que le cours des événements puisse être modifié par la prière, c'est-à-dire par un vœu de manifestation surnaturelle.

Cependant, nous devons concéder que notre savoir actuel au sujet de ces forces est imparfait, si bien qu'en fin de compte, la croyance en l'existence d'un esprit ultime et définitif repose sur une sorte de foi. Ces croyances demeurent largement répandues même dans le contexte actuel des grands progrès scientifiques.

Mais aussi parce que quiconque s'implique sérieusement dans la quête scientifique se convainc qu'une forme d'esprit se manifeste dans les lois de l'univers, une sorte d'esprit infiniment supérieur à celui de l'homme. En ce sens, la quête scientifique conduit à un sentiment religieux d'une espèce particulière, certainement fort différente de la religiosité d'une personne plus naïve.

Avec mon salut cordial,
ton A. Einstein

AU NOM DE L'HUMANITÉ

MOHANDAS GANDHI À ADOLF HITLER - 23 juillet 1939

Lorsque l'armée allemande envahit la Tchécoslovaquie au printemps 1939, rares sont ceux qu●
peuvent encore ignorer les conséquences d'un tel acte. Mohandas Gandhi, leader non-violent d●
l'indépendance indienne, décide d'écrire à Adolf Hitler, l'homme sur le point d'orchestrer la Second●
Guerre mondiale. En raison d'une intervention du gouvernement britannique, la lettre de Gandhi, u●
plaidoyer exhortant Hitler à éviter la guerre «au nom de l'humanité», ne parviendra jamais à so●
destinataire. Et à peine un mois plus tard, le monde assiste, horrifié, à l'invasion de la Pologne et a●
début du conflit le plus meurtrier de l'histoire.

As at Wardha
C.P.
India.
23.7.'39.

Dear friend,

Friends have been urging me to write to you for the sake of humanity. But I have resisted their request, because of the feeling that any letter from me would be an impertinence. Something tells me that I must not calculate and that I must make my appeal for whatever it may be worth.

It is quite clear that you are today the one person in the world who can prevent a war which may reduce humanity to the savage state. Must you pay that price for an object however worthy it may appear to you to be ? Will you listen to the appeal of one who has seliberately shunned the method of war not without considerable success? Any way I anticipate your forgiveneas, if I have erred in writing to you.

Herr Hitler
Berlin
Germany.

I remain,

Your sincere friend

M. K. Gandhi

JE NE L'AI PAS ENCORE TUÉE

DOROTHY PARKER À SEWARD COLLINS - 5 mai 1927

En 1926, Dorothy Parker, la satiriste, critique et membre fondateur de l'Algonquin Round Table, plus connu sous le nom du «Cercle vicieux», publie un premier recueil de poésie remarqué, *Enough Rope*. Un an plus tard – rançon de la gloire ou conséquence de sa liaison tumultueuse avec l'éditeur Seward Collins et de leur voyage en Europe, au cours duquel ils côtoient des personnages tels que Hemingway et Fitzgerald –, Dorothy, en état d'épuisement général, est hospitalisée. Le contraste avec son existence trépidante inspire à l'éternelle caustique cette lettre pleine d'humour, écrite sur son lit d'hôpital, adressée à son amant.

> Hôpital presbytérien
> En la ville de New York
> 41 Est 70ᵉ Rue
> 5 mai, je crois,

Cher Seward,

Sincèrement, après des leçons de musique, quatre attaques de rougeole et tous ces frais pour me redresser les dents, j'ai été suffisamment bien élevée pour ne pas écrire mes lettres au crayon. Mais j'ai demandé de l'encre à l'infirmière – comme une question, poliment – ; elle a quitté la pièce et à ce jour, plus aucune nouvelle d'elle. C'est ainsi, mon cher, que j'ai fait accointance avec la pointe carbone du Major Grant (appelé au grade de Général).

Je suppose que seuls les vétérans sont autorisés à jouer avec l'encre.

Je suis pour ainsi dire fringante de santé, et le monde médical, jusqu'alors apôtre du suspense, entretient de hautes espérances – j'adore cette expression : tu peux te représenter les hautes espérances sur leur trente et un, prêtes pour leur journée à l'hippodrome et leur thé chez Maillard. Mais tu ne peux peut-être pas – qu'elles aillent au diable.

C'est mon genre d'hôpital favori, tout le monde est brusque, stérilisé, aimable et prévenant. Mais ils passent leur temps à te planter des thermomètres, te braquer des spots sur la figure ou t'instruire en thérapie occupationnelle (tissage de tapis, quelle fascinante ambition !), et tu n'as jamais une chance de récolter la moindre nouvelle pour ta correspondance.

Évidemment, si j'estimais possible que tu m'écoutes, je pourrais te parler du petit malin de quatre ans qui court dans le couloir de long en large toute la journée ; à ce que j'entends, il doit porter des fers à cheval – une bonne âme lui a donné un trousseau de clefs pour qu'il joue avec, il les a fait tinter en courant, chaque fois qu'il parvenait devant ma porte, le rusé petit monsieur les jetait, et quand je me levais pour savoir quand je devais m'attendre à les recevoir, il me bernait en courant deux ou trois longueurs sans les lâcher. Il se trouve qu'ils l'ont emmené pour l'opérer de l'épaule et qu'ils pensent qu'il ne pourra plus jamais se servir de son bras droit. Cela va mettre un terme à cette bon Dieu d'idiotie.

Il y a aussi l'infirmière qui m'avoue craindre d'être une incorrigible séductrice, mais elle n'y peut rien. Elle a l'art de prononcer «pittoresque» pittores-queue, et «unique» uni-queue, et le nombre de fois où elle est capable d'introduire ces mots dans sa conversation est fascinant, cela déclenche une hilarité sans pareille. Et aussi, quand elle quitte la chambre, elle dit : «À tantôt.» Je ne l'ai pas encore tuée. Lundi, peut-être.

Surtout, il y a de l'autre côté du couloir le gentleman généreux, quoique invalide, qui gît dans ses calculs biliaires et m'envoie une tortue avec qui jouer. Je te jure. Il m'a envoyé une tortue pour que je joue avec. Je lui apprends le bridge à deux. Et dès que je serai grande et forte, je ferai la course avec elle, aller-retour sur toute la longueur de la chambre.

J'aimerais beaucoup voir Daisy, mais il semble qu'un préjugé issu d'esprits étroits interdise la présence des chiens dans les hôpitaux. De toute façon, je ne peux pas faire confiance à ces salauds de médecins. Elle repartirait probablement d'ici avec une thyroïde de cochon d'Inde. Helen dit qu'elle se porte à merveille – elle a été vidangée et a retrouvé sa taille de jeune fille. Je pensais que mon absence conduirait la chère petite bête si dévouée à se ronger les boyaux d'angoisse, et tu sais qu'elle ne doit pas manger de viande ; mais elle joue comme un chiot, elle a neuf nouveaux jouets – trois balles et six animaux en peluche assortis. Elle insiste pour aller dormir avec toute la collection, et comme elle couche sur le lit d'Helen, la pauvre a l'air un peu hagard, ces temps-ci.

À ma supplique, Helen a accepté de lui dire : «Dorothy t'envoie toute son affection.» Daisy a répondu : «Qui ?»

Je joins une petite chose envoyée par un ami inconnu. Oh, bon.

Et voici un poème à caractère littéraire. Il s'intitule «Désespoir à Chelsea».

Osbert Sitwell
Ne parvient pas à avoir une évacuation satisfaisante.
Son frère, Sacheverel,
Doute qu'il y parvienne jamais[1]

C'est sans aucun doute la lettre la plus ennuyeuse depuis qu'Adolphe Ennery a publié ses *Deux Orphelines*. Mais je t'en écrirai d'honorables dès que j'aurai du neuf. Et après ma mort, Mr Conkwright-Shreiner pourra les monter en recueil – le gros nigaud.

Mais entre-temps, j'aimerais savoir comment tu te portes et le reste. Et si au cours de tes voyages, tu tombes sur une famille méritoire qui voudrait lire *Une lubie de M. Fortune*, j'en ai six exemplaires.

Affectueusement,
Dorothy –

J'ai juré à ma mère sur son lit de mort que je n'écrirais jamais de post-scriptum, mais je dois retenir ce vœu pour la cerise sur le gâteau. J'ai perdu onze kilos.

1. *Sit well* : « s'assied bien » (sur le trône). Écrivain, comme son frère Sacheverel, Osbert Sitwell est un aristocrate anglais contemporain de D. Parker, auteur de poésie médiocre.

LETTRE À UN JEUNE POÈTE

RAINER MARIA RILKE à FRANZ KAPPUS - 17 février 1903

En 1902, Franz Kappus, aspirant poète de dix-neuf ans et étudiant à l'Académie militaire de Vienne, envoie quelques-uns de ses écrits à Rainer Maria Rilke, afin que celui-ci lui donne un avis sur ses vers. Le célèbre poète de Bohême répond à Kappus quelques mois plus tard, par une lettre éloquente dans laquelle il incite Kappus à faire l'expérience de l'introspection plutôt que de rechercher l'approbation de ses pairs. La correspondance entre les deux hommes ne s'arrête pas là : dans les cinq années qui suivent, Rilke prodiguera à son disciple des conseils sur l'art poétique et sur un ensemble d'autres sujets. En 1929, trois ans après la mort de son mentor, Kappus réunit les dix lettres de Rilke dans *Lettres à un jeune poète*.

Paris,
17 février 1903

Cher Monsieur,

Votre lettre m'est parvenue il y a quelques jours seulement. Je tiens à vous remercier de la grande et aimable confiance qu'elle exprime. Je puis à peine en dire davantage. Je ne peux pas m'étendre sur la manière de vos poésies, car toute intention critique m'est par trop étrangère. Rien ne permet moins de saisir une œuvre d'art que des propos critiques ; ils ne peuvent jamais aboutir qu'à des malentendus plus ou moins heureux. Les choses ne sont pas toutes aussi tangibles et exprimables qu'on voudrait la plupart du temps nous le faire croire ; la plupart des événements sont indicibles, ils se déroulent dans un espace où jamais un seul mot n'a pénétré ; et plus indicibles encore que tout le reste sont les œuvres d'art, mystérieuses existences dont la vie demeure, tandis que la nôtre passe.

Après cette remarque préliminaire, je puis seulement ajouter que vos vers n'ont pas encore une manière qui leur soit propre, mais qu'on y trouve cependant l'ébauche timide et encore dissimulée d'une personnalité. C'est dans la dernière poésie, « Mon âme », que je l'éprouve le plus clairement. Là, un élément qui vous appartient tente de s'exprimer et de trouver sa manière. Et dans la belle poésie « À Leopardi », on voit se développer une sorte d'affinité avec ce grand solitaire. Malgré cela, les poésies n'ont pas encore d'existence autonome, de véritable indépendance, même la dernière et même celle qui est consacrée à Leopardi. Votre aimable lettre d'accompagnement ne manque pas de m'expliquer ces défauts, que j'avais remarqués en lisant vos vers, sans pouvoir cependant les identifier nommément.

Vous demandez si vos vers sont bons. C'est à moi que vous posez la question. Vous en avez interrogé d'autres auparavant. Vous les envoyez à des revues. Vous les comparez à d'autres poésies et vous vous inquiétez quand certaines rédactions refusent vos essais. Or (puisque vous m'avez autorisé à vous conseiller), je vous invite à laisser tout cela. Vous portez vos regards au-dehors ; or, c'est précisément ce qu'en ce moment vous ne devriez pas faire. Personne ne peut vous conseiller ni vous aider, personne. Il n'existe qu'un seul moyen, qui est de rentrer en vous-même. Cherchez le sol d'où procède ce besoin d'écrire ; vérifiez s'il étend ses racines jusqu'au plus profond de votre cœur ; faites-vous l'aveu de savoir si vous devriez mourir au cas où il vous serait interdit d'écrire. C'est cela surtout qui compte : demandez-vous à l'heure la plus silencieuse de votre nuit si vraiment il vous faut écrire. Creusez en vous-même jusqu'à trouver la réponse la plus profonde. Et si cette réponse était affirmative, si vous ne pouviez accueillir cette grave question qu'en disant simplement, fortement : « Oui, il le faut », alors construisez votre vie en fonction de cette nécessité ; votre vie doit être, jusqu'en ses instants les plus insignifiants et les plus minimes, la marque et le témoignage de ce besoin. Puis, rapprochez-vous de la nature. Puis, essayez de dire, comme si vous étiez le premier homme, ce que vous voyez, ce que vous vivez, ce que vous aimez et ce que vous perdez. N'écrivez pas de poésies d'amour ; essayez d'abord d'éviter toutes les formes qui sont trop courantes et banales : ce sont les plus difficiles, car il faut beaucoup de force et de maturité pour produire une œuvre originale là où se présentent en masse de très bonnes et parfois de très brillantes traditions. Pour cette raison aussi, fuyez les motifs généraux et cherchez refuge auprès de ceux que vous offre votre propre vie quotidienne ; décrivez vos tristesses et vos désirs, vos pensées fugaces et la foi que vous placez en quelque beauté, décrivez tout cela avec une sincérité intime et paisible pleine d'humilité et utilisez pour vous exprimer les choses qui vous entourent, les images de vos rêves et les objets de votre souvenir. Si votre vie quotidienne vous paraît trop pauvre, ne l'incriminez pas ; ne vous en prenez qu'à vous-même, dites-vous que vous n'êtes pas assez poète pour évoquer ses richesses ; car, pour le créateur, il n'existe pas de pauvreté, aucun lieu n'est pauvre ou indifférent. Fussiez-vous même dans une prison, dont les murs ne laisseraient parvenir jusqu'à vos sens aucun des bruits du monde, ne vous resterait-il pas encore votre enfance, cette exquise richesse de nature royale, ce trésor de souvenirs ? Tournez de ce côté-là votre attention. Essayez de faire surgir les sensations englouties de ce lointain passé ; votre personnalité s'affermira, votre solitude s'élargira et deviendra une demeure à l'heure du soir, loin de laquelle passera le bruit des autres hommes. Et si, de ce retournement vers l'intérieur, de cette plongée dans votre propre monde, des vers viennent à surgir, vous ne penserez pas à demander à quiconque si ce sont de bons vers. Vous n'essayerez pas non plus d'intéresser des revues à ces travaux ; car vous verrez et aimerez en eux votre bien naturel, un morceau de vous-même, la voix même de votre vie. Une œuvre d'art est bonne si elle procède de la nécessité. Il n'existe pas d'autre critère pour la juger que la nature de son origine. C'est pourquoi, cher monsieur, je n'ai pas pu vous donner comme autre conseil que celui de rentrer en vous-même et de sonder les profondeurs d'où jaillit votre vie ; c'est au lieu de cette source que vous trouverez la réponse telle qu'elle s'offre à vous, sans tenter de l'interpréter. Peut-être apparaîtra-t-il que vous êtes appelé à être un artiste. Dans ce cas-là, acceptez votre destin, portez son fardeau et sa grandeur, sans jamais demander quel salaire pourrait venir du dehors. Car la création doit être un monde en lui-même, tout trouver en lui-même et dans la nature à laquelle il s'est allié.

Mais peut-être, après cette descente en vous-même et dans votre solitude, devrez-vous aussi renoncer à être un poète (il suffit, comme je l'ai dit, de sentir qu'on pourrait vivre sans écrire, pour n'être pas autorisé à écrire). Mais même dans ce cas, ce retour vers vous-même, que je vous demande d'accomplir, n'aura pas été vain. Votre vie trouvera en tout cas, à partir de ce moment-là, des chemins qui lui seront propres. Que ce puissent être de bons, de riches, de vastes chemins, c'est ce que je vous souhaite plus que je ne saurais dire.

Que puis-je ajouter encore ? Il me semble avoir tout souligné selon la raison ; et je ne voulais finalement que vous conseiller de suivre avec calme et sérieux la loi de votre propre croissance ; vous ne pouvez la troubler davantage qu'en portant vos regards au-dehors et qu'en attendant du dehors la réponse à des questions, que seul peut vous apporter votre sentiment intime dans votre heure la plus silencieuse.

J'ai été heureux de trouver dans votre lettre le nom de M. le professeur Horacek ; je conserve envers cet aimable savant une grande vénération et une gratitude qui s'est maintenue au travers des années. Voudriez-vous, je vous prie, lui faire part de mes sentiments. Il est bien bon de se souvenir encore de moi et j'y suis très sensible.

Je vous renvoie par le même courrier les vers que vous m'avez aimablement confiés. Et je vous remercie encore de votre grande et cordiale confiance, dont j'ai essayé, par cette réponse sincère, écrite du mieux que j'ai pu, de me rendre un peu plus digne que ne peut être un étranger comme j'en suis un.

Avec tout mon dévouement et ma sympathie.

Rainer Maria Rilke

Rainer Maria Rilke, «À Franz Xavier Kappus», 17 février 1903, recueilli dans *Lettres à un jeune poète*. Traduction de Claude David. © Éditions Gallimard, 1993.

À QUELLES FANTASTIQUES NAISSANCES AUREZ-VOUS ASSISTÉ !

MARK TWAIN À WALT WHITMAN - 24 mai 1889

Walt Whitman, le « père du vers libre », occupe sans aucun doute une place primordiale dans l'histoire de la littérature américaine. En 1855, il publie à son compte *Feuilles d'herbe*, recueil poétique malmené par la critique à sa parution en raison de sa versification inhabituelle, jugée « obscène ». En mai 1889, alors que Whitman s'apprête à fêter son soixante-dixième anniversaire et qu'il est désormais un poète unanimement reconnu, le romancier Mark Twain lui adresse solennellement ses vœux – quatre pages exaltées et admiratives célébrant l'accomplissement de l'ancien incompris.

Hartford, 24 mai 89

À Walt Whitman,

Vous venez de vivre les soixante-dix années les plus importantes de l'histoire du monde & les plus riches en bénéfices & en progrès pour ses peuples. Ces soixante-dix ans ont beaucoup plus accompli pour creuser le fossé entre l'homme & les autres animaux qu'aucun des cinq siècles qui les ont précédés.

À quelles fantastiques naissances aurez-vous assisté ! Le fer à repasser, le navire à vapeur, le vaisseau d'acier, le chemin de fer, l'égreneuse Cotton gin, le télégraphe, le phonographe, la photographie, la photogravure, la galvanotypie, la lumière au gaz, l'éclairage électrique, la machine à coudre, & les produits d'une infinie variété, innombrables et fabuleux issus du charbon, les dernières & les plus étranges merveilles d'une ère merveilleuse. Vous avez même assisté à des naissances plus fantastiques encore ; car vous avez vu l'application de l'anesthésie à l'exercice de la chirurgie, par laquelle l'ancien empire de la douleur, qui avait commencé avec la première vie, a disparu à jamais de cette terre ; vous avez vu l'esclave s'affranchir, vous avez vu la monarchie bannie en France et réduite, en Angleterre, à une machine qui fait grand spectacle de diligence et d'attention aux affaires, mais qui n'a pas de lien avec le travail. Oui, en vérité, vous en avez vu beaucoup – mais attardez-vous encore un moment, car le plus beau reste à venir. Attendez trente années, & alors baissez les yeux sur la terre ! Vous verrez quelles merveilles se sont ajoutées aux merveilles dont vous avez contemplé le baptême ; & remarquable au-dessus d'elles, vous mesurerez leur formidable Résultat – l'Homme atteignant enfin presque sa pleine stature ! – & leur évolution constante, leur évolution visible tandis même que vous les observez. En ce jour-là, qui s'asseyait sur un trône ou possédait un privilège doré inaccessible à son voisin, vous le regarderez lui porter ses chaussons & vous apprêterez à danser, car musique il y aura. Restez, & regardez toutes ces choses ! Trente parmi nous, qui vous honorons & vous aimons, vous en offrons l'opportunité. Nous conservons 600 années, fraîches et bonnes, à la banque de la vie. Prenez-en 30 – le plus somptueux cadeau d'anniversaire jamais offert à un poète en ce monde – & asseyez-vous & attendez. Attendez de voir apparaître cette grande figure, et saisissez l'éclat lointain du soleil sur sa bannière ; alors vous pourrez partir content, sachant que vous avez vu celui pour qui la terre a été faite, & qu'il proclamera que le blé humain vaut davantage que les tares humaines, & se mettra à organiser les valeurs humaines sur cette base.

Mark Twain

H99

44 165

Hartford, May 24/89

To Walt Whitman:

You have lived just the seventy years which are greatest in the world's history & richest in benefit & advancement to its peoples. These seventy years have done much more to widen the interval between man & the other animals than was accomplished by any five centuries which preceded them.

What great births you have witnessed! The steam press, the steamship, the steel ship, the railroad, the perfected cotton-gin, the telegraph, the telephone, the phonograph, the photograph, photo-gravure, the electrotype, the gaslight, the electric light, the sewing machine, & the amazing, infinitely varied & innumerable products of coal tar, those latest & strangest marvels of a marvelous age. And you have seen even greater births than these; for you have seen the application of anæsthesia to surgery-practice, whereby the ancient dominion of pain, which began with the first created life, came to an end in this earth forever; you have seen the slave set free, you have seen monarchy banished from France, & reduced in England to a machine which makes an imposing show of diligence & attention to business, but isn't connected with the works. Yes, you have indeed seen much — but tarry yet a while, for the greatest is yet to come. Wait Thirty years, & then look out over the earth! You shall see marvels

upon marvels added to these
whose nativity you have witnessed;
& conspicuous above them you
shall see their formidable Result
— Man at almost his full stature
at last! — & still growing, visibly
growing while you look.   In that
day, who that hath a throne, or
a gilded privilege not attainable
by his neighbor, let him procure
him slippers & get ready to
dance, for there is going to be
music.   Abide, & see these things!
Thirty of us who honor & love
you, offer the opportunity. We
have among us 600 years, good
& sound, left in the bank of life.
Take 30 of them — the richest
birth-day gift ever offered to

4

poet in this world — & sit down
& wait. Wait till you see that
great figure appear, & catch
the far glint of the sun upon
his banner; then you may depart
satisfied, as knowing you
have seen him for whom the
earth was made, & that he
will proclaim that human
wheat is worth more than
human tares, & proceed to
reorganize human values
on that basis.

　　　　　　　　Mark Twain

389

LA GRANDE ERREUR D'EINSTEIN

ALBERT EINSTEIN AU PRÉSIDENT DES ÉTATS-UNIS FRANKLIN D. ROOSEVELT - 2 août 1939

Albert Einstein
Old Grove Rd.
Nassau Point
Peconic, Long Island

August 2nd, 1939

F.D. Roosevelt,
President of the United States,
White House
Washington, D.C.

Sir:

Some recent work by E.Fermi and L. Szilard, which has been communicated to me in manuscript, leads me to expect that the element uranium may be turned into a new and important source of energy in the immediate future. Certain aspects of the situation which has arisen seem to call for watchfulness and, if necessary, quick action on the part of the Administration. I believe therefore that it is my duty to bring to your attention the following facts and recommendations:

In the course of the last four months it has been made probable - through the work of Joliot in France as well as Fermi and Szilard in America - that it may become possible to set up a nuclear chain reaction in a large mass of uranium,by which vast amounts of power and large quantities of new radium-like elements would be generated. Now it appears almost certain that this could be achieved in the immediate future.

This new phenomenon would also lead to the construction of bombs, and it is conceivable - though much less certain - that extremely powerful bombs of a new type may thus be constructed. A single bomb of this type, carried by boat and exploded in a port, might very well destroy the whole port together with some of the surrounding territory. However, such bombs might very well prove to be too heavy for transportation by air.

The United States has only very poor ores of uranium in moderate quantities. There is some good ore in Canada and the former Czechoslovakia, while the most important source of uranium is Belgian Congo.

In view of this situation you may think it desirable to have some permanent contact maintained between the Administration and the group of physicists working on chain reactions in America. One possible way of achieving this might be for you to entrust with this task a person who has your confidence and who could perhaps serve in an inofficial capacity. His task might comprise the following:

a) to approach Government Departments, keep them informed of the further development, and put forward recommendations for Government action, giving particular attention to the problem of securing a supply of uranium ore for the United States;

b) to speed up the experimental work, which is at present being carried on within the limits of the budgets of University laboratories, by providing funds, if such funds be required, through his contacts with private persons who are willing to make contributions for this cause, and perhaps also by obtaining the co-operation of industrial laboratories which have the necessary equipment.

I understand that Germany has actually stopped the sale of uranium from the Czechoslovakian mines which she has taken over. That she should have taken such early action might perhaps be understood on the ground that the son of the German Under-Secretary of State, von Weizsäcker, is attached to the Kaiser-Wilhelm-Institut in Berlin where some of the American work on uranium is now being repeated.

Yours very truly,

A. Einstein

(Albert Einstein)

Après avoir consulté ses collègues physiciens Leó Szilárd et Enrico Fermi, le 2 août 1939 Alb
Einstein adresse au président américain Franklin Roosevelt un courrier historique, dont les dés
treuses conséquences s'abattront sur les villes japonaises de Nagasaki et d'Hiroshima six ans p
tard. Dans cette lettre, en effet, le scientifique annonce que la construction d'une bombe atomic
à base d'uranium est possible, conseille au gouvernement américain d'y consacrer du temps
de l'argent, et met en garde contre l'avance prise par l'Allemagne nazie en la matière. Suite à
recommandations et cet avertissement, Roosevelt confie à Lyman James Briggs le Comité consult
pour l'uranium – rebaptisé plus tard Projet Manhattan – qui permettra la mise au point des bomb
A Little Boy et *Fat Man* et causera la mort de plus de deux cent mille personnes. Einstein parlera p
tard de cette lettre comme de la «plus grande erreur de [s]a vie».

LETTRE 122

VIENS VITE À MOI

ZELDA FITZGERALD À F. SCOTT FITZGERALD - Septembre 1920

Un soir de juillet 1918, alors qu'elle vient de terminer sa scolarité, Zelda Sayre, dix-sept ans, fait
connaissance dans un country club d'un sous-lieutenant de vingt-deux ans n'aspirant qu'à deve
romancier. Le jeune Francis Scott Fitzgerald s'éprend aussitôt de Zelda, mais cette dernière se f
désirer. Deux ans plus tard, cependant, l'immense succès que rencontre le premier roman de s
courtisan, *L'Envers du paradis*, achève de la séduire ; Zelda accepte d'épouser Scott. Le cou
mythique du New York des « Roaring Twenties » fait vite parler de lui : alcool, violentes disputes, le
mariage est l'un des plus tumultueux de l'histoire de la littérature. Les époux se sépareront en 193

Zelda écrit cette lettre en 1920, à la suite d'une dispute et six mois seulement après leur union.

Je baisse les yeux sur les traces de pneus et te regarde arriver – échappant
à tout brouillard ou brume, ton pantalon froissé et aimé se presse vers moi
– sans toi, mon bien cher si cher, je ne pourrais voir ni entendre ni sentir
ni penser – ni vivre – je t'aime et plus jamais de nos vies je ne permettrai
que nous soyons encore séparés une nuit. C'est comme demander grâce
d'une tempête, du meurtre de la Beauté ou de la vieillesse, sans toi. Je
veux tellement t'embrasser – et dans la nuque, là où s'annoncent tes chers
cheveux, et sur la poitrine – je t'aime – et je ne peux te dire combien –
Penser que je vais mourir sans que tu le saches – Goofo, il faut que tu
essaies [de] ressentir cela aussi fort que moi – combien suis-je inanimée
quand tu n'es pas là – je ne peux même pas détester ces immondes gens
– personne d'autre que nous n'a le droit de vivre – et ils salissent notre
monde et je ne peux pas les détester parce que je te désire tellement – Viens
Vite – Viens Vite à moi – je ne pourrais jamais m'en tirer sans toi. Si tu me

détestais et que tu étais couvert de plaies comme un lépreux, si tu partais avec une autre femme et si tu m'affamais et me battais – je te voudrais quand même, je le sais.

Amant, Amant, Chéri,
Ta Femme

L'ART NE SERT À RIEN CAR...

OSCAR WILDE À BERNULF CLEGG - 1891

Peu après avoir lu *Le Portrait* de Dorian Gray, un jeune homme du nom de Bernulf Clegg écrit
1891 à Oscar Wilde pour lui demander d'éclairer la phrase inscrite dans la préface du roman : « T
art est totalement inutile.» À sa grande surprise, Wilde ne tarde pas à lui fournir la réponse à
question.

16, TITE STREET,
CHELSEA. S.W.

Mon cher Monsieur,

  L'art ne sert à rien car son seul objet est de créer une humeur. Il n'est
pas fait pour instruire, ni pour influencer une action en quelque manière que
ce soit. Il est superbement stérile, et la texture de son plaisir est la stérilité.
Si la contemplation d'une œuvre d'art est suivie d'une quelconque espèce
d'activité, ou bien cette œuvre est de très second ordre, ou bien le spectateur
a échoué à parfaitement saisir l'impression artistique.

  Une œuvre d'art est aussi inutile qu'une fleur est inutile. Une fleur
s'épanouit pour son propre plaisir. Nous gagnons un instant de joie à la
regarder faire. C'est tout ce qui se puisse dire de notre relation avec les fleurs.
Bien sûr l'homme peut vendre la fleur et se la rendre ainsi utile, mais cela n'a
rien à voir avec la fleur. Cela n'appartient pas à son essence. C'est accidentel.
C'est un détournement. Tout ceci est, je le crains, très obscur. Mais le sujet
est vaste.

  Bien à vous,

  Oscar Wilde

16, TITE STREET,
CHELSEA. S.W.

my Dear Sir

Art is useless because its aim is simply to create a mood. It is not meant to instruct, or to influence action in any way. It is superbly sterile, and

395

the note of its
pleasure is sterility.
If the contemplation
of a work of
art is followed
by activity of any
kind, the work is
either of a very
second-rate order,

or the object & Ts
has failed to
realise the complete
artistic impression.

a work of
art is useless as
a flower is useless.
a flower blossoms
for its own joy.
we gain a moment
of joy by looking
at it. that is

all that is to be said about our relation to flowers. Of course man may sell the flower, and so make it useful to him, but that has nothing to do with the flower. It is not part of its essence. It is accidental. It is a misuse. All this is, I fear, very obscure. But the subject is a long one.

Oscar Wilde

LAISSE CELA EN TES MAINS EXPERTES

K JAGGER À ANDY WARHOL - 21 avril 1969

THE ROLLING STONES LTD
46A MADDOX STREET   W1
TELEPHONE   01   629   5856

21st April, 1969.

Andy Warhol,
33 Union Square,
W.N.Y.10003,
NEW YORK

Dear Andy,

I'm really pleased you can do the art-work for
our new hits album.   Here are 2 boxes of material
which you can use, and the record.

In my short sweet experience, the more complicated
the format of the album, e.g. more complex than just
pages or fold-out, the more fucked-up the reproduction
and agonising the delays.   But, having said that, I
leave it in your capable hands to do what ever you
want...........and please write back saying how much
money you would like.

Doubtless a Mr.Al Steckler will contact you in New
York, with any further information.   He will probably
look nervous and say "Hurry up" but take little notice.

Love,

MICK JAGGER

Alors qu'ils travaillent à leur neuvième album studio, *Sticky Fingers*, les Rolling Stones contacten[t] 1969 Andy Warhol pour lui demander de concevoir la pochette. Warhol accepte l'offre et reçoit [une] lettre de Mick Jagger, dans laquelle le chanteur le prie poliment de ne pas réaliser une jaquette [trop] sophistiquée afin d'en faciliter la production. Warhol passe outre cette recommandation et élab[ore] une couverture inoubliable : un zoom serré sur l'entrejambe du jean de Joe Dallesandro, mus[e de] Warhol, surmontée d'une véritable fermeture Éclair – source d'innombrables problèmes et not[am]ment de disques rayés.

LETTRE 125

ABATTOIR 5

KURT VONNEGUT JR À KURT VONNEGUT - 29 mai 1945

Décembre 1944. Alors qu'il combat derrière les lignes ennemies pendant la campagne du R[hin] Kurt Vonnegut, caporal de vingt-deux ans, est capturé par la Wehrmacht. Un mois plus tard, il [est] emmené, ainsi que les autres prisonniers de guerre, dans un camp de travail à Dresde ; on [les] enferme dans un abattoir souterrain connu des soldats allemands sous le nom de «Schlach[thof] Fünf » (Abattoir Cinq). Le mois suivant, en février, cet abri souterrain leur permet d'échappe[r au] terrible bombardement qui dévaste la ville de Dresde. Vonnegut et les autres survivants particip[ent] au déblaiement des décombres.

En mai, alors qu'il se trouve dans un camp pour déplacés, Vonnegut décrit à sa famille [son] expérience de la détention et la façon dont il y a survécu – épreuves qui lui inspireront son rom[an] *Abattoir 5*.

DE : Caporal K. Vonnegut Jr,
12102964 Armée U.S.

À : Kurt Vonnegut
Williams Creek,
Indianapolis, Indiana.

Chers tous,

On me dit que vous n'avez eu aucune information vous laissant croire autre chose que j'étais «porté disparu au combat». Il est fort probable que vous n'ayez reçu aucune de mes lettres envoyées d'Allemagne. Ce qui me laisse beaucoup de choses à vous expliquer – soit :

J'ai été fait prisonnier de guerre le 19 décembre 1944, date à laquelle notre division a été mise en lambeaux par l'ultime poussée désespérée de Hitler à travers le Luxembourg et la Belgique. Sept divisions Panzer hystériques nous ont frappés et coupés du reste de la Iʳᵉ armée de Hodges. Les autres divisions américaines à nos côtés se sont débrouillées pour se retirer : nous avons été contraints de rester et de nous battre. Les baïonnettes ne valent pas grand-chose devant des tanks : nos munitions, la nourriture et les réserves médicales se sont épuisées, et nos pertes excédaient le nombre de soldats aptes au combat – nous avons dû nous rendre. Il paraît que la 106ᵉ a obtenu pour ça une citation présidentielle et je ne sais quelle décoration britannique de la part de Montgomery, mais que je sois damné si ça en valait la peine. J'étais l'un des rares à ne pas avoir été blessés. Au moins pour ça, merci à Dieu.

Bon, alors les surhommes nous ont fait marcher, sans nourriture, ni eau ni repos jusqu'à Limberg, distante d'environ cent kilomètres, je crois, où nous avons été chargés à bord de wagons de marchandises et mis sous les verrous, soixante hommes pour chaque petit engin, sans ventilation ni chauffage. Il n'y avait pas de commodités sanitaires – les sols étaient couverts de fumier frais. Il n'y avait pas assez d'espace pour que nous puissions tous nous allonger. La moitié d'entre nous dormait pendant que l'autre restait debout. Nous avons passé plusieurs jours, y compris Noël, dans ce bas-côté de Limberg. Le 24 décembre, la Royal Air Force a bombardé et mitraillé notre train sans marquage. Ils ont tué environ cent cinquante d'entre nous. Nous avons eu un peu d'eau le jour de Noël, et nous avons lentement commencé à avancer à travers l'Allemagne, en direction d'un grand camp de prisonniers à Mühlburg, au sud de Berlin. Nous avons pu quitter les wagons le jour du Nouvel An. Les Allemands nous ont fait passer en troupeaux sous des douches désinfectantes. Beaucoup d'hommes sont morts sous la douche après dix jours d'inanition, de soif et d'hypothermie. Mais pas moi.

D'après la convention de Genève, les officiers et les sous-officiers ne sont pas obligés de travailler quand ils sont faits prisonniers. Comme vous le savez, je suis caporal. Cent cinquante hommes de cette roupie de sansonnet ont été expédiés au camp de travail de Dresde le 10 janvier. Parlant un peu l'allemand, j'étais leur chef. Pour notre malheur, nous sommes tombés sur des gardes sadiques et fanatiques. On nous a refusé une visite médicale et des vêtements. On nous a donné de longues heures de travail extrêmement pénible. Notre ration quotidienne consistait en deux cent cinquante grammes de pain noir et une pinte de soupe de pommes de terre sans sel. Après avoir vainement tenté d'améliorer notre situation durant deux mois pour n'obtenir que des sourires fallacieux, j'ai raconté aux gardes ce que j'allais leur faire dès que les Russes arriveraient. Ils m'ont un peu battu. J'ai été viré en tant que chef du groupe. Les passages à tabac n'étaient rien ; si un gars mourait de faim, les SS en tuaient deux, accusés d'avoir volé de la nourriture.

Vers le 14 février, les Américains sont arrivés, suivis de la Royal Air Force. L'union de leurs efforts a tué 250 000 personnes en vingt-quatre heures et détruit Dresde tout entière – probablement la plus belle ville du monde. Mais pas moi.

Après quoi, nous avons dû travailler à transporter les corps des victimes des bombardements aériens ; des femmes, des enfants, des vieillards ; morts par commotion, dans les flammes ou par asphyxie. Les civils nous maudissaient et nous jetaient des pierres tandis que nous amenions les cadavres vers les immenses bûchers funéraires de la ville.

Quand le général Patton a pris Leipzig, nous avons été évacués à pied en direction de Hellexisdorf et de la frontière saxo-tchécoslovaque. Nous sommes restés là jusqu'à la fin de la guerre. Nos gardes ont déserté. En cet heureux jour, les Russes avaient l'intention de nettoyer les piquets de résistance illégale de notre secteur. Leurs avions (des P-39) nous ont bombardés et mitraillés, tuant quatorze d'entre nous, mais pas moi.

Nous étions huit quand nous avons volé des chevaux et un wagon. Nous avons voyagé, pillant sur notre chemin à travers les Sudètes et la Saxe, pendant huit jours, menant une vie de rois. Les Russes adorent les Américains. Ils nous ont ramassés à Dresde. De là, nous avons fait le voyage jusqu'aux lignes américaines de Halle dans des camionnettes Ford du Lend-Lease. Depuis, nous avons été expédiés en avion jusqu'au Havre.

Je vous écris depuis un centre de la Croix-Rouge du camp de rapatriement des prisonniers de guerre, au Havre. Je suis merveilleusement bien nourri, divertissements à l'avenant. Les navires militaires sont évidemment bondés, alors je vais devoir être patient. J'espère être à la maison dans un mois. Une fois de retour, j'aurai droit à vingt et un jours de récupération à Atterbury, à environ 600 $ de paie et – accrochez-vous – à soixante (60) jours de perm !

J'ai vraiment beaucoup trop à dire, le reste devra attendre. Je ne peux pas recevoir de courrier ici, donc ne m'écrivez pas.

29 mai 1945
Affectueusement,

Kurt Jr.

FROM:

      Pfc. K. Vonnegut, Jr.,
      12102964 U. S. Army.

TO:

Kurt Vonnegut,
Williams Creek,
Indianapolis, Indiana.

Dear people:

I'm told that you were probably never informed that I was any-thing other than "missing in action." Chances are that you also failed to receive any of the letters I wrote from Germany. That leaves me a lot of explaining to do -- in precis:

I've been a prisoner of war since December 19th, 1944, when our division was out to ribbons by Hitler's last desperate thrust through Luxemburg and Belgium. Seven Fanatical Panzer Divisions hit us and cut us off from the rest of Hodges' First Army. The other American Divisions on our flanks managed to pull out: We were obliged to stay and fight. Bayonets aren't much good against tanks: Our ammunition, food and medical supplies gave out and our casualties out-numbered those who could still fight – so we gave up. The 106th got a Presidential Citation and some British Decoration from Mont-gomery for it, I'm told, but I'll be damned if it was worth it. I was one of the few who weren't wounded. For that much thank God.

Well, the supermen marched us, without food, water or sleep to Limberg, a distance of about sixty miles, I think, where we were loaded and locked up, sixty men to each small, unventilated, un-heated box car. There were no sanitary accommodations -- the floors were covered with fresh cow dung. There wasn't room for all of us to lie down. Half slept while the other half stood. We spent several days, including Christmas, on that Limberg siding. On Christmas eve the Royal Air Force bombed and strafed our unmarked train. They killed about one-hundred-and-fifty of us. We got a

little water Christmas Day and moved slowly across Germany to a large
P.O.W. Camp in Muhlburg, South of Berlin. We were released from the
box cars on New Year's Day. The Germans herded us through scalding
delousing showers. Many men died from shock in the showers after ten
days of starvation, thirst and exposure. But I didn't.

Under the Geneva Convention, Officers and Non-commissioned
Officers are not obliged to work when taken prisoner. I am, as you
know, a Private. One-hundred-and-fifty such minor beings were
shipped to a Dresden work camp on January 10th. I was their leader
by virtue of the little German I spoke. It was our misfortune to
have sadistic and fanatical guards. We were refused medical attention and clothing: We were given long hours at extremely hard labor.
Our food ration was two-hundred-and-fifty grams of black bread and
one pint of unseasoned potato soup each day. After desperately trying
to improve our situation for two months and having been met with bland
smiles I told the guards just what I was going to do to them when the
Russians came. They beat me up a little. I was fired as group
leader. Beatings were very small time: -- one boy starved to death
and the SS Troops shot two for stealing food.

On about February 14th the Americans came over, followed by the
R.A.F. their combined labors killed 250,000 people in twenty-four
hours and destroyed all of Dresden -- possibly the world's most
beautiful city. But not me.

After that we were put to work carrying corpses from Air-Raid
shelters; women, children, old men; dead from concussion, fire or
suffocation. Civilians cursed us and threw rocks as we carried bodies
to huge funeral pyres in the city.

When General Patton took Leipzig we were evacuated on foot to
Hellexisdorf on the Saxony-Czechoslovakian border. There we remained

until the war ended. Our guards deserted us. On that happy day the
Russians were intent on mopping up isolated outlaw resistance in our
sector. Their planes (P-39's) strafed and bombed us, killing fourteen,
but not me.

Eight of us stole a team and wagon. We traveled and looted our
way through Sudetenland and Saxony for eight days, living like kings.
The Russians are crazy about Americans. The Russians picked us up in
Dresden. We rode from there to the American lines at Halle in Lend-
Lease Ford trucks. We've since been flown to Le Havre.

I'm writing from a Red Cross Club in the Le Havre P.O.W. Repat-
riation Camp. I'm being wonderfully well feed and entertained. The
state-bound ships are jammed, naturally, so I'll have to be patient.
I hope to be home in a month. Once home I'll be given twenty-one days
recuperation at Atterbury, about $600 back pay and -- get this --
sixty (60) days furlough!

I've too damned much to say, the rest will have to wait. I can't
receive mail here so don't write.   May 29, 1945

                    Love,

                    Kurt - Jr.

TRADUCTION DES FAC-SIMILÉS

LETTRE 023

12 juillet 1973

Cher Président Nixon,

J'ai appris que vous étiez atteint de pneumonie. J'avais une pneumonie et je sors tout juste hier de l'hôpital et j'espère que ce n'est pas moi qui vous l'ai transmise. Maintenant soyez un bon garçon et mangez vos légumes comme j'ai dû le faire aussi ! Si vous prenez bien vos médicaments et vos piqûres, vous serez sorti dans huit jours, comme moi.

> Affectueusement,
> John W. James III
> 8 ans

LETTRE 032

10 juin 1974

Cher Brian Sibley,

Je vais être bref. Désolé. Mais je suis plongé dans le scénario de ma *Foire des ténèbres*, et je n'ai pas de secrétaire, je n'en ai jamais eu... Dois écrire moi-même toutes mes lettres... 200 par semaine ! ! !

Disney était un rêveur et un bâtisseur... pendant que nous autres bavassions à propos du futur, lui l'a créé. Ce qu'il nous a appris avec Disneyland, en matière de conception de rues, de mouvements de foule, de confort, d'humanité, etc., influencera les entrepreneurs, les architectes et les urbanistes pour le siècle à venir. Grâce à lui nous allons humaniser nos villes, nous remettre à concevoir des bourgades où il redeviendra possible d'être en contact les uns avec les autres, et de faire fonctionner la démocratie de manière créative parce que nous CONNAÎTRONS ceux pour qui nous votons. Il était si en avance sur son temps que nous n'aurons pas trop des cinquante prochaines années pour le rattraper. Tu DOIS venir à Disneyland, ravaler tes paroles et éteindre tes doutes. Presque tous les autres architectes du monde moderne étaient des minables et des abrutis occupés à caqueter contre Big Brother tout en construisant des prisons pour tous nous y mettre... cet environnement moderne qui nous étouffe et nous détruit. Disney le soi-disant conservateur s'est révélé être Disney le grand visionnaire et bâtisseur.

Bon, assez. Rapplique vite ici. Je te jetterai dans la « Rivière de la Jungle Sauvage » et te ferai monter dans le train pour demain, hier et au-delà.

Bonne chance, et cesse de lancer des jugements de si loin. Tu n'es pas en position de le faire. Disney trimballait ses erreurs, ses paradoxes, ses fautes. Il trimballait aussi la vie, la beauté, la clairvoyance. C'est valable pour nous tous, pas vrai ? Nous sommes tous le mystère de l'ombre et de la lumière. Les authentiques conservateurs, libéraux ou autres, n'existent pas en ce monde. Il y a juste des gens.

À toi, Ray B.

P.-S. : Je n'arrive pas à remettre la main sur le numéro de The Nation ou The New Republic, je ne sais plus lequel, qui contenait ma lettre sur Disney. En gros, j'y disais que si Disneyland convenait au capitaine Bligh, il me convenait aussi. Ce sont Charles Laughton et sa femme qui m'ont emmené faire ma première visite à Disneyland, et ma première attraction a été le « Bateau de la Jungle », dont Laughton a tout de suite pris le commandement, ordonnant aux autres visiteurs de monter sur d'autres bateaux ! Une facétie fabuleuse pour moi, une journée hilarante. Quel baptême pour ma relation avec Disneyland ! R.B.

P.-S. : Je ne peux pas résister à la tentation de commenter ta frayeur des robots Disney. Comment se fait-il que tu n'aies pas peur des livres, alors ? De fait, les gens ont évidemment eu peur des livres au cours de l'histoire. Ce sont des extensions humaines, mais pas des êtres humains. N'importe quelle machine, n'importe quel robot est la somme totale des usages que nous en faisons. Pourquoi ne pas détruire toutes les caméras robotisées, et les machins de reproduction qui se trouvent dedans, ce qu'on appelle des projecteurs au cinéma ? Un projecteur de films est un robot non humanoïde répétant les vérités que nous lui avons injectées. Est-ce que c'est humain ? Oui. Est-ce qu'il projette des vérités qui ont plus de chances de nous humaniser que de ne pas le faire ? Oui.

On pourrait poser l'alibi qu'il faut brûler tous les livres parce que certains d'entre eux sont effroyables.

Nous devrions détruire toutes les voitures parce que certaines ont des accidents à cause des gens qui les conduisent.

Nous devrions brûler tous les cinémas du monde parce que certains films sont merdiques ou idiots.

Mais c'est des robots que tu dis avoir peur. Pourquoi redouter quelque chose ? Pourquoi ne pas plutôt inventer avec eux ? Pourquoi ne pas concevoir des robots profs pour nous aider à enseigner à l'école certaines disciplines qui assomment TOUT LE MONDE ? Pourquoi ne pas installer Platon dans ta classe de grec pour qu'il réponde à de sacrées questions sur sa République ? J'adorerais faire ces expériences. Je n'ai pas peur des robots. J'ai peur des gens, des gens, des gens. Je voudrais qu'ils restent humains. Je peux les aider à rester humains avec l'aide merveilleuse et avisée des livres, des films, des robots et de mon cerveau, de mes mains, de mon cœur.

J'ai peur des catholiques qui tuent les protestants et vice-versa.
J'ai peur des Blancs qui tuent les Noirs et vice-versa.
J'ai peur des Anglais qui tuent les Irlandais et vice-versa.
J'ai peur des jeunes qui tuent les vieux et vice-versa.
J'ai peur des communistes qui tuent les capitalistes et vice-versa.
Mais... des robots ? Bon Dieu, je les adore. Je me servirai d'eux avec humanité pour qu'ils donnent des leçons à tous les sus-cités. Ma voix les portera haut et fort, et elle sera rudement belle.

À toi, R.B.

LETTRE 044

Jack Kerouac
1418 ½ Clouser Street
Orlando, Floride

Cher Marlon,

Je prie pour que tu achètes *Sur la route* et que tu en fasses un film. Que la structure ne t'inquiète pas, je sais comment réduire et réarranger un peu l'intrigue pour lui donner une forme cinématographique qui convienne parfaitement : en faire un seul voyage au lieu des différents trajets d'une côte à l'autre dans le livre, un vaste aller-retour depuis New York via Denver, Frisco, Mexico, La Nouvelle-Orléans jusqu'à New York encore. Je vois déjà les plans magnifiques de la route (jour et nuit) qu'on pourrait faire avec une caméra posée sur le siège avant de la voiture, déroulés sur le pare-brise, pendant que Sal et Dean bavassent. Je tiens à ce que tu joues le rôle parce que Dean (comme tu le sais) n'est pas un gros abruti qui trafique des moteurs pour bouffer de la vitesse mais un Irlandais (jésuite, en fait) d'une grande intelligence. Tu joueras Dean et je jouerai Sal (Warner Bros. a prévu que je sois Sal) et je te montrerai comment Dean se comporte dans la vraie vie, c'est quelque chose que tu ne peux pas précisément te représenter sans avoir vu une bonne imitation. En fait, nous pourrions lui rendre visite à Frisco ou le faire descendre à L.A., c'est toujours un vrai déjanté même s'il s'est rangé, avec sa dernière femme et les prières au Seigneur qu'il récite le soir avec ses gosses... comme tu le verras en lisant la pièce *Beat Generation*. Ce que je veux tirer de tout ça, c'est établir pour ma mère et moi un fonds de rente à vie pour que je puisse vraiment vadrouiller dans le monde entier et écrire sur le Japon, l'Inde, la France, etc. Je veux être libre d'écrire ce qui me passe par la tête et capable de nourrir mes potes quand ils ont faim sans m'inquiéter au sujet de ma mère.

Entre parenthèses, mon prochain roman, *Les Souterrains*, qui sort en mars prochain à New York, a pour sujet une histoire d'amour entre un Blanc et une fille de couleur, et c'est une histoire très actuelle. Tu as connu certains des personnages à Greenwich Village (Stanley Gould ? etc.). On pourrait facilement en faire un script, plus facilement qu'avec *Sur la route*.

Ce que je voudrais, c'est recréer le théâtre et le cinéma en Amérique, leur donner un élan spontané, effacer les idées toutes faites sur la « situation » et laisser les gens partir en vrille comme dans la vraie vie. La pièce est conçue comme ça : pas d'intrigue particulière, pas de « sens » particulier, juste les gens comme ils sont. Tout ce que j'écris, c'est fait dans un esprit où je m'imagine sous la forme d'un ange revenu sur terre pour l'observer d'un regard triste, telle qu'elle est. Je sais que tu approuves ces idées et il se trouve que le nouveau spectacle de Frank Sinatra se base aussi sur la « spontanéité », qui est de toute façon la seule manière d'avancer, que ce soit dans le show-business ou dans la vie. Les films français des années 1930 restent infiniment supérieurs aux nôtres parce que les Français laissaient vraiment leurs acteurs faire et que les scénaristes n'allaient pas fagoter une idée préconçue quant au niveau d'intelligence du public de cinéma, ils se parlaient directement, d'âme à âme, et tout le monde comprenait tout de suite. Je veux enfin faire de grands films français en Amérique, quand je serai riche... Le théâtre et le cinéma américains d'aujourd'hui sont des dinosaures obsolètes qui n'ont pas muté en même temps que le meilleur de la littérature américaine.

Si tu as vraiment envie qu'on y aille, fais en sorte qu'on puisse se voir à New York la prochaine fois que tu y seras, et si tu viens en Floride je suis là, mais ce qu'il faut vraiment qu'on fasse, c'est <u>discuter</u> de tout ça parce que je te le prédis, ce sera le début d'un truc vraiment génial. Je m'ennuie en ce moment et je cherche dans le vide quelque chose à faire – écrire des romans devient trop facile, pareil avec les pièces, j'ai écrit la pièce en 24 heures.

Allez, Marlon, prépare-toi au combat et écris-moi !
Sincèrement, à plus,
Jack Kerouac

LETTRE 045

Noansk, Connecticut

The Square House, Church Street

Cher GPP,

Il vaut mieux que certaines choses soient écrites avant notre mariage – des choses dont nous avons déjà parlé, pour la plupart.

Une nouvelle fois, il faut que tu saches combien j'hésite à me marier, que j'ai le sentiment de ruiner par là des opportunités de travail qui comptent infiniment pour moi. Franchir ce pas maintenant me semble la chose la plus insensée à faire. J'ai conscience qu'il y aurait des compensations mais je n'ai nul désir de contempler le futur.

Sur notre vie commune, je veux que tu comprennes qu'à mes yeux tu ne seras pas tenu par un quelconque code de fidélité médiéval, de même que je ne pourrai me considérer attachée à toi dans cet esprit. Si nous savons nous montrer honnêtes, les difficultés qui se présentent seront, je pense, facilement écartées, dans l'hypothèse où l'un de nous éprouverait un intérêt profond (ou passager) pour quelqu'un d'autre.

Ne nous mêlons pas s'il te plaît du travail et des loisirs de l'autre, et ne rendons pas publics nos bonheurs et désagréments personnels. Au sein de cette relation je devrai certainement préserver un lieu où me retrouver seule, de temps à autre, car je ne puis te garantir que je supporterai sans discontinuer le confinement d'une cage, fût-elle agréable.

Je dois exiger une promesse cruelle, celle que tu me laisses partir si nous ne trouvons pas le bonheur ensemble au bout d'un an.

J'essaierai de faire de mon mieux en tout, et de t'offrir cette part de moi que tu connais et sembles vouloir.
A.E.

LETTRE 059

Chock Full o Nuts
425 Lexington Avenue
New York 17, N.Y.

13 mai 1958

Le Président
La Maison-Blanche
Washington D.C.

Cher Monsieur le Président,

Je me trouvais dans le public hier, à la réunion de sommet des leaders noirs, quand vous avez déclaré que nous devons nous montrer patients. En vous entendant dire cela, j'ai manqué me lever et m'écrier : «Ah non ! Pas encore.»

Je me permets de vous rappeler respectueusement, Monsieur, que nous avons été le plus patient de tous les peuples. Quand vous dites que nous devons avoir le respect de nous-mêmes, je me demande comment nous aurions pu nous respecter et rester patients au vu des traitements qu'on nous a accordés au cours des ans.

Dix-sept millions de Noirs ne peuvent suivre votre recommandation et attendre que le cœur des hommes veuille changer. En tant qu'Américains, nous voulons désormais profiter des droits qui, à notre avis, nous sont dus. Nous n'y parviendrons pas à moins de poursuivre avec acharnement les objectifs que d'autres Américains ont atteints il y a cent cinquante ans.

Parce que vous êtes chef de l'exécutif de notre nation, je fais respectueusement observer que vous avez involontairement détruit l'esprit de liberté des Noirs en encourageant constamment à tolérer des leaders proségrégationnistes auxquels vous donnez espoir, tel le gouverneur Faubus qui irait jusqu'à nous retirer les libertés dont nous jouissons aujourd'hui. Votre relation avec le gouverneur Faubus montre assez que la tolérance, et non une éventuelle intégration, est l'objectif visé par les leaders proségrégationnistes.

À mon avis, une déclaration sans équivoque, doublée d'une action du même ordre que celle que vous avez prouvé savoir prendre l'automne dernier, en envisageant une association avec le gouverneur Faubus si c'était nécessaire, permettrait de faire savoir que l'Amérique est déterminée à offrir aux Noirs, dans un futur proche, les libertés auxquelles nous avons droit de par la Constitution.

Respectueusement,
Jackie Robinson

LETTRE 061

Mr Stephen Gard
École publique Bunnaloo East
Thyra Road
via Moama 2739

Cher Stephen,
Des questions, des questions, des questions – si tu as été déçu par mon livre, *Monty*,
sache que moi aussi. Je dois être encore plus déçu que toi parce que j'ai passé une année
à rassembler de la doc, et il n'a pas été facile de choisir d'en faire ou bien une infirmerie,
ou bien un bouquin.

Il y a beaucoup de formules courtes dans le livre, mais il faut dire que quand l'armée
allemande te balance à la figure d'atroces quantités de fer brûlant, on ne trouve guère
de temps que pour les formules courtes et en fait, le livre aurait dû ne contenir que des :
    « Oh, putain »
    « Fais gaffe »
    « Merde, un autre »
    « Il est tombé où ? »
    « Mon camion brûle »
    « Oh, merde, le cuistot est mort. »

Tu comprends bien qu'un livre se limitant à cela serait déjà terminé, et donc mes formules
courtes sont des extensions de ces résumés.

Mais tu t'inquiètes parce qu'à ce jour, je n'ai pas mentionné mes rencontres avec Secombe
et plus tard Sellers ; eh bien, à la fin du livre, je n'avais encore rencontré ni Secombe ni
Sellers. J'ai fait la connaissance de Secombe en Italie, ce qui figurera dans le tome 4,
et je m'arrangerai pour rencontrer Peter Sellers à la page 78 du tome 5, à Londres.
Je regrette de ne pas pouvoir faire reculer l'horloge pour rencontrer Secombe en 1941
et adoucir ainsi ta déception, mais j'espère revérir ton humeur grâce aux informations
que je viens de te donner.

Une autre chose qui te gêne, c'est la « lâcheté dans l'affront ennemi ». Le fait est que
j'ai souffert de lâcheté dans l'affront ennemi tout au long de la guerre – et dans *le* front,
les jambes, les coudes et les poignets ; en fait, après deux ans en première ligne, une
bombe de mortier a explosé près de ma tête (à moins que ma tête n'ait explosé près d'une
bombe de mortier), et j'en ai été si effrayé que j'ai accompli un extraordinaire numéro de
bégaiement, tremblements et tressaillements, le tout entrecoupé de « maman », avec un flux
de dysenterie, qui m'a valu de sortir du front pour être rétrogradé en B2.
Mais pour une pareille performance, cette lettre te parviendrait depuis une tombe en Italie.

Une question de plus de ta part et c'en est fini de notre amitié.

    Sincèrement,
    Spike Milligan

LETTRE 062

À : H.R. Haldelman
De la part de : Bill Safire

18 juillet 1969

EN CAS DE CATASTROPHE LUNAIRE :

Le destin en a décidé ainsi, les hommes qui sont partis sur la Lune afin de l'explorer dans la paix vont y demeurer et y reposer en paix.

Ces hommes courageux, Neil Armstrong et Edwin Aldrin, savent qu'il n'y a pas d'espoir de les sauver. Mais ils savent aussi que dans leur sacrifice, il est un espoir pour l'humanité.

Ces deux hommes remettent leur vie à la plus noble ambition de l'humanité : la recherche de la vérité et du savoir.

Ils seront pleurés par leurs familles et leurs amis ; ils seront pleurés par leur nation ; ils seront pleurés par les peuples du monde ; ils seront pleurés par la Terre nourricière qui a osé expédier deux de ses enfants dans l'inconnu.

Par leur exploration, ils ont inspiré aux peuples du monde le sentiment de ne faire qu'un ; par leur sacrifice, ils resserrent le lien de fraternité parmi les hommes.

En des temps reculés, l'homme levait les yeux vers les étoiles et reconnaissait ses héros dans les constellations. En temps moderne, nous faisons la même chose, mais nos héros sont des hommes extraordinaires de chair et de sang.

D'autres suivront leurs traces et trouveront le chemin du retour. La recherche humaine ne sera pas reniée. Mais ces hommes ont été les pionniers, et ils conserveront la première place dans nos cœurs.

Car chaque personne qui regardera la Lune lors des nuits à venir saura qu'il est désormais un coin d'un autre monde à jamais humain.

AVANT L'ALLOCUTION DU PRÉSIDENT :
Le Président téléphonera à chaque future veuve.

APRÈS L'ALLOCUTION DU PRÉSIDENT, AU MOMENT OÙ LA NASA METTRA FIN À LA COMMUNICATION AVEC LES COSMONAUTES :
Un pasteur devra suivre la même procédure que pour des funérailles en mer, en recommandant leurs âmes aux « profondeurs des tréfonds » avant de conclure avec la prière du « Notre Père ».

LETTRE 070

Société privée Morton Thiokol Inc.
Wasatch Division

31 juillet 1985

À : R.K. Lund, Vice-Président, Ingénierie
Pour copie : B.C. Brinton, A.J. McDonald, L.H. Sayer, J.R. Kapp
De la part de : R.M. Boisjoly
Mécaniques appliquées, Ext. 3525

Objet : fusée à moteur propergol solide [*Solid Rocket Motor* (SRM)], érosion joint torique caoutchouc / Sensibilité de rupture potentielle

Ce courrier a pour but d'assurer que la direction est parfaitement consciente du caractère sérieux que pose le problème d'érosion de l'actuel joint torique en caoutchouc dans les joints SRM du point de vue de l'ingénierie.

Une décision erronée a été prise au sujet du problème du joint, celle de procéder au vol sans crainte de panne et d'effectuer une série d'évaluations physiques devant conduire à une solution ou, du moins, à une réduction significative du phénomène d'érosion. Cette position a désormais radicalement changé à cause de l'érosion du joint SRM 16A ayant érodé un joint secondaire tandis que le premier ne s'était jamais scellé.

Si le même scénario devait se produire dans un joint torique (ce qui est possible), il serait impossible de prédire la résistance ou la défaillance du joint, le joint torique secondaire ne pouvant répondre à la capacité d'ouverture de la vanne ni, peut-être, à la pressurisation. Le résultat serait une catastrophe de premier ordre – la perte de vies humaines.

Une équipe non officielle (aucun mémo de définition de l'équipe et de ses objectifs n'a été publié) formée avec un responsable le 19 juillet 1985 a été chargée de résoudre le problème à court et long terme. Cette équipe non officielle n'existe quasiment plus aujourd'hui. À mon avis, il faut officiellement confier à l'équipe la responsabilité et l'autorité d'effectuer le travail qui doit être fait sur un principe de non-interférence (mission à temps plein jusqu'à son accomplissement).

Je crains sincèrement et sérieusement que, si nous ne prenons pas la décision immédiate d'affecter une équipe à la résolution du problème des joints toriques en priorité numéro un, nous ne nous mettions en danger de perdre la fusée ainsi que toute l'infrastructure de piste de lancement.

R.M. Boisjoly

Confirmé par :
J.R. Kapp, directeur, Mécaniques appliquées

LETTRE 072

AMERICAN GOTHIC PRODUCTIONS, INC.

13 février 1987

Mr Leslie Barany
UGLY PUBLISHING INTERNATIONAL

Cher Mr Barany,

    Je regrette que la trop forte pression au moment de terminer *Aliens, le retour* ne m'ait pas offert le temps de répondre à votre lettre du 11/03/86 en faveur de votre client, Mr H.R. Giger.

    Dans cette lettre, vous me parlez du « premier sentiment de déception » qu'a éprouvé Mr Giger lorsqu'il n'a pas été contacté pour *Aliens* alors qu'il se sentait profondément, à juste titre, l'auteur des créatures et des décors. C'est ironique, car c'est précisément la conception artistique d'*Alien* de Mr Giger, avec ses bizarres paysages psycho-sexuels du subconscient, qui m'avait initialement attiré vers un projet de suite. Cependant, ayant moi-même été concepteur artistique avant de devenir réalisateur, il m'a semblé que je devais apposer ma propre signature au projet. Autrement, il n'aurait pas eu beaucoup de sens pour moi, à ce stade de ma carrière, puisque je disposais d'un grand nombre de concepts originaux et de créations à mettre en œuvre pour une gratification financière équivalente, et même à un plus haut degré en tant qu'auteur.

    La création d'une suite s'est révélée être pour moi un exercice peu commode dans l'équilibrage des différents élans de création ; le désir de créer une toile entièrement nouvelle et le besoin de rendre hommage comme il se doit à l'original. L'empreinte visuelle de Mr Giger était si puissante et omniprésente dans *Alien* (contribution majeure à son succès, je crois) que j'ai redouté de me sentir envahi par sa patte et son univers, si nous l'avions fait participer à une production où, en un sens, il avait davantage sa place que moi.

    Parce que la Twentieth Century Fox a apprécié le script que je lui ai proposé, on m'a donné l'opportunité de créer le monde que j'avais imaginé en cours d'écriture. J'ai saisi cette chance, j'ai enrôlé des concepteurs d'effets spéciaux, des sculpteurs et des techniciens avec qui j'avais déjà travaillé, ce qui est tout naturel lorsqu'il faut garantir un agenda et un budget.

    Un autre facteur déterminant dans cette décision fut la contribution contestable de Mr Giger à *Poltergeist 2* où, malheureusement, sa vision a été loin d'être aussi bien exploitée que dans *Alien.*

    Je ne soumets cet avis que pour présenter des excuses et une explication, dans l'espoir que Mr Giger parviendra à me pardonner d'avoir kidnappé son « premier bébé ». S'il le fait, viendra peut-être un jour l'opportunité pour nous de collaborer dans le respect mutuel sur un projet entièrement nouveau et original dont sa sublime imagination serait la seule limite.

    Je reste le premier et le plus fidèle admirateur de son travail (je conserve avec fierté une lithographie signée représentant un œuf d'alien exécutée pour le film).

Sincèrement,

James F. Cameron

LETTRE 082

Votre quête de la carrière idéale commence, en toute logique, au Centre des carrières idéales. En entrant, vous remarquez derrière un bureau une femme apparemment disposée à vous aider. Elle sourit et demande : « Puis-je vous aider ? »

DITES OUI, J'AI BESOIN D'UN TRAVAIL.

« Ah, répond-elle, et où aimeriez-vous travailler : Los Angeles, la Silicon Valley, ou San Rafael ? »

DITES SAN RAFAEL.

« Bon choix, dit-elle. Voici des emplois qui pourraient vous intéresser », et elle vous tend trois brochures.

EXAMINEZ LES BROCHURES.

Les titres des trois brochures sont les suivants : « Hal Computers : Nous avons un numéro pour vous », « Yoyodine Defense Technologies : Aidez-nous à atteindre notre potentiel de destruction », et « Lucasfilm Ltd : Des jeux, des jeux, des jeux ! »

OUVREZ LA BROCHURE LUCASFILM.

La brochure dit que Lucasfilm recherche un joueur en équipe imaginatif, enthousiaste, doté de grandes qualités de communication, d'une expérience dans la programmation, et amoureux des jeux. Étrangement, au-dessous de cette description figure votre photo.

ENVOYEZ VOTRE C.V.

Vous avez décroché le boulot ! Félicitations ! Vous commencez tout de suite !

ALLEZ TRAVAILLER.

Vous reprenez votre voiture jusqu'à l'immeuble Lucasfilm situé tout près, et vous découvrez qu'il est plein de personnes amicales qui vous conduisent jusqu'à votre bureau.

EXAMINEZ LE BUREAU.

Votre bureau est équipé d'un puissant ordinateur, d'un téléphone, de divers gadgets personnalisés et de travail à abattre.

TRAVAILLEZ.

À mesure que vous vous sentez comblé, votre score atteint 100 et cette quête touche à sa fin. Toutefois, l'aventure ne fait que commencer, comme votre carrière chez Lucasfilm.

FIN

LETTRE 083

New York, 16 novembre 1938
Président Roosevelt, Washington D.C.

Cet appel vous est adressé par trente-six écrivains américains. Il nous semble que nous n'avons plus le droit de garder le silence, il nous semble que le peuple et le gouvernement américains n'ont pas le droit de garder le silence, alors qu'un gouvernement allemand célèbre chacune de ses scandaleuses victoires sur la scène internationale par le renforcement inhumain de l'oppression sur ceux dont le seul crime est d'être à la merci du gouvernement.
Il y a trente-cinq ans, une Amérique horrifiée s'élevait pour protester contre les pogroms de Kichinev en Russie tsariste. Dieu nous garde, si nous sommes devenus assez indifférents à la souffrance humaine pour ne pas nous lever aujourd'hui et protester contre les pogroms en Allemagne nazie. Nous ne pensons pas être devenus si indifférents, et nous ne pensons pas que le monde devrait nous soupçonner de l'être. Nous pensons qu'il est profondément immoral que le peuple américain poursuive ses relations économiques avec un gouvernement qui avoue lui-même user du meurtre massif pour régler ses problèmes économiques. Nous vous demandons de rompre les relations d'échange avec l'Allemagne nazie, de déclarer un embargo sur toutes les marchandises nazies. Signé : Newton Arvin, Pearl Buck, S.N. Behrman, Norah Benjamin, Van Wyck Brooks, John Chamberlin, Alan Campbell, Marc Connelly, Robert Cantwell, Paul de Kruif, Major George Fielding Eliot, Edna Ferber, Marjorie Fishcer, John Gunther, Dashiell Hammett, Sidney Howard, Lillian Hellman, Robinson Jeffers, George S. Kaufman, Louis Kronenberger, Pare Lorenz, Oliver La Farge, Eugene O'Neill, Clifford Odets, Dorothy Parker, Murdock Pemberton, George Seldes, Isidor Schneider, John Steinbeck, Robert Sherwood, Dorothy Thompson, Thornton Wilder, Frances Winwar, W.S. Woodward, Helen Woodward, Lesne Zugsmith.

LETTRE 086

Bureau Procureur Général, État d'Alabama,
Montgomery, Alabama

20 février 1976

William J. Baxley, Procureur Général

À : « Dr » Edward R. Fields
National States Rights Party
P.O. Box 1211
Marietta, Géorgie, 30061

Cher « Docteur » Fields,

Ma réponse à votre courrier en date du 19 février 1976 sera : allez vous faire mettre.

Sincèrement,
Bill Baxley,
Procureur Général

LETTRE 092

À : Mr Jeff Walker,
The Lado Company
4000 Warner Boulevard
Burbank, California 91522

Cher Jeff,

    Je suis tombé sur l'émission *Hooray For Hollywood* de Channel 7 ce soir, avec la partie consacrée à *Blade Runner*. (Enfin, pour être honnête, je ne suis pas tombé dessus ; quelqu'un m'a donné le tuyau, me disant que *Blade Runner* allait figurer dans l'émission et que je ne devais surtout pas la rater.) Jeff, après avoir vu ça, et plus spécialement après avoir entendu Harrison Ford parler du film, j'ai pu me rendre compte qu'en effet, ce n'est pas de la science-fiction ; ce n'est pas de la fantasy ; c'est exactement ce que Harrison a formulé : du futurisme. L'impact de *Blade Runner* va être ahurissant, aussi bien sur le public que sur les gens qui créent – et, je crois, <u>sur la science-fiction en tant que genre</u>. Dans la mesure où il y a trente ans que j'écris et vends des œuvres de science-fiction, la question a une certaine importance pour moi. En toute franchise, je peux dire que ces dernières années, le genre s'est lentement et sûrement délabré. Rien de ce que nous avons pu faire, individuellement ou collectivement, n'atteint le niveau de *Blade Runner*. Ce n'est pas une fuite du réalisme ; c'est un super-réalisme, tellement audacieux, détaillé, et authentique, et carrément convaincant, que je dois dire qu'après avoir vu cet extrait, ma petite « réalité » quotidienne me paraît bien insipide en comparaison. Ce que je suis en train de te dire, c'est que de manière collective, vous avez créé une forme d'expression artistique et graphique nouvelle et unique, absolument inédite. Et je crois que *Blade Runner* va révolutionner notre conception de la science-fiction telle qu'elle est et, surtout, telle qu'elle <u>peut</u> être.

    Laisse-moi te résumer les choses ainsi. La science-fiction s'est lentement et inéluctablement installée dans un morne trépas : elle est devenue consanguine, elle tourne au produit dérivé, elle est rassie. Et soudain, vous êtes apparus, vous qui figurez parmi les plus grands talents d'aujourd'hui, et nous sommes désormais en possession d'une nouvelle vie, d'un nouveau départ. Quant à ma participation au projet *Blade Runner*, je dois dire que j'ignorais qu'une de mes œuvres ou de mes idées puisse prendre des dimensions aussi phénoménales. *Blade Runner* justifie et parachève maintenant ma vie et mon travail dans la création. Merci... et ça va être un putain de succès commercial. Il sera imbattable.

Cordialement,

Philip K. Dick

LETTRE 093

Cher Mr Hope,

    Encore une lettre de fan, mais envoyée d'une adresse différente. Je suis le pilote d'un chasseur F-105 qui a été abattu au Vietnam du Nord le 8 août 1966. J'ai été fait prisonnier depuis, mais serai enfin libéré dans trois jours. Nous n'avons presque aucun contact avec le monde extérieur ici, mais quelques informations ont pu filtrer, par l'intermédiaire des POW [prisonniers de guerre] de 72, au sujet de certaines activités du peuple américain, vous en particulier, en faveur des POW. C'est ce qui m'a incité à vous écrire.

Je veux vous remercier pour tout ce que vous avez fait et tenté de faire en notre faveur. Vous êtes un véritable ami des POW, et vous méritez beaucoup plus qu'une simple lettre de chacun de nous. Nous avons traversé bien des nuits noires et solitaires où nous nous sentions complètement oubliés. C'est un enchantement pour nos cœurs et une immense fierté de savoir que le peuple américain ne nous a pas oubliés, et qu'une célébrité telle que vous manifeste un soutien actif. Je vous exprime, à vous et à tous, en Amérique, ma profonde reconnaissance, et je sais que je parle en notre nom à tous.

Il y a quelque chose de grand dans notre pays et son peuple. Une personne célèbre peut avoir un impact majeur quand elle influence sa mentalité et son comportement. Cet impact peut être positif ou négatif, bon ou mauvais. Merci, Bob, de représenter une part aussi importante de l'Amérique et de notre merveilleuse façon de vivre.

En vous souhaitant la meilleure fortune,
Fred Flom

LETTRE 096

28213 Emicin G.

20 février 1978

À l'attention de Michael Deeley et Barry Spikings
EMI Films Inc.
Beverly Hills, Californie
696231

Ai jeté un coup d'œil rapide au script du nouveau film des Monty Python et suis stupéfait de constater qu'il ne s'agit pas du tout du genre de comédie loufoque que l'on attend de leur part. C'est obscène et blasphématoire, et il ne serait certainement pas dans l'intérêt de l'image d'EMI de produire ce type de film.
Presque chaque mot qui y est prononcé relève de l'outrage et de la grossièreté, ce qui ne correspond pas à l'image des Monty Python.
C'est extrêmement pénible pour moi, la situation est grave, et à moins de savoir très exactement ce que nous sommes en train de faire, je ne peux pas permettre à ce film de se monter.
D'après ce que je sais, mon avis est en tous points partagé par Bob Webster et Jimmy Carreras, et je n'ose même pas imaginer ce qu'en penserait John Read.

Merci d'avance de vos conseils.
Bernard Delfont

Émis (heure de Londres) à 16 h 37.

EMI Films BHVL
28213 Emicin G

LETTRE 111

Arthur C. Fifield, Éditeur,
13, Clifford's Inn, Londres, E.C.

19 avril 1912

Chère Madame,

Je ne suis qu'un seul, un seul, un seul. Un seul être, un seul à la fois. Pas deux, pas trois, un seul. Une seule vie à vivre, seules soixante minutes dans une heure. Une seule paire d'yeux. Un seul cerveau. Seulement un être. N'étant qu'un seul, n'ayant qu'une paire d'yeux, n'ayant que cette fois, n'ayant qu'une vie, je ne peux pas lire votre manuscrit trois ou quatre fois. Même pas une seule. Un seul coup d'œil, un seul coup d'œil a suffi. Tout juste un exemplaire se vendrait. Tout juste un. Tout juste un.

Merci beaucoup. Je retourne le manuscrit par la poste. Un seul manuscrit via une seule poste.

Sincèrement à vous,

Arthur C. Fifield

À Mademoiselle Gertrude Stein,
    27, rue de Fleurus,
        Paris, France

LETTRE 117

As, Wardha
C.P.
Inde
23/07/39

Cher ami,

Des amis m'ont pressé de vous écrire au nom de l'humanité. Mais je me suis dérobé à leur requête, car j'avais le sentiment qu'une lettre de moi serait impertinente. Quelque chose me dit que je ne dois pas tergiverser et que je dois lancer mon appel, quelles que soient ses chances.

Il est évident que vous êtes aujourd'hui la seule personne au monde à pouvoir empêcher une guerre qui réduirait l'humanité à l'état sauvage. Devez-vous payer ce prix pour votre objectif, si précieux qu'il puisse vous paraître ? Écouterez-vous l'appel de celui qui a volontairement banni la méthode guerrière, et non sans un succès considérable ? Quoi qu'il en soit, j'espère votre pardon si j'ai fait erreur en vous écrivant.

Je demeure,
Votre sincère ami,
M.K. Gandhi

À Herr Hitler
Berlin
Allemagne

LETTRE 121

Albert Einstein
Old Grove Road
Nassau Point
Peconic, Long Island

2 août 1939

À : F.D. Roosevelt
Président des États-Unis
Maison-Blanche
Washington, D.C.

Monsieur,

De récents travaux effectués par E. Fermi et L. Szilárd, qui m'ont été communiqués sous forme manuscrite, me permettent d'espérer que l'élément uranium puisse être changé en une nouvelle et importante source d'énergie dans un avenir proche. À ce sujet, certaines questions sont soulevées et appellent la vigilance ainsi que, si nécessaire, une action rapide de la part du gouvernement. Je crois donc de mon devoir de porter à votre attention les faits et recommandations suivants :

Au cours des quatre derniers mois, il a été rendu probable – grâce aux travaux tant de Joliot en France que de Fermi et Szilárd en Amérique – qu'il serait possible de mettre au point une réaction en chaîne nucléaire dans une importante masse d'uranium, par laquelle de grands volumes d'énergie et de grandes quantités de nouveaux éléments similaires au radium seraient générés. Il semble désormais presque assuré que cela pourrait être finalisé dans un avenir proche.

Ce nouveau phénomène conduirait également à l'élaboration d'une bombe, et il est concevable – sans certitude – que, dès lors, une bombe d'un nouveau type, extrêmement puissante, puisse être construite. Une seule bombe de ce type, emmenée par bateau et lâchée pour explosion sur un port, pourrait fort bien détruire le port entier avec une partie du territoire environnant. Cependant, une telle bombe pourrait certainement se révéler trop lourde pour un acheminement par voie aérienne.

Les faibles minerais d'uranium des États-Unis n'offrent que des quantités réduites. Il se trouve de bons minerais au Canada et dans l'ancienne Tchécoslovaquie, les plus importantes ressources en uranium demeurant au Congo belge.

Étant donné cette situation, vous jugerez peut-être souhaitable de maintenir un contact permanent entre les gouvernements et les groupes de physiciens qui travaillent sur les réactions en chaîne en Amérique. Une manière possible d'y parvenir serait de confier cette tâche à une personne en qui vous avez confiance et qui agirait sans doute de façon officieuse. Sa tâche recouvrirait :

a) approcher les ministères des gouvernements, les tenir informés des développements futurs, et proposer des recommandations d'action gouvernementale, en accordant une attention particulière à la sécurisation d'un minerai d'uranium pour les États-Unis ;

b) accélérer le travail expérimental, actuellement mené dans les limites que représentent les budgets des laboratoires universitaires, en lui procurant des fonds, si ceux-ci sont requis, via les contacts qu'il aura établis avec des personnes privées prêtes à contribuer à cette cause, et peut-être aussi en obtenant la coopération des laboratoires industriels qui possèdent l'équipement nécessaire.

Je crois savoir que l'Allemagne a actuellement interrompu la vente d'uranium issu des mines de Tchécoslovaquie sur lesquelles elle a fait main basse. Une action aussi hâtive de sa part trouve peut-être son interprétation dans le fait que le fils du sous-secrétaire d'État allemand, von Weizsäcker, est lié au Kaiser-Wilhelm-Institut de Berlin où ont été reproduits certains travaux américains sur l'uranium.

Très sincèrement vôtre,

Albert Einstein

LETTRE 124

21 avril 1969

À Andy Warhol
33 Union Square
W.N.Y. 10003
<u>New York</u>

Cher Andy,

Je suis très heureux que tu te charges de la conception artistique de notre nouvel album de hits. Voici deux boîtes d'éléments qui pourraient t'être utiles, et le disque.

D'après ma brève et naïve expérience, plus l'emballage de l'album est sophistiqué, c'est-à-dire plus complexe que ne le seront quelques pages ou un dépliant, et plus la reproduction sera pourrie, et les délais insoutenables. Mais, ceci étant dit, je laisse en tes mains expertes la liberté de faire ce que tu voudras... et s'il te plaît, réponds-moi en me précisant combien d'argent tu aimerais.

Il est fort probable qu'un certain Mr Al Steckler prenne contact avec toi à New York, pour de plus amples informations. Il aura sûrement l'air angoissé, il dira « dépêchez-vous », mais n'y prends pas garde.

Affectueusement,

Mick (bisou)

<u>Mick Jagger</u>

REMERCIEMENTS

Je tiens à remercier les nombreuses personnes qui m'ont aidé à compiler
et publier ce livre, tout particulièrement ma femme, Karina, soutien sans faille
de cette entreprise. Mais aussi, John Mitchinson et Cathy Hurren ; Frederick
Courtright ; Caz Hildebrand ; Andrew Carroll ; James Cameron ; Sam Ward ;
Nick Hornby ; Patrick Robbins ; Robert Gibbons ; Amir Avni ; Frank Ciulla
et sa famille ; Margaret et Hugh Connell ; Bob Mortimer ; Jim Temple ;
Moose Allain ; Nigel Brachi ; Bob Meade ; Denis Cox ; Lauren Laverne
et toute l'équipe de BBC ; Jason Kottke ; Leslie Barany ; Graham Linehan ;
Roger Launius ; Henry McGroggan ; John Johnson ; TinyLetter ; Anna Neville.
Et enfin, mes amis et ma famille.

RISATIONS ET CRÉDITS

ueen Elizabeth's Letter to President Dwight D. Eisenhower, 01/24/1960 [Textual Records]; Dwight D. Eisenhower Museum Manuscripts Collection, Item
llection DDE-1260; Dwight D. Eisenhower Library, KS [online version available through the Archival Research Catalog (ARC identifier 5721366) at www.
s.gov; May 1, 2013]; p.10 Photograph of the 'From Hell' letter, courtesy of The Royal London Hospital Archives; p.11 E.B. White, ["Wind the clock..."] to
eau (March 30, 1973) from The Letters of E.B. White, Revised Edition. Copyright © 2006 by White Literary LLC. Reprinted by permission of
Collins Publishers and International Creative Management, Inc.; p.12 New York Times Co./Archive Photos/Getty Images; p.13–16 The Last Letter of
ueen of Scots by Mary Queen of Scots, 1587 © National Library of Scotland; p.17-18 William MacFarland letter to Andy Warhol reproduced with
sion of Campbell Soup Company; p.19–21 Bill Hicks, letter to unnamed priest (June 8, 1993) from Love All the People: The Essential Bill Hicks, Revised
page 241. Copyright © 2004, 2005 Arizona Bay Production Company, Inc. Reprinted with the permission of Constable & Publishers Ltd; p.21 Everett
on/Rex Features; p.22–31 Letter from 'John K.' to Amir Avni reproduced by permission of John Kricfalusi; p.22–31 Image of 'John K.' letter courtesy of
ni; p.32–37 F. C. Carr-Gomm letter reprinted by permission of The Times / NI Syndication; p.35 Photo courtesy of The Royal London Hospital Archives;
Virginia Woolf, letter to Leonard Woolf (March 1941), The Letters of Virginia Woolf: Volume 2, 1912–1922, edited by Nigel Nicolson and Joanne
an. Letters copyright © 1976 by Quentin Bell and Angelica Garnett. Reprinted by permission of Houghton Mifflin Harcourt Publishing Company and
1 House UK Ltd. All rights reserved; p.42 et p.44 Groucho Marx, ["There is no money in answering letters..."] to Woody Allen (1963). Reprinted by
sion of Groucho Marx Productions, Inc.; p.45-46 Fawlty Towers memo reproduced by kind permission of the BBC; p.45 Photo courtesy of Sam Ward;
Letter to President William McKinley from Annie Oakley, 04/05/1898 [Textual Records]; Records of the Adjutant General's Office, Item from Record
"4; National Archives at Washington, DC [online version available through the Archival Research Catalog (ARC identifier 300369) at www.archives.gov;
2013]; p.52 © Hulton-Deutsch Collection/Corbis; p.55 Roald Dahl, ["Thank you for the dream"] to Amy Corcoran (February 10, 1989). Reprinted by
sion of David Higham Associates, Ltd; p.55 Image of Roald Dahl letter courtesy of Amy Corcoran; p.56-57 Eudora Welty, letter to The New Yorker (March
3) from What There Is to Say We Have Said: The Correspondence of Eudora Welty and William Maxwell, edited by Suzanne Marrs. Copyright 1933 by
Welty LLC. Reprinted by permission of the Manuscript and Archives Division, New York Public Library, Astor, Lenox, and Tilden Foundations, Houghton
Harcourt Publishing Comany, and of Russell & Volkening, Inc., as agents for Eudora Welty. All rights reserved; p.58 Mary Evans / Everett Collection; p.60
Springer Collection/Corbis; p.59-62 Louis Armstrong, ["Music is life itself..."] to L/Corporal Villec (1967), from Louis Armstrong, In His Own Words:
d Writings, edited by Thomas Brothers. Copyright © 1999 by Oxford University Press. Reprinted by permission of Oxford University Press, Ltd. Letter in
n C. Browning Collection, Durham, North Carolina; p.63-65 Letter from Jourdon Anderson to P.H. Anderson, from The Freedmen's Book, by Lydia Maria
.65 Fotosearch/Stringer/Archive Photos/Getty Images; p.66-69 Letter from Fidel Castro to President Franklin D. Roosevelt, 11/06/1940 [Textual
s]; Records of the Foreign Service Posts of the Department of State, Item from Record Group 84; National Archives at College Park, MD [online version
e through the Archival Research Catalog (ARC identifier 302040) at www.archives.gov; May 1, 2013]; p.70-74 Hunter S. Thompson, letter to Hume Logan
2, 1958) from The Proud Highway: Saga of a Desperate Southern Gentleman 1955–1967 (The Fear and Loathing Letters, Volume 1), edited by Douglas
y. Copyright © 1997 by Hunter S. Thompson. Used by permission of Random House, Inc.; p.72 © TopFoto; p.75-77 Letters left with children at the NY
g Hospital (Feb.21, 1871; nyhs_nyfh_v-69_005s; neg #87285d and Dec. 3, 1874; nyhs_nyfh_v-68_003s; neg #87284d) © Collection of The New York
cal Society. Reproduced with permission; p.78 Letter to the President from John W. James III, an eight year old child, also recently hospitalized for viral
onia, 07/20/1973 [Photographs and other Graphic Materials]; White House Photo Office Collection (Nixon Administration), Item from Collection RN-
Richard Nixon Library, CA [online version available through the Archival Research Catalog (ARC identifier 194533) at www.archives.gov; May 1, 2013];
I Letter from Steve Martin to Jerry Carlson (1979) reproduced by kind permission of Steve Martin and Jerry Carlson; p.80 Image supplied by Jerry
n; p.81-82 Mary Tape letter to the school board, courtesy of Daily Alta California, Volume 38, Number 12786, 16 April 1885 [accessed at www.cdnc.ucr.
ay 1, 2013]; p.84 'OMG' letter from Memories, by Admiral of the fleet, Lord Fisher by John Arbuthnot Fisher Fisher (1919); p.85 Ursula Nordstrom, letter
amed school librarian (January 5, 1972) from Dear Genius: The Letters of Ursula Nordstrom, edited by Leonard S. Marcus. Copyright © 1998 by Leonard
. Used by permission of HarperCollins Publishers; p.86 Ralph Crane/Time & Life Pictures/Getty Images; p.87-89 Raymond Chandler, letter to Edward
(January 18, 1947) from Selected Letters of Raymond Chandler, edited by Frank McShane. Copyright © 1981 College Trustees Ltd. Used by kind
sion of the Estate of Raymond Chandler c/o Ed Victor Ltd; p.91 Tsukioka Yoshitoshi www.lacma.org; p.92-93 Nick Cave letter to MTV reproduced by kind
sion of Nick Cave; p.93 Bob King/Redferns/Getty Images; p.94-95 Letter to the Ciulla family reproduced by kind permission of Margaret Connell; p.95
raph of Minsca farm kindly supplied by Frank Ciulla and family; p.95 Courtesy of Frank Ciulla; p.96-97 Ray Bradbury, ["I am not afraid of robots, I am
of people"] to Brian Sibley (June 10, 1974). Reprinted by permission of Don Congdon Associates, Inc., on behalf of Ray Bradbury Enterprises. All rights
ed; p.96-97 Image courtesy of Brian Sibley; p.98-106 Letter from Sol LeWitt to Eva Hesse © 2013 The LeWitt Estate / Artists Rights Society (ARS), New
eproduced with permission; p.107-109 Katharine Hepburn, letter to Spencer Tracy (1985) from Me: Stories of My Life. Copyright © 1991 by Katharine
rn. Used by permission of Alfred A. Knopf, a division of Random House, Inc.; p.109 Archive Photos/Stringer/Moviepix/Getty Images; p.110-111 Letter
by Charles Schultz. © 1955 by Charles Schultz. Permission granted by Peanuts Worldwide, LLC & Universal Uclick. All rights reserved; p.110-111
of Charles Schulz letter ['The ax'] courtesy of the Library of Congress; p.112-113 Richard Feynman, letter to Arline Feynman (October 17, 1946) from
tly Reasonable Deviations From the Beaten Track. Copyright © 2005 by Michelle Feynman and Carl Feynman. Reprinted by the permission of Basic
a member of the Perseus Books Group; p.113 © Kevin Fleming/Corbis; p.114 © TopFoto; p.115 Clementine Churchill, letter to Winston Churchill (June
0) from Winston and Clementine: The Personal Letters of the Churchills, edited by their daughter, Mary Soames. Copyright © 1999 by Mary Soames.
ted with permission of Curtis Brown, London on behalf of Mary Soames; p.118 Photograph of Virginia O'Hanlon kindly supplied by Jim Temple; p.119-120
Wintle's letter to The Times reproduced with kind permission of The Times / NI Syndication; p.121 Emma Hauck, Inv. No. 3622/5 "komm" [Letter to
nd), 1909, pencil on document paper; Inv. No. 3621, untitled (Letter to husband), 1909, pencil on paper. © Prinzhorn Collection, University Hospital
berg, Germany; p.122 Letter and translation courtesy of Bill Gordon/www.kamikazeimages.net; p.123-124 Letter from Linda Kelly, Sherry Bane, and
Mattson to President Dwight D. Eisenhower Regarding Elvis Presley [Textual Records]; White House Central Files (Eisenhower Administration),
1961, Item from Collection DDE-WHCF; Dwight D. Eisenhower Library, KS [online version available through the Archival Research Catalog (ARC identifier
3] at www.archives.gov; May 1, 2013]; p.125-133 Robert Scott's last letter to his wife reproduced by kind permission of the University of Cambridge, Scott
Research Institute; p.135 Letter from Jack Kerouac to Marlon Brando reprinted by permission of SLL/Sterling Lord Literistic, Inc. Copyright by Jack
ac; p.135 Kerouac, Jean Louis Lebris de (Jack) (1922–69) Important letter from Jack Kerouac to Marlon Brando suggesting that Brando play the role of
n a proposed film of Kerouac's book 'On the Road', c.late 1957 (print & pen and ink on paper), Kerouac, Jean Louis Lebris de (Jack) (1922–69) / Private
on / Photo © Christie's Images / The Bridgeman Art Library; p.136 Amelia Earhart, letter to George Palmer Putnam (February 7, 1931). Amelia Earhart
tion / Copyright © 2013 by CMG Worldwide, Inc. / The official licensing agency of Amelia Earhart, www.AmeliaEarhart.com ; p.136 Courtesy of Purdue University Libraries, Karnes
es and Special Collections ; p.137-139 Eddie Slovik letter from The Execution of Private Slovik (1970) by William Bradford Huie; p.139 © Bettmann/
·sity of Michigan (Ann Arbor];p.142 Birch bark letter courtesy of Gramoty.ru; p.143-146 Denis Cox to the RAAF, letter courtesy of Courtesy of Denis Cox.
duced with permission; p.147-152 Letter from Lucy Thurston to Mary Thurston reprinted from Life and times of Mrs. Lucy G. Thurston, wife of Rev. Asa
ton, pioneer missionary to the Sandwich Islands (1882]; p.148 Hawaiian Mission Children's Society; p.155 © Bettmann/Corbis; p.156-158 Emily Dickinson,
to Susan Gilbert (June 11, 1852), Reprinted by permission of the publishers from The Letters of Emily Dickinson, Thomas H. Johnson, ed., Cambridge,
L The Belknap Press of Harvard University Press, Copyright © 1958, 1986, The President and Fellows of Harvard College; 1914, 1924, 1932, 1942 by
a Dickinson Bianchi; 1952 by Alfred Leete Hampson; 1960 by Mary L. Hampson; p.159-160 Image of anonymous letter to Martin Luther King, courtesy of
istie. Reproduced with permission; p.161-171 Francis Crick, letter ["A most important discovery"] to his son, Michael Crick (March 19, 1953]. Reprinted by
ssion of the family of Francis H. C. Crick; p.161-171 Autograph letter outlining the discovery of the structure and function of DNA, Cambridge, 19th March
pen & ink on paper], Crick, Francis (1916–2004) / Private Collection / Photo © Christie's Images / The Bridgeman Art Library; p.172-174 Letter to
ico il Moro from Atlantic Codex (Codex Atlanticus) by Leonardo da Vinci, folio 1082 recto, Vinci, Leonardo da (1452–1519) / Biblioteca Ambrosiana, Milan,
De Agostini Picture Library / Metis e Mida Informatica / Veneranda Biblioteca Ambrosiana / The Bridgeman Art Library; p.176 Flannery O'Connor, letter
tter (March 28, 1961) from The Habit of Being: Letters of Flannery O'Connor, edited by Sally Fitzgerald. Copyright © 1979 by Regina O'Connor.
ited by permission of Farrar, Straus & Giroux, LLC; p.175 Mondadori via Getty Images; p.177-183 Elvis Presley's Letter to President Richard Nixon,
/1970; White House Central Files: Subject Files: EX HE 5-1; Nixon Presidential Materials Staff; National Archives and Records Administration [online
n available at www.archives.gov; May 1, 2013]; p.184-189 Fyodor Dostoyevsky to his brother (December 22, 1849) from Dostoevsky: Letters and
niscences (1923]; p.186 Popperfoto/Getty Images; p.190-191 Jackie Robinson, ["17 million Negroes..."] to Dwight D. Eisenhower (May 13, 1958). National

Archives and Records Administration, Dwight D. Eisenhower Library, White House Central Files, Box 731, File OF-142-A-3. Jackie Robinson ™ is a trade Rachel Robinson by CMG Worldwide, www.JackieRobinson.com; p.192 Coconut shell paperweight on which JFK's SOS is carved, © The John F. Kennedy Presidential Library and Museum. Used with permission; p.193-194 Spike Milligan, ["Oh Christ, the cook is dead..."] to Stephen Gard (February 28, 1977) The Spike Milligan Letters, edited by Norma Farnes (Michael Joseph, 1977). Reprinted by permission of Spike Milligan Productions Ltd; p.193-194 Lette courtesy of Stephen Gard; p.195-196 Memorandum from Speechwriter William Safire to President Nixon, 07/18/1969 [Textual Records]; White House Sta Member and Office Files (Nixon Administration), Item from Collection RN-SMOF; Richard Nixon Library, CA [online version available through the Archiva Research Catalog (ARC identifier 6922351) at www.archives.gov; May 1, 2013]; p.197-213 Laura Huxley, letter to Julian Huxley (December 8, 1963), repri with permission of The Aldous and Laura Huxley Literary Trust; p.197-213 Image courtesy of Erowid Center's Stolaroff Collection. Used with permission p.214-219 Letter from Stephen Tvedten reprinted by kind permission of Stephen Tvedten and his beavers; p.220-228 Letter from Dr. Ernst Stuhlinger to Mary Jucunda, courtesy of NASA; p.221 NASA/SCIENCE PHOTO LIBRARY; p.229-232 Kurt Vonnegut, letter to Charles McCarthy (November 16, 1973) fro Sunday: An Autobiographical Collage. Copyright © 1981 by The Ramjac Corporation. Used by permission of Delacorte Press, an imprint of The Random Publishing Group, a division of Random House, Inc. Any third party use of this material, outside of this publication, is prohibited. Interested parties must directly to Random House, Inc. for permission; p.233-235 Image of letter from Mark Twain to a salesman (1905), courtesy of Berryhill & Sturgeon; p.236 Letter reproduced by kind permission of Iggy Pop; p.236-238 Image courtesy of Laurence; p.239-240 Mario Puzo, letter to Marlon Brando (1970). Reprin permission of Donadio & Olson, Inc. © 1970 Mario Puzo; p.239-240 Autograph letter to Marlon Brando, c.1970 (pen on paper), Puzo, Mario (1920–99) / P Collection / Photo © Christie's Images / The Bridgeman Art Library; p.241 Image of Roger Boisjoly memo courtesy of Joel Stevenson; p.243-247 Grace B letter to Abraham Lincoln, Courtesy of the Burton Historical Collection, Detroit Public Library; Abraham Lincoln, letter to Grace Bedell, courtesy of Libra Congress; p.248-249 James Cameron letter to Leslie Baranie reproduced by kind permission of James Cameron; p.248-249 Photo of James Cameron's © Leslie Barany. Used with permission; p.250-251 Letter to Eung-Tae Lee courtesy Andong National University; p.253 Photograph of Ayyab's letter to Amenhotep IV courtesy of Rama/Wikimedia; p.254-260 Sullivan Ballou letter © Abraham Lincoln Presidential Library & Museum (ALPLM). Used with permission; p.261-263 Lynn Martin (Uncle Lynn), ["I'm still someplace"] to Chuck Jones from Chuck Jones, Chuck Reducks: Drawings from the Fun Side (Time Warner, 1996). Reprinted with the permission of Linda Jones Enterprises, Inc.; p.264-265 Anonymous letter to William Parker (October 26, 1605) c of the National Archives. Used with permission; p.266-267 Bette Davis, ["It's up to you now"] to B.D. Hyman from This 'n That by Bette Davis, with Mickey Herskowitz(New York: G. P. Putnam's, 1987). Bette Davis ™ is a trademark of the Estate of Bette Davis, www.BetteDavis.com; p.268 Silver Screen Collect Moviepix/Getty Imagesp.269-270 Ernest Hemingway, letter to F. Scott Fitzgerald (May 28, 1934) from Ernest Hemingway Selected Letters 1917–1961, edi Carlos Baker. Copyright © 1981 by The Ernest Hemingway Foundation, Inc. Reprinted with the permission of Scribner, a Division of Simon & Schuster, In p.271 Mondadori via Getty Images; p.273 © Bettmann/Corbis; p.274-275 Note dropped on the USS Midway, 1975, courtesy of Brian Feldman; p.277-278 L to LucasArts used by kind permission of Tim Schafer; p.279-281 Telegram from 36 American Writers to President Roosevelt, 11/16/1938 [Textual Record General Records of the Department of State, 1763–2002, Item from Record Group 59; National Archives at College Park, MD [online version available thr the Archival Research Catalog (ARC identifier 6050578) at www.archives.gov; May 1, 2013]; p.283 © Hulton-Deutsch Collection/Corbis; p.284-285 Anais N letter to a collector (1940s) from The Diary Of Anais Nin, Volume 3: 1939–1944, edited by Gunther Stuhlmann. Copyright © 1969 by Anais Nin. Reprinted permission of Houghton Mifflin Harcourt Publishing Company and The Anais Nin Trust. All rights reserved; p.285 © Bettmann/Corbis; p.286 Letter repro by kind permission of Bill Baxley; p.286 © Bill Baxley; p.295 ©iStockphoto.com/GeorgiosArt; p.296-300 Jim Berger; p.296-300 Jim Berger and Frank Llo Wright, letters on dog house (1956). Courtesy Jim Berger and The Frank Lloyd Wright Foundation Archives (The Museum of Modern Art Đ Avery Architec Fine Arts Library, Columbia University); p.301-302 Early Chinese form letter © The British Library Board; SRE Cat. no. 172, 856, Found in Dunhuang, Cav Ink on paper, Or.8210/S.2200; p.305 © E.O. Hoppé/Corbis; p.306 Letter to Jeff Walker by Philip K. Dick. Copyright © 1981 by Philip K. Dick, used by perm of The Wylie Agency LLC; p.308 Letter from POW Fred Flom to Bob Hope, February 24, 1973. Bob Hope Collection, Motion Picture, Broadcasting and Reco Sound Division, Library of Congress; p.309-315 Alec Guinness, ["New rubbish dialogue..."] to Anne Kaufman (April 19, 1976). Reprinted with the permissi Christopher Sinclair-Stevenson; p.309-315 Image of Alec Guinness letter © The British Library. Reproduced with permission; p.316 © E.O. Hoppé/Corbis p.317-318 Rebecca West, ["I refuse to be cheated out of my deathbed scene..."] to H.G. Wells (March 1913) from Selected Letters of Rebecca West, edited Bonnie Kime Scott (New Haven: Yale University Press, 2000). © The Estate of Rebecca West. Reprinted by permission of SLL/Sterling Lord Literistic, Inc.; Bernard Delfont, letter ["Obscene and sacrilegious"] to Michael Deeley and Barry Spikings (February 20, 1978) from Michael Deeley, Blade Runners, Dee Hunters, and Blowing the Bloody Doors Off: My Life in Cult Movies. Reprinted with the permission of Pegasus Books; p.323 From the collection of the On Historical Association, 321 Montgomery Street, Syracuse, NY, 13202; p.324 Radiogram reporting the Pearl Harbor attack, from Commander in Chief of th Pacific Fleet (CINCPAC) to all ships in Hawaiian area, December 7, 1941; 17th Naval District, Kodiak, Alaska, General Files, 1940–46, E 91, Dispatches, Pe Harbor; Records of Naval Districts and Shore Establishments, 1784–1981; Record Group 181; National Archives; p.325-326 Wil Wheaton letter reproduce kind permission of Wil Wheaton; p.325-326 Image courtesy of Teresa Jusino; p.326-327 Clyde Barrow, letter to Henry Ford (April 10, 1934), Henry Ford M Henry Ford Office papers, object ID: 64.167.285.3. From the Collections of The Henry Ford; p.328-329 Ronald Reagan, letter to Michael Reagan (June 197 Reagan: A Life In Letters, edited by Kiron K. Skinner, Annelise Anderson, and Martin Anderson. Ronald Reagan's writings copyright © 2003 by The Ronal Reagan Presidential Foundation. Reprinted with the permission of Simon & Schuster Publishing Group from the Free Press edition. All rights reserved; p © Photos 12 / Alamy; p.321-322 Telegram ('We are sinking fast') © Universal Images Group/Premium Archive/Getty Images; Telegram ('No danger of los life') © Royal Mail Group 2012, courtesy of The British Postal Museum & Archive. Both used with permission; p.333-336 Robert T. Lincoln letter © Abraha Lincoln Presidential Library & Museum (ALPLM). Used with permission; p.337-339 Pete Docter, ["Pixar films don't get finished, they just get released"] t named Adam (October 17, 2008). Reprinted with the permission of Pete Docter. All images © Disney/Pixar. All rights reserved. Used by permission; p.337 Image of Pixar letter courtesy of Adam Blair; p.340-342 Charles Bukowski letter to Hans van den Broek (22 July 1985) reprinted by permission of Linda Bukowksi; p.340-342 Image of Charles Bukowski letter courtesy of Benjamin van Gaalen; p.343 Image of Archibald Kerr letter courtesy of Christopher Dawkins; p.346 © Bettmann/Corbis; p.347-348 John Steinbeck, letter to Thomas Steinbeck (November 10, 1958) from Steinbeck: A Life in Letters, edited Elaine Steinbeck and Robert Wallsten. Copyright 1952 by John Steinbeck. Copyright © 1969 The Estate of John Steinbeck. Copyright © 1975 by Elaine A. Steinbeck and Robert Wallsten. Used by permission of Viking Penguin, a division of Penguin Group (USA) Inc. and Penguin Group (UK) Ltd; p.348 Peter Stackpole/Time & Life Pictures/Getty Images; p.349-351 Great Fire of London letter © Museum of London; p.352-359 Image of Charles Darwin letter to E Aveling reproduced by kind permission of the Syndics of Cambridge University Library; p.360 Gertrude Stein rejection letter courtesy of Yale Collection of American Literature, Beinecke Rare Book and Manuscript Library; p.365-366 F. Scott Fitzgerald, letter to his daughter Scottie (August 8, 1933) from A Life Letters, edited by Matthew J. Bruccoli. Copyright © 1994 by the Trustee Under Agreement Dated July 3, 1975, Created by Frances Scott Fitzgerald Smith. Reprinted with the permission of Scribner, a Division of Simon & Schuster, Inc.; p.364 CSU Archives / Everett Collection/Rex Features; p.367-368 Charles letter reprinted from Life and Letters of Charles Lamb (1856) by Thomas Noon Talfourd; p.370-371 Letter from John Beaulieu to President Dwight D. Eisenhower in Braille, 10/1958 [Textual Records]; White House Central Files (Eisenhower Administration), 1953–1961, Item from Collection DDE-WHCF; p Dwight D. Eisenhower Library, KS [online version available through the Archival Research Catalog (ARC identifier 594353) at www.archives.gov; May 1, 20 p.374-375 Albert Einstein, letter to Phyllis (January 24, 1936) from Dear Professor Einstein: Albert Einstein's Letters to and from Children, edited by Alice Calaprice. Einstein's letters to children are copyrighted by the Hebrew University of Jerusalem and Princeton University Press. Reprinted with the permis Princeton University Press; p.375 © Pictorial Press Ltd / Alamy; p.376 Image of Gandhi letter to Hitler, courtesy of Miranda Davies. Used with permission; Letter from Mick Jagger reprinted with the permission of Mick Jagger; p.399 Letter from Mick Jagger to Andy Warhol, dated April 21, 1969, from the Colle of The Andy Warhol Museum, Pittsburgh; p.377-379 Dorothy Parker, ["I have not shot her yet..."] to Seward Collins (May 5, 1927) from The Portable Doroth Parker, Penguin Classics Deluxe Edition. Copyright © by. Used by permission of Viking, a division of Penguin Group (USA) Inc. and Gerald Duckworth & Co p.379 Fred Stein Archive/Archive Photos/Getty Images; p.380-383 Rainer Maria Rilke, letter to Franz Kappus (February 17, 1903) from Letters to a Young P Revised Edition, translated by M.D. Herter Norton. Copyright 1934, 1954 by W. W. Norton & Company, Inc. Used by permission of W. W. Norton & Company p.381 Imagno/Hulton Archive/Getty Images; p.384-389 Mark Twain to Walt Whitman, courtesy of Yale Collection of American Literature, Beinecke Rare Bo and Manuscript Library; p.390-391 Letter from Albert Einstein to President Franklin D. Roosevelt, 08/02/1939 [Textual Records]; President's Secretary's F (Franklin D. Roosevelt Administration), 1933–1945, Item from Collection FDR-FDRPSF; Franklin D. Roosevelt Library, NY [online version available through Archival Research Catalog (ARC identifier 593374) at www.archives.gov; May 1, 2013]; p.392-393 Zelda Fitzgerald, ["Come quick to me"] to F. Scott Fitzger (March 1920), from Dear Scott, Dearest Zelda: The Love Letters of F. Scott and Zelda Fitzgerald (St. Martin's Press, 2002). Reprinted with the permission c Harold Ober Associates, Inc.; p.393 Hulton Archive/Stringer/Archive Photos/Getty Images; p.394-398 Oscar Wilde, letter to Bernulf Clegg (1891) © The Mo Library & Museum. Reproduced with permission; p.400-405 Letter from Kurt Vonnegut reprinted with permission of the Kurt Vonnegut Trust; p.400-405 L from Kurt Vonnegut, 1945, courtesy of Indiana Historical Society

Le Livre de Poche s'engage pour l'environnement en réduisant l'empreinte carbone de ses livres. Celle de cet exemplaire est de :

300 g éq. CO_2

Rendez-vous sur
www.livredepoche-durable.fr

**PAPIER À BASE DE
FIBRES CERTIFIÉES**

Achevé d'imprimer en septembre 2015 en Espagne par
GRAFICAS ESTELLA
Dépôt légal 1re publication : octobre 2015
Librairie Générale Française
31, rue de Fleurus - 75278 Paris Cedex 06

72/3341/7